朝内
766
人文文库

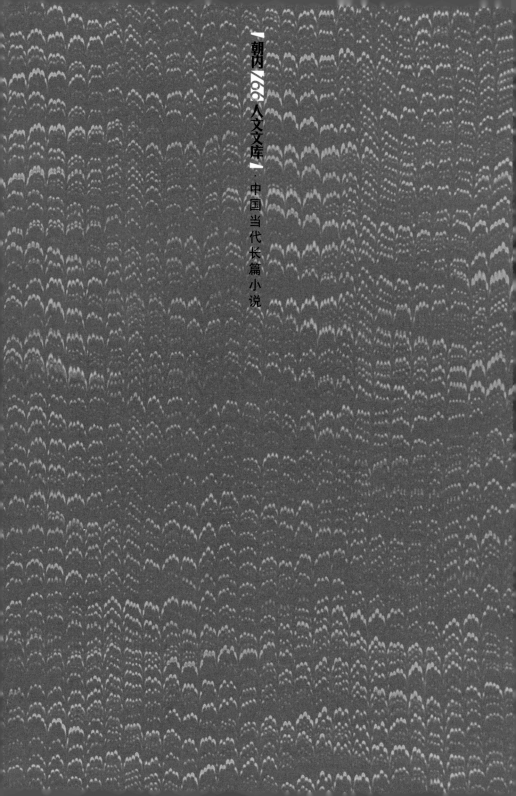

朝内166 人文文库 · 中国当代长篇小说

男人的风格

张贤亮 ＝ 著

人民文学出版社

图书在版编目（CIP）数据

男人的风格/张贤亮著. —北京；人民文学出版社,2012

（朝内166人文文库. 中国当代长篇小说）

ISBN 978-7-02-009614-5

Ⅰ.①男… Ⅱ.①张… Ⅲ.①长篇小说—中国—当代 Ⅳ.①I247.5

中国版本图书馆 CIP 数据核字（2012）第 299360 号

责任编辑　刘　稚
装帧设计　刘　静
责任印制　苏文强

出版发行　**人民文学出版社**
社　　址　北京市朝内大街 166 号
邮政编码　100705
网　　址　http://www.rw-cn.com

印　　刷　保定市中画美凯印刷有限公司
经　　销　全国新华书店等

字　　数　259 千字
开　　本　880×1230 毫米　1/32
印　　张　10.375　插页3
印　　数　1—8000
版　　次　2007 年 1 月北京第 1 版
印　　次　2013 年 3 月第 1 次印刷

书　　号　978-7-02-009614-5
定　　价　23.00 元

出 版 说 明

　　以"文库"形式荟萃本社历年出版物之精华，是国际知名品牌出版企业的惯例和通行做法。作为新中国建社最早、规模最大、读者知名度最高的国家级专业文学出版机构，人民文学出版社在自己六十余年的历程中，已累计出版了古今中外文学读物凡一万三千余种，沉淀下了丰富的精神资源，出版我们自己的"文库"不仅生逢其时，更是为了满足广大读者精品阅读的需求。

　　有必要对"朝内166人文文库"这样的命名予以简要说明："朝内166"是我们赖以栖身半个多世纪的所在地，从这里走出了一位位大师，沁透着一股股书香，这里是我们的精神家园与灵魂地标；"人文文库"似已毋须赘言；而随后还将对文库该辑所集纳之图书某一门类予以描述，我们的描述将是客观的、平实的，诸如"经典"、"大全"、"宝典"一类的炫丽均不是我们的选择。

　　"文库"将分门别类推出，版本精良、品质上乘是我们的追求，至于门类的划分则未必拘于一格，装帧也不强求一致。总之，我们将通过几年的努力，为广大读者奉上一套精心编就的、开放的文库。恳请广大读者不吝赐教。

人民文学出版社编辑部

二〇一二年五月

目　次

第一章　命运的弹指声

一

他两级并一步地走上楼梯,心里暗暗为自己的肌肉还富有弹力,脚步仍然轻捷而觉得快慰。送他的上海牌轿车刷地一下掉了头,前大灯在楼道的窗户上一扫,很快就消失了,楼道即刻陷在黑暗之中,像一眼很深的枯井。他在二楼的台阶上磕绊了一下,但没有摔倒,这再一次证明他的反应力没有下降,至少还和三十多岁的人一样灵活。最近,他经常在遇到意外的活动障碍后有意地测试自己的机体组织。磕绊了一下,站定以后,他不觉微微地笑了。

现代医学,把四十五岁以上的年龄称作初老期,即老年前期,并把四十岁以上的人列入老年病早期预防的对象。他知道生物的衰老具有一定规律的阶段性特征,超越衰老的自然进程而出现加速老化、提前老化的现象,称之为早衰。有些刚过四十的中年人,由于组织弹性的减退和器官的过早老化,上楼梯时就感到气急、心悸、胸闷了。而这些症状他全然没有;他今年四十五岁,在身体的各方面仍然自我感觉良好。既然有"早衰",那就应该有"迟衰"。但医学界还没有注意这种现象,至少在他了解还没有。"迟衰"是一种特异的禀赋? 抑或是后天锻炼的结果? 他相信这是长寿的征象,而长寿是有遗传性的。他祖父在农村活到九十六岁,并且在九十岁的高龄上创造了安然度过"低标准、瓜菜代"的奇迹,他父亲是祖父最小的儿子。父亲虽然只活了五十七岁,但父亲的死属于"非正常死亡"之列,不能作为他推测自己潜在的健康因素的依据,所以他确信自己是得天独厚的。而这种对自己体质的自信又是促使自己"迟衰"的一个心理因素。他清楚这一点,于是,在平时,他从各种对自己机体组织的细小的考验中有意加强这种自信。

他很喜欢把中年、青年合并在一起的提法,譬如"中青年干部"、"中青年科技人员"、"中青年作家"、"中青年教师"等等。把中年和青年作为一个概念,在他这个惯于过观念生活的人的脑子里,仿佛会消除中年与青年之间的生理界限,而使自己的青年期延长。这好像很可笑,带有形而上学的味道,他也很自然。本来嘛,死,才是一个限定;这个限定在一般情况下,谁也难以预卜。那么,人从生到死,又何需划分这样多阶段? 这些阶段,又难道不是形而上学的么? 有的人没有到所谓的衰老期已经老了,有的人到了所谓的老年前期却正是青春焕发的时候……他是这样想的。

他丝毫没有觉得气喘地在四楼自己的单元门口站住。门下泄出一线黄色的灯光,但他还是掏出钥匙开开门。

和他结婚不久的罗海南坐在客厅的小沙发上,歪着上身,在罩着粉红色纱罩的落地灯下捧着一本厚书,聚精会神地读着。见他进来,没头没脑地说了一句:

"你呀,纯粹是个卡列宁!"

"是吗?"他又微微一笑。但灯光使他眯缝起眼睛,笑容就带着一丝嘲讽的神情,"那么你就是安娜啰,我祝愿你找到一个沃伦斯基。"

他知道她捧的那本厚书一定是她百看不厌的《安娜·卡列尼娜》。

"我迟早要找的! 迟早会找到的!"海南啪地合上《安娜·卡列尼娜》,愤然地反唇相讥。

"我毫不怀疑。"他轻轻叹息一声,脱下外衣,挂在衣帽架上,随即推开自己小书房的门。但又回过头来说，"不过，我奉劝你和你的沃伦斯基采取措施，不要像安娜一样又生出一个女儿来。我对计划生育可是抓得很紧的。"

他无声地关上门，在黑暗中准确地扭开台灯。柔和的灯光从书桌上缓慢地铺泻开来。

小书房大约十平方米，陈设简单，但几桌清净。墙上挂着那幅由意大利记者拍摄的周总理的相片，隐没在由一丛文竹形成的阴影里。相片中的背景和这团阴影非常地调和。另一幅荣宝斋木版水印的徐悲鸿的《奔马》，却似乎在朦胧的光中活动了起来。靠墙放着两个书架，书籍成双排地整整齐齐地插立在那里。书脊多数是平装的，但也有烫金的和线装的。他把小书房称作自己的"加油站"。多年的秘书工作，使他养成了只有在安静的环境里才能读书和思考的习惯。这常常给他带来不便，但他知道只有在"加油站"加足了油，才可以获得在复杂的政务活动中对付种种出其不意的事情的应变力，所以他坚持在书房里不看文件，在办公室里只办公，而又使二者相辅相成的方法。这种方法，逐渐形成了他固定的生活习惯了。

这间小书房是属于他独个儿的天地；他不容海南染指。刚刚搬到 T 市来，客厅和卧室还没收拾好，他一个人把自己的小天地就布置妥当了。他不能容忍这里有任何一点居家气氛和与他气质不协调的摆设，那会破坏他思考时的情绪。而理性思考的进程和结果，往往受思考时的情感状态的制约。海南比较喜欢暖色调，比如红色、粉红色、紫色和咖啡色，而他却比较喜欢冷色调，小书房里的灯台、窗帘、沙发布都是淡绿色的。他也知道，海南之所以喜欢暖色调，不过出自这样一种谬见，以为借着红色、粉红色反映出的光，会掩盖她那老姑娘特有的憔悴和暗黄的肤色。殊不知有时这种光反而更衬托出她的——怎么说呢，按医学术语来说应该是——"早衰"。当然他没有跟她这么说，和年龄比自己小很多，而实际的生理状况相差却并不那么悬殊的妻子相处,需要处处谨慎小心地维护她的自尊心。

但是,年轻的妻子并不尊重他的自尊心。刚才的话虽然近乎玩笑,却败坏了他进家门前的愉快心情。理解与不理解,温暖与不温暖,常常仅在一句话上就能表现出来。海南不是一个没有知识的妇女,她的玩笑里面总有着某种含义和旨趣。醋酊和水虽然都是无色的液体,却绝然不同而且具有刺激性。"卡列宁"! 他心头掠过一丝不快。一个不理解丈夫所从事的事业的妻子,有时比反对你的敌人还要令人烦心。

他踱到窗前,把绿色的窗帘撩开。从四楼望去,整个城市灯火寥落,夜阑人静。西边,不远处的电石厂放射出一片强烈的红光;今夜没有风,电石厂大烟囱里冒出的乳白色的烟雾,穿过边缘模糊的红光袅袅而上,一直到那浩渺的天顶上才溶化开来。夏夜的星光灿烂,但大大小小,明明灭灭,毫无规则地撒落在深蓝色的夜空上的群星,却又使他联想到 T 市的杂乱无章。这种夜景,非但排遣不了他心中的不快,还更增添了心理上的负担。

"八方湖山收眼底,万家忧乐到心头"。过去,他不知道在一本什么书上看到过这样一副对联。今天,当了市委书记,他才深刻地体会到这副对联的含义。

他住的这幢楼在城市的边缘,虽然只有四层,在这个城市也算高层建筑了。在一片片朦胧的阴影后面,他知道那里隐藏着许多湫隘简陋的土坯房,好些还是解放前,甚至是上一个世纪的产物。和他站的楼同层的新宿舍楼,疏疏落落地在整个城市东一幢西一幢地仁立着。没有风格,没有个性,在淡青色的路灯中,每一幢楼的面目都带着一种无可奈何的神气。不用去视察,那里也和他住的这幢楼一样:灰顶塌落,天花板漏雨,水泥地面粗陋得跟海滨的沙滩一样,二楼以上就上不去自来水……然而,就是这样的房子,也是市民们的天堂。

　　刚才，他从坐落在市中心区的市委回来，快到市区的边缘时，上海牌小轿车的两道灯光，从当作路篱的小榆树丛中扫出一对对正在谈情说爱的青年男女。他们神色仓皇，但向小轿车投来的眼光也同轿车的前大灯一样地刺目。司机老高告诉他，T市也有许多两代同堂，甚至三代同堂的家庭。尤其是那些当教员的小知识分子，他们没有力气，也没有"关系"，在已快倾塌的土坯房外，再接上一间几平方米的小屋，只好一家人来个"大团圆"。青年人谈恋爱，总不能当着爸爸妈妈、弟弟妹妹的面吧，不到这僻静的马路上来到哪儿去？

　　"还有邪的哩，"胖老高掌着方向盘说，"我现在要是把你拉到公园去，那儿准有一对对儿搂着睡觉的。你要过去干涉他，那两口子会掏出结婚证来揍你，你说咋整？……"

　　胖老高笑着，他却笑不出来。住房、职业、交通、教育、产品的分配和商品的供应……种种一般人的日常生活，现在统统累起来成了一付沉重的担子，落在他的肩上。"历史的使命"，这个概括的、很抽象的词组，在他面前将是一件件非常具体、甚至非常琐屑的事务。在这种关头，他非常希望妻子在精神上支持他，和他共同享受斗争的幸福或不幸。然而，他遇到的却是海南这样的女人。

　　他放下窗帘，在极有限的空间踱了几圈，最后把自己结实的身躯沉重地落在藤椅上，沉重得似乎加上了他那抽象的"历史的使命"。

　　"这一切是怎么开始的呢？……"他皱蹙着眉头，蓦地陷入了一阵迷惘之中：命运仿佛同时给了他两样截然不同的东西，一个是市委书记，使他脱颖而出，一个是海南，使他掉进了一个无形的罗网……

二

"如果叫你去当一个市委书记,你会怎么样干?"

这个问题提得又突兀,又不好回答。

他第一次听省委书记孟德纯这样问他,是在去年冬天陪孟德纯去北京开会的火车上,而正是那次去北京,促成了这场奇奇怪怪的姻缘。

当时,他和孟德纯睡在一个软卧包房,另两名随员在隔壁。胖胖的省委书记在餐车吃完了午饭,回来倒头便睡。这是一个会享受的人,从来不放过休息的机会。六十多岁了,保养得还跟一个刚出笼的馒头一样。尤其在睡觉的时候,枕着两个柔软的枕头,双下巴陷在圆滚滚的脖子里,一绺花白的头发耷拉在宽阔的额头上,厚厚的嘴唇微张着,露出一种天真的痴呆的表情。轻轻摆动的列车摇晃着他,如果不是老头子打着很响的鼾,真睡得和摇篮里的婴儿似的。

到了傍晚,火车已经跑了十个小时。水气像一层银色的薄膜贴在车窗上,车厢里光线很暗,他拧开台灯,老头子才惊醒过来。

孟德纯先伸了个懒腰,打了个很长很深的哈欠,然后又和睡着了似的,没有改变姿势地躺在铺上一动不动,用一种研究的眼光久久地凝视着坐在对面铺上看书的他。

他感觉到这道令人不安的目光,本能地向省委书记瞥了一眼。这时,孟德纯才用那种刚睡醒的瓮声瓮气的声音问:"你看的什么书?"

和一般人听到这个问题一样,他把封面向孟德纯展示了一下:"《钱商》。一本美国小说。"

"什么意思?"

他把书合在铺着白台布的小桌上，揉揉眼睛，按书前的"内容提要"向省委书记叙述了故事。

"唔，唔。一本批判资本主义的小说。"孟德纯用他惯用的方法做了概括，手撑着铺坐了起来，"你还爱看小说？"

"这也是学习嘛。"他笑了笑。

"这也是学习？"孟德纯睡足了觉，感兴趣地问，"譬如说，从这本书里你能学到什么东西？"

"至少能告诉我们什么是资本主义。"他说，"只有把资本主义吃透了，才能懂得什么是社会主义。我们过去不懂得建设社会主义，很大程度上是因为我们还不懂得什么是资本主义。可是，我们中国又没有经过资本主义的高度发展，那怎么办呢？我看，除了学《资本论》、出国考察，最好不过的就是看西方的小说了。恩格斯就说过，他从巴尔扎克那里知道的东西，比从社会学家那里知道的东西还多。"

"嗯，有意思。"孟德纯转过身来，在铺上盘起双脚，身体随着火车微微晃着，"那以后你也给我找几本外国小说看。"

"只怕您没有时间，看着看着要打瞌睡。"他笑着说，"以前朱书记也让我给他找外国小说。我给他找了好些，可他一本也没看，只看了一部《红楼梦》。"

"看《红楼梦》也好嘛。我也只看了一部《红楼梦》。"

外面的天色完全黑了，车窗像一只黑色的眼睛，映着它在包房里看到的一切。孟德纯思忖了一会，突然问：

"朱敦武给我介绍你那些情况，是真的吗？"

他抬起头看着孟德纯："我不知道朱书记给您介绍了些什么。"

"唔，说你'造'过他的'反'，后来又保护了他。"

他微微一笑，没有回答。

"你这个秘书怎么也'造'书记的'反'？"孟德纯喝了口茶，意味深长地笑着说，"那我以后得当心你一点。"

这个问题，是不用向孟德纯解释的，打倒"四人帮"以后，孟德纯来K省当第一把手，从一大堆秘书当中又把他挑出来当省委书记的专职秘书，正是听了朱敦武的介绍，不错，他"造"过朱敦武的"反"。那是一九六六年六、七月间，即使是非常冷静的头脑也会卷进疯狂的漩涡里面，何况朱敦武确实有官僚主义，脱离群众的毛病。在K省"造反派"开始所谓的"清君侧"，争取知情人的时候，他是第一个出来揭发朱敦武的人。当然，他思想上也曾痛苦地斗争过好几天：是听中央的话，还是听朱敦武的话？朱敦武待他很好，把他从一个一般干部要到身边当秘书，参与省上所有的重大机密。"宰相家人七品官"，省委书记的秘书走出省委机关就可以当个县委书记。一九六四年，中央提出培养接班人的口号后，朱敦武就有过把他外放到一个市当市委副书记的考虑，只是因为后来的一连串政治运动才搁浅的。然而，私人的情谊终究不能抵挡来自北京、来自两报一刊的鼓动。尽管他私下认为两报一刊所批的东西并没有什么错误，"在真理面前人人平等"、"纯学术讨论"、"放"等等不是什么"修正主义"，而是马克思主义，但在读到"当前我国的主要矛盾是广大革命群众和一小撮走资本主义道路的当权派的矛盾"的社论后，他想到，和广大革命群众站在一起总没错，终于毅然决然地在批判朱敦武的大会上站出来揭发了他的领导。他揭发的，是朱敦武在经济上冒进，在阶级斗争上搞扩大化的错误。而朱敦武"左"的错误到了"造反派"的手上却一变而为"右"的罪行；用帽子来改变事物的本质，是"文化大革命"的诡辩术。于是他一下子成了"反右"的"革命左派"，在混乱的时势里，莫名其妙地成了K省机关"造反派"中较有影响的人物。到了十月，对"走资派"的武斗急速升级，邻省省委的三个书记，两个被关押起来，一个被打死，这场运动的破坏性明显地暴露了。这时，他一方面利用自己的影响暗暗地保护朱敦武的人身安全，一方面趁到北京串联的机会，通过朱敦武的老战友给周总理呈递了一封信告急。不久,周总理就派人来到 K 省,把朱敦武带到北京,安顿在一家医院里。以后,他又接二连三用各种方法保护了几个挨斗的"走资派",可是,自己却渐渐失去了"造反派"的信任。在另一个"造反组织"来拉拢他时,他又不屑于反戈一击,叛变出卖,所以在省委机关始终是个一般干部,直到孟德纯把他挑出来……

车轮磨擦着铁轨,喀嚓喀嚓地响着。经过岔道的时候,车厢猛地摇晃了几下。孟德纯小心地把杯子放到小桌上,又继续用研究的眼神盯着他。

"如果叫你去当一个市委书记,你会怎么样干?"

这个问题,就是在这个时候向他提出来的!

他在孟德纯身边工作了四年多,他知道这个省委书记虽然和一般长得很富态,动作很迟缓的老人一样脾气随和,但对下属决不会无缘无故地提这样的问题。他的心也同火车经过岔道似的,怦然一动,表面却仍然很平静。

"那要看我有多大的权力了。"他沉吟了一下,回答说。实际上,这个回答是他早就有所准备的。

"市委书记嘛,有多大的权力还用问? 你还不知道?"孟德纯拿起一根火柴在桌布上划着,做出随便聊天的神态。省委书记也想尽量冲淡这个问题的严肃性。

"那当然要问一问,"他笑着说,"这就和您叫我去做买卖一样,您给我的本钱大,我就大干;您给我的本钱小,我就小干。您先不说给我多少本钱,我怎么能回答怎么干呢?"

"你这个机灵鬼!"孟德纯笑出声来,"你是不会做蚀本的买卖的。那你说,要叫你大干,你要多少本钱。"

在这四年多中间,他和孟德纯几乎朝夕相处,不但孟德纯所作的报告,就是在报刊上发表的文章,也都出自他的手笔。孟德纯原则性很强,但头脑却和他本人的脾气不一样,也许是老年人的自然衰退吧,考虑具体事务很不灵活,所以对这个秘书是言听计从的。他俩的关系已相当亲密,到了无话不谈的地步。现在,在旅途上聊天,要比在办公室里谈话更轻松得多。而且,这种轻松的聊天往往比严肃的谈话起的作用还大,尤其在孟德纯心情愉快的时候。他明白省委书记在试探他。省委书记可以对这种聊天性质的考察不负任何责任,问他这样的问题不一定就是真要派他去当市委书记;那么,他的回答也可以随便,可以把平时所想的直率地谈出来。

"我要的本钱不大。"他说,"我要您完全信任我,给我'组阁'的权力。"

"当然啰,要叫一个人去当市委书记,当然要相信他啰。"孟德纯说,"可是你说的这个'组阁'的权力指的是什么?"

"我说的'组阁'是指一个市的工作班子。市委领导班子,是由省委任命,中央批准的,我无权去动。市下面的各部局,应该由市委来组织,这是作为一个市委书记起码的权力!"说到这里,他想,即使现在说了不投合省委书记心意的话而失去了这种机缘,他也要把想的话说完。他继续说:"每次,有新上任的市委书记、县委书记,您都跟他们叮咛要'加强领导班子的团结',可您不知道,他们好些工夫,都花在这种'团结'上去了;常常为了所谓的'团结',还不得不去迁就某些人。如果是我自己组织的班子,那就不存在什么不'团结'问题。合则留,不合则去!"

"唔……"孟德纯咕哝道,"你比我向中央要的本钱还大。"

"我要的本钱是您手头有的呀,"他笑着说,"您给这个本钱,我就能做个大买卖。您常常为省委班子内部的团结头疼,下面各级班子的'班长'就不头疼? 孟书记,您不妨先从您的权限范围开始治这个头疼。要是一级一级都这样贯彻下去——省委让市委'组阁',市委让区委'组阁',区委让各工厂企业学校等等基层领导'组阁'。这头疼的根子就治好了。"

"你呀，"孟德纯用手指点了点他，"我看放个反对派在你旁边还好点。"

"反对派还用故意放一个吗?"他仍然从容地笑着，"不放还招架不住哩。反对派的意见也应该听，但不能让他们掺和到班子里来。领导班子是要干事的，应当拧成一股劲。当然，如果最后证明这种'组阁'是拉帮结派，您再解散也来得及。最终的权力还不是属于人民的?"

列车速度缓慢下来，喀嚓喀嚓的声响拖长了几拍，最后停靠在一个小站。贴着一层银色薄膜的窗玻璃上，透过来一团团朦胧的灯光。孟德纯用手指在玻璃上擦去一小块水汽，向外张望了一下，但只看见一些杂乱的人影。他又靠回隔板，不知为什么叹了一口气。

他没有动。此刻，他希望把这场已经开始的谈话继续下去。虽然他和省委书记随随便便聊天的机会很多，可是谈这种话题还是第一次。过去，都是议论别人，评价别的什么新上任的市委书记或县委书记，现在，他听到了命运的敲门声。这声音很轻微，如同用两根手指在弹击，但却是明白无误的。

列车又开动了。桌下的暖气管发出咕咕的音响，一股熏人的热气带着金属的味道自下而上地弥漫出来。在列车的奔驰中，在沿着轨道滚滚向前的车轮的节奏中，在柔软、平稳的摇晃中，自有一种适于反思和推心置腹地谈话的气氛。

这时，孟德纯一半像是对自己，一半像是对他感慨地说：

"现在，要从中青年干部里头挑选接班人，但是，有些老头子都按着自己的模子来挑选，有的人干脆只挑听话的。调整干部不过是换换椅子罢了，别人独出了心裁，还得他点头。他不点头别人还是不敢动。这怎么行?! 我要挑接班人，就要挑个比我强的……可是，有的人平常看来很能干，放上去能不能独当一面? 却是个问题。闹不好，反而害了他……"

省委书记沉吟着,仿佛是找不到适当的词来表达他的忧虑,望着桌上的茶杯出神,陷在自己的思索里。既然不是谈他,而是泛指别人,谈话就更加自由了。他提醒省委书记:

"我看这方面孟书记满可以放心。您三〇年在老苏区参加的革命,到五二年,就进入了一个大省的书记处当书记。这中间经过了二十二年,您当书记也完全胜任。现在的中年干部,多半是五十年代末参加的革命,到今年,至少也二十二年了。这二十二年中经过了那么多政治运动,经过了'文化大革命',我看不比打日本人,打蒋介石简单。把这样的人放到一个市、一个县上,还有什么不能独当一面的呢?"

"唔,唔,有道理……"孟德纯和素常听完了他的建议一样点点头。又想了一想,然后闭起眼睛,慢慢地斜躺到铺上。显然,他被这一股热气熏得昏沉了。

他看着孟德纯又渐渐入睡,轻轻拉过毛毯给省委书记盖上,打开房门,到过道上去吸烟。过道的窗玻璃上没有水雾,远处,不知是市镇还是工厂的星星点点的灯光,像萤火虫似的在暗夜中飘动,显得夜更浓黑了。一男一女两个美国人从餐车过来,目光在他身上滞留了一会儿,拉开旁边包房的门走进去。硬卧车厢那边,传来广播里隐隐约约的音乐声。他点燃烟,凝神听了听,不是什么有名的曲子。但他还是凝神地听着。他听的是发自自己内心的乐声,那种命运的弹指声。

三

但是,当时,在火车上,在软卧车厢的过道上,他怎么能料到此次去北京,还有命运的另一个机缘在等待他呢?……

他拉开抽屉,拿出一沓稿纸,开始写准备向 T 市市民发表的

"就职演说"。但写了几行字就写不下去了。

女人的小脑袋瓜里经常会闪现出一些奇异的联想。这些联想乍听起来荒唐透顶，但仔细一琢磨，却跟抽象派或超现实主义的绘画和雕塑一样，给人某种似是而非，又似非而是之感。而讨厌的就是这种不清晰的，全然模糊的某一个点和某几个点的相似之处。它像一只懒洋洋的嗡嗡作响的苍蝇，黏黏糊糊地在四周旋转，打又打不着，赶又赶不开。海南把他比作卡列宁的调侃，对文化素养较低的，对不那么敏感或不经常自省的人，其实也如秋风之过马耳，触动不了分毫，可他偏偏不是那样的人。这句冷冰冰的话，也使他产生了一系列的联想，从而更拉长了他和妻子之间的距离。这种距离感降低了他的情绪，使他不能开动脑筋来思考什么"就职演说"里的问题，倒把他引向关于婚姻的哲理上去。

结婚并不意味着幸福，这是他两次家庭生活给他的经验。当然，爱情是有的，并且是真正能激动人心，使人生变得瑰丽而有意义的。他并不像某些人那样，对自己没有得到或没有见过的东西，一律采取否定的、不承认的态度，和伊索寓言中的狐狸似的。可是，他虽不同意霍布斯的哲学，认为爱情只是神经系统高级部位的一种机械运动，却也暗自认为黑格尔说的，爱情不过是一个感情的过程，完全正确。既然是一个过程，那就会有始有终。开始是美好的，但终结却可悲可怕。尽管人经过或没有经过这个过程，存在着一个巨大的差别。

在他来说，他情愿和海南没有经过这个过程。如果时光可以扭转，他一定会把现在扭转到去北京途中和孟德纯谈话的那一天。

第二章　原来这里没有
一点罗曼蒂克

一

他走进小书房，关上了房门。罗海南仍姿势不变地坐在小沙发上，然而泪水不觉地从泪腺中渗出来，渐渐泅满了她的眼眶。她把手指关节搁在嘴唇上，强忍着不让泪水流下来。《安娜·卡列尼娜》歪倒在一旁，书页散乱地慢慢溜到地上，噗的一声，像是老托尔斯泰的一声无可奈何的叹息。

她刚刚读到第四部第六章，"亚历克赛·亚历山特罗维奇——即卡列宁——在八月十七日的委员会上获得了辉煌的胜利，但是这个胜利的结果却反而损害了他的权力"这一节。由于卡列宁原来的反对者史特列摩夫施展了诡计，带了另外几个同僚和他一道，转变到亚历克赛·亚历山特罗维奇一边来，不但热烈拥护卡列宁所提出的法案，而且还提出同一性质可是更趋极端的法案。这样一个太趋极端的法案立即显出它的荒谬，以致政府当局、舆论、"聪明的妇女"——书上是这么说的——和报纸，异口同声都攻击起这些法案来，对这些法案的公认的创始人亚历克赛·亚历山特罗维奇表示愤慨。亚历克赛·亚历山特罗维奇·卡列宁的地位变得岌岌可危了。但是他没有屈服，而是采取了一个重要的决定，宣称他要请求允许他亲自到当地去调查这事件。得到许可之后,卡列宁就动身到这些辽远的省份去了。并且,还正式退还了支付给他的十二匹驿马费。这"驿马费"就是我们现在的"出差费"。这种行为只有在性关系上十分开通的培脱西夫人赞赏,而谬基公爵夫人和特维斯卡雅公爵夫人却不以为然——是的,为什么不拿公家给的"出差费"呢? 不拿白不拿!

在某些方面,她觉得他的确有那么一点点像卡列宁。撇开他和卡列宁所处的时代,所属的国家,所服务的政权性质,所信仰的思想体系完全不同这些不说,在事业心上,在不屈不挠的干劲上,在处理政务的机智上,在与人交往的风度上,她总感到他似乎有那么一点像这部巨著中的俄罗斯贵族。她甚至想入非非,如果自己真有个"沃伦斯基"的话,他也会像卡列宁那样宽大地饶恕她的……要不,就是和普希金一样和丹特士决斗……决斗,这种可能性倒是很大。你看他刚才那副阴沉的样子!

就因为他是她的丈夫,所以她才在不论看什么小说,什么电影,什么戏剧时都会从中找到他的影子。但是,在她的眼里,她看到的总是主人翁美好的、善良的、高贵的那一方面,尽管有时她用的是尖刻的揶揄的腔调来比喻。她决没有把他和《巴黎圣母院》中的那个副主教富洛娄联在一起,虽然他有时——譬如刚才吧——也和这个富洛娄同样阴沉。而他那种阴沉,仿佛是属于《简·爱》中的罗切斯特的那一类的。

她说的那句玩笑,并不是恶毒地挖苦他呀! 何必呢? ……

她什么都能忍受,就是不能受委屈。她抛开了北京——那里的风都要比这鬼地方清新! 抛开了疼爱她的父母——父亲是许多人想巴结都巴结不上的部长,抛开了西城南月胡同那扇红门里宽大的院落——那株玉兰该开花了吧? 抛开了和她经常一起"疯"——用妈妈的话来说——的男女朋友,跟他来到这个她过去听也没听说过的地方。这地方居然也称作"市",还没有北京西面的公主坟大！乱七八糟的,出门就是从电石厂和皮革厂排出的臭水。她过去也曾"插队"过,可由于父亲和母亲的老关系,并没有"插"到底,只插到县妇联当了一名什么也不办的办事员。那个县,也要比这个四十万人口的"市"强得多!

她并不埋怨他单单选到这个谁也不愿搬来的、远离市中心的、虽然是新盖的却看来摇摇欲坠的四楼上来住。本来,市中心也够窝囊的,只有不多几家在北京只能算小商店的"大百货公司",远离不远离都无所谓。她知道现在的党政官员都在房子这个问题上非常敏感,几乎成了测试干部作风的一块试金石。她顺从了他,愿意帮助他塑造正面形象,搬就搬来吧。要命的是四楼上的自来水形同虚设,每天她还要和妈妈替她雇用的一个安徽姑娘——北京有那么一个保姆所组成的"安徽帮",高价请个家庭佣工并不难——拎着桶到二楼的一家人家去提两次水。要用洗衣机洗衣服,那就不止两次了,上上下下,如穿梭一般,弄得满头大汗。头一天,她还觉得很好玩,反正工作还没安排好,借此可以锻炼锻炼身体——坐在家里发胖了可就糟了!——第二天,她就厌烦了。每趟要扮出一副笑脸去求人家,这可是她从来没做过的。她"插队"到县妇联,也是县革委会的小通讯员替她灌的暖瓶。并且,因为那家知道她是市委书记的夫人,殷勤得有点过火,如果男人在家,还打发男人帮她提到楼上来,男人来了还不走,问这问那,嘘寒送暖,好像四楼上不去自来水是他的过错似的。这使她心里更为不安。她既受不了冷落,也讨厌人家对她过分讨好。

是什么鬼迷住了她呢? 就是他吗? 难道自己真是嫁不出去的老姑娘,非要跟这个比她大十四五岁的人结婚? 而且,原来她以为自己很了解这个人,甚至爱这个人,但一结了婚,她才发现她一点不了解他,或者说是她原来了解的竟是个错误。他是太复杂了,自己呢,也太复杂了。这样一来,两个未知数"X"碰在一起,就像小李子常爱说的北京土话——"猴吃麻花,满拧"了。试想想,两个"X"加在一起,不正和麻花一样吗?

但是,两个复杂的东西也是可以配合得非常完美的呀,譬如那核桃仁和核桃壳。凹凸不平的核桃仁比人的大脑皮层的纹路还复杂,却自有凹凸不平的壳去配它。互相拥抱,镶嵌得如此紧密,只有榔头和门缝才能把它们砸开。那么,为什么她和他就偏偏好像在哪个地方错了铆呢?毛病出在哪里呢?

二

她决不是嫁不出去的老姑娘。在北京,追求她的男人,从开汽车的司机到高等院校的研究生,从比她小好多岁的小伙子到比她大好多岁的老小子,在她四周也曾形成过一个火力包围圈。但是,她是太认真了,太冷静了。二十岁左右,她体内还有种青春期的自然勃动,有那么一种神奇莫名的,令人耳红心跳的骚乱。那时,似乎不论来个什么样的男人都可以在一霎时占有她,可以把她带到天涯海角。可是,那时她正在县妇联"插队",那位受她妈妈嘱托的妇联主任——很多年前是她妈妈在一个新解放的城市收容的逃荒姑娘——却像"神荼郁垒"一样把在她门口,没有一个男人敢去碰她。回北京之后,她看中的人——譬如那活泼机灵的小李子——又不敢高攀她。

"行啦,小姐! 我要的是能居家过日子的老婆。您啦,我侍候不起! 我这能耐,也不想去当大干部。"

一块儿玩了一个星期,谈了一天恋爱,小李子知道她是谁谁谁的女儿后,这个在工人体育场偶然相识的起重机工人,一蹦子跑得不见影子了。

但她的确喜欢他的粗犷、不拘形迹,喜欢他的什么也不懂却对什么都有兴趣,喜欢和他在一起过普普通通的小市民的日子。这和吃腻了肥肉想吃点泡菜的心理相似，小市民的日子对她也有吸引力。

这次初恋的失恋，使她在好长时间里晕晕忽忽的，也使她在晕忽以后似乎明白了点什么道理。接着，介绍给她的人就联袂而至了，其中也有不错的，仪表堂堂的、温文尔雅的、谈吐不俗的，可是她已经能够冷静地看出他们殷勤的背后总潜藏着什么世俗的企图了。这企图当然是和她爸爸的地位联系在一起的。这种理智的冷静，其实是一种性压抑的表现，因为这时她已经超过一生中只有那么一瞬间的青春萌发期了。

她知道自己并不漂亮，如果按现代那种洋娃娃式的美人标准来衡量，可以说她差得很远，并且，随着岁月的消磨还越来越憔悴，乳房和臀部的肌肉也日见松弛。但她也很清楚自己有一股平常人不易发现的内在的灵秀。她工作单位———一所挤满高干子女的人文科学研究所——里的一位研究员，曾留学英国的老学者，有一次在闲聊中曾拍着她的手背，好像是开玩笑，却是很慈祥地、诚挚地对她说："别着急，南南。你有种天生的丽质。'天生丽质自难弃'，一定会有个好样儿的看上你的。别像那些急不可待的姑娘一样胡胡涂涂就结婚。要是碰上个浪荡子，吾将为君一掬泪！"

她是敬仰这位吴老教授的。整个研究所上上下下七八十人，只有他年纪最大，但出的成果最多。她把这话奉为座右铭，奉为圣谕。是的，她相信自己既会有陀思妥耶夫斯基的《白夜》中的纳丝典佳对爱情那样的痴迷，也会有屠格涅夫的《贵族之家》中的丽莎那种深沉的义务感和温情。那时，全国都在谈论一部描写一个值得尊敬的妇女在一个"右派"最艰苦的时候跟他结婚，并随着这个"右派"含辛茹苦地生活了许多年，最终在"右派"平反时却死去的电影。评论家说这位妇女"有着高尚的社会主义道德情操"，"表现了中国妇女的心灵美"，等等。

"瞎扯！"她对朋友说，"尽是瞎扯！非要把她拉到政治呀，道德呀上去。其实,她爱他,这就是一切!还有那对杨宪益教授的英国夫人戴乃迪的宣传也是这样,非要说人家离开自己的祖国,抛开优越的物质生活在中国受苦是热爱中国,是为了沟通中英文化交流,为了中英人民的友谊什么的。实际上,她爱的只是杨宪益!这就是她最高的精神享受!我,如果遇上了一个值得我爱的人,假使他犯了错误,打成'反革命',我也会像十九世纪俄国十二月党人的妻子那样,跟着他去充军!"

"你会吗?"她的朋友园园有点怀疑,"叫我,我就不会。假使郭扬成了反革命,给弄到新疆宁夏哪儿的,我就不去!干吗呀?跟着他跑到那吓死人的地方,值得吗?"

"那你是并不爱郭扬,你看他那副花花公子的样子!如果你真正爱那个人,你也会的!"

"嗯……"园园瞪着大眼睛,傻乎乎地思忖着,"也没准吧,也许我真有那么点儿傻劲。"

"会的,会的!"她热情洋溢地摇着园园,"你也会的!一个人爱一个人,什么苦都能受,什么事都能做得出来!"

但是,现实中既没有一个王子把她带到皇宫里去,也没有一个恰达耶夫可以使她跟随着去西伯利亚矿坑,成为普希金和涅克拉索夫歌颂的那种妇女,有的只是两眼盯在她家庭背景上的角色。她沮丧了,她气恼了,她失望了,她曾暗暗地发誓不结婚,直到找到真正的爱情,像小说里描写的那种爱情。

她的父亲倒不希望她早结婚,也许还根本不希望她能结婚。这个革命多年的领导人,想的是在公余之暇有个能享受天伦之乐的家庭。她的大哥平犁——那是老两口还是小两口时在北平做地下工作时生的——不幸在研究中国第一颗原子弹中牺牲,二哥渝犁——那是他们在驻重庆办事处工作时生的——远在美国加利福尼亚进修。渝犁已经成了家,有了孩子,而且他爱人娘家的地位不次于婆家,也不经常带孩子到婆家来看她公公婆婆。如果她这个在海南岛解放时出生的女儿一嫁人，老人的膝下就空虚了。所以她爸爸也和那吴老教授一个腔调：

"别急，别急。难道我们的南南还愁嫁不出去？真是咄咄怪事！"

只有她妈妈关心她。妈妈毕竟是妈妈，知道爱情——至少是和异性一起生活——对一个女人的生理和心理有多么重要。眼看着她的面庞由红润变为苍白、由苍白变成蜡黄，而这种蜡黄又是凤凰珍珠霜，银耳珍珠霜，人参珍珠霜，任何珍珠霜也掩饰不了的；眼看着女儿经常郁郁寡欢，经常暗自叹息，经常喜怒无端，不由得不着急起来。

"你呀！"她妈妈埋怨她爸爸，"你注意南南了吗？你老说'不着急，不着急'，她要再不解决终身大事，就会变得像老处女一样怪僻啦！你真是害了她……"

"嗯？"老头子把眼睛从文件上抬起来，"至于那么严重吗？我怎么看不出来……那你就替她物色一个吧。"

她妈妈个子矮矮的，椭圆脸盘，天生的一副乐观性格，所以到六十多岁还不见老。她是老燕京大学的地下党，接受过现代文明熏陶的，虽然到这样的年龄脑子有点迟钝，也很明白现在围着南南转的几个男人背后有什么目的；她也很客观地看得出她的南南对男性没有特别的吸引力——现在具有慧眼的男人并不多，何况还没有碰上；她也知道干部的终身制必然会废除，眼看她的"老罗"就即将面临"顾、离、退"，而她自己则是已退休多年了。到那时，她的这个没有多少魅力的南南落到已经达到目的的男人手上，只有受罪的份儿。鞭长不及马腹，南南成了人家的妻子，老两口想维护也维护不着了。所以她虽然着急，却也不赞成在他们这个圈子里贸然找一个来塞给女儿。

可是，此时，北京的老姑娘越来越多了，甚至有谣传说，北京各区的婚姻介绍所已经拒绝给三十以上的、高中毕业以上文化程度

的姑娘登记了。有一天,她妈妈过去的老同事,一位"马列主义老太太",同时又是现实主义老太婆的某部副司长问她妈妈:

"顾大姐,你们南南怎么还不找对象呀?虽然要响应党的晚婚号召,可晚也晚得有个限度。像南南这样的岁数,满达到晚婚的要求了!"

客厅里再没有别人。她妈妈叹了口气,把自己的考虑和忧虑告诉了客人。

"嘻!"副司长大不以为然,"顾大姐,这你多余操心的!你既然跟我说了实话,那我也跟你直说,你可别多心。像南南这样岁数的姑娘,要不趁罗部长还在台上的时候找个知识分子或是机关干部,到罗部长退了下来,她还怎么去找?总不能让从我们这种家庭出来的姑娘嫁给一个卖肉的、炸油饼的或是二婚的老头子吧?还等什么真正的爱情?南南又不是十七、十八的姑娘……"

这番话如醍醐灌顶,顿时使她妈妈大彻大悟。是的,南南本身不具备使男人一下子能爱上她的条件,唯一的条件就是她家庭的显赫地位,如果这个条件再一消失,南南真的只有嫁给卖肉的、炸油饼的了。她妈妈虽然不像那位副司长,认为卖肉的、炸油饼的没有什么社会地位,但考虑到南南的气质、教养、爱好,她能和那种天天算豆腐账、业余兴趣就是打扑克、看外国电影的小伙子合得来吗?

这天晚上,她和南南爸爸临睡时合计了一个小时,最后决定劝南南嫁给经常出入他家的、她爸爸部里所属的一个研究所的研究生。这个研究生的要求——当然没有明确说——也很合理:让他出国进修。即使没有南南这层关系,那个研究生也完全有资格获得这个机会,又何不借此把南南"搭配"出去呢?

然而,正在这个关键时刻,来了这么一个陈抱帖!

真是"千里姻缘一线牵"!

三

她悄悄地抹去流到腮边的眼泪,弯下腰,从地上把老托尔斯泰扶起来。《安娜·卡列尼娜》的书页正打开在 576 页和 577 页之间。她强迫自己心不在焉地读着:

"……她的眼睛闪烁着柔和的光辉。在她的影响之下,他感到全身都涨满了不断增加的幸福。……吉提手里拿着粉笔,浮着一种羞怯的幸福的微笑,仰脸望着列文,而他的优美的身躯弯向桌子,热情的眼睛一会紧盯在桌上,一会又紧盯着她。……他用神经质的,颤抖的手指攫取了粉笔,把它折断了,写下下面字句的首字母:'我没有什么要忘记要饶恕的,我一直爱你。'"

这是列文向吉提求婚的一场。老托尔斯泰把恋人的心理描写得那么准确,那么细致入微,那么传神,简直令人不能相信这是人写的,而是缪斯本人——不,是本神——的手笔。她记得还是在那个县"插队"的时候,她第一次读到这里时,她的心也不禁像吉提一样战颤起来,像吉提一样,全身充溢着、荡漾着那么一种使整个肉体完全融化的幸福感。读到这里,她像吃妈妈从北京给她寄来的好吃的东西一样,甚至都不舍得一次把它读完,一个字一个字地往下看,如同用牙齿尖一点一点地在那美食上磨啮。而那时,"神荼郁垒"正把在她门口,没有一个列文敢来和她一起在桌上划字表达爱情。在北京,她又一遍一遍地读到这里,都和第一次读它时那样激动,并且眼前幻化出不同的男人的形象。但现实的、活生生的、有血有肉的男人却没有一个像书中这个列文那样使她动心。因为没有一个人像列文那样真挚。直到眼前出现了这个冷冰冰的,既说不上真挚,也看不出不真挚的陈抱帖,才第一次使她体味到什么是心荡神怡。可是,这个陈抱帖却没有一点列文的缠绵悱恻,没有一点列文那种在爱情上的羞怯,倒是像尊铁炮一样,仅仅把炮口对准了她,还没有发射出一发炮弹,就使她屈膝投降,甘愿做他的俘虏,跑到这个比西伯利亚好不了多少的鬼地方来了。

见鬼,这是怎么搞的呢? 是命运的安排,还是命运的恶作剧? 刚刚跟他开了一句玩笑,就虎起脸关上了门! ……唉,明天一早还要替他去二楼拎水。

四

就在爸爸妈妈向她宣布他们在那晚上商量好的决定,而她也表示愿意考虑这个看来并不十分讨厌的研究生的当天下午,孟德纯叔叔趁到北京参加中央召开的一次会议之便,来拜访她爸爸。孟德纯和她爸爸在解放初期同是那个大省的书记处书记,一文一武,关系处得很融洽。两个老头子在她爸爸的书房里天南海北地聊了两个小时,等她下班回来,正碰上她妈妈请他们到客厅里入席。

"哎哟!"孟德纯走进客厅,看到她便喊起来,"南南都长这么大了呀! 南南,你还记得你孟叔叔吗? 我还抱过你哪。老罗,你说我们怎么能不老?! 啊,在 K 省的时候,还跟在眼前一样,可是,一晃就是三十年……"

"是呀,是呀……"她爸爸笑着替他拉开椅子,"那时候,你是我家的常客。而这三十年来你都没在我家吃过饭。"

"那时候还是供给制啦,"孟德纯坐下来,眼睛在餐桌上溜了一遍,"什么小灶,我就不爱吃那炊事员做的菜! 我在部队里的那个伙夫不错,可是让朱敦武这家伙先抢到手了。老顾,你做的一手好菜,不愧是大家闺秀出身的哪。你记得吗? 我到你家来专爱吃你烧的鲥鱼。"

"什么鲥鱼,老孟,你怕是在做梦啦。"她妈妈笑着说,"现在北京商店里连新鲜的鱼都很难买到。今天为你来,还是我打发阿姨跑自由市场才买了这些东西。你随便吃吧,虽然没有宾馆的菜好,也是顿家常饭,不会次于你老李做的。"

"她呀,"孟德纯夹了一筷子糟溜鱼片放到嘴里,撇撇嘴,"原来也只能做个家乡菜,除了辣,没有别的味道。现在,干脆躺在床上不动了,保姆给我做什么,我只好就吃什么啰!"好似他在家里非常可怜似的。

于是,她妈妈关心地询问起孟德纯的老伴的健康状况,三个老人边吃边谈,很是热闹。吃到一半,孟德纯仿佛突然想起了什么事,看看桌旁的人,诧异地问:"咦!怎么只有我们这几个,其他的人啦?"

她妈妈只好把家里人的情况向他介绍了一遍。

"南南还没有结婚?"他向海南看了一眼。海南看出了他眼中那股怜悯的神色,恨不得撂下饭碗就走。"你们这当爸爸妈妈的太不负责啦!尽顾了自己养老,要把南南留下当老姑娘呀?!跟我走!到我那儿去。南南,我保险给你找个好样儿的!"

她恨死了这个矮子!眼泪不是从眼睛里流出来,反而流到了喉咙管里,和一口饭一齐堵在那儿。

"跟你走,你那儿有合适的吗?"她妈妈给孟德纯夹了一筷子奶油菜心,笑着问。

"怎么没有?别看我那儿是个穷省,实际上,地方上比北京出人才。"孟德纯把菜心咽到肚子里,又说,"哎,不说别人,我手下就有这么一个。"

"什么样的人啦?"她妈妈有一搭无一搭地问。

"他么,是个人才,跟了我几年,我看出来这家伙能当半个省委书记。最近,我有心把他放到一个市去当当市委书记试试。"

"啊,"她爸爸也加入了谈话,"你倒很有用人的魄力。"

"那当然!"孟德纯慷慨地说,"我们那儿的市级干部都老掉牙了,县级干部有很多也是靠拐棍走路的。你看这些人怎么能搞好工作？我要叫他当市委书记，一上去就是正的，什么过渡不过渡的！这才符合中央的精神！"

"对的，对的！"她爸爸边说边点着筷子，"'冯唐易老，李广难封'。历史上早就有这样的教训。如果发现了确实是人才，就要果断地把他放到一定的位置上去。什么先当个副手看看啦，先留在身边试试啦，让他一级一级往上升啦，反倒束缚了他的手脚，搞得他谨小慎微，先要看你的颜色才能行事，他个人的能力也难发挥出来了。你把他放到一定的位置上去独当一面，即使错了，也错得有个名堂。当个副的，工作上出了纰漏，知道是谁的错呀？……"

什么省委书记，市委书记！在他们这样的领导干部眼里，仿佛只有能当书记的人才是人才，才可爱。简直可笑透了！海南想到这里，心里反而平静了，喉管也顺溜了，当作他们不是谈自己，自顾自地吃饭。

"能当市委书记的人不一定能当好丈夫呀。"还是她妈妈有见地。

"真的，真的，我不骗你们，我怎么能叫南南吃亏呢？"孟德纯向海南凑过去说。但海南低着头吃饭，毫无反应。"说实话，我是没有南南这样的女儿，要有，我就给他！"

"啊？多大岁数啦？"省委书记、市委书记对她妈妈来说并没有什么诱惑力，倒是孟德纯也愿意把这人收为女婿的话使她妈妈怦然心动了。

"岁数么……"孟德纯吃了口菜，"四十左右吧……不过，看上去很年轻。他们这一代人不像我们啦，他们没有行过军打过仗啦，哪像我们那样，三十岁的时候看上去就像四十岁的。"

"四十左右？"她妈妈期期艾艾地疑问，"没有结过婚吗？"

"啊……"孟德纯又吃了口菜，"没有吧。这家伙看了很多书，还写了不少文章，好像他对结婚不感兴趣。"

想不到当省委书记的孟叔叔也会撒谎，什么四十左右，什么没有结过婚……真是！……

"嗯，"她妈妈和她爸爸交换了一下眼色，"那么，人在哪儿呢？我们总要先看看吧。"

"我不说了吗？他就在我手下，现在就在北京。"孟德纯这晚上出奇地高兴，"今天我叫他在宾馆准备材料，没跟我来，哪天我抽个空把他领来你们见见。"

"见见总没坏处。"她妈妈端着碗征询她爸爸的意见。

"见见就见见，看老孟说得活灵活现的。"她爸爸笑着说，"反正，你一时又回不去。这个会完了，国务院还有个会，扯皮很可能扯到春节以后。你还要常来，你不是爱吃老顾烧的菜么？"

她回到她房里，拉开电灯，一歪身躺在卧榻上，操起一个小圆枕枕在脑后。她感到了一阵沉重的屈辱。两个老头子加个老太婆，谈的完全是她的事情，而且是那么大、那么重要的事情，却毫不征询她的意见。这是生活在什么时代？还是生活在一百年前吗？不知怎么，她蓦地想起了《战争与和平》中的尼古拉·包尔康斯基老公爵对玛丽公爵小姐的专横和不理解，想起了自己也和玛丽公爵小姐一样的老姑娘的处境，更为黯然神丧了。嫁就嫁出去吧！早点结婚早点心静，免得自己在家里成了父母操心的一个累赘。她越想越偏激，竟以为父亲母亲是为了甩掉她这个累赘而急不可耐地替她想方设法的。于是，一股不可排解的、瘆人骨髓的孤独感向心头袭来，她把脸埋在冰凉的织锦缎小圆枕中哀哀切切地哭了。

是的，赶快结婚，建立自己的小家庭。那个研究生王彦林其实是个不错的人，学识渊博，常有惊人之语，虽然他对她似乎不如对出国进修关心，但那不正是男子汉有事业心的一种表现吗？难道嫁给一个窝窝囊囊的、只会守着老婆过小日子的人好？难道嫁给像园园的郭扬那样的成天打听哪里有舞会，爱好收集迪斯科磁带的花花公子好？虽然王彦林有点华而不实，有个说不清楚的哪点令她不太喜欢,但"金无足赤,人无完人"这句套话用在选择丈夫上也是适合的,也许过一段夫妻生活就慢慢会顺眼的吧。

那矮胖子孟叔叔介绍的人叫什么?什么陈抱帖!名字听起来仿佛和傅抱石、李苦禅一样地雅趣、别致,事实上,肯定是什么"铁娃"、"铁蛋"转化而来的,他们那山坳坳里不是有个什么青年作家,把乳名"平娃"改成"平凹"的吗?

那西北的山坳坳里出来的土干部,在北京经常可以碰见。如果到王府井、大栅栏去,你看吧,那些煞有介事地背着人造革黑背包,头像拨浪鼓一样摇来摆去、东张西望的人,都是从那里来的。这些人见了卖不出去的处理品也一窝蜂地跑去抢购;一条式样像水桶的裤子,只要贴上"出口转内销"的标签,在这种人眼里也是宝贝。北京的拥挤、嘈杂、物品紧张,全是这种人闹的!这类干部还有个古怪的特色:好像他们都没有穿衬衫的习惯,不论多大岁数,里面全穿着红的或绿的翻领棉毛衫,外面是涤卡制服,再外面又是呢子制服,三层领子箍在脖子上,像拉车的马戴着皮脖套似的,怪不得园园一见这种人就捂着嘴笑。还有,那条裤子,不管是什么好料子,穿在这种人身上,膝盖的部位也会鼓起一个大包,走起路来,倒有点美国西部片里那些 Cow-boy 的姿态。可是,Cow-boy 是因为骑马骑的,而他们却是卑躬屈膝惯了。

那个孟叔叔——谁知道他是从哪儿钻出来的叔叔,还说抱过我呢,简直恶心死了!——把这种人介绍给我,可见我在人眼里已经到什么地步了,用北京土话说,"混到什么份儿上了"。对,明天就给王彦林打电话!

第二天,王彦林在电话里一再向她道歉,一再向她解释,说他有个问题必须和他的指导老师谈一下,叫她星期四晚上在家等他,他去弄两张音乐会的票——"演奏肖邦作品"的——他们一起去听音乐。

星期四下午,她从研究所回来,妈妈告诉她:"南南,晚上别出去啦,孟叔叔刚刚打电话来,说他吃完晚饭就到我们家来。"话外之音当然是,那个什么陈抱帖也跟着一块儿来。

"晚上我还有事哩,要出去一下。"她冷冷地说。

"什么事呀?改天去不行么?"

"吴教授的事,"她没跟妈妈说是王彦林的约会,她觉得那个约会还不值得她为之牺牲什么,"我替他去孙阿姨那儿弄点药。"

"那就晚点去吧,孙阿姨是个夜猫子,多会儿去都行。"妈妈的意思是让她见见这个陈抱帖再走。她没有理会,进了卫生间。

吃完晚饭,王彦林第一个来,摊开一双手告诉她,票没有弄上。"我们这些知识分子,还不如所里开汽车的司机有办法。知识分子没有权,白搭!"发了一通牢骚,又邀她去看晚场电影,说是一部罗马尼亚片,很好的。

"好吧!"

她把围巾围起来,大衣穿在身上,还没有走出院子,孟德纯和那个什么陈抱帖就进了北屋的客厅。

"南南,你爸爸妈妈呢?快叫来!"孟德纯用惯于支使人的口气喊道。"你这是到哪里去?不许走!你孟叔叔来了你还走吗?"

孟德纯说的是些什么,她爸爸妈妈是怎样进客厅的,他们是怎样寒暄的,她全没有听见。她只觉得她一下子就属于了他!她努力地克制着自己想扑上去的欲望;她似乎全身酸软得一点力气也没有了,而又有种什么力量充溢到她体内,使她全身肌肉仿佛都僵硬起来,都不由自主了起来。

不错,这就是他!就是她愿意随之到西伯利亚的矿坑中去的他!

自"内参片"几乎成了"外参片"以后,自《追捕》和《远山的呼唤》公演以后,姑娘们似乎一下子改变了对男人的审美标准。美男子不再是带有女性的柔美的"奶油小生",而是马龙白兰度和高仓健。那种雄健、刚劲而又沉郁的外表,表现了和女性气质全然相异,全然相反的男性、雄性气魄,因而对女性才具有不可抗拒的魅力,具有一种自然的磁场。随之,某些男作家和女作家,也在自己的小说里按这样的形象来描绘男主人翁的肖像;更有几部蹩脚电影和电视剧里面的男演员,也照着杜丘冬人和岛田耕作来打扮,虽然画虎不成反类犬,但也起到了推波助澜的作用。一时,高仓健这样的男子形象,使许多姑娘为之倾倒。其实,高仓健那样形象的男子,并不是大和民族的特产,在我们中国的一个地区,几乎比比皆是。如果有心观察,就可以发现,西安秦陵出土的兵马俑,个个都是高仓健!这就是说,那种雄健、刚劲而又沉郁的男子,不过是典型的关中大汉!

她没有去过西安,没有看过真正的兵马俑,她无从去比较,去联想,她只觉得这个可爱的孟叔叔后面跟着的是一个活脱的高仓健。她迷迷糊糊地看着他,好像过了半个世纪,才迷迷糊糊地听见王彦林在耳边问她:"这个矮胖子是谁?"她也不知道她嘴唇翕动出些什么声音,王彦林就低声地吃惊道:"啊!那是Y省的第一把手。那里有一个全国最大的研究所,正和我的专业对口。我进修回来,说不定会分到那儿去哩。"说完,王彦林用手指顶了顶鼻梁上的眼镜,拎起一把镀铬折椅,也加入到那群人中间去了。

她没有走到那个由一张长沙发和两张单人沙发组成的圈子里,悄悄地选择了一个观察这个陈抱帖的最佳角度,坐在对面的一把简易沙发上。她完全听不清楚那几个人兴高采烈地、叽叽喳喳地说的是些什么,只看见这个陈抱帖常常抿着嘴唇含蓄地一笑。这种笑,看来很谦虚,实质上却蕴含着一种洞达的智慧,一种凛然的傲气,仿佛在表示:"啊,这么,我早知道了……"他丝毫没有一点王府井、大栅栏上见过的西北土干部那副猥猥琐琐的样子,在这几个大人物、长辈面前仍然谈笑自如。他制服笔挺,质地考究。他虽然不像孟德纯和她爸爸妈妈那样大模大样,舒舒服服地靠在沙发背上,屁股只坐着半个沙发,上身略向前倾,但决不是小人物的那种卑恭,而像一只在树丫上半蹲着的美洲豹。她看着、看着,直到她看他手中擎着吸了将近一半的纸烟,抬眼在房里寻觅什么的时候,才敏捷地跳起来,拿起放在酒柜上当摆设用的海螺烟灰缸——她家里的人都不吸烟——放在他面前的茶几上。

"谢谢!"他略欠了欠身子,把烟灰弹在珠母色的海螺里,但是并没有看她一眼。她既觉得委屈,又感到心满意足。

"哟! 南南,"还是她妈妈发现了她,"你怎么还穿着大衣、围着围巾? 快去脱掉!"

她快步走到自己房里,一阵风似的甩掉大衣围巾,兴冲冲地跨到镜子面前,仔仔细细地端详起自己的脸庞和头发:鼻子两侧有些小皱纹,但只要不生气,不大笑,还不容易看出来——注意,在他面前别生气,别皱眉头,也别大笑;嘴角已经有点往下垂了,可是不紧绷着嘴唇的话,也不太显眼——注意,在他面前嘴唇要放松,要自然;嘴是略嫌阔大了一点,但这正是西方现代妇女美的标志之一,不知道他看过《卡桑德拉大桥》没有,索菲亚·罗兰就是一张大嘴;牙齿还是洁白整齐的,头发也有光泽,披散下来,和她纤细的腰身配合得很协调。协调就是美! 对了,一定要在他面前突出自己最美的部分。眼睛呢,现在正熠熠地散射着奇异的光彩。在他面前,眼睛是没有问题的,不必担心,他自己不是单眼皮么? 我还是双眼皮哩!

待她穿着一件紧身的、卡着腰肢的、领口开得很低的粉红色兔毛毛衣走进客厅的时候,宾主谈得正起劲。她只看见他脸朝着王彦林说:

"啊,您是这样看的吗? 您认为中国未来的领导干部,必然是从现在去国外留学的这批人中间产生的吗? 我同意您的一半。我认为,最重要的是了解中国的国情,要把从外国学到的经验和我们自己的国情结合起来。您别忘了,毛泽东同志是这方面的典范,而他并没有留过学。"

"我觉得你这种历史的类比太不恰当了。"王彦林用食指推了推方框眼镜，"那是政治。我说的是企业，是研究机构。由在国外学习过专门知识的人来担当企业和研究机构的领导，总要比现在那些什么都不懂，光靠资格混饭吃的人强得多！"

"这我完全同意。"陈抱帖又含蓄地一笑，安详地说，"可是我觉得您把'专门'这个概念没有搞清楚。我们如果让化学家去领导化学研究所，物理学家去领导物理研究所，只会浪费人才。现代科学已经发展到这一步，任何学科都和别的学科有边缘联系或是互相渗透。所以，我们必须要让通晓系统工程学的专家来领导各种研究机构，好叫那些专门家潜心搞自己的专业研究。替代您所说的那些什么都不懂，只靠资格混饭吃的人，应该是这样的人才，而不是什么化学博士或物理学博士。如果让陈景润去当数学研究所的所长，就不一定合适，您当然也知道，领导试验和制造第一颗原子弹的，并不是爱因斯坦。"

王彦林好像生气了，抬起手，但这次没有推眼镜，而是在鼻子上无目的地刮了一下，又端起茶杯喝了口茶，思忖着怎样反击。对了！她讨厌王彦林的就是这点自以为是，又爱钻营，碰上机会就表现自己。现在碰到一块"铁"上去了吧！活该，碰得好！你看人家，一直把你称为"您"，而你却毫不讲"五讲四美"地把人家称为"你"。她发现，这块"铁"骨子里很硬，外表却总是彬彬有礼的。同时，他的普通话虽然带着很浓的西北乡音，但由于用词的确切和含有书卷气，由于他说话时胸腔中发出很强的共鸣，所以发音特别悦耳好听，带有乡音的普通话仿佛自成了一种语音体系。

这时，她爸爸出来解围了。他先摸了摸光光的脑门，然后叹息了一声，说：

"是呀，是呀……我们现在一直在考虑接班人问题。中央已经提出来，提拔中青年干部是当务之急，但落实到具体工作上，我们究竟应该提拔什么样的中青年干部？还不是到现有的中青年党员里去找！可是现在的中青年党员，五八年以后的不说了，有很多很多还是那十年里入的党。这里面，有不少人是受了极左思想很严重的影响的。并且，那时的'吐故纳新'，实际是降低了入党标准，只看历史、成分——唉，不看表现还好，要看表现，那些人在那种时候是什么表现，也是可想而知的——结果呢？搞得现在许多中青年党员是没有什么知识的。你们还谈什么化学、物理，什么系统工程学哩，他能把一个简单的一元二次方程式解开，把中国的历朝历代大致数下来就不错了！我最近突发异想，中央提出来整党，我看就是要改造中国共产党。我们的党，是应该改造一下了！"

"改造党？！"孟德纯笑着叫起来。"这个口号怕太极端啰！老罗呀，你本身也有极左思想哩！"

海南发现她爸爸说完那番话后，陈抱帖眼睛里蓦地射出一道光芒，同时，不是含蓄地，而是粲然地一笑。随即，他转过身，向她爸爸说：

"我倒认为罗部长这'异想'是有大魄力的表现。我们党能坚决彻底、而又稳妥有步骤地整党，实质上当然就是改造党。我们能提'改造世界'、'改造中国'、'改造社会'的口号，为什么就不能接受改造党的口号呢？"

这个人居然敢在自己的上司面前发表不同意见。这种勇气使在一边听着的她佩服得五体投地。

"不过，"她听见陈抱帖继续说，"确切的提法好像应该是：改变我们党的党员结构。所以，大量吸收知识分子入党，是关乎我们党生存发展的根本问题；另外，我认为，所谓提拔中青年干部的提法，实质上就是提拔中青年知识分子……"

"你这个说法我倒同意。"王彦林打断陈抱帖的话说，"现在知识分子入党太困难了。"

"可是，我们还应该修正一下，或说是扩大我们对知识分子这个概念的理解。"海南看到陈抱帖说到这里时，用眼角瞟了一下王彦林。"不能仅仅凭学历来判断一个人是不是知识分子……"

"这种修正或扩大，只会造成混乱。"王彦林又急不可待地插进去。这两个人的对立已经很明显，三个老人感兴趣地看着他们两人辩论，而海南在一旁把王彦林恨死了！为什么他今天偏偏要夹在这中间？如果没有他，今天晚上这场谈话的主题就会明白得多，直接得多，说不定还会一锤定音哩！就是因为有这个死鬼在场，现在不得不放烟幕弹，大谈什么"接班人"，什么"党的生存和发展"，什么"知识分子的概念"。我要听这些干什么？！简直可恨透了！她已经忘了是她自己先打电话给王彦林的了。

接着，她又听见这个可恨的、可厌的人这样对陈抱帖说："我明白你的意思。照你的说法，《儒林外史》中的引车贩浆者流，比如那买火筒的、打烧饼的、做裁缝的，只要会下两盘棋，画两笔画，也应该算作知识分子啰？"

"又为什么不能算呢？"陈抱帖趁王彦林说话的时候呷了一口茶，这时从容地把茶杯放在茶几上，"不过也不完全是这个意思。比如那高级厨师，虽然掌握了很高的烹调艺术，做得一手好菜，他只能算作一个技术工人，而他的徒弟，能够把师傅的经验总结出来，找出中国烹调当中带有规律性的东西，那么这个徒弟就是知识分子，尽管他没有上过大学的营养系，没有大学的毕业文凭。"

"这丝毫没有什么实际意义！"王彦林蹙着眉头，一脸鄙夷不屑的神情，"这是我们搞了好多年的繁琐哲学的流毒。"

"怎么没有实际意义呢？您是搞实际行政工作的吗？"陈抱帖仍然谦和地望着王彦林，但话里却有骨头，"正是我们在实际的行政工作中碰到这样的问题：有些有大学毕业文凭的人并没有真才实学，只会夸夸其谈，而有大量的中青年同志，在'十年浩劫'中没有荒废时间，通过自己的努力在各门科学上达到了很高的水平，可是现在评职称，评工资，也就是说评定一个人的社会地位，首先要求的却是学历。另方面，由于我们的高等教育不普及，我们又要鼓励青年们自学成才。这个矛盾,现在让我们这些搞实际行政工作的很为难。"

"是的,是的……"孟德纯不住地点头,支持自己的秘书。

"那么,"王彦林突然嘻嘻一笑,"请问,你大概就是属于这种'通过自己的努力',达到了很高水平而又没有学历的行列中的一员啰?要是那样的话,我太替你委屈了。"

"谢谢您的好意。"这位西北来的干部谦和得甚至向王彦林点了点头,以示感谢,"不过不敢劳您替我不平。我是一九五八年从中央政法学院毕业的,我有正式的文凭。我觉得,一个人如果光从自己的角度来考虑问题的话,就没有什么值得跟他谈的价值了。"说完,陈抱帖的脸向三位老人那方向扭过去,表示跟王彦林的辩论到此结束。

天哪!他一九五八年就大学毕业了,而现在不过"四十左右"——孟叔叔是这样介绍的,不过看上去也顶多四十岁。那么他多大岁数上的大学呢?八二年,四十——姑且算他四十吧——七二年,三十;六二年,二十……哎呀,他大学毕业那一年才十六岁,那么他十二岁就上大学啰!简直是神童!

其他几个人没有像她那样默默地在计算陈抱帖的年龄,继续谈着。等她计算完毕,得出答案,把心思收回到客厅的时候,只听见她爸爸高谈阔论的最后部分:

"……总之,要把大批优秀人物吸收到我们党内来,或是补充干部队伍。知识分子并不都是优秀人物,不全是人才,但优秀人物,人才,必定是有知识的。这是无疑的。"

"罗部长说得很对!"她看见她的——这当儿她已认定他是她的了——陈抱帖向前微倾着上身,两肘撑在双膝上说。这种姿势她非常眼熟,好像是电视里的黑格在与外国政治家会谈时的模样。"我们社会结构应当趋向开放性,党也要成为开放性的党。干部能上能下,不分党内党外,是社会结构开放性的表现;党也要坚决果断地能排除、能吸收！

"说到这里，我倒想起来马克思在《资本论》第三卷中分析资本主义社会结构的开放性的话。他说，一个没有财产，但有能力、有信誉、有本事、有营业知识的人，也能通过信贷方法变为资本家，因此，总的说来，在资本主义生产方式中，每一个人的商业价值，都会得到相当正确的评价——虽然会在某些现有的资本家面前，不断把一系列不受欢迎的新的幸运儿召唤到战场上来，但也巩固了资本本身的统治权，扩大了它的基础，使它能够由社会下层，用不断更新的力量来补充自己。这就好像加特力教会在中世纪曾不分阶级、不分家庭出身、不分财产，在人民中间挑选出一些特别优秀的分子来形成教会的各个享有特权的等级，把这当作是一个巩固教会统治权和镇压世俗社会的主要手段一样。

"马克思又说，一个统治阶级越是能把被统治阶级中的优秀分子吸收进来，它的统治权就会越是巩固，越是险恶。如果这位同志还允许我做一个不恰当的历史类比的话，"这时陈抱帖用眼角瞥了王彦林一眼，往下说：

"那么，我认为我们社会主义社会更应该从普通群众中发现人才，用不断更新的力量来补充各级领导人。这样，人民民主专政的统治权才能巩固，而且扩大了这种专政的基础。"

"我同样认为你的类比是不恰当的！"王彦林下定决心要在一个部长、一个省委书记面前击败这么一个狂妄的，不知从哪儿跑来的人。看他的岁数和身材，他也不是个什么领导人。领导干部都是年纪大的、长得胖胖的。他说：

"马克思说的是资本主义社会，而我们是社会主义社会。在我们这里已经不存在什么统治阶级与被统治阶级了。你想把我们的社会比作资本主义社会吗？"王彦林气得连大字报的语言都用上了。

陈抱帖眯着眼，微微一笑：

"请别忘了，我们还存在领导阶级与被领导阶级，而工人阶级的领导集中体现在中国共产党的领导上，具体施行这种领导权的，就是各级干部。中世纪的加特力教会都能不分阶级、不分财产、不分家庭出身地那样做，我们中国共产党更应该不分出身成分、不分资格学历、不分党内党外，把优秀分子选拔到领导层上来。遗憾的是，我们现在还有相当大的阻力。我相信您不会也是一个阻力，而赞成恢复'四人帮'时期那套封闭式的做法吧？"

　　两人几乎剑拔弩张。孟德纯今天是有意来当配角的，所以一直面带微笑地看着他们不做声，让他这个今天当主角的秘书大显身手。她爸爸妈妈当然更有意考察考察这位候补女婿的水平，也不干扰他俩的辩论，还很仔细地听着。只有她在那张简易沙发上气得发抖。她毫不关心谁是谁非，即使陈抱帖被王彦林驳得体无完肤，一败涂地，她也不会倾向于王彦林一方，反而要去刷他两个耳光。怎样表示表示自己的倾向性呢？她赶快站起来，端起暖瓶，首先给陈抱帖，然后给孟德纯，再给她爸爸妈妈续上茶，独独不给王彦林倒水。王彦林脸色苍白，手不停地一会儿顶顶眼镜，一会儿神经质地摩挲着自己的上衣钮扣。

　　"可是，马克思的有些论断是在那种历史时代做出的，现在已经过时了。"王彦林头昏脑涨，从极左一下子又跳到极右，"在中央大力提倡思想解放的现在，再一字不差地照搬马克思的话，尽管倒背如流，看来很正统，可恰恰是教条主义，思想僵化的表现！"

　　"从实际来看，我们常常教条得还不够，以致对事物得不到正确的理解。"她的陈抱帖面对王彦林扣来的帽子毫不气馁，从容不迫，慢条斯理地像对一个小学生说话时那样开导这个可气的、可恨的王彦林。"马克思恩格斯早在一百年前就说过，社会的发展是一个不以人们意志为转移的客观规律，生产力发展到一定水平，社会主义的某些因素就会在资本主义社会中萌发出来。所以恩格斯曾断定，当时的英国如果发生无产阶级革命，并且成功了的话，英国社会马上就能成为一个社会主义社会——他还称之为共产主义的哩！可是，我们当中有很多人，就像您刚刚那样，把现在西方的某些成就仅仅看作是资本主义的东西，这个认识就到此为止，从而对资本主义仰慕不止。这我承认，这些成就的确是客观存在的，并且的确是资本主义的成就。我更进一步认为，在列宁以后，还没有一个马克思主义理论家，敢于像马克思本人那样热烈地肯定过资本主义的巨大历史功绩！同时，更没有人看到，这些成就正是社会主义的萌芽，已经带有了社会主义的某些因素。如果它们社会的生产资料私有制性质一改变，它们要比我们更快地进入发达的社会主义……"

"哎呀！"王彦林绽开胜利的笑脸，向海南得意洋洋地瞟了一眼，"照你这样说，西方那些社会福利、社会计划和庞大的科学研究机构都是社会主义的啰！这真是我从来没有听说过的奇谈怪论！"

"这有什么可大惊小怪的！"陈抱帖似笑非笑地撇撇嘴，眼睛里露出藐视的目光，"如实地看清楚这点，要比拜倒在西方的物质文明面前高明得多。这样我们就有了逻辑的实证，向干部和人民说明：一切取决于生产力的发展。生产力上不去，我们再自称为社会主义社会也不行；生产力上去了，因为我们所有制和政权的性质比他们进步，我们社会就会比西方搞得更好……"

"那么，你还准备去西方号召无产阶级革命，改变他们的所有制啰！"王彦林高兴得在折椅上扭动起来。

陈抱帖用鼻孔"哼"了一声：

"每个国家都有自己的道路，正如每个人都有自己的道路一样。这完全取决于自己。就像您将来也许会成为一个研究所的所长，也许会一事无成！"

她知道王彦林一直崇拜西方的物质文明，不论在什么场合都要炫耀一番他对西方的了解，好像他已经亲自去过了一样。她刚刚在镜子面前修饰打扮的时候，肯定他在客厅里又放了什么厥词。

她爸爸是已经听惯了，出于某种原因，常常是宽容地随他胡说八道。今天，却引起了陈抱帖的反感，怪不得他们两个一见面就誓不两立似的。她虽然听不明白陈抱帖说的大道理，但极其赞赏这块"铁"的机巧灵智和外交家风度，她满意得忘形起来。

"他呀，"她指着王彦林，"他不是也许一事无成，他肯定是一事无成！"

"哈哈！"沉默了很久的孟德纯忽然笑着喊叫道，"南南表态了！这才是今天晚上最最重要的一句话！"

五

客人都走了。阿姨收拾客厅里的茶杯果盘。爸爸似乎忘了今晚最主要的目的是什么，带着沉思的神情说："唔，这个人今天说了很多新鲜的观点，值得记一记。"踱进他的书房记日记去了。妈妈一直用询问的眼光追随着她，最后忍不住问：

"南南，怎么样？"

"您问什么怎么样呀！"

她一扭身跑回自己的卧室，扑倒在床上。这个大胆的、从来无所顾忌的大姑娘——或说是老姑娘——突然感到了从来没有感到过的羞怯和幸福，就和《安娜·卡列尼娜》里所描写的那样："有种不断增长的幸福感。"

这晚，她没有去卫生间洗脸刷牙洗脚，也没有涂护肤霜，把衣裳脱下来，一件一件飞也似的扔到椅子上，拉灭了电灯，嗖地就钻进了被窝。她要在黑暗中独自一人细细地品尝这种幸福，细细地回味今晚他的话语、眼色、神态、风度。

但是，最后她失望地发现：他并没有、一点也没有给她留下什么单单是属于她享用的私有财产。来了就跟爸爸说话，跟那个死鬼王彦林辩论不休。那个死鬼临走时虽然气得脸色跟一张白纸似的,还刺刺地纠缠着约她第二天再去看那部罗马尼亚片。什么罗马尼亚片,你滚到罗马尼亚去吧!他大概还以为最后挖苦他的话是一种特别亲昵的表示哩!

这一晚上,她给他拿了一次烟灰缸,倒了一次茶,他每次都欠起身道谢,却没有端详她一眼。是她对他没有吸引力,还是他出于礼貌?出于拘谨?讨厌的是宾馆来接他们的车来得太早了。难道一个省委书记晚点回去就怕人行刺?前前后后坐了还没有两个小时。而这两个小时又好像在开什么理论讨论会,还没有那扯不完皮的会议开得长哩。他们走的时候,她本想过去和他大大方方地握握手,柔声柔气地说声"再见"——这两个字是最重要的字,无论如何要在他脑子里留下一个印象,无奈被那死鬼缠住了。等她愤然地甩掉不识相的王彦林追出去,就这么一霎间,他们已钻进了汽车。

他会怎么想呢?他一定以为她是个傻子,是那种什么也不懂、光知道吃穿打扮的城市姑娘吧?要不是,为什么在他们谈论那么深奥的问题的时候,她一句也不插言?啊,你叫我说什么?我看你还看不过来啦!也许,他还以为自己是骄傲,是看不起他,摆出高干小姐的臭架子?不!我最后不是像孟叔叔说的,已经明确地"表态"了吗?……

她一会儿担忧,一会儿宽慰,心怦怦地跳个不停,几乎心律失常,翻来覆去怎么也睡不着。她又拉开灯,一看小闹钟:凌晨两点一刻了!想到晚上睡不好,脸色要难看好几天,而这几天又是这么重要!于是赶紧拉开床头柜的抽屉,找了两片利眠灵吞了下去。

第二天吃早饭的时候,她妈妈又问她怎么样,是什么意思。

"这怎么能说得出来呢?"她赌气地说,"你们昨晚上开了一晚上的政治局会议,我和他一句话也没说过!"

"这个人不错!"她爸爸喝着咖啡说,"他的话真打开了我的一些思路。"

"哎呀！又不是叫你挑选接班人，"她妈妈白了她爸爸一眼，"是要你看他跟南南……"

"那当然好啰，"她爸爸斜眼看了看她，"可不知道人家是什么意思。"

"也不知道老孟事前跟那个姓陈的说过没有。"她妈妈想了一想，随后郑重其事地说，"等会儿我跟老孟通个电话。"

那些日子，她正帮着那位留英的吴老教授整理资料。中午快下班的时候，吴老教授收拾好桌上的卡片，把硬面抄本合上，筒上钢笔，在皮椅上扭过身来，摘下老花眼镜，用异样的眼光盯着她看了好半天。

"您这是怎么啦?"她坐在另一张桌子前，笑着问。

"唔，"吴老教授意味深长地点点头，"南南，你在谈恋爱了吧?"

"您怎么知道?"她大笑起来。她并不想掩饰这事，还巴不得别人知道。

"嘿嘿!"吴老教授幽默地笑笑，"我年轻的时候谈过十二次恋爱，整整一打! 和英国姑娘、法国姑娘、比利时姑娘都谈过。有一次，还差点跟着一个吉卜赛姑娘坐上大篷车跑了。你想想，你能瞒得住我这个历经情场的老眼睛么?"

"是的，"她笑着说，"可是，八字还没见一撇哩……"

她把事情的前前后后一股脑儿告诉吴老教授。

"'福哉马利亚，这是祈祷的时辰! 福哉马利亚，这是恋爱的时辰!'"吴老教授顽皮地朗诵起拜伦的诗，"南南，你此时不追，更待何时? 听他说的那些话，是个很有头脑的人。你知道吗? 你是这样一个家庭的小姐，而他是那样的一个小人物，是跟着大首长屁股后面转的；他又有头脑，有头脑的人都有自尊心。你不追他，不先表态，他一辈子也不会向你开口的。即使是你那个当省委书记的什么叔叔逼他娶你，你要不表现得热情积极，他照样不会跟你结婚……南南,你听我的话,保险没错! 你要和他失之交臂,就太可惜了。"

吴老教授快七十岁了,人精瘦精瘦的,却没有什么病,腰板挺得笔直。但他面色黧黑,皱纹纵横,好像从来没有年轻过。海南想象不出他怎么会谈过十二次恋爱。不过,谈起恋爱的艺术来,倒和他分析欧洲文学一样内行。在两人走向食堂的路上,吴老教授又说:

"南南,你知道你为什么一直拖到现在还没有恋爱的关键在哪里吗? 并不是什么家庭背景,那神话、童话里最动人的爱情故事,主角都是王子和公主哩。最最关键的是,你从来也没有把真正的爱情先献给人家,却要求先收获,要求男同志先抱着一个六弦琴到你窗口下来唱小夜曲。这是你们这些小姐的通病。爱情的享乐,必须自己先耕耘播种。尤其是像你这样的姑娘:家庭条件好,狷介孤傲,欣赏趣味又曲高和寡,再有,恕我直言,又有点任性。你想,正正经经的男同志敢来问津吗? 你应该先投之以桃,人家才会报之以李……"

这番话,正合她昨夜考虑了通宵的决定。下午,她急急忙忙地回家,骑车到西单十字路口,糊糊涂涂地闯了红灯,差点撞在一辆"丰田"上,"眼睛瞎啦!"小司机伸出头来把她臭骂一顿,她却嘻嘻地向人一笑。"才没瞎哩!"她心里想。进了家门,先问妈妈:

"妈,有电话吗?"

"给你的电话? 没有。"

她一下子像泄了气的气球,从天上掉下来,瘫在沙发上。

"我倒是给你孟叔叔打了电话。"她妈妈并不是有意戏弄她,而是她问的话太不明确。"他说,他事先并没有跟那个陈抱帖说,怕我们不同意,搞得很难堪。要是我们同意的话,他再跟他说……"

"那么,那么,您怎么说的啦?"她倏地紧张得从沙发上坐起来。

"我和你爸爸看得满好的啦,就看你的啦。昨晚上临走的时候我看你和小王又在一起叽叽咕咕的,我也拿不准……"

"哎呀! 妈真是……"她气得一拧身跑到卫生间去,眼泪不由自主地往下淌。这还有什么拿不准的?! 真正气死人! 还有那个可恨的王彦林,偏偏要在那个时候拽住她……

她在卫生间什么也没干,擦了擦眼泪旋又跑出来。

"妈,那么孟叔叔是怎么说的啦?"

"你孟叔叔说,只要你同意,我给他再去电话。他给那个姓陈的一个时间,让你们单独接触一下。"

"那您就赶快给他打电话吧。"她看了看表。"现在他们正在房间里。一会儿,说不定会议又安排他们看什么内部片或是演出了。"

"那我怎么跟他说呢?"她妈妈毕竟老了,理解力迟钝得很。

"您就说,您就说……您就说让我们俩单独接触一下好了。"

"那么,跟那个陈抱帖说明白不呢?"她妈妈还要唠叨。

"这,这……"她灵机一动,忽然想到,如先挑明了,要是陈抱帖不同意——孟叔叔不是说他对结婚不感兴趣么? ——那连单独接触的机会也没有了。"您就告诉孟叔叔,还是先别说的好。等我们接触以后再说。"

电话在爸爸的书房里。她不是不想在旁边听,而是不敢去听,忐忑不安地坐在客厅里等她妈妈打电话。

一会儿,她妈妈回来了。

"刚好,陈抱帖那儿有两张给各省工作人员发的电影票,在政协礼堂,七点半的。你孟叔叔叫那个随员别去,让给你去。陈抱帖在礼堂门口等你。"

天啦,来得这么快! 她的心都快从嗓子眼里蹦出来了。是先吃饭还是先打扮? 还是先吃饭吧,免得打扮好以后吃饭,又会弄脏衣服。一看表,已经六点整了。见鬼! 还吃什么饭?! 妈妈叫阿姨给她煮点挂面。"煮挂面哪来得及! 又烫!"干脆从食品柜里捏出块奶油蛋糕,食而不知其味地吞进去。随即一阵风般进了卫生间,关起门来也不知她弄了些什么,她爸爸回来想进去也进不去。六点半,她从卫生间又一阵风地冲出来,带着一股浓烈的香气从爸爸面前冲到她房里。她妈妈说:"还早,还早……""还早什么呀,妈妈!"六点五十五分她终于从自己房里跑出来。一切都已收拾停当,在精心地修饰下,一下子年轻了五岁——当然是从远处看,在暗处看——她妈妈在后面叫她:"南南,南南,你不骑车子啦?""不骑了!"她福至心灵,尽管情绪异常紧张,可也想到,如果骑了自行车,电影散场后就各走各的路了,不骑车,就可以赖着叫他送她。

整七点,她到了胡同口的电车站,北京的电车真要命,像小儿抽风一样,时紧时慢,要么不来,要么一来就好几辆。这会儿就没来,真该给《北京晚报》写封信,扣他们的奖金!幸好,七点二十五分,她总算在差点挨她批评的电车的运送下,安全正点地到达了政协礼堂。远远地,她一眼就看见他站在礼堂门口了。

在辉煌的门灯下,他在台阶上高高地伫立着。一手插在大衣口袋里——他穿的不是那种不分男女、不分老少、不分地位高低都穿的绿军大衣,而是剪裁得很合身的雪花呢大衣——一手擎着香烟,姿态潇洒从容,一点没有着急的表示。她在暗处看了他两分钟,看见人们从他身边走进去的时候,很多人都对他注目。她暗地里又高兴得心花怒放。七点二十八分,她气咻咻地仿佛跑完百米似的登上台阶。

"真对不起!"她向陈抱帖抱歉地笑笑,"电车挤得要命!"

"没关系,我也是刚到。"他向她有礼貌地一点头,转过身朝向入口。

她伸出手装作下意识地挽起他的胳膊,这是她早在电车上就想好的主意。北京街头,男女同志挽着胳膊走路并不稀罕,不一定非有什么确定的关系。所以说,她这个动作怎么解释都可以,如果他拒绝了,抽出胳膊,也不会使她难堪,反而说明他"土气"。可是,这个陈抱帖却也大大方方地让她挽着，只是到了两人非分开走不可的二门口上，才退后一步，轻轻地托着她的胳膊向前一送。

找到座位刚坐下，电影就放映了。原来是一部内参片，意大利的《最后的音乐会》。叙述的是一个患白血病，只能活三个月的少女，如何在这三个月中隐瞒着自己的病情和痛苦，装作天真烂漫的模样，鼓励和帮助了一个在医院中偶然相识的、潦倒不堪的音乐家获得成功的故事。音乐家成功了，而正在他开音乐会演奏的时候，少女却死在医院里。少女临死时穿上白纱的结婚礼服，神态安详肃穆，少女只有十八九岁，音乐家看上去倒有五十多岁了，但少女爱他却爱得那样真挚、热情，那样富有牺牲精神。

她是完完全全相信人间会有这等奇事的；在爱的面前是没有年龄界限的。歌德在七十四岁高龄上不是还和十九岁的乌尔丽克热恋，写下了不朽的《玛丽温泉的哀歌》吗？可是，通过电影把这种事表演出来，只有西方的艺术才能做到。我们中国电影厂要拍摄了这样的故事，即使送审通过了，观众也要把编导骂死！在黑暗中，她不时用眼角偷偷地观察陈抱帖。这个从西北的穷山僻壤——她和园园都以为西北还是个尚未开化的蛮荒——跑来的干部，严肃的党务工作者，却并不像她想象的有什么反感，也和其他人一样看得津津有味。

影片放完，电灯亮了。陈抱帖替她抖开大衣，提着领子帮她穿上。从见面到现在的一系列动作，她觉得他地地道道像一个具有"lady first"教养的绅士。她心满意足，从来也没有这样自豪地睥睨着别人，走出礼堂。

"你认为这部片子好吗？"到外面，她又挽起陈抱帖的胳膊。电影散场后，路上挽着走的男男女女很多，陈抱帖仍然没有抽出胳膊。

"不错。"他回答。

"你说不错在哪里？"她歪着头看着他的脸问。

"音乐很好。一个很简单的主旋律从始贯穿到终,只是随着剧情的发展和主人翁情绪的变化而变奏。这种处理很好。"他没有看她,两眼瞅着前面边走边说。

想不到他对音乐还有这样的欣赏能力。但现在不是讨论音乐的时候。

"你相信有这样的事吗?"她又问。

"嗯,"他沉吟了一下,"世界上什么事都会有的。"

她带着娇气地扑哧一笑,同时又装作无意识地晃了晃他胳膊。

"你不像个共产党的干部!"

"咦!"这时他才侧过头瞥了她一眼,"您认为共产党的干部应该是什么样子?"

"哦……我也说不上。"她用电影中那个少女的天真烂漫的表情说,"反正,我爸爸的秘书一来就是满嘴数目字,一本正经,党性都摆到脸上来了。"

"哦,那是他跟您爸爸谈工作,当然要严肃。您怎么知道他在工余之暇不谈文学艺术,不谈别的呢? 同时,党性是什么,恐怕您也理解得不正确。我们党既然是以消灭阶级为最高宗旨的,所以党性就是最高的人性。您看看您爸爸,难道他也不像个共产党的干部吗?"

他又跟她谈起马克思主义来了,真头疼! 现在是谈这个的时候吗? 她想换个话题,可是在他面前,她平素的才智灵气全跑得无影无踪。而这时,电车站也到了。

"好,您在这儿上车吧,我坐那一路汽车回去。"陈抱帖把胳膊抽出来,准备跟她告别了。

"不,不,"她情急地拽住他的胳膊,"我们的问题还没讨论完哩。"

"啊,啊……"这位马克思主义者有点惊慌了,"我们下次,下次再谈吧。"

"不，不，你送送我。"她用哀求的眼光望着他，紧接着，她又低声地甜甜地说，"我们一起走走好吗？"

"不行！我不能回去太晚。"马克思主义者意识到危险了，断然地抽出胳膊，"回去孟书记还有事要我办。"

"啊！"

他不提孟书记还好，一提孟书记，把她的灵气全部调动起来了。

"我给孟叔叔打电话，让他叫你送我回去。我们胡同里有一帮小流氓，我一个人回去有危险。孟叔叔房间的电话是多少号？"

"对不起，这是保密的。"陈抱帖不悦地推托着。

"什么保密！我问妈妈去。"她吃吃一笑，"来！你等着。要是你走了，我一个人回去出了事，你要负责！"

她转身跑进一家门口安有公用电话标志的夜宵店，抓起话筒，手指头灵巧地拨着号盘。门外，陈抱帖两手揣在大衣口袋里，犹豫不决地来回踱着。等她在电话里问了妈妈，让妈妈在家里安顿好，又飞速地拨了一次电话，接通了孟叔叔的住处，才朝着橱窗外连连招手。陈抱帖只好也推门进来，无可奈何地站在她旁边。

"是孟叔叔吗？我是南南。"

"啊，是南南呀，电影看完了吗？"

"看完啦！谢谢孟叔叔！我要陈抱帖送我回家，我一个人走路害怕。他不送，说是您晚上还要叫他办事。孟叔叔，您叫他送我吧。要是晚了，回不去宾馆，住在我家也行呀！"

她大撒其娇——谁叫你还抱过我啦！

"行呀，行呀！晚上没有什么事要他办呀！"她似乎在电话里还能看见这位可爱的孟叔叔脸上浮起了一种孩子般的调皮的笑容。"太晚了，住在你家也可以嘛。"

"那您给他下命令吧。他就在这儿。"

"好，好，你把话筒给他。"

陈抱帖蹙着眉头把话筒放到耳边,刚说了一声"孟书记",就听见省委第一书记威严地给他下达的命令:

"陈抱帖,你送南南同志回去。晚上也不用回来了,就住在罗部长家里。明天我们再电话联系。"

还没有等他回话,咔嗒一声,省委第一书记就把电话挂上了。

六

这个死鬼还待在他的书房里。每天晚上都要待到十二点、一点,有多少时间是留给我的呢?除了吃饭,简直就等于不见面。而吃饭是要用嘴用手的,既说不了什么话,又做不了什么温存的动作。唉,原来以为跟他结了婚,就能享受柔情缱绻的爱情,殊不知,嫁给一个有事业心的政治家是最大的不幸!

是的,嫁给一个有事业心的政治家是最大的不幸!你在他面前晃来晃去,他却视而不见;你对他温柔体贴,他好似麻木不仁;你为他梳了一种新发式,穿了一件时髦的衣裳,问他,他总说"很好,很好",可是眼睛却明明像 X 光一样,从你身体透视过去,不知注目在什么地方。他还把政治上的专断用到家里来,一切都要听他的,吃饭、睡觉、上班,连业余时间都要服从他的工作。他再也不跟她商量什么;他和婚前判若两人。

"在北京的时候你是那样彬彬有礼,结婚以后你却变成这样……"有时,她撅着嘴抱怨。

"那你正说出了最关键的一点——结婚,这一来,我们的关系改变了,我当然不能像对外人那样对你。"

她慢慢发现,他骨子里还是个农民,对家庭和夫妻关系还抱着很陈旧的观念。并且,似乎对他们这次婚姻有一种先天的怨气,先验的不满。而她又求与他平等,有时还力图左右他,以显示自己对于他的重要。这时,他就会板起面孔说:

"我的事情你少干预。我们党吃老婆管丈夫这类事的亏吃够了! 你要搞政治,干脆当撒切尔夫人去!"

你看看,他竟如此敏感!

被任命为市委书记以后,他几乎没有一点业余时间,而讨厌的是,他们一结婚他就接到这个任命。她曾对他说过:"你看了《罗斯福传》了吗? 罗斯福那样的大人物都有他的私生活哩,业余时间钓个鱼什么的,你也应该玩玩。哪天我陪你去钓鱼吧。"

他却说:"我是个小人物,可我们所处的时代是中国历史上从来没有过的重要的转换期,比罗斯福的'新政'要复杂得多……我不但爱钓鱼,也爱打猎,可是哪有时间?!"

"哼哼! 地球离了你就不转了吗?"

"对! 一个人虽然不能以为地球没有他就不转,但也要这样想:这个地球因为有了他,就会比没有他变得不一样一些。"

你看看,他竟然认为他对地球是如此地重要,这样的人还能跟他有什么谈情说爱的余地?

她盼望他会从小书房出来,看见她在流泪,所以还是让泪水流了出来。但是等到十一点,他仍没有出来,她只好懒懒地无趣地从沙发上站起来,把《安娜·卡列尼娜》插回书架,草草地洗了一把脸,进了卧室。

卧室里冷冰冰的。时令已到夏季,虽然夜风习习,但仍有暖意,那么这冷冰冰的感觉是从哪里来的呢? 大概是从骨髓里渗出来的吧。对面楼上的小青年还在开家庭舞会,磁带不是好磁带,音乐更糟了,什么"香港、香港,夜的香港……"她一向讨厌这种庸俗的东西,此刻砰砰嘣嘣的打击乐器更令她心烦。她突然想起李煜的一句词:"一片芳心千万绪,人间没个安排处",蓦地感到自己如弃妇似的孤单。但是碰上这么一个男人,真比"一种相思,两处闲愁"还难办,只得凄凄切切地收拾好床铺,钻进被窝,回忆他们那第一个晚上……

他送她回去的那一晚上,在她有意拖延下,在她精心策划下,果然不得不住在她家了。她虽然没有跟人真正地恋爱过,但古典的、现代的、西洋的、中国的小说,已使她在掌握恋爱的艺术和技巧上,不亚于乔治·桑。过去,"十年磨一剑,霜刃未曾试",那晚上,在被她热爱着的人面前,她自己也没想到她会有那样的胆量和本事。当他告诉她,他已经四十五岁,要比她大十三四岁,过去不但结过婚,还有一个比她小不了多少的儿子时,她简直不明白他说这些话的意思是什么。

"即使你现在有妻子,我也爱你!"

是的,即使他现在有家庭,她也要把它拆散,何况没有。她一会儿严肃而又热情地告诉他,中国历朝历代的改革家很少有好下场的,如果他将来会遇到不幸,她会像俄国十二月党人的妻子那样,像图鲁别茨卡雅公爵夫人和伏尔龚斯卡雅公爵夫人那样,随他去西伯利亚;一会儿又像孩子那样调皮地学"红卫兵"唱:"我是你的战士,最听你的话,哪里需要到哪里去,哪里艰苦哪里安家;你要叫我到乡下,扛起铺盖我就走,打起背包就出发⋯⋯"不要说一个信仰唯物主义的、有七情六欲的凡人,就是一个禅宗大师,如达摩式的人物也会在她面前失去道行,凡心大动。

夏娃是被蛇引诱的,亚当却是被夏娃引诱的⋯⋯

她听见他从小书房里出来了,在过道上洗脸刷牙——讲究的卫生间没有了,过道上只摆着一个钢筋拧的脸盆架,恶心死了!——她感到了那即将临近的抚摸,像《安娜·卡列尼娜》里描写的沃沦斯基的佛洛佛洛一样,"他愈走近,它就变得愈兴奋了,仅仅在他站到它头旁边的时候,它这才突然静下来,而筋肉在它那柔软的、优美的毛皮下面颤动"。她虽然仍感到委屈,甚至还微微地感到屈辱,但在他魁梧的身躯前面,一切的一切都被一种渴望所淹没了⋯⋯

第三章　我是程砚秋

一

　　陈抱帖和往常一样,在六点半左右就醒了,而且一睁开眼就像鸟儿似的非常清醒。厚厚的咖啡色线绦窗帘挡住了晨光,卧室里很暗。安徽姑娘在过道上洗脸,她越轻手轻脚,那声音就越拖泥带水,没完没了。他想起来,市委副书记兼市长孙玉璋说好今天上午来例行拜访,以尽地主之谊。他挡过市长的驾,但市长说,他新来乍到,把家安在这远远的市郊,心里过意不去,非要来看看。来就来吧,这样,他今天就不用起早到市里去了。

　　他在床上坐起来,点燃一支早烟。这是一个坏习惯,明明知道有害,却很难摆脱,虽然年轻的时候看到保尔·柯察金戒烟的决心也曾感奋过,但当秘书要经常开夜车,戒了几次都没戒掉。他像做深呼吸似的把一口烟全部吞到肚里,随后略转过头,看了看海南。

　　她还在睡,并且睡得很香。裸露的手臂屈曲着,脸埋在胳膊弯里。散乱的长发覆盖在微黄的面颊上。他看着她,一时,他感到很困惑,到现在,他还对她有一种很陌生的感觉。他是怎样结婚的,她是怎么来的,怎么取得了睡在他身边的权利,或说是他怎么取得了睡在她身边的权利,这一切,都恍惚得像一场梦;说不上是春梦还是噩梦,反正是一场梦。他觉得他和她结婚,也和碰到了"文化大革命"一样,那里面有一种情势,一种裹在美丽动听的言辞中的诱惑,迫使人仿佛是自觉自愿地卷进去的。

如果冷静地看问题,海南还是个很不错的妇女。假设把夫妻双方面各种外在的条件都放在天平上,两个盘子还是相等的。然而,这个比喻和这种看法全是世俗的,是婚姻介绍所惯用的计算方法。这种衡量方法不知道害了多少人,不知多少人自己害了自己。他和她都不是平庸的人,也不会用这种世俗的眼光来衡量。结果,岔子却恰恰出在这里。因为他们两人都不安于那种平衡,都不以那种平衡为满足,两个人都在各自的秤盘里蹦呀跳地,要追求那毫无分量的精神的东西,而各自的神经又敏感得要命,于是指针就在刻度盘上晃来晃去,感情也就不能和谐了。

其实,他对妻子这个概念和形象,并没有确定的想法和要求。一个鳏夫,往往以他前面那个妻子为标准,或是比她好,或是比她差,在多数情况下,即使前面的妻子是个泼妇,是个丑八怪,而比她好的可说是凤毛麟角。人一死,自然有了一层神圣的光圈,活着的人总把"接班人"的缺点来与死者的优点比较。谁又能没有一点缺点?谁又是一点优点也没有的呢?

不过,他对海南的隔膜并不是出于这种情况;他和前面的妻子也没有什么很深的感情。他在思想上是个勇于拓荒的人,用流行的话说,是个敢于突破禁区的人;在生活上,也从不囿于陈规陋习,还是善于随着潮流风尚不断变化的。那么,这种陌生感,这种距离感,是从哪里来的呢?

他把烟头在笨重的仿水晶雕花烟灰缸上,像用毛笔在砚台里蘸墨汁一样慢慢地旋转着,一面细细地思考。但是当局者迷,他还是想不出他们的关系在哪一点、哪一方面能有一种进展性的突破。他们两人,就像两个完全合乎规格的齿轮在笨手笨脚的工匠手下安错了位置,不运转的时候看起来刚好合适,一运转就嘎嘎地闹别扭。也许略微加以调整一下就好了,可是怎样调整,他却茫然不知所措。她和他前面那个农村的妻子迥然不同,他毫没有这方面的经验,现在也没有这份心思和精力。想起两次婚姻的不幸,他心里突地涌起一阵在个人幸福上的灰心丧气。他没有检查自己这方面的缺点和弱点,只认为这次不美满的婚姻是由于他猝不及防。

二

他想起床,但弹簧床像个传动装置,他略微一动,就会把海南闹醒。他宁愿他们两个齿轮迟点开始运转,于是又靠回床头的软垫上。反正今早不用进城,一支烟还没有吸完。

这时,他想到他的儿子,袅袅的青烟在昏暗的房屋里飘浮着,眼前仿佛现出他儿子的形象。在北京,他曾写信征询过他儿子对他再婚的意见。儿子用清楚工整的字体回信给他说:"这是您的事情,我相信您会处理好的。不管您怎样做,我都同意。"儿子用"处理"这个词,曾叫他颇费思索。并且,寥寥几百字,冷静而有礼的语气,也曾使他莫名地感到不快,好像儿子已经完全脱离了他,除了血统关系,再没有其他方面的生活联系了。

是不是也可以这样说,儿子这封好像是事不关己,高高挂起的不置可否的信,是促使他和海南结婚的因素之一呢?

儿子给他最深的印象,还是在他搬来 T 市前几天,送儿子到火车站的路上。

那是一个晴朗的星期天。儿子穿着洗得发白的工作服上衣,下身却穿着一条纯毛凡尼丁直筒裤,脚上是一双锃亮的三接头皮鞋。神态倜傥地背着人造革圆桶包。儿子长得和他一样高大了,虽然不如他魁伟,但瘦削的身材挺拔而匀称。开车时间还早,父子两人在通往火车站的宽阔的人行道上漫步。

街边的槐树绿荫如盖,人行道上铺着十字纹的水泥方砖。商店玻璃橱窗里陈列着衣饰时髦华丽的男女模特儿,但这前面已经没有几个人欣赏了。人们艳羡的是大百货公司橱窗里陈列的全套索尼家用电器:一个穿花格西服、脚上趿着皮拖鞋的家长式的人物,坐在紫色的全包沙发上,做出在听组合式立体声电唱机的模样,另一个是这位男装模特儿的妻子,披着烫花的披肩发,穿着鲜红的羊毛高领衫,略弯着腰在使用电气吸尘器,旁边一个小男孩,望着二百公升电冰箱里的鸡鸭水果馋涎欲滴。这三个木偶组成了一幅小康之家的图景,仿佛在向橱窗外的看客展示着二〇〇〇年时一个中国普通家庭的标准。

也许是因为家庭——其实也说不上是什么家庭——有了新的变化,父子中间忽然插进了一个陌生的人,而这陌生人又如此地重要,也许是儿子在热闹的省城度过了半个月的假日——这十五天休假是那么艰难地在将近一年的时间里一天一天地积累起来的——现在又要回到寂寞乏味的矿山上去而感到怅惘,总之,父子两人都默默无言。他有时和儿子并排走,有时稍稍落在儿子后面。他蓦然感到,儿子已经长大成人了。儿子不紧不慢而又均匀有力的步子,已经表现出男子汉的自信,那一对毫不避人的、直射向别人眼睛的目光,也显露出来一个聪颖而自负的青年人的锋芒。这半个月儿子一直在省城转来转去,天天很晚才回来。他呢,也忙于办移交,看材料,两人很少交谈。现在,儿子和他单独在一起了,但儿子始终没有向他表示对这个“妈妈”——他并没有要求儿子这样称呼,这是儿子主动叫的。儿子第一次这样称呼海南的那天,海南在晚上临睡时悄悄地对他说,她听了几乎晕过去——有什么看法,不论是好或是不好,他也无需去问。这时问这个问题,会显得既虚伪又可笑。不管儿子满意不满意,如今已既成事实。而儿子也能“正确对待”,在十五天的家庭生活中对海南礼貌周全,和睦相处。这点他还暗自感激他的儿子,甚至觉得儿子不太像儿子,却像是他的一个兄弟什么的。

此刻,他送他上火车,此刻,他俩单独在一起。儿子这一去,他再迁往 T 市,又要有一年的分离,但儿子对他并没有一点留恋的表示，对他和"妈妈"的结合还是不置一词，这突然使他感到心中升上一股寒气。即使儿子对他、对"妈妈"批评几句，也是出自儿子的一种家庭成员的权利感，然而，儿子毫无所谓，一直好像独自在想自己的心事。这更证实了他在北京意识到的，儿子其实对他这个父亲漠不关心。

可是，他又怎么能责备儿子呢？他年轻的时候，世界还没有在他面前展开，心中还没有燃起爱情的火花，就遵循家乡的风俗，在祖父母、父母之命下结了婚。可是，他还没有来得及和那腼腆的、瘦弱的农村姑娘建立起感情，就接到了政法学院的录取通知书，去北京上了大学。五十年代的大学，结了婚的学生有的是，他并不感到特别地难为情。女同学中也有人曾引起过他的遐想，但他一想到自己的处境，那太虚幻境也很快烟消云散了。这样，倒促使他能够一头埋在书本里——老年人的考虑，却也有它的合理之处。然而，他读的书越多，和原来生活的那个世界就离得越远。当时，有句讽刺某些大学生的话，叫"一年土，二年洋，三年不认爹和娘"，不认爹娘是不可能的，但背离爹娘的观念意识、生活习惯却是很自然的，无可责备的。尤其，在他溯着马克思主义的源流而上，接触到欧洲文化以后，更使他感到原来生活的那个世界陈腐得可笑，当然也对硬塞给他的婚姻产生反感。他虽然没有和那个农村姑娘离婚，可也没把她娘儿俩从农村接出来。这是种折中的态度，默默地显示了自己的抗议。于是，她和他，都为他自己的变化做了牺牲。她没有享受到他的爱情；他也没有抛下她去寻求新的爱情。日久天长，他对女人的这条感情线，就被事业心，被文化知识培养出来的一种很隐蔽的雄心所湮没了。

孟德纯在罗海南家介绍他的那番话，也不能说完全撒谎，因为他给一般人的印象，的确似乎没有结过婚，对结婚不感兴趣。

一九七四年，她患大叶性肺炎死了，儿子同年也高中毕业，他才把儿子从农村接出来。当时，他不过是省委机关的一个一般干部,只得托一个朋友给儿子在矿山上找了个工作。那个矿山离省城很远,在 T 市附近。儿子勤奋肯钻,几年来长进很快,八〇年入了党,去年又被提拔为安装队的副队长。看看儿子的步履神态,看看儿子自信又自负的气概,把儿子刚从乡下来,背着家乡的竹编背篓,穿着一身土布衣服的形象与之相比,完全可以看出来,即使没有他这个没有尽到责任的爸爸,儿子不管在哪种工作上,都会取得他应该取得的地位。那么,他又怎能要求儿子关心他呢?

和儿子并肩走在林荫道上,在熙来攘往的人群中穿行,他既感到宽慰,又有点伤感。看,儿子已经悄悄地长大了!儿子的世界已经不同于他的世界了;儿子已经成了一个有八年工龄的"师傅",一个独立的个体,一个外界的客观存在,需要他动一番脑筋才能理解了。

横穿马路的时候,遇上了红灯,一辆一辆汽车从他们面前开过去。最后,一辆车身交叉地裹着红绸,引擎盖上还扎着一朵硕大的红花,车门上贴着红"囍"字的日本皇冠牌小汽车,仿佛有意要显示自己似的,和前面一辆载货的卡车拉开一段距离,雍容华贵地缓缓而来,引起了所有行人的注目。警察好像也通情达理地在等待它,直到它穿过十字路口,才换了指挥灯。

火车站快到了,那一面大钟上的数字已清晰可见了。沉默总使人觉得压抑,他想找个话题来活跃一下气氛。

"怎么样?你有对象了吗?"他笑着问。

"没有。"儿子并不感到问题突然,也没有一点羞赧,眼睛仍直视着前方,随口回答道。

"你们矿上结婚,也像这样搞吗?"

"啊——"儿子好像对这辆华丽的彩车不屑一顾。"矿山上办喜事,要比这热闹多了,一辆小汽车不行,总得找来两三辆。"

"咳,这样浪费有什么必要,"他不由得又用在机关的习惯语气说，"举行集体结婚不是很好么？"

"浪费？什么叫浪费？"儿子掉过头冷冷地看他一眼。"个人办喜事花多少钱都是自己的，集体结婚却花国家的钱。而且集体结婚完了，个人还要办，两相比较，哪个是浪费？"停了一下，儿子又说，"爸爸，你们这些在上面的干部为什么总要操那不必要的闲心，却很少去管应该管的事呢？"

"我觉得提倡婚礼节约还是对的。"他心情逐渐开朗起来，辩论总比沉默好，"有很多小青年为了筹办婚事搞得焦头烂额，甚至去犯罪。内部材料和报纸上不有很多这样的例子吗？"

"有多少？"儿子毫不退让。儿子这点非常像他，"我承认是有这样的傻瓜。可是你们统计过吗？这样的傻瓜在全部结婚的人当中恐怕不到千分之一。你们为什么不相信大多数人是会根据自己的经济情况来安排生活的呢？看到一些突出的例子就惊慌起来……其实社会上有比大办婚事更严重的事，你们却把好多精力用在这种纯属私人范围的事情上。上面刮来一阵风，把矿长、工会、共青团忙得……忙什么？举办集体结婚。真可笑！"

"那么，坐小汽车呢？这不是揩公家的油吗？"谈什么事并不重要，他希望和儿子多谈谈。

"哼哼！"儿子冷笑了一声，"这怪谁？还不是怪你们当干部的没有把群众的生活组织好。现在人们不是没钱，尤其是我们矿上的工人，而是没有地方去租车，只好拉关系，走后门，其实他们花的钱不比汽油费少。国家办了医院可以生娃娃，办了火葬场可以烧死人，为什么就不办个结婚经理公司专门把结婚事全包下来？"

"那么，"他笑了，认为找到了儿子一个自相矛盾的地方，"你所说的结婚经理公司，不也是要举办集体结婚的吗？"

"不！"儿子摆摆头，"没有几个人愿意集体结婚。去集体结婚的人和你们主管这事的干部一样，也不过是好奇，是赶风头罢了。爸爸，你知道我们矿上的青年工人是怎么说的吗？他们说，'我们一辈子都在当配角,这天就让我们当这么一次主角有什么不可以呢?'还说,'我们社会主义国家走到哪儿都要排队,我一辈子就这么一次,也要跟买粉条一样排着队结婚,我不干。'还有人说得尖刻,'那些当干部的成天坐小汽车,我们一辈子就这么一天坐坐小汽车出出风头,他们看着就眼红了,还好意思叫我们推着自行车,把新娘子放在二墩子上接回来!'

"我虽然不赞成超过自己经济的负担大办婚事,但我同情他们这种说法。一个人的一生当中总应该有完全属于自己的可纪念的日子。我成天在工人里面滚,要比你熟悉他们。英雄模范,能获得荣誉、出人头地的总是少数,大多数人一辈子默默无闻,可是他们不想有一天能荣耀荣耀么?结婚,这一天就是他们荣耀的机会。你还不知道,结婚这一天小得顺心,他们出了一次风头,有好几个月他们的干劲都会十足。这几乎成了一个规律。这笔经济账是你看的那些内部材料和报纸上没有的。再说出份子吧,现在出的份子的确不少,我们矿上一次出二十块钱的很多,好一点的朋友,一百、二百也给,实际上比报上登的还厉害。不过,没有几个傻瓜是勒紧裤带去随礼的。爸爸,我们生活水平是提高了很多,可是中国还有穷人。这些穷人却决不是因为随份子送礼送穷的。我希望你们在上面的干部不要找错了原因,要把精力花在该干的地方去。"

走到火车站大厅,他去买月台票。这当儿,小伙子气宇轩昂地站在大厅中间,一群花花绿绿的外国游客,叽叽喳喳地从他身边过去。小伙子的眼睛一直盯着他们。他拿着月台票,挽着儿子的胳膊进入了检票口,走到儿子乘坐的那节车厢旁边。还有什么跟儿子说的呢?儿子现在有他的独立见解,虽然说的是什么结婚,但要从这话题挖下去,它里面有着更深的层次。

"爸爸,"火车开动前,儿子脸上挂着一种既有歉意,又有点嘲讽意味的微笑,说,"我虽然刚刚说了那些话,可是我结婚的时候决不那样办,什么请客啦,坐小汽车啦,我觉得庸俗……我要花两千块钱到南方去旅游一次。钱我已经存下了。我刚刚说的那些话，不过是……"说到这里，儿子的神色变得诚恳起来，"爸爸，你快当市委书记了，从你的年纪和能力上看，以后你还会升得更高。我想说的是……现在，谁也不知道社会主义究竟应该是什么样子，我只希望你领导建设的社会主义，是人人都高高兴兴地愿意在里面生活的社会主义，不是那么一种虽然有吃的穿的，却让人处处感到不随心、不痛快的社会主义！"

火车开远了，只留下一缕袅袅的轻烟在半空中飘浮。送行的人渐渐走光了。他点燃一支烟，长长地吁了口气。儿子的话深深地触动了他，使他陷入沉思，他也不知道自己怎样走到了大街上，汇进了下班的人流里去的。

"要人人都高高兴兴地愿意在里面生活的社会主义，不要那虽然有吃有穿，却让人处处感到不随心、不痛快的社会主义"一直在他耳边回响。过去，在提倡"越穷越革命，越穷越光荣"的时代，人们在可怕的贫困中只向往"有吃有穿"，现在老百姓刚有了点钱，新的生活要求却增长得更快。

儿子小时候和他儿时一样，不过是个背着背篓在山坳里搂柴的娃娃，后来当了工人，现在，要去几千里以外旅游了！旅游，在他二十六岁时还是不敢想象的。然而，又怎么不能预料，再过二十年，儿子到他这样的年纪，要去马尼拉、去仰光、去曼谷呢？去佛罗伦萨、去巴黎旅游也是可能的！

他又经过那家全市最大的百货公司。下班人流的高峰期已经过去，大橱窗前只有寥寥的几个农民打扮的外县人。他朝橱窗里瞥了一眼，蓦地发现那个穿鲜红高领羊毛衫的女模特儿酷似海南。瘦削窈窕的身材，蜡黄的脸皮，甚至还有几粒雀斑，鼻子小小的、尖尖的，薄薄的嘴唇也是那样略嫌阔大。那么，那坐在紫色的全包沙发上，穿着花格西服，装模作样地在听帕格尼尼或是百老汇的黑人爵士音乐的家伙就是他啰！

这使他想起了自己。他，一个普普通通的农民的儿子，先是在农村小学参加少先队，以后在县城中学参加了青年团，后来在大学里入了党，从学校出来当干部直到现在。档案上的记载就是如此。然而，他的思想、情趣、气质、风度和生活方式的变化，却是档案不可能表现的。马克思、恩格斯的书把他引向欧洲文化，而欧洲文化的字字句句又把他潜移默化成了一个"洋派"人物。尤其在最近几年，他给孟德纯写文章的稿费全部归他，自己也经常给省报的"学习"副刊写些政论，收入增加了，生活的标准也显著提高了。不能想象马克思主义者会是个犬儒，是个苦行僧。内容决定形式。而他的"形式"，孟德纯倒很欣赏。孟德纯曾说过："我就讨厌那种像虾米一样的秘书，干瘪瘪的，没有一点光彩，好像还有股咸菜味；个头比我高得多，见了我却连腰也直不起来。你很好，像个有作为的。"孟德纯，长征中吃皮带的小连长，现在穿的衣服也要在上海、北京的服装店定做，还"食不厌精，脍不厌细"。这一位省委书记，一位专职秘书，两人倒很合拍。

那么，又怎么能一方面努力提高人民群众的生活水平，一方面却要求人民群众保持自然经济中形成的生活方式和道德规范呢？

一支烟吸完了，他在仿水晶雕花的烟灰缸里揿灭烟头，不管会不会闹醒海南，决定起床。在这一瞬间，他有这样一个想法：一个人生的思考，一个哲学的命题，一个政治或经济上的发现，往往来自日常生活中极不引人注目的小事或片言只语。他相信牛顿是看见苹果从树上落下来而发现万有引力定律的！

三

九点钟，孙玉璋坐老高的车来到市郊，爬上四楼，敲开他两间一厅的单元的门,孙玉璋矮墩墩的,紫棠色面孔上油光锃亮,两只小眼睛炯炯有神,盯着人的时候,仿佛在问:"你是个什么人?我应该怎么对待你?"他的衣着完全符合王府井、大栅栏上西北土干部的标准。今天的气温至少有摄氏二十二度,他里面穿着衬衫,露出雪白的领子,还有绿色的线衣领子,线衣之外,又是一件笔挺的藏蓝毛哔叽制服,看得出来,他是为了来拜访新上任的市委书记特意打扮了一番的。

海南给他们沏了茶,端来盛着义利公司的什锦糖的糖碟,忍住笑,和孙玉璋寒暄了两句,就回卧室继续收拾东西去了。孙玉璋挑了块硬水果糖放进嘴里,站起来,表示要看看房子。于是陈抱帖引着他参观了一下。

他看得很仔细,像是验收工程的人员似的,把几扇窗子也开阖了一下。"你看,这个插销插不上。"他不满地对陈抱帖说,"我们自己的人在那儿闲得手发痒,工程倒包给南方来的包工队。这就是我们 T 市过去搞的名堂!"

"省城也是这样。"陈抱帖说,"省委大院新盖了几幢高干楼,质量和这房子一样糟糕。可是住进去的部局长一声也不敢吭,深怕人说他们挑剔。我常常把省委和省政府叫做'好人政府'。"

"'好人政府',不错!"孙玉璋笑道,"一种情况是,上面有了'好人政府',所以下面的坏人敢钻空子;一种情况更糟,连上面都是'坏人政府'……"

我们的干部制度,经常把两个过去毫不相识的人搭配在一起,而工作本身又要求他们必需互相了解,配合密切,措施协调。于是这两个人一开始就不得不伸出无形的触须探索对方;一个眼神、一句话语,都成了对对方的扫描。T 市的领导班子在火车站上接他们夫妇那天,陈抱帖第一次和孙玉璋握手的时候,就敏感到这个人内心远远比外表呈现出来的要聪明。西北的老区干部,不知由于什么原因,总要用笨拙可笑的外表来掩盖自己内在的聪慧睿智和经验,或是用做作出来的和蔼可亲来掩饰自己的无能和无知,孙玉璋两者兼而有之,既显得笨拙可笑,又显得和蔼可亲。不过,通过刚才简短的交谈,孙玉璋已不自觉地透露出来他有改造 T 市政府意愿。但是,他是一个习惯于旧的工作方法的干部;陈抱帖,作为一个不是按资排辈,而是破格提拔上来的市委书记,要照老一套章程循规蹈矩地办事是难以打开局面的。他要把孙玉璋调动到新的轨道上来。

"老孙,"他俩回到沙发上落座后,他说,"我想早点开始工作,最好我们明天就干起来。"

"着急干啥?"孙玉璋看看还没有完全收拾好的客厅,"再停两天,等家安顿好上班也不迟。"

"家不用我收拾。她和一个姑娘就收拾了。我决定明天上班。"

"那么,"孙玉璋迟疑了一下,"明天是先听汇报,还是先看看城市?"

"先看城市。"陈抱帖说,"我知道那些汇报材料,我在省城已经研究过了。我们不要开正式的汇报会。一个人汇报,和这个部门不相干的人在旁边听着,也是要打瞌睡的。看完了城市,我们俩再一个个请人来讲。"

"要是你有什么指示呢?开个会不是比较方便么?"孙玉璋眨着小眼睛问。

"怎么能说什么'指示'呢?"陈抱帖笑着摇摇手,"如果我有什么意见的话,跟主管干部个别交换意见还更方便些。另外,看完了城市,我还得先向全市人民请示,看他们是不是同意省委任命我当这个市的市委书记哩!"

"哦!"孙玉璋困惑地问,"那咋样……请示?"

"我想,我们对城市有个大致的了解以后,我要直接跟人民群众谈谈我的设想。"陈抱帖给孙玉璋剥了颗巧克力糖,他自己点燃一支烟,"老孙,像我这样的市委书记——没有光荣的革命资历,没有过什么贡献,光靠上面的一纸任命,很难取得群众的信任。我不像你,你是由人民代表选出来,再经上面批准的。我呢,要反过来经一道手续:上面给了我任命,我还要取得群众的批准。"

"那……怎么个谈法呢?"陈抱帖这种工作方法,出乎孙玉璋意料之外。

陈抱帖站起来,在还没有归置好的客厅里找出纸笔,写了几行字,交给孙玉璋。

"这张告示,下午请你交给宣传部,用海报的形式在墙上张贴出来。"

孙玉璋看完,用怀疑的语气嘀咕道:"在人民广场、不用组织?谁愿去就去? 老陈,这怕……没有多少人去听哩,尤其在星期天。"

"别担心!"陈抱帖胸有成竹地笑笑,"我是程砚秋,哪怕只有一个听众我照样唱得很卖力。"

四

孙玉璋走了。海南已经把卧室收拾好。她系着印着阿拉伯图案的围裙,显露出轻盈款软的细腰,在过道里用一块洁白的毛巾擦着湿漉漉的手。她刚梳洗完,身上脸上散发出一股浓郁的檀香味。见他送客回来,笑着问道:

"怎么样?"

"什么怎么样?"

"那个人。"

"哦,"他略有所思地微微一笑,"是个很好的人。"

"可我见了他就忍不住笑。"海南嘻嘻笑着,跟他进了客厅,"你看他那脖子上,一圈一圈的,就好像拉车的马箍着皮脖套一样。"

"你怎么老从外表上来看人呢?"他板起面孔说,"以后,你得习惯跟这样的同志一起工作才行。"

海南看他冷冷的面孔,一腔子高兴也烟消云散。

"我看人外表怎么啦?我不看人外表还不会跟你结婚,跑到这鬼地方来哩!"她委屈地喊道,"要我习惯,那对不起,恐怕一辈子习惯不了!"

他不理她,心不在焉地在东一堆牛皮纸,西一摊稻草绳的客厅里转了一转,见安徽姑娘还没有把中饭做好,又准备蹀进他的小书房。海南最怕他这种居高临下的虚伪的宽厚,赶紧又挑起新的纠纷:

"我问你,前天刚搬来。为什么你明天就上班?跟那个乡巴佬市长说得好听,家里有我和姑娘收拾就行了。自来水没有自来水;到今天,连哪儿买菜打油都不知道……我就不是国家干部?我是给你收拾房子的?"说完,她撅着嘴。

"好了,好了。"他垂着手站在小书房门口,用无可奈何的声调说,"你先委屈一下行不行?如果你也着急上班,那就把家先放一放也可以。以后我们慢慢收拾。"

"不!我并不着急上班,我在家收拾也可以。"海南眼睛盯着墙壁赌气,"我是要挖你的思想根源。你满脑子'男主外,女主内'的旧思想!"

"怎么?"他故作惊奇地问,"是又要开展'批林批孔'运动了吗?"

"什么'批林批孔'?!"海南为了忍住笑,使劲地跺着脚,以致她的外表要比内心愤怒百倍。"你还不够是孔老二,你是个希特勒!希特勒就主张妇女回到厨房里去。"

昨天晚上说他是卡列宁,今天又把他比做希特勒。他再不搭理她,一转身进了小书房。

第四章　孙玉璋市长

一

　　孙玉璋从陈抱帖家出来,坐进上海牌小轿车,看了看表,虽然还没到下班时刻,但还是吩咐老高直接开回他家。

　　他的家在市内一个巷子里面。这巷子很古老,原来至少能并排走两辆马车,这十几年来,居民们一家一家用拾来的、拆来的、走后门来的、趁看料员不注意时搬来的红砖、青砖,在巷子里接出了一间间房屋,于是,巷子干瘪萎缩成了一条曲曲弯弯的小道。汽车进不去了,他在巷口下了车。他是不常乘小轿车上下班的,在公用自来水龙头下洗菜的邻居老汉看见,问他:"孙书记,上哪儿去啦?"

　　"嗯……到市郊了。"

　　"哎!"老汉端着洗菜的脸盆,跟在他后面,"听说新派的市委书记来了。"

　　"来了。"

　　"咋样? 这个人。"

　　"一个鼻子两个眼,就是年纪轻点。"

　　"会不会还跟原来的那个一样,光会捧个本本子念文件?"

　　"过两天你就知道了,他还要向你'请示'哩。"

　　"向我请示? 我算哪门子领导? 一个退休工人。"

　　"等两天你听去吧,谁都可以去听。"

"新鲜!"

他在这个巷子住了三十多年。风风雨雨,宦海沉浮,不管是下放、蹲干校、调外县,家总安在这儿。这三十年间,和他一起在陕北参加革命的,有人调到了北京、省城,住上了高楼洋房,可也有人被打回农村,连口像样的窑洞都住不上;有人比他高了好几级,还是三朝元老,运动不倒的,但也有人在四七年胡宗南进犯延安的内战中没有牺牲,却死在自己盖的监狱里。他不仰慕挣上高官厚禄的人。本来嘛,他年轻时从三边公学一毕业,就分配到地方上当土干部,什么高楼汽车,连想也没有想过。那年月,革命能不能胜利还没有把握哩。同时,他也不同情那些被打下去的人。乍看上去挺可怜,可是仔细琢磨,每一个挨整的人都有挨整的道理。有的是先整了人家,一报还一报,最后落到自己头上;有的人聪明太过,就像《三国演义》里面的杨修一样。"潮流潮流,你得顺潮而流。"他常这样告诫自己,"要是先跑到别人头里去了,还有不一头撞在石头上的?"

上去容易下来难;进去容易出来难。所以,尽管他也有过显赫的时候——就 T 市这个范围来说——有过顺利的时候——譬如没有搞运动的年月,他也没有换换房子,改善改善居住条件的想法。刚来 T 市,在民政局里当科长,还是单身一人。后来,变成了小两口,再后来,有了孩子,一个,两个,三个,再后来,孩子慢慢大了,小两口早变成了老两口。他的房子,也由一间变为两间,两间变为三间,三间变为四间。这里原来是 T 市市政府的家属宿舍,而哪一个干部都没有他在这里住的时间长,左邻右舍不是高升了,就是谪迁了,随着他家庭的发展,左右隔壁的房子就自然归属了他。这左邻右舍的命运,仿佛一幅活的升官图,看看他们,也足以使自己警惕,好自为之了。

"这'明哲保身'四个字,不是坏话。"儿子当"红卫兵"背语录的时候,他却在家这样教育儿子,"首先要'明哲','明哲'是啥?就是要懂道理。懂了道理干啥?先要'保身'。'保身'有啥不对?试想想,你连你的小性命都保不住,还谈得上啥'为人民服务'?"

他居官谨慎,庭训也很严,妻子儿女在这种"明哲保身"的教诲下,倒没有一点干部家属的优越感,一直和这古老的巷子里的居民和睦相处。在他蹲牛棚、蹲干校的年月,居民们仍然尊敬地称他家为"孙书记家",虽然他官衔屡变,什么"副局长"、"副主任"、"县长"、"副市长",直到最近的"市长"。在一般老百姓的眼里,不论在哪个单位,"书记"总是最大的官。这样称呼人家,人家爱听。

他在家待业的女儿翠芳给他开开院门。翠芳虽然不挣钱,可也烫上了头发,挺爱打扮。这也是"潮流潮流,顺潮而流",他没有办法的。小院长占四间房子的宽度——三四一十二米,宽约五米,总面积有六十平方米,很宽绰,却只有两株树干笔直的杨树,杨树上拉着晾衣裳的绳子,毫无美感。近几年来,凡是家里有院落、有几平方米土地的,无不种上几棵闲花野草,他家六十平方米的院子里却养着一群鸡。约有六七十只,大大小小,各色鸡等,什么品种都有。他的业余时间,全花在饲鸡上面。饲鸡,并不完全为了吃肉蛋,这也是一种享乐,一种寄托,一种习惯,一种能唤起他对那遥远的童年时代和农村生活的记忆的情趣。

"今天上午下蛋了吗?"

"下啦,"翠芳告诉他。"下了十五个。"

"哪些鸡下的?"

"那我哪儿知道?!反正都在窝里头。"

"傻丫头!"

哪些鸡下的蛋,关系很大。今年春节用炕孵的小鸡,在他精心料理下,现在已经该下蛋了。可惜这傻丫头光知道打扮,没有注意。他把今天特为去看陈抱帖穿上的哗叽制服脱下来,交给女儿,也顾不上身上还穿着使海南和陈抱帖差点吵了起来的绿线衣和雪白的衬衫,绾起袖子就满院抓鸡。别看他快六十岁的人,又有点发胖,手脚还异常灵便。应该抓哪只鸡,他又心中有数,目的明确。鸡们在他的突然袭击之下,虽然满院乱飞,咯咯惊叫了一阵,但不久即平静下来。原来他已经把是哪几只鸡下的头蛋摸好了。他抓住一只春节孵出的母鸡,一手拧住它的翅膀,一根手指在鸡屁股上一捅,就明白了。凡是已开始下蛋的母鸡,他就拿起插在窗台上放着的一瓶印色油里的红笔,朝它脑门子上一点。

鸡抓完,做上记号,他又站在台阶上看了看。看到满院的母鸡头上几乎都有了红点,才拍拍手,用小笸箩从蛋窝里——这鸡舍盖得很讲究,睡觉的窝和下蛋的窝是分开的,正如人的卧室和办公室是分开的一样——拾起十五个蛋,带着满意的心情端进屋里。

"把那小本本子拿来。"

翠芳给他端来茶,他这样吩咐女儿。

女儿知道他要的是什么小本本,很快呈到他面前。他坐在沙发上,郑重其事地戴上老花镜,还沾着鸡粪的手从他那件唯一的礼服里掏出钢笔,仔仔细细地记了几笔。

这个小本本是一部"鸡账",也是一部鸡的档案。上面记的1号、2号、3号……直到75号,只有他一个人明白哪只鸡是哪一号,几号到几号,是哪一批孵出来的,几号什么时间有鸡瘟的迹象,某月某日给鸡群打的防疫针,几号在某月某日开始下蛋,几号是首先停蛋的,几号是最后停蛋的……上面记得一清二楚。

后几页,还有一篇按年度计算的总账。上面有支出栏、收入栏、折合市价的盈利栏。支出栏有买糠、买麸子、烂菜及种蛋等等项目的金钱支出。收入栏不言而喻就是肉蛋了。这肉蛋,他定要按市场价格折算成人民币,所以才有了最后的盈利栏。当然,他和全世界的农民一样,在支出栏里,从不把自己花的劳力计算进去,因此看到盈利栏,他总是非常高兴。

这是一部能公开的小本本,他还有若干不能公开的小本本。那些小本本,是从五七年开始不自觉地记的,以后欲罢不能,越记越多。六四年社教时,他吓得差点一把火烧掉,可当时又不知为什么没有烧,终于留到现在。

五七年,他是 T 市整风反右五人领导小组成员之一。在审定"右派"的时候,这个农村出来的干部而又没有完全从农民的蛹壳里蜕化出来的人,总觉得有几个"右派"冤枉。可是"潮流潮流,顺潮而流",他并不反对别人把那几个小学教员、小科员、小干部定成"右派"。他没有记日记的习惯,从机关回来,在良心不安宁的情况下,随手抓来一个小本本,记下了这几个人的名字。他没有想到今后有什么用,只是以为欠了这些人一笔债。以后,"大跃进"开始了。其实,他完全是个"观潮派"、"秋后算账派",可是他从来不公开言喘,不过是像记"鸡账"一样,一笔笔地在支出栏下记上 T 市的财政和劳务支出。年底"秋后算账",果然他怀疑对了,最终是得不偿失,入不敷出。但还没等他在会上端出他的账本,"反右倾"就开始了。他吓得出了几身冷汗,做了几次噩梦,可是他毫无言论,并且总顺时而动,所以他不但逃过了这一关,还当上了公安局副局长。

从此,他更谨守"顺潮而流"的座右铭了。而另一方面,他毕竟还是个共产党的干部,是个有头脑而又冷静的人,经验告诉他:一次整人的运动过后,跟着又要平反和甄别,所以,账,他还是偷偷地记着的。

六〇年,他分管看守所、监狱和劳改、劳教队。本着他"顺潮而流"和"明哲"的精神,他既不替他看管下的"右派"、"右倾"、各色"反动分子"鸣冤叫屈——他知道"翻案"必须有"翻案"的时机,"树根不动,光树梢梢子动弹有啥用?!"——却又在自己力所能及的范围内尽量照顾这些人。关照下面,把记在他账本上的人调到伙房、牛圈、马号、羊场、大车班……那些可以捞点外快野食的单位,让他们能尽自己的努力熬过"低标准",留条活命。当然,也有几个不识时务的知识分子,毫无活动能力的彬彬君子,饿得两眼昏花还要谨守古训,不偷不盗,而一命呜呼的,可是这并不能怪他。他还特别叮咛下面的管教人员,只要发现身体太弱,病情恶化的犯人或劳改劳教人员,要急速向他报告。他会把别的事都放下,为这些人申请保外就医。总之,要死,你别死在我手上。六一年,他所管的 T 市监改单位,获得过中央公安部的通报嘉奖。

可是,他并没有因此官运亨通。此时,原来因为老乡关系、老同学关系、老部下、老上级关系而比较接近的人,在一次一次政治运动中,逐渐发觉"关系"的重要,而有意识地去"拉关系"、加强这种"关系"了。也就是说,这个省、这个市的干部逐渐形成的宗派开始明朗化了。从地域分,就有所谓的"毛驴派"、"蛮子派"、"本地派"等等,从线上分,又有某某派、某某派之别。这"某某",从上连到省,甚至可以连到中央,派系之复杂,网罗进了一切人,哪一个稍稍有点地位的干部都得挂上点,都在一个所谓的"松散的联盟"之中。他是陕北人,按说应该划在"毛驴派"的圈子里,可他实际上跟谁也不沾边;别人以为他是"毛驴派"的,而"毛驴派"又以为他是某某线上的。这是最要命的事,还不如死心塌地附在哪派哪线上哩。不左不右,超然派外,弄得哪一次提升都没有他的份,一直是个副职。并且,在颇有点滑稽的干部制度中,今天他在公安局当副局长,明天却一下子调到商业局当副局长,后天说不定又跑到教育局去专管小学教育了。

他成了"万金油",但也变成了"事事通"。副职一般是闲散的,那时他又年富力强,有一种被压抑的事业心,所以不论他调到哪个部门,他就有时间来钻研钻研业务。可是,他有一点点业务知识,却没有权。再加上他其貌不扬,没有什么"汉官威仪",因而会上发言不算数,会下说话没人听,他只好窝窝囊囊地回到家来,把他看到的问题、想到的办法记在不能公开的小本本子上……

他记好"鸡账",又审核了一遍,才摘下眼镜,插上钢笔,端起女儿给他沏来的热茶,喝了两口,四肢伸展地往沙发上一躺。刚开始开动脑筋来寻思这个陈抱帖,他女儿又掀起门帘跑进来。

"爸,你看这两条鱼咋样?"她笑吟吟地拎着两条鲤鱼,一条约有一斤多重。

"唔,不错。哪儿来的?"

"一个姓马的老乡送的。我已经给过钱了,按自由市场的价钱,一斤一块八。"

"你先把鳞刮了,肚子剖好,等你妈回来做……哎,把那小本本拿来。"

"我还忙着收拾鱼去啦!"

女儿撂下门帘跑了。他无可奈何地站起来,从高低柜的抽屉里又拿出一个小本本,寻了支半截头的铅笔,在上面记好年、月、日,后面写上:"马 鲤鱼两条 一元八角 已付"。

"马"什么,他也不知道,女儿也未必认得。但这人以后必定还要来。

这个小本本,是和一杆秤连在一起的。凡是农民或城市小市民给他送来东西,如香油、羊腿、大米、豆类、鸡鸭鱼肉烟酒等等,他一律照收不误。但每次送来东西,他都要过过秤。是农村来的,按自由市场价格付钱;是商店买的,按国营牌价付钱。而下面干部送来的,他却坚决拒绝。这成了他家的一条家规。

"咱们的农民,都是老老实实,可可怜怜的人。"他对老伴儿女说,"你给他办过一件好事,他能记你一辈子。他给咱们送来点东西,这是老辈子人的礼,一点心意,农村讲究这个。你不收,看起来清白得很,可就伤了他们的心了。你收下,照样付钱给他,咱们图了个方便,不用你们老跑市场、跑商店,他们呢,以后也能常来常往了。日久天长,他们心里有啥话,也能跟咱们说了。他们把可以到咱们家来,看作是一种荣誉。记得我在县上搞'四清'的时候,老百姓有句口歌,叫做'穿烂点,走慢点,见着干部绕远点'。农民不敢露富,见了咱们干部跟见了老虎一样,这样好?说实在的,农民能给我送东西,我还觉着我光荣哩!

"城里那些小老百姓呢,提着东西来找咱们,实际上想求咱们给他办事。办啥事?不过是按政策都应该给人办的事。咱们要不收,他连嘴都不敢张了,又得花钱托别人给办,还不如咱们付钱给他哩。咱们收了东西,付了钱,他们也好张口了。咱们呢,也能知道一些情况:应该给他们办的事不给办,问题究竟在哪里。至于那些干部,老实说,他求咱们办的就不是小事了,那不是想往上爬呀,就是想把他干的坏事遮掩过去。所以,这些人的礼,千万不能给我收!"

他有他联系群众的方式。这个小本本,就是他的"联络图"。他家一年四季经常来客,尤其在年、节以前,简直是络绎不绝,大包小包,大瓶小瓶,常常堆得一屋子满炕。然而,每一样东西他都要入账——谁能料定今后没有运动,不会拿收礼来整他呢?

中午,在一家小百货商店当会计的老伴回来了,把拎包一放,系上围裙就下厨房给他去做鱼。老伴跟他没有什么话说,三十多年,似乎把话都说完了,倒是在厨房里跟女儿叽叽喳喳地有说有笑。

他老伴是T市解放后办的会计训练班头一批学员之一。学员是从小学毕业生中招考的。那时,不知为什么,这个会计训练班归民政局管。一次,民政局长跟他说:"小孙,进了城,革命成功了,你也老大不小,该成家了,就在城里头找个城里的大姑娘多好!"第二天,恰逢会计训练班学员毕业。训练班负责人请他到毕业典礼上来讲话。他在一阵热烈的掌声中走上讲台,一眼就看见坐在前排位置的她。"哎!就是她吧。"他心头怦然地动了一下,该讲些什么,全忘得光光的。那时候,领导讲话由秘书拟稿的规矩还没兴起来,他只好一会儿抗美援朝,一会儿镇压反革命,东拉西扯地讲了十分钟,满头大汗地下了讲台。第二天,他扭扭捏捏地跟局长提了一句,局长又跟那个训练班的负责人吩咐一声。第三天还是第四天,两人就到隔壁的民政科登了记,当晚就把老伴的铺盖从训练班搬了过来。万事大吉,这一晃就是三十多年!

他老伴那时候剪着短发,戴着八角帽,穿一件蓝布的列宁服,并没有特别的动人之处。究竟哪点吸引了他呢?他也说不明白,也从来没有想过。他只要一个能持家过日子的人,而她脸上最大的特点就是老实。三十多年的生活也证明了,他老伴是表里如一的。他还有点眼力。

上午,在陈抱帖家,讨论视察城市的日程和路线的时候,陈抱帖说想到他家来看看。从他家开始,步行视察全市。他仰在沙发上,想了想,这个陈抱帖要到我家来,我没有什么不可给人看的。房子就是这样的房子,家就是这样的家。他显然跟我是两路子人。譬如,他跟他老婆结婚,准不像我跟我老伴结婚这么简单。看他家的摆设,虽然没有归置好,从箱子里拿出来,花里胡哨的,也跟个展览会差不多,尽是些中看不中用的玩意儿。他老婆长得一般,打扮得还挺洋气,三十多岁的媳妇还和翠芳一样穿着连衣裙;一个市委书记的老婆也穿"这个",看起来总有点"那个"。他是个大学生,知识分子,跟着头头转了多少年,跑了不少大地方;我是个土包子,土生土长的干部,以后怎么跟他合作呢?是跟着他跑?还是样样事情把他支在前面,等他捅了娄子我来收拾?……

"吃饭吧,还愣着神想啥?"

他老伴摆好饭桌招呼他,他才收住心思,坐到桌旁去吃鱼。

二

下午,他骑着自行车来到市委。市委和市政府设在一处,还是国民党时代留下的旧房子,再往上数,能追溯到前清同治年间。市委大门，就是同治十三年一个知府修造的，斗拱飞檐，兽纹瓦当，古色古香。T市不是开放城市，如果开放的话，这市委大门就是很好的一处观光点。

解放初期，干部还保持艰苦朴素的传统，市委书记们还没有动修造一所像样的办公大楼的念头。待"十年浩劫"期间刮起了奢侈风，而头头们又像走马灯一般，几乎三五个月一换。"官不修衙，客不修店"，谁有心来搞一个华而不实的办公楼呢？打倒"四人帮"以后，陈抱帖以前的那位书记伍锡贵，待的时间比较长，在多少个大庆，多少个鞍钢的热闹口号的刺激下，雄心大树，花了几十万元盖了一座现代化设备的四层大楼，要把市委和市人委都迁过去。可时运不济，恰恰碰到中央批评各地私自动用资金盖大楼台馆所的文件下来。大楼竣工，干部们却望楼兴叹，明明知道盖这幢楼的经费不属于中央批评的范围，伍锡贵也不敢率先搬进去，冒个抵制中央文件的恶名，整幢大楼乖乖地拱手让给省上在这儿设立的几个单位。有些地方干部就是这样：胆大起来可能包天，胆小起来又赛过老鼠。

他带着茫然的心情走进他的办公室。衙门虽然是同治年间修造的，内部几经翻改，已成了一幢幢砖木结构的平房。平房后面，耸立着一幢六十年代新建的两层小楼。这是常委们办公的地方。他在自己的办公桌前刚坐下，旋又站起来。陈抱帖打乱了他的部署，他一时倒不知先干什么好了。

这时，市政府的另一位副市长，抓工交财贸的市委常委、副书记唐宗慈推门进来。

"见了陈抱帖吗？"

"见了。"

"什么时候给他汇报？"

"这……还没有定。"他随手拿起电话，叫内线接通宣传部办公室，让宣传部长来一下，"老唐，好像……咱们准备的这些汇报材料都没啥用。他有他的一套办法。"

"当然啰。"唐宗慈坐在小沙发上，摸着下巴颏，不冷不热地说，"第一个中青年干部上台，又是老孟直接派来的，总要有套新办法啰。"

他看了看唐宗慈，装作不理会这话的弦外之音，却下意识地把陈抱帖和眼前这个六十开外的唐宗慈估量了一下，然后，意味深长地笑了笑。

"他那套新办法是些什么呢?"唐宗慈问。

"不清楚。"他心里想，还是你自己去摸吧。

宣传部的杨开祥进来了。这是一个四十开外的中年干部，面孔白皙，身材修长，看上去像个大学生出身的知识分子，其实是从解放初期在市政府当小通讯员一步一步熬出来的。他只有小学毕业的文化程度，后来上过工农速成中学，进过中级党校，受过几期什么通讯员学习班、创作学习班之类的短期培训。他自小喜欢看书，读了不少中外名著，也偷偷写点文艺评论投给报刊，还有些艺术鉴赏力，但要他给公家写篇通讯报道，拟个报告，则完全是"假大空"的腔调。这两套本领非常和谐地统一在他身上，因而才能适应形势。最近，在大力提拔中青年干部声中，破格地当了代理宣传部长。市委宣传部长，一般是市委常委，但他资历还浅，又是个"代理"，所以在市委中，他仍然是个工作人员。

"市里有线广播都通着么?"孙玉璋问他。

"这个……"市长突如其来的问题使杨开祥摸不着头脑，"这得问问广播站才能知道。"

"好。你跟广播站说一下，两天之内，要他们把全市的有线广播检修好。另外，"孙玉璋从口袋里掏出陈抱帖给他的纸，"把这个交给报社登出来。再写些海报，贴在大街上。到那天，让广播站事先到人民广场上去把线接好。"

唐宗慈先接过条子，看了看，带着嘲讽的微笑说："啊，这就是他的新办法:不先听汇报,不先调查研究,一上来就跟群众直接发表施政演讲。这是从西方那些总统、市长那儿学来的一套。先声夺人,不简单!小杨,你看看,也学着点,你们中青年干部,就应该有这样的新作风。这样才能打开局面。"

杨开祥看了,心里暗暗惊诧,但嘴上却说:"我有什么新办法,新套套,我还不是靠书记们传帮带出来的……"

唐宗慈杨开祥走了后,孙玉璋突然振作起来,茫茫然的心情一扫而空,变得非常非常充实。

"我有什么可担心的?"他想,"看来我不是陈抱帖的对立面,这里现成有一个。我只要在他们中间保持平衡就行了……"

他捏出一撮茶叶,沏了一杯茶,开始安下心来干下午应该干的事。

他不能不权衡各方面的关系,不得不花脑筋来分析自己周围的人。陈抱帖说他是由人民代表选出来的,不是指形式,而是指实质,他的确是按现行法律由 T 市人民代表大会无记名投票选举出来的第一位市长。

今年年初 T 市召开人民代表大会的时候,他刚卸掉落实政策办公室主任的兼职,挂名排行第三位的副市长,所谓的"小三"。当时,省里内定的市长是 T 市市委的一名副书记,可是投票的结果,意想不到多数票落在他的名下,这一来,市委和省委都乱了阵脚,在代表们住的招待所分区分批开了几次小会"民主协商",又进行第二次选举。不料,复选的选票统计出来,他的票数比第一次还多。这种违反上级意愿的事情,在全国不知有没有,在这个省却是破天荒头一遭。孟德纯立即请示中央,中央明确答复说,照民主选举的结果任命,这才解决了省委面临的难题。

孟德纯有了中央指示的精神,行动还是果断的,考虑还是周到的。为了使落选的那位副书记不太难堪,为了使刚成立的 T 市领导班子不要一上来就别别扭扭,为了便于这个不见经传的、而又是真正被人民代表选上来的人物开展工作,他把那位副书记调到别的市当副书记,把在T市工作时间较长、全力支持那位副书记当市长的伍锡贵提到省上,又把他按常规补了副书记的缺。总之,客观地看,为了他上任,T市正副书记全被调走,领导班子做了很大的调整,猛然把他摆在很突出的位置上来了。

可是,在T市党政领导班子内部,对他这个虽然按法律程序,却违反了惯例上来的人会怎样看呢?难道会服气吗?这些人多数是伍锡贵提拔起来的,伍锡贵走了,那位副书记也走了,但精神还留在这儿,并且还能遥控。他自己呢,在上面没有"天线",他的档案在省委组织部的大铁柜里不知沉睡了多少年,从来没人理会,没人去翻过,那翻来覆去的选举,就证明了省委对他毫无了解;因为有了中央的指示,孟德纯不得不任命他当市长,可接着就派来了自己的贴身秘书,嫡派亲信,这不明摆着要在他旁边放个钦差大臣,弄得他有名无实,有职无权?

从他主观上来看,这样判断似乎也很合理。

他被人民代表选为市长,连他自己也没有料到。开市人民代表大会期间,他并没被选为代表,还在家赋闲养鸡。那正是炕孵的一窝澳洲黑快出壳的时候。各区、四乡的代表们在会议休息时一批一批往他家跑。他还兴致勃勃地给他们介绍养鸡的经验,要郊区的代表回去发展养鸡专业户。代表们都纷纷为他不平,说他不但能当市长,还能当市委书记。吓得他连连摆手:

"快别说这话,快别说这话!要传出去,倒说我有野心了。"

"怕啥?!"代表们说,"你还当是前几年啦。现在人的思想都解放了,有啥就说啥!凭你的资格、能力、工作作风,哪一点不比伍锡贵强!他不就光会做大报告么?"

市人代会第一次选举唱票完毕,好些代表兴冲冲地跑来告诉他,说他得的票比那位内定的副书记还多。他正和一个农村来的老乡聊天,赶紧打断代表们的报喜,把老乡客客气气地送走,转回来埋怨代表说:"你们这是干啥?这不明明是害我?我有多大能耐,给群众办了些啥事,我自己清楚。你们不过是不满意伍书记罢了,不满就不满呗,还拿我当枪使!"

"他凉粉也不吃,板凳也不腾!"代表们说,"现在中央给了咱们这个权,咱们就要把你抬出来挤兑他!孙书记,别抬轿子的哼哼哼,坐轿子的也哼哼哼,咱们把你抬出来,你就别哼了,大胆干吧!有中央政策,怕啥!?"

可是他还是害怕,如果那位副书记最终当了市长,只好赶快卷起铺盖搬家。"想不到老了老了,还出这么件事!"他忧心忡忡地对老伴说,"触犯了伍锡贵、唐宗慈那帮人,是没咱们好日子过的……"

待中央答复了省委,省委下来正式任命那天晚上,他叫老伴宰了只肥得不下蛋的母鸡,炖得烂烂的,一个人关起门来喝了二两酒。喝完,独自拉开被子,朝床上一躺。好事和坏事一样,都会搞得人六神无主。他乱七八糟想了很多事情,最终得出这样的结论:看来这是施展一辈子也没施展开的本事的时候了!伍锡贵虽然是块绊脚石,但那家伙没有主意,凭自己的经验对付他还绰绰有余;唐宗慈老奸巨猾,可是比自己低一级……

然而,没有几天,省里来了一张调令,把伍锡贵调走了。还没等党政机关的干部们在本省有资格当市委书记的人里头,揣测出由谁来接任的时候,就来了这么一个谁也没有想到的陈抱帖!

三

第二天,陈抱帖果然坐着老高的车来了。他们在巷口下了车,由老高领着,陈抱帖走进曲曲弯弯的小巷。这天是星期天,有些居民在公用自来水龙头旁边洗衣服,有的人抱着孩子在门口跟邻居聊天。一群小学生赶着铁环,在狭窄的小巷里乱窜。

"家里没有洗衣机吗?"陈抱帖笑着问一个正在洗衣服的年轻妇女。这个妇女穿的日常衣服也是高档商品,看来是应该买得起洗衣机的。

"哟!"妇女抬起头白了他一眼。"不是买不起洗衣机。买了,上水在哪里?下水在哪里?"

"你们这个水龙头有多少家用?"他又向在水龙头旁边忙碌的人问。

"多少家?"一个操上海口音的老太婆把手一挥,"整条弄堂的人家都用这个水管。派出所要登记户口,都不用挨家跑,蹲在这龙头旁边就行了!"说完,她自己先笑了起来。

"这么说,"陈抱帖叹了口气,"还是和过去一样啰,不过是把水井变成水龙头罢了。"

"还不如过去哩!"一个本地老太婆洗着菜说,"过去这巷子里的井水可甜啦!现在这个水管的水一股药味,还爱来不来的。"

他站了一会儿,转过身走了。

"他是谁?这么大派头。"人们问跟在他身后的老高。

老高走回两步,低声说:"新来的市委书记。"

"哎哟!"那个说"还不如过去"的老太婆叫道,"倒霉了!他可不像孙书记。"

"怕啥?"时髦的年轻妇女把湿衣服一摔,"他自己不也说现在跟过去一样么?"

不知怎么,孙玉璋尽管知道"我没有什么不可给人看的",但还是有点抑制不住的紧张。他不自觉地表露出来的紧张情绪,也传染给他老伴。并不是他们没有见过世面,上不得台盘;陈抱帖又不是什么贵客。这种紧张,出于他们不知道这个从省里来的人物究竟带着什么神秘的使命。同时,从开始频繁地搞政治运动以来,地方上的领导干部之间、尤其是在同一个机关的领导干部之间的私人应酬,礼尚往来,感情交流,逐渐逐渐地稀少了。住在同一个省委大院、市政府大院里的同级干部,在办公室里,在办公时间中可以闲聊,一回到家,却是关起门来过小日子,家与家之间,会老死不相往来。昨天,孙玉璋去看望陈抱帖,是下级对刚上任的上级以旧迎新的例行公事。陈抱帖今日的回访,却开了上级拜访下级的先例。孙玉璋和老伴商量了一晚上:一,留不留下吃饭;二,要表示请他吃饭,他会不会吃?现在,地方干部对"请客送礼"四个字敏感得很,市委书记刚来,副书记就请他吃饭,第二天全城就会有议论。三,当然,不管他吃与不吃,准备些菜总比不准备好。那么,按什么规格?准备些什么?太丰盛,害怕陈抱帖误会他们家不艰苦朴素,平平常常了,又怕陈抱帖觉得对他不够热情……海南嫌西北干部"土",其实不只表现在他们的衣着上,在待人接物上也要这样煞费苦心。直到睡在床上的时候,老两口才定下了四字方针:随机应变。

可是,陈抱帖态度却很随便,一进门就说说笑笑。寒暄的时候,环顾了一下室内的陈设。接着,就对孙玉璋养的一群鸡感到了兴趣。

"老孙,看来你对养鸡倒很有经验。"陈抱帖掀开门帘,走到院子里,笑眯眯地看着鸡群,"不过,你养的品种太杂了,这样不好饲养。如果专业户像你这样养鸡,那就麻烦了。"

"那是,那是……"孙玉璋一时摸不清这个新派人物对他这个古怪的爱好有什么看法,"我这不过是养得好玩,跟人家种花一样。要是专业户,那就……"

"是的,"陈抱帖眼睛里出现了一种向往的神情,"我们从农村出来的人,总像是离不开土地,很难摆脱童年时代留下的痕迹。我小时候放过马。我非常喜欢马,直到现在还是这样。可惜,我已经有二十多年没有见过马了。我指的是真正的马,我们关中的那种秦川马。关中驴出名,马也很优良。现在……老孙,你还能养鸡,我住在那楼上,能养马吗?"

他笑了起来。他的笑打破了孙玉璋家里的拘谨气氛。翠芳说:

"陈叔叔,听爸爸说,你家就放着好几个瓷马。"

"啊,那是'唐三彩'。对了,我们关中的马就像那样的体型。"

"傻丫头,一天光知道打扮。"她爸爸说她,"大人说话她也要插嘴。"

"打扮有什么不好?"陈抱帖笑道,"难道现在还要她像嫂夫人那样,头上戴顶八角帽,穿一件蓝布列宁服?"原来他一进屋,就浏览过了挂在墙上的相框。本地干部不像外来干部,家里有什么精致的相册,所有的照片都镶在相框里,像镜子一样地挂起来——包括三十多年前的那张结婚照。

这一来,翠芳更放肆了,她爸爸拦她都拦不住。"陈叔叔,我现在还在家待业啦。我在家里憋得慌,我爸爸也看不惯我。啥时候能给我找个工作呀?"

"半年之内怎么样?"陈抱帖仍然笑着,"不过不是走后门,而是走前门。可是,先说好,不管什么工作,你要去干。"

"那当然啦!"翠芳更高兴了。

听见厨房里砰砰砰地剁着案板,陈抱帖又钻进厨房。

"嚯,嫂夫人做这么多菜干什么? 今天是什么日子?"

"这,这……"孙玉璋老伴不知如何回答才好,望着她的丈夫。

"你来了嘛,总要给你接风。"孙玉璋接过话回答。

"这以后再说吧。昨天我们不是说好的吗? 先看几天城市。你想尽地主之谊,中午我们随便找家馆子,你请我吃一顿好了。"

孙玉璋老伴松了一口气。随后,他们把老高打发走了,来到T市的大街上。

第五章　在公园长椅上开的
　　　　　市委碰头会

一

　　T 市是个没有地方特色的城市。也可以说,没有特色也正是它的特色。和所有解放后兴建起来的城市一样,有五十年代初的按部就班和五十年代末的大而无当;有六十年代初的着重实际和六十年代末的各自为政;有七十年代初的简陋凑合和七十年代末到八十年代初的现代化建筑,也有最近如雨后的蘑菇一样出现盖着塑料板的绿色铁皮房。

　　六四年到六六年,从北京天津来了一大批城市知识青年,放在市郊各个农场劳动。他们给 T 市编了一个脍炙人口的顺口溜:"一条马路三座楼,一个警察看两头,一个公园四只猴,一辆汽车赛老牛,一家饭馆尽卖粥。哎哟哟! 你叫我咋不发愁?!"

　　那三座楼指的是百货大楼、邮电大楼和银行大楼。所谓大楼,加上顶层装饰性的围栏也不超过二十米。东、西新华路,在清晨无雾,阳光灿烂的那一刻,从起端可以一眼望到终点。一个警察站在中间,就足以应付过往的车辆了。当然,京津青年是善于夸张的,顺口溜又是他们的即兴创作,并不是《城市指南》,T 市倒不至于小到像他们形容的程度。在七十年代的整整十年中,城市又有了很大的发展。可是,那是在什么情况下发展的呢? 是因陋就简和各自为政,而且是各自为政下的因陋就简!在那十年中,我们这个统一的社会主义大国,属下的各个单位,竟变成了罗马帝国统治下的帝国骑士领地。它们拼命拉关系、抢地盘,跑马占地地起围墙,划分势力范围,占领哪里就在哪里盖房子。戴克里先都奈何他们不得,何况那些自己也伸手伸脚的所谓"革委会"头头。于是,一个本来就不规则的城市更搞得七零八落。五十年代初,各主要街道的人行道还是比较宽阔的,在市区地盘抢夺殆尽以后,各单位又向人行道蚕食。上行下效,临街的人家也不甘落后。最后,人行道也变成只能供情侣并肩而行的小道了。现在,城市建筑学家都无法摸清这个城市街区的脉络,只有天文学家才能按建筑的自然位置来把它们划分成各个星座。

这天,他们先看市区。孙玉璋领着陈抱帖穿大街走小巷,又在那迷宫般的巷子里绕来绕去。这个西北的中等城市中,有许多干部工人是外地调来的,他们的联络关系遍及全国各大城市。要托亲友在大城市代买衣物,当然要买最漂亮的、质地最讲究的,所以市民的穿着打扮,决没有海南想象的"土气",相反,甚至比京津沪的一般人还要时髦,尤其是姑娘更为显眼。

陈抱帖今天穿着铁灰色的克罗丁两用衫,下身穿一条裤线笔直的米黄色凡尔丁裤子,脚下是两头翻起来的旅游鞋,和穿一身四个兜的制服的孙玉璋走在街上,别人摸不透这两个截然不同的人物是什么关系。可是,这两人的神态表情却完全一致,都不满地皱起着眉头。中午,孙玉璋把陈抱帖带到 T 市最大的一家饭馆,也就是京津青年说"尽卖粥"的那家饭馆。现在,菜肴还是比较丰富的。陈抱帖摘下褐色眼镜,看了看黑板上的菜谱和价目,点了两个菜,一个汤。

等菜足足等了四十分钟。这四十分钟里两人都没有说什么话。孙玉璋在 T 市住了三十多年,今天,才第一次这么严重地感觉到了 T 市的市政有多么沉重的分量。一路上,陈抱帖只问了些简单的问题,他也只作了简单的回答。而在这一问一答中,T 市市政落后到什么地步,却渐渐地清晰起来。他们曾步量过一家粮店与另一家粮店,一家副食店与另一家副食店,一所小学与另一所小学的距离,算了算居民买粮、买菜,小学生上学,最远的要跑多少路;他们还曾数了数一条小街上的公共厕所、公用水龙头和垃圾站……这些都是城市地图上没有的,也都是些小事,但细想起来,都成了问题!

下午,他们继续跑路。七点钟,孙玉璋送他到七路公共汽车站。陈抱帖上车时,只低沉地向孙玉璋说了一句话:

“老孙,我们的人民是好说话的呀!”

第二天,陈抱帖叫孙玉璋领着逛百货公司、大小商店。他们看了陈列的货物,冷眼旁观了售货员的态度,翻了每一家商店墙上挂的“意见簿”——有的形同虚设,有的也有很尖锐的意见。在一家百货公司里,他们看到一个穿着老式对襟襻纽的布褂子的老汉,问一个戴着假钻石耳环的售货员:“这二毛皮筒子多少钱?”

漂亮姑娘不屑于回答这个乡下人,继续用小锉刀锉着手指甲。老汉又问了两遍,姑娘不耐烦了,把锉刀往玻璃柜上一拍:

“要侨汇券!”

“啥! 摇会钱?”老汉听成了过去在农村流行的一种原始的互助储蓄——“摇会钱”。

“侨汇券! 听清了么?”漂亮姑娘的吐沫差点飞到乡下老汉的脸上。

“啥? ……”老汉仍然不明白。

“侨汇券!”姑娘显然要拿老汉寻开心了,嗲声嗲气地说,“要侨汇券,就是外国钱。你有么? 你掏出一张外国钱来,我就卖给你。”

乡下老汉在几个售货员的嘲笑声中转过身,一面走一面嘟囔:“怪事! 中国钱不要,要外国钱……”

他俩默默地对视了一下,同时露出一种苦笑。

第三天,第四天,两人跑工厂。孙玉璋向陈抱帖建议:"咱们是不是找几个工人干部来谈谈?"陈抱帖却说:"不要,T市工交财贸的材料,我在省里基本研究了。现在我们找干部来谈,他们还是只能罗列一堆数字,谈些表面的东西。要找工人来谈,马上就会围来一堆,会像你的翠芳一样,向我们提出很多要求和问题。你说,我们现在能答复他们些什么?能满足他们什么要求?调子低了,挫伤他们的情绪,调子高了,不免会开出些不负责任,不能兑现的空头支票,损害我们以后的威信。所以,这几天我们只管看好了。"

这天,陈抱帖换了一身干净的工作服,上衣口袋上还印有"××矿安全生产"几个字,又变成了一个技术干部。孙玉璋也不自觉地注意起自己的衣着来,看看自己,仍然是那套蓝哔叽制服,去工厂好像不太像样子。回去换,已经来不及了。他已经开始向这个新派人物看齐。这个人是有一种什么吸引力的。

T市地方国营、集体和街道办的大大小小工厂有近百家,他们选择了十几个比较典型的工厂。在路上,陈抱帖对孙玉璋说:

"老孙,你知道我们中国过去有一种说来是迷信的学问,而一直在军事上使用的方法,叫'望气'的吗?你也听说过,那就好,我认为,它并不完全是迷信,不过是古人把它神秘化了罢了。刚开始形成的时候,'望气'一定有它唯物的道理。这'气'是什么?这是风气、风纪、作风、气势,这些让你感觉得到而摸不着的东西。这要有比较敏锐的观察力。过去,我跟省里的头头跑了很多地方,也逐渐学到了一点'望气'的功夫。但是这功夫只可意会而不可言传,也许是我还没有本事把它总结出来吧。反正,到一个县,一个工厂,我只要转他两转,再听那些负责人跟书记的汇报,就能辨别出汇报里的东西哪些是真的、哪些是假的。如果再调查一番,结果常常和我意料的大致相同。这听起来有点玄,带点江湖术士的味道。

不过,作为一个领导人,到一个地方,首先取得感性知识是非常必要的。有了感性的认识,你再看材料,再听人汇报,那些材料、数字就会在纸上站起来,使你有种立体感。你不但能明白纸上说的是什么,还能透过纸面看出问题。"

"唔,"孙玉璋沉思地说,"你说的话有道理。'望气'、取得'感性认识'什么的,我也有这种经验,不过没有你说的那样明白就是了。"

在"望气"中,他们发现,厂子越小,越有生气。而小厂都是集体或街道办的。有的厂,根本不能称之为"厂",不过是手工业作坊。藏在厚积尘土的街道深处,工人们麇集在白天还需要点着电灯的狭小阴暗的土坯房里。作坊里空气极不流通,人们的体温,加上劳动对象——如皮革、纸张、塑料、铁皮等等——散发出来的气味,郁结在一起,在五月间已使人感到闷热和窒息,如果到七月、八月,可以想象得到这里肯定和一个点着火的原始洞穴一样,但是,工人们——其实多半是妇女、老人和小青年——在这密集性的劳动中热情却挺高。

国营工厂,从外面一看,就能看出它们那副冷漠自负的模样。门口一般都挂着三块、有的是四块牌子;一块是黄色的厂牌,一块是白底黑字的厂党委会的招牌,一块是白底红字的厂工会招牌,另外,还有厂武装部来凑热闹。尽管如此,门卫却不森严,他们随随便便地踱了进去,在传达室里聊天的人并没有出来过问。厂房里,机器开动着,四处响着铁器的撞击声,但工人们没有一点紧张专注的表情,随处都能看到闲散自在的人。

"这些厂,也实行了岗位责任制。"孙玉璋在路上解释,"可是,企业的责任制到底是啥样,好些头头自己也不清楚。他们都是从文件报纸上看的,要么是去外地学来的。谁去学呢?是些不懂行的人。回来了,也没懂多少,搞了些皮毛,订的制度跟不订一个样,到头来还是该罚的没有罚,该奖的没有奖。"停了停,他瞥了陈抱帖一眼,干咳了一声,"咳,这方面,是唐宗慈管的。"

"这个我知道。"陈抱帖冷冷地一笑。

第五天、第六天,按原定计划视察文化、教育、卫生设施。T市这类设施少得可怜。他们乘公共汽车,在两天内就把影剧院、图书馆、医院和几所重点中小学转完了。

"T市有少年宫、儿童游乐场这样的地方吗?"陈抱帖问。

"没有。"孙玉璋思忖了一下,"在公园里,有一些滑梯、转马什么的……"

"好,明天我们一早去公园。"

二

这就是公园!

陈抱帖和孙玉璋坐在公园的长椅上。

阳光是柔和的,今天有微风,空中布着薄云,云影和树影遮掩着他们。这个城市没有知了,没有夏日特有的知喳知喳的蝉声。他们面前是一泓混浊的湖水。湖面上漂着嫩绿的荷叶,莲花还没有开,枝上顶着像毛笔尖一样的菡蕾。湖那边,传来在所谓"儿童游乐场"玩耍的儿童的笑声,其中杂着男女青年的笑声。今天不是休假日。看来这是些无处可去的待业青年,只好和孩子们抢玩具。那些玩具器械已经残破不堪,玩起来,和工厂一样响着哐当哐当的铁器声。

哪里有司机老高所说的能够让情侣们幽会的场所?芍药倒是开得正盛,牡丹则早已谢了;带刺的铁丝围着一片开花的石竹和尚未开花的金盏草。难道就在那疏疏落落的小树林里?爱情只需要一席之地,这一席之地在哪儿?树林里长满有毒的苍耳和带刺叶的小蓟,要么就是一折断就泌出白色浆汁的蒲公英。这白色的浆汁染在衣裳上马上就会变成黑色。那里还有一丛茂密的夹竹桃。夹竹桃虽然美丽可爱,但含有致命的氢氰酸!

我们应该给人民做些什么? 我们能为人民做些什么?

陈抱帖点燃一支烟,沉默良久。孙玉璋很少到公园来,那还在翠芳很小的时候,他曾带她到这里耍过几次。他没有这种闲情逸致,也没有长久沉默的习惯,他试探地问:

"老陈,这几天看下来,你对 T 市有啥想法?"

陈抱帖把烟蒂扔到湖里,吁了一口气,说:

"破破烂烂的城市,漂漂亮亮的市民!"

孙玉璋侧过脸看着他,表现出专注的神情,想听他的下文。

"老孙,你说抓这个城市,我们首先应该抓什么?"陈抱帖直起腰来,靠在椅背上,眼睛凝视着湖的那边。

"这……"孙玉璋想,你不是早从省里领来了旨意? 何必问我。他习惯地回答说,"总是先抓领导班子吧。"

"那么,这领导班子怎么抓呢?"

"这,省里的意见呢?"孙玉璋把问题抛回去。

陈抱帖突然侧过面孔,目光深沉地盯着孙玉璋。

"我们必需有自己的意见! 省里、直到中央,把你、把我放在 T 市,是要我们发挥我们的主观能动性。老孙,你想过这样的问题没有:你、和我,是什么样的人吗?"

孙玉璋困惑不解,茫然地看着陈抱帖严肃的面孔。他从来没有想过他自己和陈抱帖是什么样的人。

"我告诉你,"陈抱帖在孙玉璋的膝盖上拍了一下,"你,是真正由人民代表选出来的,不是先在内部圈定,然后再走走形式的市长。我,一个一般的中年干部,也可说是个知识分子,一跃而成了市委书记。你和我这样上台,在七十年代,在三中全会以前,想都不可能想象的! 所以说,你,和我,完完全全是八十年代的新人物!

你说是不是？"

"唔……"孙玉璋沉吟着，咂摸着"八十年代新人物"这个概念的滋味。他蓦然想起，在接到任命的那天晚上，吃了鸡，喝了酒，躺在床上胡思乱想的时候，他就正在从一个旧式的土干部变为"八十年代新人物"。那时，他的感觉是模糊的、隐隐约约的。经陈抱帖一点，他恍然大悟了：对，那项顺应民情的任命是使他起了一个深刻的变化，不然，他个人今后的命运都不堪设想。但是，他同时又感到有一种从来没感受到的严重的压力。就像一个人背负着东西赶路，虽然吃力，却不感到十分沉重，而当他上秤一称，发现这东西的分量竟超出了他平时力量所能承担的程度以后，马上就力不可支一样。然而，孙玉璋还是坚强的，他明确地认识到了背上这重物的意义，即刻获得了一种新的力量。他也像陈抱帖那样在长椅上直起腰。

"好！"他活跃起来，转过身面对着陈抱帖，用开诚布公的语气说，"不过，我还是要问你：你准备怎样整顿领导班子？全市各部局的领导干部，对你来，对我上台，也就是说，对咱们这样的'八十年代新人物'，怀里都揣着一个兔子，因为这些人跟你、跟我都没有特殊关系。他们关心的不是别的，关心的是自己的地位。老陈，'书记上台，班子重排'这虽然是老一套方法，可你不先整顿领导班子，咱们实在是啥事也干不了。我看外国也是这样：一个总统有一套人马。告诉你，要靠原班人马，T市的工作是上不去的。要是说省委是'好人政府'的话，T市过去纯粹是个'混混子政府'！"

"我看，这个班子，首先要以我们两个人为核心。"陈抱帖见孙玉璋振奋起来，高兴地说，"一个代表党，一个代表政府。我们两个人必须坚决地运用党和人民给我们的权力。我们的'好人政府'办不成事情，常常是因为那些'好人'不敢充分运用这个权力。我们不要怕人骂我们独裁。我总怀疑'三个臭皮匠，顶个诸葛亮'这句话。如果这三个臭皮匠互相扯皮，那连一个臭皮匠都顶不了；如果

· 88 ·

三个诸葛亮互相扯皮,事情就更糟了!所以,哪怕我们两个人是臭皮匠,我们也要把权力集中在自己手里!"

"对!"孙玉璋对这点深表赞同。他当有职无权的副手当够了。

"好,那我继续谈我的意见。你有不同意见就提出来。"陈抱帖又点燃一支烟,"我认为调整领导班子,要和选拔人才、精简机构、经济改革结合起来。我们过去的工作,常常是抓中心、抓重点、抓运动,形成了单打一。现在我们要一揽子解决。因为万事万物都互有联系,尤其是城市改革,必须注意各方面的同步性。这点你认为怎么样?"

"我同意!"孙玉璋很痛快地回答。

"那我再说下去。那么,这几项工作,要以什么为原则呢?我认为最主要的是实效!离开这两个字,别无可依。建国三十多年了,哪个干部都能说点马列主义,哪个干部都有他自己的一套经验和方法;那些人事档案呢,我看只有开追悼会的时候有用处。你从他的履历、学历,很难看出他的才力。况且,给每个人下的结论又很少恰当的。所以,从纸面上,你很难看出那究竟是一个什么人。于是,我们在选拔干部的时候,就不能听他的嘴巴说,不能光凭档案,要看他的实效。我的意见是,我们要对T市政府各部门、各级机构的干部来一次甄别,通过甄别,把不称职的下放到他所属部门的基层单位去。这样,我们把机构也精简了……"

"这个,"孙玉璋思忖了一下,"原则上我同意。但是要分批搞。一下子来,工作量太大。我们先从最落后的部门开始。这样,我们有理由。"

"当然。你想得很周到。具体办法我们以后研究。"

"好。你接着往下说吧。"

"甄别干部,精简机构,经济改革着重在实效。那么这实效用什么来表示呢?我认为,最主要的就是钱!老孙,我们手里没有钱,什么事情也办不成……"

"对!"孙玉璋不由得在大腿上拍了一巴掌,"钱、钱、钱! 我一上来就为这个头疼。按文件,工程师应该有多少平方住房,什么主治大夫,内科主任应该有多少住房,什么学校设备,卫生福利……可是上面光发文件,又不拨那么多钱,地方上就芝麻大一点收入,你叫我拿啥去兑现? 你说这点完全说到我心上去了。"

"那么,老孙,"陈抱帖带着亲切的笑容问,"你说我们怎么来钱呢?"

"我看,首先要让那些老亏本的工厂企业扭亏为盈。咱们 T 市这样的包袱太多了!"

"那当然,当然要改造李鸿章式的国营企业。搞企业承包、以利代税,这些事我们一会儿再研究。我现在考虑的是,我们城市的生产,应该围绕着什么生产才能来钱?"

"你说,应该围绕啥生产才能来钱?"孙玉璋看着陈抱帖沉思的表情,也不由得皱起眉头。

"我刚刚说,这里是'破破烂烂的城市,漂漂亮亮的市民',意思是说,我们群众的消费已经达到了一定的水平,可是,我们现在还照传统观念去抑制群众的消费;我们的供应和消费设施,与群众的消费水平很不适应。你那天看到那个要买二毛皮筒子的乡下老汉了吗? 如果我们取消侨汇券,把价格提到相当外汇的水平,那老汉的生意就做成了,可我们偏要让毛皮闲放在柜台里,同时也制约了毛皮的生产;还有,举个小例子,那饭馆门口贴着不包办结婚酒席的告示干什么? 难道我们怕买卖做大了吗? 我们现在不但要满足群众的消费,而且要刺激群众的消费。马克思说过,消费直接就是生产,消费还生产着生产,刺激生产的发展……"

"哦,马克思说过这样的话? 这就对了! 昨天晚上,有个进城来逛的郊区老乡在我家住,他说他包干到户三年,已经存下了一万五千块钱,现在,他想缓缓劲儿了,不下那么大力气了。我说,怕啥? 政策又不会变。你知道他说啥? 他说,现在农民都知道政策变不了,可觉着挣那么多钱没意思,没地方花。钱多了没意思! 这个问题我想了半夜……"

"是的,是的,"陈抱帖连连点头,"所以我们必须要围绕人民群众的生活消费来生产。这样,我们既来了钱,也让人民看到了希望。如果我们在三年之内不能满足人民群众生活方面的各种要求,人民就会对我们失望,失去信心,因为我们过去说什么'十五年超英赶美','八〇年实现全国农业机械化'这种大话说得太多了。二〇〇〇年能不能使中国人民过上小康人家的生活,应该在三五年内就看出苗头。在我们这个城市,我们必须在一年之内就叫它有变化! 其实做到这点并不难,我这几天看了看,譬如,我们给这儿童游乐场购置一套'登月火箭'的大型游乐设备,在公共汽车站上盖起候车亭,在居民聚居区多修几所有冲洗设备的公共厕所,多建几个自来水供应站,我们使豆腐能敞开供应,改变 T 市蔬菜供应的'淡季没菜,旺季全烂'的现象,我们组织一些女青年开几十处街道托儿所,让男青年把牛奶直接送到订户的家,我们在马路边上安上铸铁造的废物箱和痰盂罐,尽管暂时不会有多少人朝里面吐痰,但 T 市的人马上会感到和过去不一样了。群众对我们的信任和希望,就会从他们身边这一点一滴的变化里萌发出来,这比什么言辞都有用。老孙,"陈抱帖从口袋里掏出一沓稿纸,展开来,"我这里有一份后天我讲话的稿子,我们现在研究一下……"

第六章　城市白皮书

"T市的同志们、朋友们：我叫陈抱帖，是中国共产党T市的市委书记……"

星期日，上午九点钟，是市民们吃完早饭，开始一天休假日活动的时候，东、西新华路如同一条河流，人们涓涓地从各街各巷向这里汇集，川流不息，这条河流很快涌涨了、混乱了，出现了许多处人的漩涡。现在不是盛夏，又值上午，蓝天上没有一丝云彩，阳光却不太强烈。杂色的，新旧错落的城市，也显得异常明丽和清朗。漂漂亮亮的市民们，在各个百货商店和食品店出出进进，熙熙攘攘；休息日，马路上的汽车不多，但自行车成行成排地络绎不绝，急促的铃声响成一片。正在这个时候，全市一百个安在电线杆上的，罩着长方形绿色绒布的喇叭箱，甚至事先没有出现一点电流的杂音和指弹声，突兀地响起了这种雄浑响亮的男中音：

"T市的公民们、同志们、朋友们：我叫陈抱帖，是中国共产党T市的市委书记……"

马路上嘈杂的人声低沉下来，表现出一种期待的惊讶。市民们从《T市报》上和街上的海报上，早就知道新来的市委书记要直接向人民讲话。这种不拘形式的、不由单位组织的、听不听随自己便而又人人都可以去听的市委书记——一个城市最高领导，T市最有权势的人——的报告，在T市的历史上还从来没有举办过。不管他说什么，这行动本身就是一个爆炸。那些正在做买卖的、正在逛大街的、正在看橱窗的、正在采购的……甚至公共汽车里的乘客也从车窗里向那长方形的喇叭箱注目起来。

"……我是上级党组织任命的,但是,我还应该征得 T 市的公民、T 市的干部群众、T 市的党员同志的同意……"

"稀罕!"上级党组织任命的人,还要征得 T 市人民的同意,这也是 T 市历史上从来没有过的。在商店门口、在街道马路上、在公共汽车里的人都用惊异的眼光和旁边认识或不认识的对视了一下。

"……我是全市公民的公仆,我是你们的仆人;我是为你们、为全体 T 市公民办事的,服务的……"

"啊,公仆!"这个名词只在书本上读到过,看起来那么近,而与现实却是那么遥远。人们想也没有想到过他们的领导是他们的"仆人";他们无法想象把他们的领导和"仆人"这个词联系起来。有的人开始认真了,有的人开始哂笑了,有的人开始迷惘了,有的人开始产生了强烈的兴趣……许多人开始在绿色的音箱下驻足不前,一根根水泥电线杆下很快地形成了一个个圈子。这是自停播刘兰芳的《杨家将》以后没有出现过的盛况。

"……我必须把我准备给你们办的事报告你们,向你们请示。因为你们是我的主人。如果你们不同意我办这些事,如果你们同意了而我没有办好,没有做到,你们完全有权向上级党组织要求撤消对我的任命。公民们、同志们、朋友们,你们,只有你们才是国家最高的主人!"

这声音尽管是从喇叭筒里传出来的,却是真挚的、生动的、充溢着感情的。在广播线中运动的电荷,产生了一种有强大吸引力的磁场;绿色的长方形共鸣箱,好像放射出一股热力,一股感召力,一股磅礴的气势。尤其,陈抱帖说到这里,有意地停顿了一下,于是,"你们才是国家最高的主人!"的余音,在整个城市的大街小巷,在整个城市的各家各户门口,在整个城市的上空回荡缭绕,久久不绝。

"快,大嫂子,去听听这个市委书记说些啥!"正洗衣裳的妇女把水淋淋的衣裳往盆里一撂,跑了出来。

"喂,哥儿们,看来这家伙有一套!走,听听去!"正打扑克的小青年把牌往桌上一摔,也跑了出来。

"我听听去,这新来的市委书记要谈咱们的事哩!"干部们把孩子往老婆怀里一塞,也跑来了。

"是卡特发表国情咨文,还是里根发表就职演说?"那已经对 T 市的干部失去信心而又忧国忧民的老知识分子,用《参考消息》上的语言说着,走出了大门。

顿时,T 市像闹地震那年一样,人们几乎都跑到街上来。

"喂,喂!快去听去,冲这小子不照稿子念,也值得听一下!"一个骑自行车的小伙子从体育场方向飞驰而来,边蹬车边喊叫。

…………

今天的会场,从原定的人民广场改在体育场了。原来,陈抱帖和孙玉璋巡视市区的时候,发现这个人民广场是 T 市南郊群众来回市区的交通要道。往年,在人民广场一开群众大会,公安局就要宣布断绝交通。那座雕梁画栋的古老的南门,虽然没有北京前门箭楼高,讲台离下面的群众也有十余米。在这里讲话,不但妨碍交通,并且使自己倏然高高地凌驾于群众之上,他就请孙玉璋马上通知杨开祥,把会场改到这里所谓的体育场。

体育场是一片旷场。旷场东西各有一座由三根方木钉成的球门,标示着这里有一个足球场。如果没有这六根木头,你把这片空地叫做什么都可以。另外,还有四副摇摇晃晃的篮球架起着同样的作用,表明这里还有两个篮球场。旷场边缘,还立着几副单、双杠。体育场旁边是南市区的农贸市场,盖有两行铁皮棚子,棚子下面砌着水泥柜台。最近,进城做买卖的农民越来越多,逐渐向体育场侵占过来,鸡鸭鱼肉已经摆到足球场的边线上了。而那单双杠,却是拴驴拴马的好处所,早被农民利用来当拴马桩。体育场内,还有一座水泥砌盖的所谓观礼台,因长久不用和无人照管,也几乎成了倾圮的废墟。所幸的是,水泥电线杆还没被人拔掉,早先安装的有线广播设备,稍一修整就可应用。今天,陈抱帖就站在这座倾圮的废墟上,对着有线广播的话筒,发表他的"就职演说"。

"……二〇〇〇年的奋斗目标,必须分在年、月、日里面!这一天没有达到这一天的奋斗目标,这一月没有达到这一月的奋斗目标,这一年没有达到这一年的奋斗目标,二〇〇〇年的宏伟远景,就有落空的危险。所以,公民们,同志们,朋友们,在这里,我不向你们说太远的事情,不向你们说空洞的事情,我至多给你们说我们在这一年内要办什么事,有的,我们还必须在三五个月内见成效!"

"好!"体育场内,听腻了空话的群众不觉叫起好来。这时,体育场上的人越聚越多。在八点五十分的时候,空旷的足球场上仅有寥寥的百十人。这百十人全是市委、市政府的干部。有的人是真心实意地要来听听这位新上任的市委书记说些什么的,多数人却是觉得不来于自己不利,以后机关的人会说他政治热情不高,对市委工作漠不关心,这对评级提升可有影响!这些干部都用报纸垫着屁股坐在前面,坐在市委书记和市长能见到他们的地方。

现在,农贸市场似乎冻结了,交易停止了,老乡们也撂下秤杆,蹲在自己的摊子前面仄起耳朵。家庭主妇们,赶市场的市民们,挎着菜篮,提着网兜,都拥到了足球场里。从南北两边的新华路上,骑自行车的人和大步流星赶路的人,还向南门匆匆赶来。观礼台四周急遽围满了听众,有的小青年拨开人群,爬过水泥护栏:"起开,起开!让我看看这书记是啥模样!"

市委书记在群众大会上讲话,不是坐在椅子上,而是站在残破的水泥板上,不是在听众的前面,而是在群众的中间;他面前光立着一个镀铬的话筒,会场上不见一个穿蓝制服的公安人员,仅这一点就使他们觉得新鲜。

"……从现在开始算起，从今天开始算起，一年之内，要让全部待业青年有工作，有收入，基本消灭 T 市的失业现象！"

"哗！……"下面鼓起掌来。这是牵动千家万户的事情，群众的好奇即刻变成了激动。爬在水泥护栏上的一堆小青年无所顾忌，有几个大胆的笑着喊叫道："好！要是你实现不了呢?"声音之大，连有线广播喇叭里也能听见。笑声里，明显地流露出孩子的调皮和亲昵。

陈抱帖略转过身朝向喊叫的小青年，但嘴还是对着话筒：

"到时候没有实现，我自动退下去和你们一起待业！"

顿时，在哄哄的笑声中，台下和台上的情感交流了。台下，四周，现在已经成了一片花花绿绿的人海。这里没有红旗，没有标语牌，没有行列，没有指挥，没有人维持秩序，没有发下什么"大会须知"……人们个个踮起脚尖，伸长脖子，饶有兴味地向观礼台张望。那些拿报纸垫着屁股的干部也坐不住了，都站了起来。因为有的人把自行车直接骑到足球场上，不管别人的衣服和腿脚，推着车死命向前挤。这一片人海，像被无定向的旋风刮来刮去，在台上，只见万头攒动，人如潮涌。

在八点五十分的时候，孙玉璋看到台下只有百十个熟悉的面孔，还多数是些不得不来捧场的市委干部，这百十个人，一个小型礼堂就能容下，在偌大的一个足球场上，人数看来少得可怜，他不由得担心地不时瞟陈抱帖几眼。而陈抱帖一副信心十足的神气，知道建议临时改换地点也没用，只好作罢硬着头皮在这里陪着他。两个"八十年代的新人物"，一上台就自找无趣，遭到冷落，以后反而不好开展工作，何必呢? 现在，他在陈抱帖旁边看到一片密集的人头黑森森地在四周蠕动，不禁兴奋起来，和江湖卖艺人的帮场一样，叉开双手为主角圆场子，把挤过来的人向外推。

接着，陈抱帖用坚定而亲切的语气像和群众叙家常一样，讲到要在一个月内使所有高层楼房全部通上自来水,要增设自来水供应点;要在秋菜下来以前修建两座大型菜库,满足市民冬菜的需要;要全面修整市容,一年之内按城市规划先修出一条漂亮的东、西新华路;要增设副食店、小吃店,使市民吃早点不用排队,打油打醋不用跑远路;要开设各种劳动服务站。逐步把市民从家务劳动中解放出来;要改造公园和体育场,在一年之内建造一所少年文化宫,还要在流经 T 市市区的一条著名的河边修建河滨公园。“我们要让青年们有个谈情说爱的地方!”要在明年春节结婚的高峰期到来之前,造出一百五十间十三点五平方米的简易住房,供给结了婚而找不到住房的青年夫妇;要增加教育设施,提高教育质量,使明年进入大专和重点中学的升学率有显著的提高……

没有惊人之语,也不哗众取宠,不像过去的市委书记。满嘴政治术语,为什么什么而“斗争”、“坚决打击”、“严加取缔”等等。群众听到的都是日常生活中的小事,然而,衣、食、住、行几方面都包括了进去。市民的要求并不高,多年的经验使他们也不敢想象有多大的变化。“只要把这事办到就行啦!”“要是这个能实现就可以啦!”……群众第一次听到这种不是政治而又是最严肃的政治的政治报告,满意的笑容在花花绿绿、漂漂亮亮的市民脸上绽开来。农贸市场上的农民也顾不得照管自己的摊子,站起来向观礼台眺望:“这书记给咱们农民办些啥好事?”

但是,陈抱帖没有提农民,他首先把知识分子当作重点:

“……知识分子是‘四化’建设中的主要力量。我上面提到的城市建设,主要也依靠知识分子。我知道知识分子现在的处境:在某些单位,知识分子还没有被重视,还没有得到应有的政治待遇。在生活上,住房紧张,工作量大,以致身体素质普遍下降。但是,这种生活状况,在一般干部和一般市民群众中也存在。我作为一个全市的市委书记,不能仅仅着眼于某一个阶层、某一部分人身上。俗语说,‘手心也是肉,手背也是肉’。在我眼里,全体人民一律平等！我看重的只是有益于全体人民的创造性劳动。知识分子不全是人才，但人才确实蕴藏在有知识的人当中。

"我认为，现在从事脑力劳动的、有创造潜力的知识分子，和从事体力劳动的工人农民群众之间，最根本的不平等是在于，脑力劳动的产品价值，没有得到充分的报酬。按照马克思主义政治经济学的观点，脑力劳动是一种复杂劳动，体力劳动是一种简单劳动。复杂劳动产品的价值，可以折算而且应该折算成若干倍简单劳动产品的价值。复杂劳动和简单劳动，就是在这种原则上进行交换的。但是，现在不正常的情况是，在分配上，也就是在个人收入上，从事复杂劳动的人和从事简单劳动的人却没有多少差别。在很多地方，从事复杂劳动的人的收入，还要低于从事简单劳动的人的收入。公民们，同志们，朋友们，请想想，自农村实行包干到户以来，在T市市郊农村从事简单劳动的人，已经出现了不少万元户，而从事脑力劳动的知识分子，有哪一家靠自己的劳动成了万元户的呢？我调查了一下，至少在T市还没有。难道T市的知识分子中间就没有一个有本事、有能力、有学问的人吗？我不信！这是不公平的，不合理的，因为我们还没有进入共产主义社会，脑力劳动和体力劳动还存在着很大的差别。这种情况，比什么住房啦，子女就业困难啦等等普遍性困难，还更大地压抑了从事脑力劳动的人的创造积极性。同时，由于知识实现不了它的交换价值，也大大地妨碍了人们对知识的重视和对知识分子的尊重，这对社会主义建设是极其不利的。

"但是，我作为一个市委书记，我无权改变目前的工资制度，我只能做到这一点，从地方财政收入中拨出足够的经费，奖励那些在科学技术上，在卫生教育上，在学术研究上，在文学艺术上，确有发明创造、有特殊贡献的人。我宣布：不论是否在工厂企业里工作的科技人员，如果他的发明或是合理化建议付诸实践以后创造出了利润，一律按国家得大头个人得小头的原则，提取百分之十的利润付给他们！农业技术人员可以与农民、与专业户签订科技协作合同；中小学教师要按所教学生在德智体上的发展、按学生学业成绩提高的幅度来给年度奖。医务人员要按他的处方和手术人次评奖。一律靠数字说话，靠实效说话。评奖由市政府掌握。市委和市政府要联合成立一个知识分子办公室，专门落实知识分子政策。地方财政收入增加以后，奖金不会再像现在这样，每年只有区区的六十元。

"公民们、同志们、朋友们：我相信 T 市广大的知识分子中有人才，而且会有所发明、有所创造。从现在开始算，从今天开始算，一年之内，T 市的知识分子中一定会出现万元户！"

台下又快乐地嗡嗡喧闹起来。那些打扮得比较时髦的妇女，多半是外地调来的知识分子家属，她们像枝头的麻雀一样，高兴地互相叽叽喳喳开了："哎呀！你们那一位这次可逮着啦！他那项设计要创了十万元利润，不马上就拿一万元吗？""要真这样办，我这会儿就去买两只鸡给我们那个营养营养。他晚上一两点还不睡，说是搞一项技术革新哩！"……挤在人群里的戴眼镜的、面孔白皙的、举止斯文的人都露出了矜持的笑容，"一万元"虽不敢想象，高额奖金还是可能到手的。

陈抱帖的语气是富有鼓动性的，他时常挥舞着的手势，显示了他的果断、坚决与冲刺精神。这是一种力的表现，一种强者的表现。这种语气和手势，使抽象的思想变成了可触可见的具有立体感的实体。当他说到什么"简单劳动"、"复杂劳动"的时候，由于他并不是照着稿子念，比较深奥的东西自然流畅地表达出来，也变得不那么深奥了。"是呀，是呀！""这就是不公平、不合理嘛！""对，只要有了钱，没房子我可以自己盖房子，什么儿子、健康……还发愁吗？！"……而那一般小干部、小市民、小青年与老年工人，听到市委书记"手心也是肉，手背也是肉"，还颇为感动，知道市委书记不光是心疼知识分子，也心疼自己，转而也同情知识分子的境遇来：

"对,谁有本事谁挣大钱!""他真要拿出发明创造来,厂子多挣了十几万,分给他万儿八千的算啥!"……

陈抱帖打动了群众,群众也感染了他;他使群众相信了他的话是完全可以实现的蓝图,群众的信任也使他更坚定了必胜的信念。这是一次"八十年代新人物"诞生后的洗礼!

这时,他周围的圈子越来越小了,孙玉璋满头大汗也维持不住。观礼台上虽然有遮阳顶,但话筒前仍然是一片阳光,由于游动,由于人群的包围,由于逐渐爬高的太阳的照射,陈抱帖额头上也渗出了汗珠。农贸市场上有卖茶水的老乡,不知是谁的主意,从足球场外传递进来一铝桶茶水,一手一手地传到孙玉璋手上,孙玉璋捧给陈抱帖。陈抱帖端起铝桶,没有用杯子——也没有传进来杯子——仰起脸对着铝桶大喝了几口。茶水顺着他的下颏流洒到洁白的衬衫上,胸前洇湿了一大片。喝完,他用手帕抹了抹脸,对着话筒喊道:

"谢谢! 这是主人给我这个仆人最高的奖赏!"

群众又一次发出赞许的笑声,小青年已经看到这位市委书记并不可怕,把手指含到嘴里吹起尖利的嗯哨。水桶传出去了,陈抱帖等人群安静一些以后,继续讲道:

"可是,同志们,我没有钱,我带来的只是一张调令,怀里没有揣一张人民币。而我上面所说的事,要办每一件事都需要钱。T市,不会因为市委书记的一番话,或是市长的一张布告而变得富裕起来。T市的财政现在相当困难。我们是个穷市,破破烂烂的城市,四十万人口还向中央伸手要饭吃。然而,T市是个大聚宝盆,这里有取之不竭,用之不尽的钱。问题是要我们去取,要发挥我们创造性的劳动。现在,我宣布,凡是T市所属工厂、企业、商店、饭馆中的亏损单位,要搞承包制。这种承包制和农村的生产责任制一样,但不是承包给个人,而是承包给那个单位的集体,由那个集体的负责人和政府机构签订合同。政府对这些单位以税代利。单位内部职工的分配,要实行浮动工资制,体现多劳多得,少劳少得,不劳不得的原则。纳完了税,留下本单位的发展资金,其余部分分配给职工。单位负责人的报酬,在亏损的情况下,他只能得到一般职工的百分之五十,如果扭亏为盈,他的报酬也可能高于一般职工的百分之五十。并且,负责人有权免退和招收职工,有权在现行政策许可的范围内改变生产和经营项目,在这些有利条件下,如果目前的负责人在两个月之内不能扭亏为盈,一律就地免职!如果现在这个单位就有人敢于出来承包,提出他在近期内扭亏为盈的切实办法,并且被那单位多数群众所赞同,就由他来与政府主管机构签订合同!同时我还宣布!不论是现在盈利的单位或亏损的单位,凡经营管理得法,创造了高额利润的负责人,政府要在所创利润中提出一定的现金作为奖励。政府今天设这样的重赏,重赏之下必有勇夫。我们需要创造高额利润的勇夫!而一定要让这种勇夫先富起来。我们要在一年之内,使我们工厂企业的管理干部中间,出现许多许多五千元户!"

　　喝完了水,道了谢之后,陈抱帖的语气陡然变得冷峻而凌厉。他的语言斩钉截铁,欢腾的群众感到了沉重的压力。是的,他没有带来一张人民币,T市当然不会因为他讲了一番慷慨的言辞或政府发了一张布告而立即变得富裕起来。然而,一首没有节奏的诗决不能感人,一支没有旋律的歌曲决不会动听,一出没有情节变化的戏剧决不能吸引观众,同样,一次一种腔调贯穿到底的讲演也会使听众疲倦。讲演的艺术就在于融会诗歌、歌曲、戏剧的艺术于一炉,在内容和语气上要富有节奏感,要有明晰的旋律和起伏变化。这是一个政治家起码的本领。这并不完全靠自然的禀赋,后天也是可以学会,可以掌握的。陈抱帖给首长当了多年秘书,他很早就注意这种做报告的艺术。可是,他起草的稿子在别人嘴里却完全体现不出节奏、旋律和起伏变化,因为领导们还没有进入这个报告所规定的角色。今天,他已经从必然的王国进入了自由的王国,他的话是由他的嘴说出来的,内容与形式和谐完美地融为一体,于是,他像一只奇异的鸟儿一样地在群众的头上翱翔了。群众的眼睛、思想、情绪都随着这只奇异的鸟儿转来转去。当他在云霄收折了翅膀,刷地一下从富有的天堂俯冲下来的时候,群众并没有因为他语气的冷峻和所讲的现实情况的严重而情绪低沉,而灰心丧气。他站在上面,屹立在群众之中,他敢于提出这个问题,敢于明白地说出 T 市的困难,就表明了他能够解决这个问题,能够挽救 T 市的贫穷局面。何况,他紧接着又提出了大胆的、史无前例的办法。谁有能力创造高额利润谁就可以分成,可以富裕,可以冒尖! 杂在人群中的那些亏损单位的小领导干部们,也被鼓动起来了。富裕,谁不喜欢?!

最后,体育场几乎出现万众欢腾的场面,因为群众听到陈抱帖说出了他们想说而不敢说的话:

"……T 市的工作能不能上去,T 市的建设能不能搞好,T 市的人民能不能富裕,关键在于各级领导干部。同志们,朋友们:现在,评定工程师、讲师、技术员、教员、医生等等,甚至当个小工人都要经过考试,但在任命科长、主任、局长的时候却从来不经过这道手续,他们可以不经过任何形式的考核,只凭上级领导的看法就被任命,被提升,这是不合理的,是干部制度的一大弊病! 现在,我宣布,T 市党和政府里的各级干部,一律要分期、分批地进行一次考核。我们将根据每个干部在三中全会路线精神的指导下,提出的改进他所在单位工作的办法,来重新调整各单位的领导。不管他原来是什么派、什么线,不管他属于什么新山头、老山头,谁能把工作搞上去,谁当领导! ……"

第七章　"杯酒释兵权"

一

唐宗慈铺开他介绍到市文化馆当总务的一个远亲送来的雪白的宣纸，研化了墨，润好了笔，翻开《宋拓王羲之十七帖》，刚临摹到"颐养吾年垂耳顺推之"，就写不下去了。他烦躁地把笔一撂，推开椅子，侧身倚在桌子上，两眼阴沉地凝视着墙壁，仿佛要把墙看透一般。

外面，一只金黄色的野蜂嗡嗡地叫着，不停地撞击着绿色的金属纱窗，懒洋洋的叫声中又夹杂着琴弦般的铮铮声。接着，另一只野蜂也从院子里的蜀葵上飞来，和它的同伴一块儿寻觅通向室内的缝隙。嗡嗡，嗡嗡……唐宗慈操起一份杂志，啪地向纱窗摔去。两只昆虫惊吓了一下，飞离纱窗，定在一个点上急遽地扇动翅膀。犹像一会儿，不情愿地飞走了。

他的妻子，在市妇联工作的潘广英听见响动，推开门探头看了看。

"你怎么没去上班?"他皱着眉头瞥了潘广英一眼。

"我回来了。"潘广英索性走进书房。"机关的人都跟疯了似的，什么改革呀，新来的陈书记呀，倒像来了个大救星一样……咱们中国人真没办法!"

"哼! 你应该听听他们议论些什么才对。"停了一会儿，他又说，"哧！什么中国人没办法？！他可正抓住了咱们中国人的特点——爱看新鲜，爱赶潮流。你看看，他这一手够厉害的！"

"他的报告通过市委讨论了么？"潘广英谨慎地迎合他，一面把被杂志打倒的一个漆雕花瓶——这还是他去年到福建去人家送的——扶起来，把杂志归还原处。"他说的那些话谁同意的？"

"这就是他的厉害之处啦，"他不耐烦地说，"他不一开始就有言在先吗？他代表的是他自己。群众认为行，他就干，认为不行，建议上级党组织撤销他的职务。哧，什么撤销职务！听起来民主得很，那还不是个幌子！"

"这不成了'踢开党委闹革命'了？"

"去去去！"他更不耐烦地挥挥手，"多少年前的话了，扣帽子都不会扣！什么党委？！党委就是他，他就是党委！明白吗？"

妻子跟他生活了三十年，摸着了他的脾气，悄声地在他旁边给他整理书房的东西。虽然叫她"去去去"，她还是不忍离去。她知道他这两天心里烦躁。这样的事情也不止一次两次了。她是崇拜他的。她知道他有才华，有能力，历任的市委书记，哪一个比他强？他不过是时运不济罢了。

野蜂又嗡嗡地飞来了，在纱窗上撞呀撞地。他抬起眼睛，才发现原来是书桌旁边放的一盆米兰招引来的。米兰开了！朝窗子的一侧，枝叶间已绽出点点黄米般的小花。他这时才隐约闻到一股清淡的幽香。不管什么生物，哪怕这么一只小小的野蜂，要取得它所要取得的，也需花这么大力气，尽管无望，还是锲而不舍地去追求。他不再赶它了。

潘广英两鬓已经有了白发了，但身体还丰满，腰肢也富有弹性，脸上还保持着昔日美丽的余韵，并且总带着柔顺得近乎愚蠢的表情。他看看妻子，不由得产生了一股对她的怜惜。她虽然没有头脑，说的话几乎都是在"文化大革命"中给她印象最深的话，她的思维方式也是那种直线式的三段论，但却是个好妻子。他和农村的妻子离了婚,和她结婚不久,就遇上"三五反"运动,因为那么一点芝麻绿豆大的小事,竟把他从省城调到这个城市。她无怨无尤地跟着来了,又无怨无尤地、温温顺顺地和他在 T 市生活了三十年。而那时,省城机关里有多少人追求她啊!

他知道她对自己一往情深。自己也不弱,方脸鹰鼻,仪表堂堂。还是在简易师范毕业的那一年,他在县城的一个卦摊上找占卦的老先生看了一次相,老先生说他:"方面隆准,三山得配,将来必在万人之上。"果不其然,参加革命以后,他一直在后勤工作,没有负过伤挂过彩,即使总郁郁不得志,"万人之上"倒也达到了。可是,这就算到顶了吗? 地位,应该和才能相称才对……

"广英,别擦桌子了,给我倒点水。"他把茶杯递给她,语气温和多了。

"你今天觉得舒服了点吗?"虽然妻子知道他没病,还是这么问他。

"什么舒服不舒服。"他接过茶杯,抿了一口,喟然叹道,"这个人来了,以后恐怕舒服不了啰!"

星期日,他没有到体育场去。他觉得,让他这样一个人,跟那些不得不去露个面,不得不去奉承新上任的市委书记的一般机关干部一样,也拿张报纸垫着屁股坐在人群当中,是太作践自己了,太失身份了,以后跟下属还怎么说话? 可是,出乎意料,陈抱帖的讲话取得了那样热烈的效果,几乎使全城疯魔。并且,什么"薄弱环节"、"落后部门",什么"要钱"、"要利润",等于是不点名地批评他! 向我要钱? 见鬼去吧! 你自己来试试看! ……于是,他干脆星期一、星期二都不上班,告病假在家休息。一来,免得孙玉璋、陈抱帖如果问起他星期日为什么不去体育场,他无话可答,二来,也向他的下属暗示他对陈抱帖讲话的态度。

星期一,《T市报》全文刊登了陈抱帖在体育场上的讲话。称为《讲话》,通栏标题用的是黑体初号铅字,和中央领导人国庆节酒会上的祝词同样规格,最后的括弧里还注着:"据录音整理,未经本人审阅"。真是狂妄到极点! 杨开祥也是个溜肥尻子的家伙,你别看他原来在自己面前唯唯诺诺的。不过,从星期日下午直到今天星期三,竟也没有一个下属登门来看望他。虽然是假病,也是种"病",为什么没人来呢?

想起人心的向背,他感到不寒而栗。

其实,恐怕整个 T 市,再没有人比他更仔细地研究过陈抱帖的《讲话》。一般人,只注意《讲话》中与自己有关的一段,而通篇《讲话》,都处处与他有关。这种关系,不是生活或工作上的关系,是他假设自己站在陈抱帖的位置上,这番话要由他来讲,那自己会即刻增加多少分量!

历史是不公平的,社会是不公正的。他仅仅因为"三五反"中那么一点小事,就被冷落了好几年。以后,在"反右"运动和"反右倾"运动中,他虽然表现很好,又站了起来,但那时,上面有一层一层资格比他更老的人压着他,一直让他屈居副职,而且是在地方上,好不容易混到"耳顺"之年,经过"文化大革命",那些老家伙们寿终正寝的寿终正寝,含冤而死的含冤而死……却碰到了重用中青年干部的时候。真是俗话所说的:"棋错一步,满盘皆输",一辈子都没赶到点子上。

他研究《T市报》上陈抱帖《讲话》的时候,潘广英问他:"他讲的话对吗? 有错没有?"同床共枕那么多年,潘广英已完全和他融为一体,对凡是占着她丈夫应该占着的地位,现在正压在她丈夫头上的人,都有一股隐隐的敌意。

"什么错不错的?!"他眼睛不离开报纸,毫不掩饰自己的嫉妒,"现在上上下下都在谈改革,可究竟怎么改,谁心里有谱? 在这个空当里,谁要放出一个屁来,都没人敢说他错。何况他这个屁还放得响!"

他妈的! 这个屁就是放得响。他看着看着,越来越发现这个家伙说得头头是道,滴水不漏,有策略,有水平。先天花乱坠地许下一大堆诺言,什么"从市民的消费出发"啦,什么"首先满足市民日常生活的必需"啦,叫这个富起来,叫那个富起来啦,从柴米油盐酱醋茶说到拉屎撒尿的公共厕所,看起来真像个"公仆",把群众一下子揽到自己怀里,紧接着,却话锋一转:"没有钱!"要钱么? 那就得让我这样干,跟我这样干。可是群众的牛鼻子早就让他牵住了,不跟着他干行吗?

他妈的! 这小子非等闲之辈。

在他看来,建国三十多年,有很多人之所以蹿了上去,靠的是恰恰碰到点子上。什么"反右"、"反右倾"、"大跃进"、"四清"、"文化大革命"……以及最近的"经济改革",在这些节骨眼儿上,只要凭一股闯劲首先干了别人还不敢干,还看不清,还犹犹豫豫没干起来的事,就算走运了。上了台,那等于入了保险公司,再不会下来的。即使以后又来了纠偏、平反、要把你换下去,也要把你换到一个相当的位置上,不会降到原来的级别上的。这是我们干部制度最大的妙处之一。T市还有一个叫郭兆霖的副书记,本来是一个小小的公社书记,就凭第一个搞起"包产到户",猛蹿到了市委副书记的位置上。不到一年,走了他走了四十年的路,他怎么想怎么不服气。现在,陈抱帖这家伙,也赶到点子上了。

正因为他没有从陈抱帖的《讲话》中找出错误,找出纰漏,找出能够使自己显示出比这个人更强的地方,他才产生出一肚怨气,甚至愤懑了。潘广英上班以后,他放下报纸,觉着内心有某种渴望在冲击他,压迫他。那么,这种渴望是什么呢?

他阴郁地看了看四周。是的,生活所需的,和社会所能给予他的,他都有了。房子是T市头等的,虽然建筑材料不如北京的高干楼,却比那华而不实的高干楼更舒适、更安静——独门大院,花草葱茂,三十年的苦心经营和潘广英的善于持家,他已经有了在解放战争中连想也不敢想的安乐窝,那一套暖气设备,甚至卫生间里放肥皂牙膏的玻砖搁板，都是 T 市最精致的。现在，连孙子——他前妻生的儿子的孩子——的工作和房子也安排妥帖了……对于生活的享受，他已经无所追求。他决不像一般人想象的，老干部不愿退休，是因为一退下来就没有汽车坐，没有电话用，连看病也没人管啦等等。嗨！那算什么?！我还刚刚六十一岁哩，再说，谁稀罕什么汽车，电话，看病……这些小市民，就和乡下老太婆想象皇后娘娘怎样过日子一样，总是拿自己的愿望和水平来测度别人。乡下老太婆以为皇后娘娘成天吃饺子、油烙饼，一般群众也以为老干部贪图的就是房子、汽车和电话……真是可笑透顶！

前年，他看了一部国产片，是反映中日友好这个主题的。看到一位在四十年代、五十年代红得发紫的女明星，到八十年代还勉为其难地扮成少女和少妇在银幕上当主角，潘广英和儿子女儿都从电影表演的角度上为这位女明星难受，他却由此悟出很深的道理：在政治舞台上混了一辈子的人，跟在戏剧舞台上表演了一辈子的演员一样，不到垂死的时候是决不愿自动退下舞台的。听说南方有个叫俞振飞的，不是八十岁还上台演戏么？七十来岁的侯宝林，虽然当了什么教授，可也爱经常在电视上晃那么一下。何况是我？何况是老齐？

老齐早就给他带来口信——有些话是不好在信上说的，说这个陈抱帖是老孟以及前面那个朱敦武手下的亲信，又是中央"那一个"的女婿，老齐虽然在省委常委会上替他争了一下，究竟敌不过人家的腰杆硬。嗨！什么"争了一下"！他能想象得到老齐是怎样"争"的，至多轻描淡写地说了他几句屁也不顶的好话。这些老家伙，在"文化大革命"里需要人保他的时候，会跟你称兄道弟，打得火热，一旦大局稳定了，官复原职，都各人管各人，自己保自己，深怕中央叫他"顾离退"下去，都七十岁的人了，还要跟老孟比个高低。好吧，这次你没给我办到，总还有你用得着我的时候哩！

权力是世界上最引诱人的东西，最迷人的东西。指挥别人和受人指挥,实行自己的主张和执行别人的主张,本质上可大有区别。这种区别在心理上、在感觉上、在极其微妙的情绪上都能体会得出来。权,要超出什么房子、汽车、电话……多少倍。有权的时候,含辛茹苦,住草棚睡地炕也值得,一无权,住在高楼大厦里又有什么滋味? 前些年,他还暗自庆幸过,与其在省委大机关当个像豆饼似的挤在中间的中层干部,还不如到 T 市当个第二把手——"宁做鸡首,不当牛尾"。T 市过来过去的第一把手,什么军代表,什么革委会主任,什么核心小组组长,包括最近的伍锡贵,在他看来,全是一帮酒囊饭袋。事实上也是,T 市的实权全掌握在他手上。他这个人虽然恃才傲物,不能容人,却可以跟才能不如他的、对他言听计从的第一把手搞好关系,尤其经过"文化大革命",T 市各工厂企业,各部局几乎都有他的"战友",谁又敢不买他的账呢?

但是,现在来了这么一个陈抱帖!

他拿着报纸,琢磨来,琢磨去,觉得陈抱帖讲的的确是条改革的路子。"难道我不会讲这些话吗?"改革也是一股风,一个潮流,一个"点子",一个"节骨眼儿"。他是一向追风,赶潮流,想碰在"点子"和"节骨眼儿"上,闯出个名堂来好扶摇直上的。前些年,T 市的政治风云在他的操纵下,形势比交易所的股票行情变化得还快。伍锡贵招到群众的不满,病根子实际在他这儿。但是,前些年那些风好追,潮流好赶,"点子"和"节骨眼儿"好碰,只要在中央文件、内部讲话中找到那么一字半句关键性的、或带暗示性的话,然后大作文章就可以了。"文化大革命"中间,有条确定不移的线——所谓"革命路线"——你照着那条"线"上的人讲的话办,保证没错。打倒"四人帮"以后,你叫我"大治",我就"大治",你叫我"大干快上",我就"大干快上",这些都是能以报表的数字来表现的,至于"清查",那更是轻车熟路,抓这类清查、审查、批判人的运动,闭着眼睛都掉不进沟里去的。因为在这类运动中,怎么搞都是清查人的人、审查人的人、批判人的人有道理。

但是,现在来了这么一股"改革"风,"精简风",这是要求实效的,要求在抖起来刷刷响的人民币上表现出来的。要减人,要加钱。可偏偏他在这两点上都动弹不得。亏损企业的负责人多半是他的"战友",动谁合适? 那些笨蛋们搞运动有一套,叫他办经济管企业,叫他们赚钱,比教猪八戒绣花还难,学都学不像样子!

正因为他不能那样"改革",他的副职地位也不允许那样"改革",因而对陈抱帖,对改革,对现在的一切都厌烦起来。最后,干脆甩开了报纸,练起了书法。书法可以养气。但这时他的笔锋直打战,一横一竖都抖抖索索的,表现出了他胸中的不平之气⋯⋯

二

"宗慈,他们来了!"

"谁们来了?"他放下笔,看见潘广英一脸兴奋和惊讶的表情。

"孙玉璋带着陈抱帖。玉华给他们开门去了。"

"啊!"他精神一振。突然想到,这两天待在家里,不是在等什么下属来看他,盼的正是这两个人。"快,请他们进来!"

他的话音还没有落,孙玉璋的粗嗓子就在窗外喊道:

"咋样? 老唐能起床吗?"

"请进,请进。"他笑盈盈地迎出去。"躺了三四天,今天刚好一点,正想下午上班去哩,不想你们就⋯⋯"

"你好,老唐同志。"陈抱帖也满面笑容地握了握他汗渍渍的手。"病了,就在家好好休养。我们早想来看你的,直到今天才抽出时间。没有关系吧? 去医院看看⋯⋯"

陈抱帖关心地观察着他的气色。

"老病了,每年夏至的时候总要躺几天。可不巧碰着你来上任,真是⋯⋯"

去火车站迎接那天,他已经见过了陈抱帖。今天,陈抱帖显得格外精神焕发，雪白的翻领衬着满面红光，坚实的肌肉在薄薄的特力灵衬衫里鼓涨出来。当然啰，你旗开得胜，正是春风得意的时候嘛。对比之下，他心里又不禁蹿出了一股伤感和气愤。他不必要地转到外屋去招呼潘广英倒茶拿烟，克制住了这股情绪。

"老唐同志，你的书法不错呀！"他转回书房时，陈抱帖微弯着腰，俯在桌上看他写的字，"体势雄健，点画之间，还真有王右军的一点意思哩！"

"哪里，哪里！"他也站到书桌旁边，"不过是在'文化大革命'那几年练了一下，谈不上什么书法，差得远哩！"

"在'文化大革命'里你还有工夫练字？"陈抱帖无声地笑笑，"那是'逍遥派'干的事情。"

他拿不准陈抱帖话中的含意，愣了一下。但陈抱帖很快又用闲话扯开了。

"在'文化大革命'里，据说广西有一个人，什么派也不参加，专门给人写大字报，哪派的大字报他都抢着替人代写，居然练了一手好字。前年日本几个国家和地区举办'亚洲书法比赛'，这个人竟得了个第一名，带着夫人出了一次国。这也可说是'失之东隅，收之桑榆'了。"

陈抱帖和孙玉璋都笑了起来，唐宗慈心头那团疑云也勉强消散了，他趁机转圜说：

"听说陈书记才是一手真正的好字咧。今天也让我们开开眼吧。来，就在这里写一张，纸笔都现成的。"

"你从哪儿听说的？"陈抱帖笑着推辞道，"我这一笔字根本拿不出去。"

"陈书记搞了多年秘书工作，又是正牌大学生，过去朱敦武在各地区和县上办的报纸刊物上题词，不都是你代笔的？这瞒得过谁？哈哈！来，来……"

唐宗慈铺好纸，饱蘸了墨，把毛笔塞在陈抱帖手上。孙玉璋也在一旁凑趣：

"写一张吧，随便写几个字都行……"

"好吧。"陈抱帖微笑着接毛笔，"那我就献丑了。"他绾起衬衫袖子，运了几下手腕，略一思忖，就在雪白的宣纸上写了十三个大字：

实淡泊而寡欲兮
独哈乐而长吟

写罢，孙玉璋和唐宗慈两人当然叫"好"。陈抱帖把笔小心地放回笔架上，直起腰说：

"这是曹操的话，应该用隶书体写才合适，可是我写不来隶书，只好依着王世镗的《稿诀集字》上的草书体照猫画虎，在老唐同志面前，不过是小学生做的作业罢了。"

唐宗慈看了这十三个字，佯作不知言外之意，干笑了一声：

"哪里，哪里！哈！陈书记的字一看就知道下过真功夫，哪像我这个半路出家的和尚。陈书记不愧是我们党内一个高级知识分子，一个全才！"

"你过奖了。"陈抱帖回到沙发上坐下，点燃潘广英给他敬来的香烟，"你不也是我们党内的一位高级知识分子吗？老唐同志。"

"是的，是的，"孙玉璋帮腔说，"老唐在我们 T 市的班子里，一直是知识水平最高的。"

唐宗慈一向讨厌孙玉璋这种虚伪的笑容，现在又加上陈抱帖不冷不热的腔调，即刻产生一种被包围的压迫感。但是，兵来将挡，水来土堙；咱们指着碟子说碟子，指着碗说碗吧。他带着谦虚的微笑，又不甘示弱地说：

"我算什么高级知识分子，不过是个简易师范的毕业生，拿现在来说，顶多算个中专程度罢了！"

"现在，老说我们党内缺少知识分子干部，我总替我们有些同志觉得委屈。"陈抱帖淡淡地一笑，"建国三十多年来，我们现在的干部，尤其是中层以上的干部，其实都有了一定的知识水平。不说别的，就说看文件吧，看了三十多年文件，至少也顶他一个上了四年大学的文科毕业生了。况且，过去有些文件，我觉得比古典著作还深奥，一个大学文科毕业生，未必有我们看了好多年文件的干部能读透这类文件的精神。所以，我认为，我们的社会就形成了一门特殊的学问，一种特殊的知识；我们党内，也就出现了许多具有这种特殊知识的知识分子。哈哈！你们看，是不是这样？"

"是的，是的，"孙玉璋又在旁边随声附和，"老唐对文件精神，一向比我们领会得深刻。"

他妈的！看来这老滑头跟这家伙搞到一起去了。陈抱帖的话似褒实贬，是继续佯装不知，还是给予适当反击？他决定还是先退一步为好。

"唉！哪谈得上什么深刻。"他做出无可奈何的神情，"要为党做工作，总得吃透政策精神才行。就这样，还常常出错哩！"

"那么，老唐同志，"陈抱帖在沙发里坐起来，神态一变，摆出开始谈正经事的架势，"你对我星期天在群众大会上谈的那些意见有什么看法呢！"

"哦，你谈的我完全同意！"唐宗慈在藤椅上回转身，拿起《T市报》，"我那天病在床上，没法去，倒也好，在床上躺了两天，仔仔细细拜读了你的讲话。我看完全说到点子上了。"

于是他一条一条地往下分析。孙玉璋惊讶地发现，陈抱帖讲话中某些他认为自己已经完全理解的地方，经唐宗慈一解释，使他知道了其中还有另一层策略上的奥妙。

"譬如谈知识分子这一段吧，"唐宗慈说，"我认为这样讲就比较合适。既抬了知识分子，给了他们实惠，又不得罪一般劳动群众。现在落实知识分子政策，一般工农群众的意见可是不小……"

"啊，"陈抱帖打断他对自己讲话的训诂式的分析，"我并不这样看。有意见的不是工农群众，而是某些工农出身的，又长期搞政治工作的干部吧。”

“嗯……”唐宗慈的解释遭到讲话者本人的否定，略感意外，但他并不认为自己全错，“当然，这种情况也有。可是，话说回来，工农出身的干部，对党毕竟还有朴素的感情。那些知识分子，从整体上来看，是好的，是工人阶级的一部分；具体地看，不是我抱有偏见——我，正如你们说的，好赖也算个小知识分子——的确有他们的劣根性，至少，对党的感情没有工农出身的干部深厚。譬如说，我们这里就有这么一个工程师，他要入党——当然这是好的——可他说什么呢，他说并不是他需要党，而是党需要他！还有一个，他说他入党的目的仅仅是为了使自己安心，免得人家老在政治上不放心他。你看看，什么共产主义大目标，根本没在他们眼里……”

“那不一定吧，”陈抱帖表示怀疑，“在有的人脑子里，正因为大目标已经解决了，已经不在话下了，所以小问题倒成了主要矛盾了。在生活当中，也常常有这样的情况。”

唐宗慈当然不想跟他辩论。

“唔……这种情况嘛，当然也有。”他拿起报纸，改变了话题，“总之，我认为，改革是社会潮流，谁也阻挡不住的。不过，我们社会的一些弊病，是多年形成的，有它的历史原因，有的毛病，又和别的事有着千丝万缕的关系，不是一下子能理清的。前面我光说了思想认识上的阻力，还有规章制度上的障碍哩。陈书记，你大概没有搞过具体的财政工作，以后你就会知道，国务院财政部和省上经常发下些自相矛盾的文件，叫你不知道按哪个文件办好。我管了这么多年工交财贸，真头疼得很。不是不想改革，是一改革就会失去平衡。我们这个经济呀，就像一辆破车，你这么凑合着推下去还行，要是换了一个轱辘，马上就和那边的轱辘不相称，走起来更别别扭扭的。”

“那么，”陈抱帖问，“为什么不干脆换辆新车呢？”

"这……"唐宗慈抖抖报纸，表示无能为力地笑了笑，"我刚刚说了嘛，一，这有它的历史原因；二，经济上的事情是一环套一环的；三，还有思想上的阻力。我总的意思是，改革是一定要改革的，不改革是不行的。可是我们干起来，一定要稳妥，要有步骤，尤其对于干部问题和思想问题，更要慎重对待。这也是我们党一贯的工作方法，特别对我们落后的经济，就像医生用药一样，对重病人猛地下一剂猛药，反倒坏事。"

"这我同意。"陈抱帖说，"不过，就拿你刚刚用车和看病这两个比喻来说，我们这辆车之所以吱吱嘎嘎、别别扭扭的，就因为过去那两年里搞的改革不过是小修小补，甚至是拆东墙补西墙。医生用猛药用坏了，是因为这位医生专攻了病情的一点，而不顾及其他。我同意的是你的整体观念。因此，我认为经济改革既是一个根本性的社会改革，就要和行政体制、精简机构、干部制度、政治思想工作方法以及社会建设和社会治安等等方面的改革联系起来。要前进，我们就配套成龙地前进。也只有这样才能前进。不然就像你所说的，更别别扭扭。况且，经济改革本身也必然要带动其他方面的工作一同改革，这是个不以人们意志为转移的规律。"

"就是，就是……"孙玉璋不断点头，"过去我们是挑担子的小炉匠，走街串巷，碰上啥修啥，遇上啥补啥，这样子不行……"

唐宗慈不再理会孙玉璋，他的目光在陈抱帖脸上游移。陈抱帖的语气神态，不知怎么使他联想到抗日战争中刚参加革命、领到枪杆的小鬼。那时候，他就比较聪明，小鬼们都踊跃地争着上火线，他心甘情愿地去搞后勤，总算把小命保存下来。今天呢，看来三把火是要让这个陈抱帖去放的。放完这三把火他就会没咒念了。我们的政治运动、经济计划，一向是虎头蛇尾，朝令夕改，点火的人，往往会烧了自己的手指头。这场经济改革，难道会例外不成？光一个经济改革，就够他玩的了，他还要什么"整体观念"，"配套成龙前进"……说得好听，你动动看，不在这辆破车上撞得头破血流才怪！由此，他心里蓦然豁亮了：陈抱帖星期日的讲话，固然头头是道、滴水不漏，有策略、有水平，可这个讲话不过是一篇美妙的宣言，而这辆破车却不是靠宣言能推着跑的。我这一辈子听这样激动人心的豪言壮语，看这样描绘精确的宏伟蓝图，还听得少，看得少吗？嘻！这两天真是糊涂了，跟那帮小老百姓一样，也被他的大话吓唬住了。到一定时候，有他坐蜡的哩！……想到这里，他衷心地高兴起来，也和孙玉璋同样兴奋地点着头：

"是的，是的，要是能整体改革，配套成龙地前进，那当然更好……"

"那么，"陈抱帖向他倾过上身，"老唐同志如果身体情况允许的话，是不是能出来辛苦一趟呢？"

"我么，我身体很好，还能为党工作些年哩。陈书记的意思，是不是我们要重新分一下工？"

"是这样的，"陈抱帖看看孙玉璋，"关于经济改革，企业的经济责任制，全国许多城市已经有了很好的经验，当然也有走弯路的教训。这些经验和教训对我们都是很宝贵的。老唐同志思想比较活跃，又有主管工交财贸的经验，我的意见是请老唐同志辛苦一趟，全国跑一跑，给我们取点经来。老唐同志年岁不小了，可以带一个年轻一些的秘书，如果潘广英同志愿意去的话，那就更好了。时间嘛也不必限制，值得看的地方可以多待上十天半个月的，你们看怎么样？"

"好的，好的，我同意。"孙玉璋马上接着说，"这事情，还非得老唐出马不可。"

什么"同意同意"！这个臭主意是你们早就商量好的。可这总比什么"淡泊"、"寡欲"强得多，陈抱帖给他写这张字的时候，他还以为陈抱帖要劝他退休哩。出去考察，也就等于从改革的火线上退下来搞后勤，等第一线的人打得差不多了（最好是牺牲了），他再上去收拾残局。这等好事，何不乐得顺水推舟？唐宗慈也立即哈哈笑着满口答应：

"既然你们二位都同意,少数服从多数,少不得我再出去一趟啰!"

三

陈抱帖和孙玉璋刚走出大门,潘广英就疼惜地数落他:"你这么大年纪了,去年跑了一趟广东福建特区,今年又要出远门,也不怕累得慌!"

"你懂得什么!"唐宗慈冷笑一声,"这个陈抱帖,自以为聪明,还有那个孙玉璋,现在也狗颠起屁股来了! 玩的这套花样还当我不知道?! 这叫做'宋太祖杯酒释兵权'! 你没看他的《讲话》? 他们要成立什么'经济领导小组',把全市的工厂企业直接抓在手里,当然嫌我碍事了!"

"那你不去不行吗?"潘广英把剩茶倒进痰盂,"你一走,T 市还有你一点啥权力?!"

"嘿嘿! 妇人之见。他这还是给我体面的咧! 现在他正在上风头上,背后有老孟,上头还有他的老丈人,他放个屁咱们都不得不闻他的臭气。他这一招儿不行,还有下一招儿哩! 何必让他把我挤到顾问班子里坐冷板凳?!"唐宗慈一面说,一面把抽屉像拉风箱似的拉出推进,仿佛他现在就要动身一样。

"我还正盼着他这样干哩! 这趟是个美差:一,我在西湖嘛还是太湖,找个好地方住下来,他们也不会催我;我到省城去找老齐,他们也不会管我,就是我出去休养一年,你看他们会嫌我在外面待的时间长吗? 不会的。他们还巴不得我一去不复返哩! 二,什么经济改革! 这两个家伙盲人骑瞎马,非摔个鼻青脸肿不可! 到时候,我再回来,T 市这摊子还得我来收拾。你别担心,"他拍拍妻子的肩膀,"今天就准备准备,咱们说走就走!"

"我也去么?"潘广英柔驯地看着他。

"去!为什么不去?反正又不用花咱们一个钱。咱们也像外国人那样旅游旅游,不枉负了这一辈子。你待在这儿,还是什么门道都看不出来,对我没一点帮助。"他转过脸,一眼看见陈抱帖写的那张字,"哼哼!什么'淡泊',什么'寡欲'!他'淡泊'么?他'寡欲'么?他才是个曹操,是个真正的野心家哩!"

他刷地一把把那张字揉成一团,啪地扔进字纸篓里。

四

下午,唐宗慈在书房里睡午觉,刚刚醒来,T市工业局长王恩鸿,轻工局长蒋岐山,商业局长吴长荣联袂而至。两辆上海牌小轿车,一辆北京吉普停在门口。

潘广英给他们开开门。他们一面和潘广英寒暄,一面问唐宗慈的病情。唐宗慈头枕在长沙发的扶手上,听着他们在院子里向他妻子表示关切的问候,冷冷一笑:

"哼!这是看着上午那两个来过了,才敢来。当我是傻瓜哩!他妈的,都是一帮混蛋!"

他翻过身,装作还没睡醒。

"宗慈,老王他们来看你了。"潘广英进来告诉他。

"叫他们等着!"他没好气地说。

约摸过了五分钟,他才趿着拖鞋,一边扣衬衫扣子,一边睡眼惺忪地踱进客厅。三个局长一齐站了起来。

"坐嘛,坐嘛,"他微微抬起眼皮,摆摆手,"感冒了,躺了几天,现在周身骨头还疼。"

这三个局长像鼎足一样,是他手下三大支柱。在"文化大革命"里,也曾一起在台上挨过群众批判,一起在台下指挥过群众武斗,可那毕竟是多少年前的事了,现在早各就各位,地位分明,不能再像过去那样老唐老王地拍肩膀拉胳膊了,所以直到唐宗慈叫他们坐下才敢入座。

"文化大革命"的惊涛骇浪,不论是对浮上去的人或沉下来的人,都是一场噩梦。梦醒之后,有的人抚着伤痛爬起来,有的人饮恨终生活下去,可也有的人摸摸这儿,摸摸那儿,发现自己并没有失去什么,伤着哪里,不过是一场虚惊,倒是增加了不少阅历,获得了很多古里古怪的经验而已。所以静中有动,动中有静,在"文化大革命"的大动乱中,也可以参禅——野狐禅,可以看透人生,悟到禅机:革命口号,豪言壮语,骨子里不过是一个字——私!这里除蒋岐山外,那两位年纪不小的中级干部参加革命的历史都不短了,年轻的时候,他们也曾舍生忘死过,意气风发过,公而忘私过。可是现在,他们回忆起那美好的年月,却常常带着自嘲的苦笑,喟然长叹:

"唉——想当初,真是傻得很啦!"

官复原职以后,他们当然都不再傻了,拼命地要把过去因为傻而失去的东西捞回来。不过,平心而论,他们也没有做出什么违法乱纪的事情,因为我们某些"法"、"纪"本身,就具有很大的伸缩性。资本主义国家经过几百年漫长的历史,订出了千千万万条细得不能再细的法律,尚可被高明的律师从中找到空子,让自己犯了法的当事人获得无罪释放,何况我们这个年轻的社会,何况我们这些只规定着一般原则的文件。所以,不管是什么房子呀,子女亲属的户口工作呀,试看、试用、试吃呀,游山玩水呀,与人方便、自己方便呀,每次调资都占个名额呀,等等,只要你是"掌握政策"的人,则怎么解释都既合法,又合理。

可是,这几天他们有点惶惶不宁了。因为,所获得的这一切究竟是不是合理合法,以及今后是不是还能够这样合理合法地继续获得,关键在于你是不是"掌握政策"的人。过去,该给人分配房子的没给人分配,该给人安排子女就业的没给人安排,该给人提级的没给人提级,该给人彻底平反的还给人留个尾巴,该给人调动的不给人调动,而不该给人调动的却把人捋了下来,等等,他们给人解释起来,也都头头是道,既合乎政策,又合理合法。如果反过来,你一下子成了一个"被政策掌握的人",不再是一个"掌握政策的人",那么,请君入瓮,以其人之道还治其人之身,你也会变得百口莫辩,人家怎么整你都有道理,你干的一切事情就怎么说怎么没理了。这个禅机,并不需要多大学问就能悟到的。

因而,这三个人一坐下,问了几句好,出了几个谁都知道的治感冒的偏方以后,很自然地就扯到干部的甄别考试上来了。

唐宗慈早就明白他们的来意,他们的惶恐。他坐在单人沙发上,用手捂着嘴打了一个并不需要打的小哈欠,随后莫测高深地笑了笑,慢条斯理地说:

"这是必然的啰,现在不是有一句话吗,说什么,'五十年代凭成分,六十年代靠紧跟,七十年代论帮派,八十年代看文凭'。嘿……现在是'看文凭'的时代嘛,不考考干部还行吗?"

三个局长同时一愣,发觉这位老领导的腔调不同往常。过去,唐宗慈对他们的指示和布置总是明确的、干脆的。虽然他们之间的私人交情从来没有摆在嘴上说过,拿到桌面上来过,但彼此都心照不宣。可是今天,三个局长却摸不透他的意思:究竟他本人是不是赞成给干部们来一次甄别考试。

工业局长王恩鸿,一个六十多岁的黑脸膛山东大汉,以为他这种态度和陈抱帖、孙玉璋今天上午的造访有关,忍不住直率地问:

"唐书记,听说今儿上午陈和孙来看过你。你们分工了没有?是不是还照老样子? 要是由唐书记来主持这次甄别考试,我看还好一点。陈是个大学生,谁知道他会咋考我们?!"

"分工嘛——当然还是老样子啰。我最近身体不大好,可那两个还要在我身上压担子,我和广英两个推都推不掉,真要命!"

"还要叫你干啥?"商业局长吴长荣偏着脑袋问。

"陈抱帖还是很谦虚的,征求我对他那天讲话的意见。我嘛,这个人一向有什么说什么,给他提了点建议。当时他兴奋得很,要叫我来主持那个'经济领导小组'的工作。你们想,T市这个摊子我还敢干吗?我没答应。最后老陈要我到外地——比如南通啦,常州啦去取点经,回来再说。这事怎么能推呢?少不得辛苦一趟了。"

"嘻!T市这个摊子有啥难办的?这么多年下来在唐书记领导下不是也很好么?"

轻工业局长蒋岐山替唐宗慈惋惜,自己也有点怅惘若失的感觉。他刚五十出头,但已秃了顶,一对原来很大、很机灵的眼睛,现在被松垂的眼皮覆盖着,显得呆滞无力了。他是T市人,T市一解放就参加了机关工作,最初靠每天早起打扫办公室、提开水、勤擦玻璃入了党。以后靠历次政治运动中打小报告、写批判稿逐级提升到副科长、科长、副局长。因为副局长是唐宗慈向市委提的名,所以在"文化大革命"中他死保唐宗慈。听说唐宗慈在"三五反"中曾犯过什么错误,市委里有人把唐宗慈的档案从省委抄了来,他就组织了一帮人趁乱去市委抢档案抄件。但另一帮反唐的"造反派"恰巧也跑了去,于是两派"革命群众组织"在市委门口竟大打出手。他当然没有挥拳动脚的胆量,早就逃之夭夭。而在"清查"运动中,那一派"革命群众组织"全受了处分,他们这一派"革命群众组织"却因"保护市委"有功,许多人得到提升。他就是在这时升为正局长的。

"T市这摊子,当然我还是熟悉的。"唐宗慈说话时,并不看谁,眼睛漫无目的地在客厅扫来扫去,"可是,现在要改革,我呢,你们知道,这三十多年来是给砸扁了,捏圆了,拉长了,骨头都让人弄得酥酥的了,再不敢担什么风险了。这种担风险的事,还是让陈抱帖这样的中青年干部去干的好。"

"嘿!……"吴长荣阴沉地拉长了脸,"陈抱帖让你去取经,我

· 121 ·

看也不是什么好意。蒋介石嫌冯玉祥讨厌，就打发他到美国去考察水利。这不是很明白的吗？"

吴长荣比另外两个局长多一个心眼。"文化大革命"的十年里，他研究了十年的《金陵春梦》，最后，这位一九四三年参加革命的局长得出了一个结论：新社会的某些人，在权力斗争上和旧社会同样冷酷无情。

"哎！你想到哪儿去了？！"唐宗慈瞥了吴长荣一眼，哈哈一笑，"难道他会派个特务在路上干掉我不成？老吴总是神经过敏。"

"我不是神经过敏，当然我也不是那个意思。"吴长荣低着头吸了口烟，"不过，话说回来，什么事都得看透才行。老王才是个大傻瓜，这两天一个劲儿在办公室、在家里看文件、读报纸，还真像个学生一样应付考试哩。今天是我拉他来才来的。我告诉他，不管你考得怎么样，他要刷下你还是刷下你！你们信不信？"

"要是那样整，还考什么？！甄别什么？！"王恩鸿不禁气愤地一拍茶几。他是个直性子人，"我看，现在是咱们八路军不吃香了，九路军倒吃香了！"

"嘿！时代不同了嘛。狡兔死，走狗烹，历史上早就有过嘛。"唐宗慈嘲笑地看着王恩鸿。王恩鸿比他大好几岁，资格也比他老得多，差的是没有文化，不然早当上省级的厅局长了。"现在不搞阶级斗争，不打仗，搞的是四个现代化，不靠人家高级知识分子靠谁？老王也真是……你怕什么？退休下来，还给你增加工资哩。我要是你，不等他考，就申请离休。革命一辈子了，最后还跟个小学生一样，在考场上栽那个跟斗，何必呢？"

王恩鸿脸上的肌肉抽搐着，想了一想，觉得唐宗慈指点的倒是个办法，但终究气不服，仍然高喉咙大嗓子地喊道：

"什么高级知识分子？！哪来那么多高级知识分子？！现在我们局里猴戴帽的技术员也要自称是高级知识分子！高级知识分子是能坐软卧的，你们想想，我们国家哪有那么多软卧给这些家伙坐,一列车才挂一节车皮……"

唐宗慈早无心和这几个人周旋应酬了。这倒不是完全气他们直到今天下午才来看他。在睡中觉的时候他就想到,T市靠这种鼠目寸光,胸无大志,只盯着职务外快的人是搞不好的。即使将来他回来收拾陈抱帖撂下的残局,也不能靠这几个无能力而有私欲的人,他也要用有能力有知识的人。过去跟他们扰在一起,那是没有办法,历史决定了只能如此。他越来越感到陈抱帖给他安排的这趟差事太好了!让陈抱帖来搞掉他们,省得自己动手甩包袱,得罪人。再说,要搞掉陈抱帖,这几个人现在连当马前卒的本领都没有了,那还得靠省上,靠上面……所以,他虽然哈欠不断地耐下心来听他们的牢骚,却再不说话,不表态了。

第八章　一个城市的诞生

一

"唐宗慈讲的那个说不是他需要党,而是党需要他的工程师,就是这个小老头儿。"陈抱帖和孙玉璋下了汽车,孙玉璋笑着对陈抱帖说。

"咦!"陈抱帖看了看四周,"你们家不是也住在这儿吗?"

"是呀,这条巷子过去叫林森巷,解放后叫幸福巷。他们去年刚搬来,住在新盖的那幢楼上。"孙玉璋指着巷子深处。那里,在一片破旧的平房之中,耸立着两幢红砖的四层楼房。

"我没当市长那阵子,经常去他家玩。老头老太太真够呛,给他们分在四层楼上,跟你那套一样,都是没人要的房子。"

"我真奇怪,这么窄的巷子,当初盖这个楼,建筑材料是怎么运进去的?"他们俩沿着曲曲弯弯的小巷走着,陈抱帖这样说。

"哦,"孙玉璋嘻嘻一笑,"我们中国人有的是办法。巷子前面进不去,就走后面。巷子后面有所小学,盖楼的时候,把小学的院墙打通了,操场变成了材料场,吵得娃娃们也听不好课。可是这楼盖成了,有三套房子分给小学的校长、支部书记、教务主任。有这个交换条件,娃娃们吵点怕啥?"

他们从狭窄的楼梯走上去。楼梯过道上,每家门口都堆放着菜坛、纸箱、塑料袋,装着杂七杂八的什物。有两层楼的转弯平台上，还放着破旧的自行车。建筑质量低劣，但空间倒是被充分地利用了。四楼那套单元的门没有锁，虚掩着，只听见老头老太太在房里发出一片欢呼声：

"哈哈！这下可好了，这下可好了……"

"这真是久旱逢甘霖，久旱逢甘霖！……"

孙玉璋熟门熟路地推门进去，陈抱帖跟在后面。两个老人都在厨房里。老头儿掉过脸来，看见他们，快活地连连招手：

"哈哈，来来来，今天真是大喜日！你们看：水来了！"

厨房的洗碗池上，水龙头汩汩地流出一缕带铁锈色的自来水。老太太笑嘻嘻地用一块抹布擦洗着洗碗池。

"刚来的，刚来的！我们这水龙头一直没有关。刚刚呀，我在那房里听着这儿啪啪地，啪啪地……当是啥物呢，进来一看，是水来了！……"

老太太的眼睛高兴得放光。陈抱帖听着她的上海口音，看着她因为善良而显得很年轻的面孔，想起来她就是那天在巷子的公用水龙头下洗菜的老太太。那天，她还笑着说全巷子用这个水龙头，户籍警来登记户口都不用挨家跑的话。她衣着淡雅朴素，自有种雍容大方的风度，很像海南的母亲——他的丈母娘，一看就知道是个大家闺秀出身的老太太。

"让它流，让它流，黛娣，让它流，要把这股铁锈水流完才好用。"老头儿告诉老太太，又招呼他们两人，"来，来，我们这边坐。昨天晚上你女儿跑来告诉我，今天不要去上班，我还奇怪，你当了市长大人还有工夫来下棋么？坐，请请……"

和陈抱帖的单元相同，这里有三个房间。向阳的一间十五平方米的大房间当作客厅和餐厅，在 T 市来说，真是豪华无比：配套的大小沙发，锃亮的米黄色家具，酒柜、餐桌、茶几全是式样新颖的外地高档产品，大约只有外汇券才能买到的。墙犄角的紫檀色架子上放着一尊二十吋的大彩电，酒柜旁边是一个小巧美观的绿色电冰箱,两面墙上,各挂着一帧巨幅彩色照片,相框也是紫檀色的。一幅是希腊的巴特农神庙,另一幅是美国著名建筑师菲利普·约翰逊设计的加利福尼亚州水晶大教堂。靠阳台的一个多层玻璃橱里,陈放着一些世界著名建筑物的模型,玲珑精致,都是真正在当地制作的旅游纪念品。

"老孙,今天有什么事呀? 非要我在家恭候大驾。是不是就叫我在家等自来水呀?"

黄国桢从另一间屋子里拿来一包"555"牌香烟。他自己叼着烟斗。这个小老头儿戴着一顶无檐的法兰西小圆帽,两边爹出稀疏的白发,圆圆的脸,圆圆的眼睛,红彤彤的大鼻子,活像一个马戏团的小丑。他知道孙玉璋不吸烟,敬给陈抱帖一支:

"这位是……"

"老黄,"孙玉璋熟不拘礼地往沙发上一坐,"陈抱帖同志知道你要走,特来给你送行啦。"

"哦——"黄国桢的嘴张成一个○形,"原来这位是陈书记,失敬失敬! 我还当是给开汽车的哩!"

"你呀,国桢,说话老是这么不注意。"黛娣老太太端着两杯茶进来,"陈书记,请你多包涵,他一辈子都是这样乱说。"

"我乱说什么啦?!"黄国桢挥挥烟斗,瞪着圆圆的眼睛,"现在给首长开车的司机,全比首长气派。不信? 你跑遍全国,都是这样!"

"黄老就是把我看成开汽车的又有什么关系?"陈抱帖笑道,"我是听老孙说你们要走,所以请老孙带我来看看你们。"

"要走是要走呀,申请了两年了。"黛娣老太太用委婉的语气说,"国桢一个弟弟在美国,两个弟弟在加拿大,全是搞建筑的。二弟现在正在北京代表一家美国大公司盖超级饭店,来了好多次电报和信啦。"

"你看,你也乱说了,"黄国桢回击他的黛娣,不无气愤地说,

"是我要走？还是逼得我非走不可？北京也是中国，我非死在这个T市?!"

"好了好了，是我乱说了。"老太太息事宁人，出去时又别过头，在老头儿背后向他们两人抿着嘴偷偷一笑。

陈抱帖忽然发现，黄国桢老夫妇两人的面庞非常相像。一对感情融洽的恩爱夫妻，两人的五官神态总有某一点叫人指不出具体的相似之处。这是因为长时间在一起耳鬓厮磨形成了生理性的变化，内心的互相倾慕而造成了外形的相互接近？还是在结婚之前偶然的巧合？谁也没有研究过，这只是陈抱帖多年阅历的经验。他从孙玉璋那里知道，这老两口五八年从上海"发配"来西北，儿女都放在老家，多年来，这里只有他们两人相依为命。他想象他们在那二十年困难的日子里牛衣对泣的情景，想到有这样富裕的家庭条件——黛娣老太太娘家兄弟也是巴西华侨中的巨商——而老太太还在公用水管下不以为苦，自得其乐地洗东西的神气，眼前又看到老头儿老太太还和青年夫妇一样，以斗气来逗乐，顿时，一种亲切感油然而生。

"你们看看，中国的事不是不好办，而是看你办不办!"老头儿说话的底气很足，显示出身体仍然很健康，一边说，一边挥舞烟斗，看来这是他的习惯性动作，"陈书记星期天刚说要在一个月内解决高层楼房的自来水问题，现在过了三四天就解决了。其实这既不用增添设备，也不用敷设水管，不过是加大水压而已。我看，那些当官的大概是怕就地免职吧。你给他加点压力，他也就给水加一点压力了。哈哈……"

黄国桢老两口对自来水今天突然来到，好像比对市委书记今天突然造访还感到高兴。老太太又从厨房跑出来：

"国桢，国桢，水清了，好用了!"

"是吗？妙极! 妙极!"黄国桢兴奋地搓着手跑进厨房，看了看，又跑回客厅。

"我们这条巷子叫'幸福巷',我原来却把这幢楼叫'不幸楼'。人家问我住在哪里,我就告诉人家:'幸福巷,不幸楼'!今天是名副其实的'幸福巷幸福楼'啰!哈哈……"

老头儿老太太的欢快感染了市委书记和市长。尤其是陈抱帖,能够亲眼看见自己给别人做了那么一点微不足道的小事,马上就能叫别人如此陶醉,他也不禁跟着陶醉了。同时,也不由得对老头儿老太太对生活的低标准要求产生了一种崇敬之心。这种美好的感情,把从唐宗慈家里带出来的阴郁情绪一扫而光,把由于不得不玩弄权术而怀着的阴沉的心理也完全净化了。是的,你想为大多数人谋福利吗?那就必须运用各种各样你所能运用的手段排除掉已经成为障碍的极少数人!而这各种各样手段,都会因为目的的崇高变得高尚起来。

陈抱帖靠在沙发上,吸着"555"牌香烟。从唐宗慈家出来,到了这里,就像从一个阴森的小胡同走到一所美丽的花园,心情豁然开朗了。这时,面对着这样的老头儿老太太,他不愿再转弯抹角,而想和他们促膝谈心了。

"黄老,"陈抱帖带着亲切的微笑说,"刚刚老孙说我是来给你们送行的,只说了话的一半,另一半呢,是我想挽留你们。不过这决不勉强,更不是强制。我知道这二十多年来我们非常对不起你们贤伉俪,使你们受了莫大的委屈。在这点上,我作为一个共产党员,是非常痛心的,现在只有满足你们的要求,决不能再给你们设置障碍。那边需要,你们又愿意去,人才是流动的,我一定马上批准,再不给你们拖了。

"可是,作为新上任的市委书记和新上任的市长,我们衷心希望您能跟我们在一起工作。现在黄老您可以谈谈您的看法和要求,如果我们还能补救过去工作中的错误,使您满意,而愿意跟我们工作一个时期试试看,那我们就重新打锣另开张。如果黄老已经感到 T 市再没有一点希望了,非去北京参与那项中美合资的建筑不可,那我和老孙下午就去办公室把您的报告找出来,签署放行。您贤伉俪走的时候,我们亲自去车站高高兴兴地把您二位送走。黄老,您看如何?"

"就是,就是!……"孙玉璋陷在软簧沙发里连连点头,"过去学焦裕禄,他的这个经验那个经验我都忘了,光记得他把干部们都叫到火车站去给逃荒的老百姓送行这件事。咱们过去对不起你们。你们要走,咱们一定去送行。可是,咱们还真盼着你先别走。老黄,你是个痛快人,过去跟我不是啥话都说么?今天你就跟老陈再聊聊。"

黄国桢仰在长沙发上,用手指搓着额头,沉默了一会儿,然后叹了口长气,直起腰来。

"唉——这话从何说起呢?简直是一部二十四史。远的我们都不说了,什么'对不起'呀,'委屈'呀,那都没有什么!活下来,就是万幸了!三中全会以后,我看到了中国的希望,看到了一个人还可以为国家做点事情,可是……我看这 T 市还是一塌胡涂!"他点燃烟斗,噗噗地吸了两口。

"从哪里说起呢,还是从我个人接触的来说吧。先说改正。我当了二十多年'右派',到了七九年改正的时候,才发现到处找不到我的档案。我的'右派'白当了,如果那时我不承认自己是'右派',人家也奈何我不得,因为那些胡涂虫竟把我的档案转来转去搞丢了!要改正,还得先证明我是'右派'。你说这可笑不可笑?我受了二十多年罪,在 T 市谁都有目共睹,可是还顶不了一张纸。我只好千里迢迢跑回上海,要了一顶帽子来——别人摘帽子,我是要帽子戴——为的是回到 T 市再摘这顶帽子。幸好,那时老孙主持落实政策办公室,这一关总算通过了,给予改正。到最近评职称,按文件,我早就应该是个高级工程师了吧,可是又因为我没档案,人家连我是不是大学毕业的都怀疑,说我这个工程师是刚解放时混上的。我出版的论著都不算,问我要文凭……"

"国桢，"他的黛娣在旁边笑着插言，"你可以把文凭这事跟陈书记说一说，那才笑死人哩！"

"哦，对了，对了！"黄国桢活跃起来，拍拍烟斗，"可惜你们不是作家，这真是写小说的好素材！在'文化大革命'里我既是'右派'，又是海外关系，'特嫌'。那一帮人揍我，说什么，你们全家人都跑到美国去了，为什么你不去？好像我没出国也有罪似的。我说，因为我那时受了进步人士的影响，才留下来的。他们根本不相信人是会追求进步的，非说我是受国民党指使潜伏下来的。揍啊、打啊不必说了，还掘地三尺，把所有的东西，连一张纸片片都抄光，然后把我赶到乡下。

"到了乡下，又遇着一帮老乡来抄家，不知怎么，竟抄出一张我小学毕业的毕业证书。这是我留着当纪念的，因为我小时候在晓庄学校上学，校长是著名的教育家陶行知先生，文凭上有他的亲笔签名。这张小学文凭逃脱了城里的革命群众，却落到乡下的革命群众手里。他们一看，不得了！上面有孙中山的像。好家伙！说是我保存反动文件，吊起来打了一天。以后放下来，叫我写反省书。我养好伤，就给他们写了份反省书。他们一看，又不得了了！说，'你反生产队反公社还不够，好大的野心，还想反到省上去'！搞得我莫名其妙，怎么说我想反到省上去呢？他们说，'你看，反、省！你这外省人不是要反咱们省么？'于是又乒哩乒啷打一顿。打完了还叫重写。我只好问啰，'那你们说应该用哪个"省"字？'他们回答，你是审查对象，当然得用审查的'审'！好，我就给他们又写了一份'反审书'。谁知，没有三个月，这帮人下了台，另一帮人上了台。那帮人里居然也有抠字眼的。一看，又不得了了！说，'好个黄国桢！你对审查不满怎么的？还想反审查么？为什么把"反省书"写成"反审书"'？我说是那一帮人教我这样写的。他一拍桌子，大喝一声：好呀！你一个高级知识分子——这时候他们承认我是高级知识分子了——连反省书的省是哪个省字都不知道？纯粹是故意装蒜！又是一顿好打。为了一张文凭,把我好一番折腾。哈哈！你们说说,这是不是旷古奇谭……"

老头儿和老太太笑得前仰后合。陈抱帖看着,心头突然酸楚起来。世界上还有哪个国家有这样的知识分子?! 不但"价廉物美",而且"经久耐用"! 经过这么一番折腾,仍然乐呵呵地热爱生活,坚守自己的本职工作。他捧着茶杯,低下头喝着水,不让老头儿老太太看到自己满脸愧疚的表情。

老头儿笑完了,擦了擦眼泪,继续说道:

"其实呢,我有著作,有设计,还在戴着帽子的时候,T市的邮电大楼、老百货大楼和新华路上盖的几幢撑门面的楼,全是我设计的,这个老孙知道。在学术上我怎么样,那些人是清楚的,那么为什么有人还要在评职称上故意刁难我呢? 这就说到我们T市的内幕上来了。"

说到这里,黄国桢端起茶杯润了润嗓子,看着陈抱帖一副认真倾听的神态,又往下说:

"你们知道,八〇年,T市设计的城市建设规划,在全国评比中得了二等奖。这个奖来之不易,因为全国有一百多份设计参加评比。实际上,这个规划完全是我一个人搞的。当时,绘图员不绘图,绘也绘不好;制模型的连图纸比例也弄不清楚。我一看,干脆,从头到尾我一个人包下来算了。得了奖以后,奖金我是不稀罕的,设计室的人大家分分拉倒。可是,我没拿一文钱,却招来了非议。原因在哪里呢? 在我们那位主任! 他是六五年的大学毕业生,分到T市来,没干一年,赶上了'文化大革命',从此弃学从政,成了政治家了……"

"他哪是什么政治家,"他的黛娣又插话说,"不过是个政工人员罢了!"

"哦,亲爱的,你不懂,我们的政工干部全是政治家呀,我看他们比里根或撒切尔夫人还精明。政工干部吃香的时候,他们拼命往政工队伍里钻,现在技术人员、业务人员吃香了,他们又摇身一变,成了技术人员。当着你们二位领导,我可提醒你们注意,现在就有这样一种游也游不远,爬也爬不快的两栖类干部。这是登龙术的新发展。

"好,我们接着往下说。这位大学毕业的主任,搞了十几年政治。按文件规定,他干具体业务的时间差得远,考试肯定不及格,没有论文不说,恐怕连一点外文也忘光了吧,可是他居然也评上了工程师——再告诉你们,在按学术评级上也有走后门的——他没有本事,搞不出东西来,于是就在我身上打主意。我搞那套规划的时候,开始没有想到别的,只是按制度规定签上了设计者的名字,这不过表示由我负责任的意思。他就托人来说,最好把他的名字也附上。我当时还没有理解,说,这怎么行呢?如果我的设计方向错了,又像五十年代批梁思成那样来一下,不是倒害了他吗?结果,设计到了他手里,他就把这套设计改成了设计室的集体创作。我们这些老家伙,真天真得很啦,我那时还很感激他哩!后来,没料到得了奖,好,我的罪过来了。说是我黄国桢想出名,明明是设计室全体工作人员的集体劳动,我却要签上我一个人的名字。他呢,倒成了集体利益和集体荣誉的维护者了。你说这气人不气人?

"就因为这个,一连串的麻烦跟着来了,评职称要文凭不过是其中的一件罢了。好了,小事情我就不说了,说大事吧。这个老孙也知道:七九年一平反,我就申请入党,我入党条件可能不够,可是别的不说,二十年我受了那么大的罪,始终对祖国、对人民没有贰心。几个兄弟从七一年中美关系正常化以后,开始就叫我到美国,老父亲今年已经八十六岁了,在美国,用我们通行的话说,他们都是'有办法'的人。但我一直没有答应。我想,已经把三十多年的精力生命都交给祖国了,何必到老来把一把老骨头埋在异乡呢?我觉得,不管怎么样,这也算作给我的考验吧。但是,现在,党没有入上,伍锡贵和唐宗慈大会小会倒把我当典型来批。这种不点名的批比点名的批还叫我难受,因为你跟他说不明道不白的。

"不错,我是在去年'七·一'前夕市上召开的知识分子座谈会上发了一次言。我说,我已经年过花甲了,女儿工作了,儿子在美国自费留学,在生活上,什么也不需要了。这你们二位可以看见,我是富裕的。陈书记号召知识分子里出'万元户',我早就超过万元了。当然,说来惭愧,这不过是老丈人的遗产。另外,我又不想当官,也不想出风头,我为什么要申请入党呢?就因为我觉得党现在需要我们这样的知识分子。好!这话不知怎么就变成了这样:我不需要党,而是党需要我。你们说这要命不要命!……"

这时,黛娣老太太看了看腕上的小金表,打断他的话:

"国桢,老孙当然不必问啰,不知陈书记会不会在我们家吃饭……"

"黄夫人是不是要赶我走呢?"陈抱帖笑着说,"如果您不是赶我走,今天我就要在您这儿叨扰一顿了。只是害怕给您添麻烦。"

"哎哟!"老太太高兴地说,"我请还请不到哩!麻烦什么?冰箱里东西现成的。我只是怕你们当书记的有什么忌讳,好像你们有一个不在老百姓家里吃饭的规矩。我们家,又从来没来过这么大的官……"

"喏,喏,别说得那么可怜,黛娣,你去烧饭吧。"黄国桢笑着在老太太背上拍了一巴掌,"可话说回来,在北京,廖公都和我握手问好,说长论短,而回到 T 市,书记连正眼都不看我的。哈哈!"

老太太从冰箱里拿出一些鲜菜和两盘半成品的菜肴,兴冲冲地跑进厨房。黄国桢又说:

"前面,我说了 T 市是怎样对待知识分子的,现在我再说说 T 市的官是什么样的吧。别的我不太清楚,就我看见的来说,森严的等级制思想,比在这方面很讲究的日本还厉害。对待我们这些有一点身份地位的人都毫不尊重人的尊严和人的价值,别说对一般老百姓了。

"去年，侨联组织我们几个知名的侨眷去南方侨乡参观。带队的干部没有一个跟华侨有任何关系，他们一大帮，比我们侨眷人还多。什么这个局长，那个局长，我都不认识，只认识唐宗慈。他们一律坐软卧，而把我们几个老头老太婆放在硬卧上。到了南方，有一个老太婆由于不习惯，在挤得要命的硬卧车厢里中了暑。就这样，他们也没有一个人让出软卧来，还说什么，她是一个家属，不够资格！当然，我不在乎什么软卧硬卧，我感到党和政府组织了这次行动，已经是对我们侨眷很大的关怀了。可是看到这些具体执行的人都沾了大光，走到哪儿，都以他们为主，我们倒变成了他们的随员，总有点不服气。侨乡、特区经济很宽裕，手脚也大，每到一个地方，临走时都给我们这些远道来的客人送些土特产，这些干部就每人抱了一大堆回来。按说，沾了我们的光，应该对我们客气一点了吧，不，回到 T 市，下了火车，他们自己坐上机关派来的小车，装上捞来的东西，一溜烟地跑了。我们这些老头老太婆还要挤公共汽车回来。又是那个中暑的老太婆，她带的东西——那还真是她亲戚送的——在公共汽车上全被踩得稀烂！

　　"T 市还有个侨眷，他的亲叔叔在悉尼和墨尔本开着很大的中国餐馆，非常有钱的。这个老华侨没有回来过，不知道我们这里的情况，不知怎么心血来潮，给他的宝贝侄儿送来了一辆澳大利亚的豪腾、政治家型小轿车。这种豪华的小轿车全国不多见，全省只有这么一辆。当时海关不准私人车进口，经过一番周折，老华侨就说把这辆车送 T 市政府，条件是同时为 T 市的侨眷服务。这一下，便宜了伍锡贵，伍锡贵走了，又成了唐宗慈的专用车。别说我们侨眷，那个宝贝侄儿的小女孩几个月前害了肺炎，打电话到市委去要那辆车送医院。人家告诉他，这要请示唐书记。请示了半天，孩子都危险了，市委派了个年轻的干部骑了辆自行车来，说是省点汽油，用自行车驮着去吧。这个年轻人还算正直的，走到中途，悄悄跟那个侨眷说，什么省汽油！唐书记说了，'不能给这些人开先例，这种汽车,不是随便什么人都能坐的!'……"

"真太岂有此理!"听到这里,陈抱帖再也忍不住了,两手一拍沙发,倏地站起来。他太阳穴里的血管突突地跳动,胸部剧烈地起伏,背着手在客厅里踱了一圈,"老孙,这辆车即刻收回来,交给公共汽车公司作为出租车,为全市人民服务!"

他踱到阳台的窗子前。下面,一群家鸽在平房的屋顶上腾地飞起,在"幸福巷"上绕了一圈,渐渐向远方飞去,最后终于消失。他抑制住了自己的愤怒,转过身来。

"对不起,黄老,我刚刚失态了。请往下说吧。"

"唉!不说了,不说了。"黄国桢和孙玉璋都在帮黛娣老太太撤桌布,拿椅子,"要说的话,三天三夜也说不完。来,来,请吃饭吧。吃饭的时候别生气,影响了消化不值得。要说,说点高兴的事。"

黛娣老太太很有本事,短短的时间里做了四菜一汤,还有两个各色罐头拼的冷盘。冷盘四周铺陈着切成花纹的鲜黄瓜和西红柿,爽心悦目。

"喝酒吗?"黛娣老太太陈放着碗碟问。

"那还用问吗?"黄国桢说,"不知你们爱喝什么酒,威士忌、香槟? 还有国产的茅台、五粮液?"

"这些都算了吧,"孙玉璋说,"还是喝点啤酒吧,一边喝好一边说话。"

"好,好。"老太太从冰箱里拿出几瓶青岛啤酒,给每人倒了一大杯。

"唉——"黄国桢举着杯子,看着浮着泡沫的琥珀色的冰镇啤酒,感慨地说,"我现在过的生活,跟过去相比,真有天壤之别。本想从此可以大干一番了,可是,你们看看,就这样的干部,能不能搞四个现代化……"

"看你!"黛娣老太太用筷子敲了一下她老头儿的碗,"你自己说'别说了,别说了',又说起来了。陈书记,你别往心里去。他这个人的嘴总是没有遮拦,过去吃亏就吃在这张嘴上。"

"为什么非要有遮拦呢?"陈抱帖喝了一口啤酒,冰凉的液体使他平静下来。他说,"忧国忧民的知识分子,都有这种忧愤的牢骚。相反,我看您说的那些抱着一大堆东西回来的人,才心满意足,一点牢骚都不会有的。"

"也有呀,那些人也有牢骚呀。"黄国桢放下筷子,又瞪起圆圆的眼睛,"你还没有看见他们的丑态。在火车上,他们就抱怨这个地方小气,送的东西少,那个地方不大方,招待得不好……哦,不说了,不说了。黛娣又要说我嘴不好了。"

"你何止嘴不好!"老太太转向他们两人,"陈书记,老孙,这二十年的罪受下来,老黄也……怎么讲? 是叫'伤痕'还是'内伤'的? 别人看不出来,我是清楚的。他过去心直口快,可不像现在这么唠叨。你们看,刚刚他就唠唠叨叨了那么多。不该他管的大事小事他都要操心,一唠叨起来就没完。我常说他变成了一个碎嘴老太婆了。"

"唔,"陈抱帖点点头,"受了二十年的苦,在精神上不留下一点痕迹是不可能的。不过,我相信黄老的内伤很快就会痊愈的。是不是? 黄老。"

"唉!"黄国桢自己已经喝完了一杯,举着瓶子看看他们俩的杯子,很轻松地叹了口气:

"什么内伤?! 其实,这二十多年已经把我的棱角磨光了。现在想想,磨光了也好。我们不说要'向前进'么? 磨光了,成了一个圆球,我一轱辘,就轱辘到前面去了! 哈哈!"

他放下瓶子,连说带比划地表演。矮矮的个子,胖胖的身体,圆圆的脸,活脱是一个圆球,引得在座的人都哈哈大笑起来。

二

吃完饭,陈抱帖和黄国桢夫妇熟悉多了,老太太也不拘谨了。

陈抱帖帮她把碗碟端进厨房,桌布重新铺上,椅子归还原处。黛娣老太太高兴地说:

"陈书记在家一定是个好丈夫。我们这一位呀,他一回来就埋在书房里,油瓶子倒了也不会扶的。"

老头儿说:"不一定。陈书记回到家大概也和我一样。有事业心的人会三过家门而不入的。黛娣,你别让陈书记骗了,他这是在向你做工作哩。"

陈抱帖和孙玉璋都笑了起来。陈抱帖说:"黄老真有眼力,我在家里也是什么都不动手的。不过,你们怎么不请个保姆呢?"

"到哪儿去请呀?"黛娣老太太给他们重新沏上茶,"现在农村包干到户了,没有人愿意进城帮工了。"

"你不早跟我说,"孙玉璋说,"这事情包在我身上,我在农村的熟人多得很。给你们请个姑娘来,拿拿煤,买买菜,打扫打扫房子也是好的。"

"你看,黛娣,"黄国桢笑着对老太太说,"现在,一个市委书记,一个市长,都打算让我们在这里长期抗战哩。你可要小心!"

陈抱帖点燃一支烟,微微一笑:"黄老别担心,您一定要走,我们还是那句话,高高兴兴地把你们送走。只是请您把城市建设的意见给我们留下来。"

黄国桢噗噗地抽着烟斗,凝神思忖了一会儿,说:

"我在 T 市待了二十多年。一个人的一生,有几个二十年呢?而且,这二十年还是我一生中最有精力、最富有创造力的年华。所以,我虽然一直戴着帽子,还是对 T 市做了一番研究。我对把 T 市建设成一个美丽的中等城市,抱着很大的信心。陈书记,你注意到了么? T 市西边有那座大山,给我们挡住了风,挡住了沙漠的移动;T 市本身四面开阔,中间又有一条著名的河。这种地势,很像巴黎、布达佩斯、莫斯科,它是得天独厚的。七九年我搞那个规划的时候,设计部门真是可怜得很,没有一点材料,没有一份国外的资料可作参考,完全凭我个人过去积累的一些笔记和图纸。如果现在搞,我想还可以搞得更好一些。但是,就那样的东西。也是纸上谈兵,画饼充饥。这两年来,有哪一点是按那个规划去做的呢?没有!陈书记问我的意见,我看,那就是我的意见。T市能按那个规划建设,就很不错了。我看了你星期天在体育场的讲话,你很有雄心、有魄力,我也相信你有按那个规划去搞的意思。可是,具体搞起来,你就会发现这里面的困难很多。城市是个整体,城市建设不从整体出发是不行的,可现在偏偏是各自为政。这个现象不消除,规划就没法落实。"

"那么,"陈抱帖向黄国桢倾过身去,"您看应该怎样才能从整体出发,落实您那个城市规划呢?"

"我看,首先得有一个城市规划的权威性机构。它不光是搞规划设计,搞纸面上的东西,还必须统辖建筑施工单位,有市政的管理权,譬如自来水、电厂、电话局、环境卫生和环境保护等等。这就可以避免你挖我填、你填我挖的怪事。

"为什么要把施工统一起来呢?从我的经验来看,建筑部门里的歪门邪道太多了。我设计的东西,外表看来好像是按我设计的那样做了,可是仔细一看满不是那么一回事。最近新盖的几座楼就是这样,气得我也没有办法。我看,现在要来个'三五反',会挖出比天津那时候出的几宗营造业上的案子还大的案子。"

"是的。我们知道。"陈抱帖沉重地说,"可是现在我和老孙还腾不出手来,我们的脚跟还没有站稳。我们计划是先创出局面来,待我们工作大体稳定了,再来给他们算这笔账。"

"对的,我赞同你们的想法。"黄国桢叹息了一声,"老实说,有些账,你跟他们一时算不清的。纯粹是一笔胡涂账,你一头扎在里面,叫你根本无法再干别的哩。我们还是说城市规划吧。"

黄国桢点燃已经熄灭的烟斗,一团团带有咖啡香味的青烟弥漫,笼罩着他那很兴奋地耽于自己思索里的面孔。

"这两年,我又做了进一步的考虑。因为现在形势越来越好,而且会更好,所以,我们不能光从实用的观点出发,还要使居民获得美的享受。城市是个整体,但必须是个和谐的、美的整体。建筑,本来就是一座巨大的雕塑;建筑群落,又是一支有旋律的乐曲,每一座建筑都是这乐曲中的一个音符。我说过了,T市,是有建设成一个美丽的城市的条件的。我非常同意你修建河滨公园的设想,看来你很有艺术眼光。我的想法是,不但是河滨公园,并且要以河滨公园为中心,展开整个T市的建筑布局。我们要使T市的人和来过T市的人,不论走到天涯海角,都对这个城市有所留恋。我们培养人民热爱祖国的感情,从哪儿培养呢? 不能光靠书本上的东西,口头上的东西,更要靠他周围的生存条件来吸引他们,这就要创造一个使人民感到舒适美好的环境。对城市居民来说,就是要建设一个美丽的城市。"

"我非常同意您的意见。"陈抱帖高兴地说,"我和老孙还有进一步的想法,我们要把经济发展规划、社会发展规划、科学技术发展规划三者结合起来,制订出城市的综合发展规划。城市的规划、城市的建设、市政的管理,三者要集中于一手。这点,您和我们想到一起去了。我们就准备把政府机构里几个这样的部门,合并精简成一个具有权威性的机构。"

"啊,"黄国桢从嘴里拿开烟斗,笑道,"我能和你们所见略同,当然非常高兴。可是,请原谅我问一句:你们的钱呢? 我记得报纸上你的讲话里说,你没带一分钱来,光揣来了一张调令。这二十多年来,我设计了不少,可是因为没有资金,大多都摆在纸上。所以我有点多虑。"

"这点您不必担心,"陈抱帖解释说,"经济改革后,我们落后的企业能扭亏为盈,再增加利润,同时实行了利改税,资金就有办法了。何况,我们的建设又不是一下子铺开的。机构精简,本身又是一个节流。并且,T市还有那么多待业青年,有充足的人力,我们还正准备借助于城市建设来解决就业问题。"

"唔,唔,"黄国桢赞许地点点头,"你倒很有艾森豪威尔的气派,他就是利用大办公共建设来解决美国当时的失业问题的。很好,这个设想很好!那么,谁来掌握这个权威性的机构呢?这必须要个内行才行。"

陈抱帖笑了笑,向孙玉璋瞟了一眼,直截了当地对黄国桢说:"您!由您来掌握这个机构!"

"我?"

小老头儿和他的黛娣都愣在长沙发上。

"是的,老黄,就是你。"孙玉璋笑着说,"这不是老陈一阵子心血来潮,我们俩已经商量好几天了。我还告诉你,你的职称,应该完全按你的学术成就照文件评定,同时,由我向市人代会推举你为副市长。你的入党问题我们也研究了,由老陈和我做你的入党介绍人。当然,如果你一定要走的话,我们除了副市长这一项外,那两项还是要照办的,你放心。"

老头儿和老太太互相交换了一下目光。在这突如其来的变化面前,老太太是惊愕,老头儿是犹豫不定。

陈抱帖等他们夫妇情绪稍微平静一点以后,诚恳地说:

"黄老,您的二弟在北京代表一家美国公司建筑一座饭店,您在 T 市代表中国人民,代表祖国,代表中国共产党建设一座城市。请您想一想,这两件事情,哪一件意义更重大!"

黄国桢听了,忽然垂下了头,手臂无力地搭拉在沙发扶手下面,手指抚弄着光滑的褐色烟斗。半晌,他抬起头来,用濡湿的眼睛看着他的黛娣。

"黛娣……"他的声音是颤抖的。

"啊,你别说了……"老太太靠近他,搂着他的肩膀,仿佛他是个孩子一样,"我知道你要说什么。"

陈抱帖带着期待的眼光感动地看着他们,孙玉璋这个老派人物还不好意思看洋化了的黄国桢夫妇当着客人那样亲密,有礼貌地别过脸去。两人都屏声静息,不干扰他们夫妇共同的回忆和现在无声的感情交流。太阳偏西了。从阳台的玻璃窗上,射进一方淡黄色的阳光。阳光又折射到这一对老夫妇苍苍的白发上,红润的面庞上,互相偎依的身躯上,给他们镀上了一层金色。鸽哨在空中嘹亮地响着。那群鸽子回来了。巷子里传来孩子们滚铁环的叮叮声。孩子们放学了。这一对洋派的老夫妻似乎忘了客厅里还坐着两个人。

"我是知道你的,"沉默良久,黛娣老太太声音里含着泪说,"你一干起这事来又要拼命的。你不想想,你多大岁数了。你身体一垮……"

"哦,哦,不会的,不会的……"小老头拍着黛娣老太太搭在他肩膀上的手,嘟哝着,"你不是说我这几年老多了吗?那是我干不成事,苦闷……我一干起事来,就会年轻的……你一辈子都跟我分担灾厄的忧患,还没有共享过成功的喜悦哩。将来,到了那么一天,我们两个都埋在那河滨公园旁边,让我们永远看着自己建设起来的城市,不是很好吗?啊,陈书记,老孙,"还是老头儿想起客厅里还坐着一个市委书记,一个市长,掉过头来说,"我看,什么职称,什么副市长,那都算了吧。如果真能照我规划的去搞,我是不图那些虚名的。真的,那些名义加在身上还是我的一个负担。尽管这里破破烂烂,我对这个城市还是有感情的,因为我毕竟在这里待了二十多年,只要我留下来,你们放心,没有那些虚名我照样干。你们把那些虚名留给别人吧。"

"黄老,我们知道您不图虚名。"陈抱帖说,同时活动了一下僵直的四肢,"可是,正如您所说的,这个机构必须具有权威性,所以您必须有职有权。名正则言顺,名正言顺才好发号施令。黄老如果愿意留下来,我明天就向省委报呈您为 T 市副市长,兼 T 市城市规划建设委员会主任。当然,市政大权,譬如自来水公司吧(他微微一笑）也归您领导。我们不但不能把虚名给那些需要的人,相反,还正准备把虚名从某些人身上一个一个地剥夺掉哩!"

三

在楼下,他们告别了黄国桢。"幸福巷"很狭小,沉沉的阳光如同黄色的氤氲,在小巷中弥漫。在孙玉璋家门口,陈抱帖兴奋地说:

"这老头儿精力很充沛,头脑也相当清楚,我完全相信他说到就能做到。我想,河滨公园动工的第一天,我们俩去选一块好地方,准备在那里给他们建立一座纪念碑!"

孙玉璋仄起耳朵听着咯咯的鸡叫,咕哝着说:

"我还没有想这么多,我就想着明天赶紧给他们在农村找个保姆。"

第九章　龙舌兰要开花了

一

陈抱帖一上班就是一整天,星期日照常不误。他时常回来得很晚,即使回来稍早一些,也是钻在那间小书房里,不到睡觉的时间不出来。

海南无事时——她经常是无事的——只好坐在客厅的小沙发上看书。然而,那些散发着浪漫气息的小说——不知道为什么,每一本小说,哪怕是克里斯蒂的侦探小说,都要描写爱情。她不需要再看,她需要实践,迫切地需要实践!——总是把她割裂得七零八落,使她更加既生活在现实里——在这种生活里她和别人一样地吃饭、走路、睡觉——又生活在虚无缥缈的太空之中。

按说,结了婚,就有了爱情的归宿。况且,她的丈夫又是如此魁梧、英俊、健康、有地位,不论从哪方面来说,都是女人企慕的对象。其实不然,如果这个丈夫并没有多少时间让你去享用他,并且仿佛没有输入情欲的信息,那也就不过如同跟一个漂亮的机器人在一起生活罢了,又有什么乐趣呢?

爱情需要响应,需要对方有活力的响应。这种活力是富有热情的,而不是那种机械的活力。如果没有这些,爱情就会和一撮云天中的羽毛,悠悠地飘摇,不知落到什么地方为好。即使偶然落到地上——不论是落到垃圾堆上或宝座上——也仍然会飘忽不定……

刺激起人的欲望非常容易,但满足这种欲望却非常困难。在她被分割得七零八落,一会儿天上,一会儿地下,而终归平安地降落在沙发上的时候,她也曾检视过:当初,他哪一点那么吸引了她的呢? 她发现:他吸引她的,不仅仅是外表,还有一种男子气,一种有魅力、有雄心、有事业心的男子气概。但讨厌的,却仍然是这种东西。因为正是这种东西隔绝了——不能说完全隔绝,但也和一道有空隙的栅栏一样——他们在灵魂和肉体上合而为一。这是一种辩证关系:所爱的,又是促使爱向反面转化的;一而二,二而一! 读着海明威的小说,她突然悟出一个吴老教授研究了一辈子都没研究出的命题:海明威笔下的硬汉子在书上固然可爱,如一旦脱去铅字,走下书来,个个都是可怕的怪物!

那个星期天,安徽姑娘从附近的自由市场买菜回来,面孔绯红,像发现新大陆的哥仑布一样兴奋地告诉她,陈书记正对着大喇叭说话哩,自由市场上的人买卖都不做了,全竖起耳朵听哩!

"有什么好听的?!"她悻悻地说。

其实,她坐在阳台的窗子旁边,早听见他讲的话了。经过接二连三的政治运动,T市最大的成就是有线广播之普遍。市郊这片居民区,街道的电线杆上也安着不带共鸣箱的大灰喇叭。他热情的讲话,在一幢幢楼上洋溢。从市民的衣、食、住、行,说到T市的政治经济,滔滔不绝,足有两个多小时。可是仔细算一算,从结婚到现在,他恐怕还没有和她讲过这么多话哩! 后来,她干脆关上窗子,不听了,打开四喇叭的录音机。

李斯特的《匈牙利狂想曲》,腾地在室内回旋……

T市,住了些日子,并不像园园说的那样可怕。据楼下的邻居说,这里可怕的不过是春、秋两次大风。"刮起来,漫天黄土,伸手不见五指,跟日蚀差不多。第二天,房里到处是一层厚厚的黄土!"那家也是外地人,在这里住了十几年,住惯了,看他们一天到晚乐呵呵的也不以为苦。他们说这里比北京冬暖夏凉。冬天不知是不是比北京暖和,现在确实比北京凉爽。

她和安徽姑娘还到过郊外。并不远,沿着一条好似列维坦画的《弗拉基米尔路》,走半小时就到。那里像个自然公园,有一泓清澈的小湖,长满青翠的蒲草和她叫不出名字的水草。银灰色的水鸟上下翻飞。在湖里撒网下钩的打鱼人,穿着废汽车内胎胶补成的防水服,看起来很滑稽,像是马戏团里穿着红黑条纹戏装的丑角。云在蓝天上倦倦地徜徉,微风撒娇地在地下打滚,抚弄着细草。沼泽地上,几头黑白相间的荷兰牛悠然地甩着尾巴,用和善的大眼睛盯着她们俩。这里还有弯曲有致的沙枣树和绿荫疏朗的槐树,经过高原的阳光的暴晒,散发出一股北海公园、颐和园都闻不到的粗犷的林木的气味。

这些,不知怎么,会使她联想到油画上见到的十九世纪法兰西的农村风光——在北京,开过一次这样的美术品展览会——从而,也使她联想到法兰西式的爱情。这种爱情是绮丽的、缠绵的、迷人的……不像意大利式的爱情夹杂着那么多肉欲的味道。这种爱情,和法式牛排一样,正适合她的口味。但看看旁边,只有一个蠢笨的安徽姑娘陪着她,又更增添了她的惆怅……

干脆,上班去吧!

二

于是,海南上班了。

她原来在北京那个人文科学的研究所里搞资料工作,T市没有那样堂而皇之的研究所,勉强沾得上一点边的,只能算文化局,她就挑选了文化局这个单位。

文化局在市内，一幢新盖的四层楼房里挤着四个局，而且是各不相关的四个局——财政局、卫生局、农林局、文化局。这种大杂烩表现了我们的分房制度：谁占上算谁的，挨着谁算谁的，毫不考虑工作的需要。譬如，文化局要和与它业务比较相关的教育局联系件电话上不好解决的事，必须跑七八里路，同样，农林局要和水利局有事相商，也要从城东奔到城西。

大楼外观很漂亮，糅合了传统的民族风格和欧美现代建筑的雕塑美，给人一种在稳定中求进取的印象。据说这是前几天被任命为副市长的一个老建筑师设计的。但进去一看：糟透了！农林局的尿会撒到财政局头上，财政局的污水又顺流而下。不过尚好，最下一层是卫生局，他们自会讲究卫生的。

文化局在四楼。资料室临着东街。每天上班时，煦和的朝阳把柔和的晨光从落地长窗送进来，采光很好，看来是设计师的心裁。但资料却杂乱无章，一排排绿色的钢制书架上，横七竖八地堆放着布满尘土的报刊书籍，好像是它们刚刚从千里之外跑步赶来，一下子累死在这里似的。她翻了翻，发现根本无法整理——就她的心思和性格来说。《端木蕻良小说选》归在日本文学一类——谁叫这个作家名字怪里怪气的像日本人呢？王尔德倒又成了中国人；阿拉贡的《共产党人》和《怎样做个共产党员》的宣传小册子排在一起……诸如此类的图书编目还很多，足见她前任资料员的水平。

前任资料员，是个饶舌而又热情的姑娘。她自我介绍了她的名字，但海南一直记不住。姑娘长得很俊俏，一对水汪汪的大眼睛，头发烫得很时髦，但是粉擦得太厚，反而衬得脖子不顺眼地泛黄。她把室内属于公家的一盆龙舌兰留给了她，给了她很大的面子。

"哎，你让你们老头子到公园去给你弄一盆君子兰嘛！那儿君子兰多得很！啥样的都有。一盆值五六十块钱哩！"姑娘一面上下打量她的衣着，一面怂恿她。

花的价值是用钱来估量的！龙舌兰，一生只开一次花，花谢以后植株本身也就死亡。这仿佛和她的命运有某种相似之处。

"谢谢。"她不太热情地说，"我不喜欢花。"

随后，姑娘就羡慕起她的连衣裙来，把连衣裙的下摆一直翻到她膝盖以上，抚摸着料子，幸亏这时资料室没有别人。"这一定是在'造寸'做的吧？""是的。"其实是园园给她裁的。为了不使姑娘失望，她只好这样回答。姑娘从来没有出过 T 市一步，却对衣着化妆有广泛的国际知识：皮鞋是意大利的最好，香水要数 4711 的科隆香水，擦脸油最高档的是"蜜丝佛陀"……她原来为她的到来而把姑娘挤出了这个清闲的资料室怀有歉意，殊不料姑娘对调动却非常高兴。

"这地方没什么人来，一天到晚闷死了！连个聊天的人都没有。"姑娘又好心劝她，"你也别太认真，累着自己，反正这些东西也没多少人看的，让它堆在那儿吧！"

"你闲着不会看书吗？"

"书有啥好看的？"姑娘惊讶地张开漂亮的小嘴，"我早就想调到文化馆去，那儿唱歌呀，跳舞呀，热闹得很！哎，我跟你说，你可别告诉你们老头子，每星期六晚上，文化馆还偷偷地办舞会哩！都是咱们文化系统的人。"

她还不知道这地方的人把自己的和别人的丈夫都统称为"老头子"——不管他多大年龄，哪怕是二十岁的小伙子——却以为陈抱帖在人家眼里已经是老头子了，更增添了惆怅和不快。

她本来想隐瞒自己是谁谁谁的女儿，是市委书记的夫人。但最机密的人事档案最不机密，在她还没有报到之前，她的身份已暴露无遗，上上下下都知道了她是个特殊人物，天之娇女。

如那姑娘说的,资料室本来是个清闲的地方,她来了以后,陡然变得人来人往,门庭若市。真正找资料的没有几个,来搭讪的却不少。这些人也并不想攀龙附凤,而是想打听点消息。

文化局,此时正如同那艘诺亚方舟。一,除了诺亚一家人,还有各种留种的动物,从血统高贵的狮王到匍匐在地下爬行的毛毛虫;二,现在似乎正航行在惊涛骇浪之中,命运未卜。文化局下属的文工团、京剧团、秦腔剧团、豫剧团、话剧团、杂技团……全是大赔特赔的单位,直赔到连许多走后门、特意来享清福的人都觉得不太好意思、惶惶地预感到会有什么变化的程度。而那些有事业心的艺术家又闲得发慌,喟叹时光流逝,一事无成,想变,又不知如何变才是;老艺人失去了艺术的青春,在改革之风中也摸不清自己的前途。总之,都把她当作那只白鸽,想看看她嘴里究竟衔的是什么树枝。

不久,文化局长也借着要查找什么资料,突然来到资料室。她杌陧不安地站起来,想在那好些堆横七竖八的书刊的尸体中帮他寻找,一面向局长解释她还没来得及收拾整理——虽然无心去做,但她也知道这是不对的。文化局长却非常客气地安慰她:不必!不必! 要收拾整理的话,以后再派两个人来帮她好了。然后,局长一屁股坐在她特意收拾出来的一个干净的角落里。那里,当然有那盆龙舌兰,还有一张办公桌,两把折叠椅和一张简易的小沙发。海南既像法国姑娘,又像美国大兵,不管走到哪里都要先把自己的环境搞舒适。

几句例行的开场白过后,文化局长在小沙发上就向她叹开了苦经。据文化局长说,T市所有的文艺团体全都超编,历年来不断塞进关系户和领导的家属和子女,除了有几个会跳迪斯科,大部分全是外行,跳跳不成,唱唱不成,只挂名领工资。T市有才能的艺术家并不少,五八年、六〇年从上海、天津来了一批,以后又陆陆续续调来些艺术学校毕业的学生。但一来这里就像一头钻进了死胡同,既无发挥回旋的余地,想退回去还退不回去。文工团、话剧团的作曲家、编舞、编剧……十几年来拿不出一部东西。不是他们编不出,写不出,而是编出的、写出的本子经过各级审查,就如同一条沙漠中的河,流到最后会不见踪影。拔尖的人,早被省上、甚至北京、上海或是部队挑走了,留下的也想走,所以 T 市的文化艺术事业处在风雨飘摇当中。

文化局长是个矮瘦的老头子,满脸病容,尖尖的下巴,黄而稀的胡须,不像个当官的,却跟个老会计差不多。他一面诉说,黄瘦的脸一面抽搐,和害着牙疼一个样。据他说,现在,市委和工交财贸系统的各部局干部都经过了甄别考试,机构精简了,干部调整了,有的干部集中起来学习,还刷下了很大一批人到工厂企业去。市委和政府组成了经济领导小组,全市一百多个工厂企业都直接归经济领导小组直接领导。可是,文化系统怎么搞,还不见陈书记一点动静,也不知他是什么意思。他在体育场发表的"施政讲演"——文化局长是这样说的——一个字都没提文化局的事。文化局属于政府部门,找孙玉璋,孙玉璋光叫他维持现状,以后再议。而现在各文艺单位沸沸扬扬,议论纷纷,各有各的改革主意。如果文化局也调整一大批干部下基层,那么各文艺团体更人浮于事,如果整顿文艺团体,编余的人怎么办?难道叫他们(或她们)全卖烧饼去?要是搞承包,演出节目又如何控制?因为我们是社会主义国家,社会效果总要放在第一位……所以,搞得他这个局长也为难得很。他真希望陈书记也成立个文化领导小组,把全市的文艺团体也直接抓起来云云。

文化局长和病人就医一样,蹙着眉头跟她诉了一个多小时的苦。她不得不唯唯诺诺地耐心听着,还表示出一点同情。可她始终没有明白局长跟她谈这些与她管的资料无关的话干什么。她只依稀记得陈抱帖跟她说过,什么工交财贸系统已经精简了机构,调整了干部的话,文化系统怎么搞,她不关心,更不知要领。

幸好,文化局长是个彬彬君子,说话的时候不好意思目不转睛地盯着她看的,于是,她可以时不时地偷偷瞟一下放在桌上的《十日谈》。这还是一部没有经过删节的《十日谈》!想不到在这堆乱七八糟的书里有这部东西。在北京,她也曾从研究所里搞来一部,但第三日的十篇故事还没看完,就被她的朋友抢走了,传来传去不知到了谁手里。可是仅那二十几篇故事,已看得她耳红心跳,气喘吁吁了。这真是天下的一部奇书!文化局长来拜访她的时候,她正看到第七日的故事。第七日的总题为"妇人们为着爱情或她自己的安全起见所加于她们的丈夫的狡计和机谋,无论它曾否为她们的丈夫所识破"。这一日的不大雅驯的十个故事,仿佛是教导妇女怎样偷汉子的。现在,她也正和第五篇故事中的那个女人一样,"我时常喜欢看那些自作聪明的男子被一个愚蠢的妇人所欺骗的故事。"

不久,来资料室的人就发现,向她打听点什么消息无异问道于盲。有人说她摆高干小姐、贵妇人的臭架子;有人说她是丈夫早就跟她打了招呼,叫她不要在外面乱说的;有人说她一天八小时埋在资料室里看书,好像个修行的仙姑,高深莫测;有人说她是自命清高,瞧不起西北的"土包子",等等等等,但没有一个人知道她真实的情况和心思。以后,来的人渐渐少了,最终恢复到姑娘管理时的状态。她却又感到寂寞,不觉和那姑娘一样,盼望有什么人来。

三

开始上班那些日子,早晨,她搭市委机关来接陈抱帖的上海牌小轿车,到离文化局那幢大楼有一百米的岔路口下车。市郊到市区的七路公共汽车实在太挤,尤其在上下班的高峰期。有一天,她故意要气气陈抱帖——她最大的失策就是老想从反面来逗引他。

"你不是马列主义得很吗?"她撇着薄薄的嘴唇,"可你的架子倒不小,每天上下班还要轿车接送。你应该跟老百姓一样挤公共汽车才对!"

"哼哼!"陈抱帖淡淡地一笑,"你要我和喇嘛一样,磕长头磕到机关去吗? 作为一个现代中国的领导干部,该坐小轿车就坐小轿车,该住豪华的饭店就住豪华的饭店。在这方面,我当仁不让。舒适方便的设备,不是专门为外国人制造的。"

第二天,她不知怎么心血来潮,礼贤下士起来,上车时,向胖老高表示了一番谢意,说他在别人没上班的时候就要发动车子,辛苦得很。

"这有啥辛苦的?"胖老高挂上挡说,"只要领导干部领导得好,让大伙儿过好日子,别说是开开车,就是让老百姓抬着上班下班老百姓也心甘。我给市委领导开了二十年车。有过这样的领导,放着车不坐,穿着老布鞋自己跂着走来走去,老百姓倒越来越穷。你能说这样的领导好?"

陈抱帖瞥了她一眼,意思好像是说,听见了吧? 这就是老百姓的意见!

来资料室的人想从她嘴里掏出点市委书记的口气掏不出来,文化局长想通过她来影响市委书记更是缘木求鱼。有一次,上海牌轿车经过市区通向郊区的柏油路旁边的自由市场,自由市场上停着一辆宣传车,正向老乡们宣传计划生育。车身挂着长幅红布标语,车顶上装着大喇叭。大喇叭里唱着大鼓书:

……

要问咱中国的人口有多少,

足足占了世界人类的三分之一!

现在已经把地球压了个偏,

要不这几年天气为啥这么热哩!

……

"乱弹琴！"她一脸"阳春白雪"瞧不起"下里巴人"的模样，"这些人就拿这样低级趣味的东西去唬老百姓！这种艺术能让乡下人少生孩子吗？你这个市委书记要过问一下才对。"

陈抱帖却很欣赏，听了这段大鼓词竟笑出声来。

"不用你来教我怎么做！"他说，"我六岁就放驴放马，我比你了解中国的农民。他们不是傻瓜，听了这个就以为世界的末日来临了。可是他们欣赏这种唱词，要提起中国人口多得可怕，统计局公布的一大串数字不如这句'把地球压了个偏'！哈哈……真妙！'把地球压了个偏！'"

他们怎么也说不到一块儿去！

有时，她会感到一阵令她震颤的孤独。陈抱帖不是个缺乏幽默感，缺乏同情心的人，更不是光会啃经典著作的大儒主义者。记得高仓健在《追捕》和《远山的呼唤》中从来没有笑过，而陈抱帖却经常开怀大笑，有时甚至眼泪都笑出来。在去市区的路上，陈抱帖坐在胖老高旁边就有说有笑。但他却很少对她笑。笑，也是那种微带嘲讽的哂笑，或是居高临下地像大人看着不懂事的孩子那样的笑。这是她最受不了的。

"我跟你结婚，从来没有享受到你一天温暖！"有一次，她愤愤然地发牢骚。

"你又给了我什么支持呢？"陈抱帖反问她，"我也不要温暖。我是个战士，你给我搞好后勤就行了，可你连后勤工作都没搞好！"

"哦——"她做出恍然大悟的表情，"原来你要的是一种主仆型的夫妻关系。那对不起，你找错人了！"

"哦——"陈抱帖也做出恍然大悟的表情，"原来你要的是一个人天天陪你谈情说爱。那对不起，你也找错人了！"

她结了婚，希望能从中得到快乐，然而却连原有的快乐也丧失了！

唉！龙舌兰一生只开一次花……

四

时令很快进入了最炎热的三伏天。街旁的榆树、杨树郁郁葱葱,到了它们一年中的最盛期。槐树花谢了。在槐树开花的时候,满街浓郁的槐花香,一串串繁密的白色小花累累地挂在枝头。她从四楼的长窗望下去,T市也像一个半老的徐娘遇到一生中第一次爱情一样,陡然变得美丽可爱起来;东西新华路如同一条珍珠项链围着她,自有她绰约的风韵。现在,槐树花谢了,结成了一串串黑色的槐荚。但她又忽然发现,T市街头不知不觉地变得和刚来时有点不同。首先,文化局楼下的公共汽车站搭起了绿色的塑料遮阳棚;路边,也像北京一样出现了废物筒和痰盂罐,煞有介事地立在那里。坐车经过市区,马路正在展宽,新华路两边拆去了些破破烂烂的土房子,搭起了新的脚手架。上班的时候,穿工作服的小青年一群群地在路边集合。陈抱帖经常和胖老高在车里指指点点,很兴奋地谈笑风生。但她没有兴趣去打听。再怎么建设,比北京要差远了!而她,却为了他跑到这里来。真活见鬼!

虽然来资料室的人很少,但并不是没有。来拜访她的浪潮退去以后,每天,也还有那么七八个人跟拾破烂的一样,来翻翻找找。这几个人是资料室的常客,并不是有意来和她攀谈的,翻完了,找着了就走,不在这里逗留。她接管资料室的第一天,尚有一番整理资料的雄心壮志,但热情没有保持两小时,即一落千丈。如果前面那个姑娘的工作态度是冰点的话,她已降到冰点以下的负数。文化局长就要派来两个人帮她整理,始终没有来,于是她连登记也嫌麻烦,把那个姑娘移交给她的登记簿索性放在门旁的一张破茶几上。谁借了书,还了书,自己动手登记注销,大大简化了借书的手续。她待在那安静的角落里,幻想徜徉在中世纪的意大利花园中。

两个多月下来,她有了十几部从这里可以找到的世界名著和新到的美国现代通俗小说。有时,这些书能够磨平她的痛苦,使她的痛苦不那么扎心扎肺,给她枯燥的日子注入些润滑剂,维持她还勉强运转下去。眼睛看得酸了,她可以凭窗远眺,或是看看楼下的摊贩和行人。街上,有卖西瓜的、卖烟酒杂食的售货亭,不知为什么,售货员全是女青年。这些女青年一个个打扮得漂漂亮亮的,不亚于去民族宫参加那种要十块钱一张门票的舞会的华侨。没有顾客的时候,这些女青年就笑嘻嘻地搂着肩膀,嘴对着耳朵,说着四楼都能听见的悄悄话。

做个简单的人多么好!她们是多么容易满足,从而是多么容易愉快。她开始羡慕那些"低级趣味"的人,更不讨厌那个前任资料员了。

前任资料员,那个热情俊俏的姑娘——她还是记不住她的名字——看来是个马虎人,谁娶了她准倒霉无疑。两个多月当中,她还没有把她遗留在资料室里的私人物品搬完,经常跑回来拿东拿西,并且是想起什么拿什么,单打一,这一趟回来拿粉盒,下一趟回来找毛线,再一趟是寻勾针,有一次,在暖气片后面,竟发现了她的一只长筒卡普隆丝袜,这大概还是冬天搭在上面的。她现在是文化馆的解说员。据她说,她最喜欢这个工作,因为她最喜欢跟人说话,况且,这工作只有在开展览会时才忙,平时也很松闲。她一来,倒能解除海南不少寂寞,就好像莎士比亚的悲剧中必须有的插科打诨的丑角。

海南的悲剧,是一种不能演出的悲剧。如果在舞台上演出了,观众是看不明白的,连自己的父母,连最无话不谈的园园,都不能理解。她经常跟他们通信,但在信中却无法宣泄内心的孤寂与苦闷。人生最要命的就是这种悲剧,这种不是莎士比亚式的,而是"荒诞派"的既不可意会,又不能言传,而又确实存在于感觉中的悲剧。因为,在别人看来,陈抱帖是无可指责的、是优秀的,甚至是

"伟大的"——如那姑娘所夸张的。

那姑娘,现在对陈抱帖佩服得五体投地,听那口气,决不是故意在她面前奉承。她是 T 市人,熟悉 T 市的情况,说起这短短的三个月里的变化,能有根有据地列出很多新来的市委书记的政绩。

"我要找老头子,就要找这样的人!"她对所有男人的评价都最后归结到能不能当她"老头子"这一点,"年纪不大,长得又帅,工资又多,地位又高。"

海南告诉她陈抱帖的工资还不到一百元,家里请的保姆还要她娘家付钱。她皱起鼻子,把长着一头秀发的头大幅度地晃了一下:

"哼! 我才不信哩! 又没人抢你的。现在,越有钱的人越装蒜! 你别看咱们穿得好,老虎下山一张皮……"

一天下午,她又跑回来找她的圆珠笔,顺便坐在海南这个舒适的角落里,眉飞色舞地谈她的男朋友昨晚上喝醉了酒,怎样跟她胡扰蛮缠,资料室的门开了,进来一个高个子男人。

"哎! 大老李,过来聊一会儿。"她放下话题,在沙发上一颠一颠地连连向高个子男人招手。

"嗬! '爱玛'也在这儿。你是越来越漂亮了。"那个叫大老李的人潇洒地走过来,向海南在一瞥之间递过来一个会意的微笑,旋即问姑娘:

"好久不见,你又在爱情上有什么新发现?"

"发现的多啦,就是不讲给你听!"姑娘摆出一脸气恼的模样,"你听了,尽写到小说里去了。哎!"她又转嗔为喜地颠起来,"人家说你在啥啥文学上发表的那一篇,写的是我哩。是不是? 你说!"

"啥啥文学?"大老李故作不知地眯起眼睛。

"啥、啥、啥……"姑娘偏着头,用圆珠笔轻轻地敲着雪白的牙齿——她对这富有诱惑性的姿势掌握得很到家——终于想起来了，又在沙发上猛颠了一下：

"反正是一本杂志！"

"你永远是个值得一写的人物。"大老李抿嘴一笑，"我不写，让别人写了，不是可惜了吗？"

"你写就写，我不反对，可为啥说我一天到晚光讲打扮？"姑娘用兰花指狠狠地指了大老李一下，"以后我偏要做一件世界上最贵的衣裳给你看，气气你！"

"最贵的衣裳只怕你做不起。"大老李一面从挎包里掏出他还的书，一面斗嘴，"那一件要二百万美金，听清了，是二百万，不是二百块！"

"哟！咋那么贵?!"姑娘把惊愕的表情夸张到极点，像本世纪初演"文明戏"的演员，"那是用金叶子打的不成？"

"不，"大老李板起面孔说，"那是'哥伦比亚'航天飞机上的驾驶员穿的宇航服。你穿上一定漂亮。"

"你别逗了！宇航服我早就有了，不就是鸭毛做的嘛！最贵的才六十块。"姑娘吃吃地笑，"哎！你今天听不听我的故事？我还有故事哩！"

"对不起。"大老李佯装谦恭地对她弯弯腰，"我今天还有事哩。失陪了！"

说完，他一头钻进书架后面，很快找着了他要的书，在登记簿上登了记，回过头来向她俩点点头，关上门出去了。

"真逗！"姑娘痴痴地望着门说，"他老叫我'爱玛'，我原来还以为他对我有点那个意思哩。闹了半天，一点意思都没有，白费了劲。人是个挺好的人，工资低点，外快可不少，尽捞稿费。"

"他是谁?"海南问。

这个叫大老李的人在一瞥之间留给她很深的印象。人的感情、情绪、想法、意识……往往是在一瞥之间，人就能互相认识对方。仿佛某一类人额上天生有某一种颜色的标志，她纤细的感觉告诉她,这是和她有同等水平、共同气质和共同兴趣的人。她为这个发现感到兴奋。

"他? 你不知道?"姑娘真正地表示惊讶,"他就是前年省报想批的李一士,写小说的时候叫石一士的。"

"啊?!"

石一士她当然知道! 她读过他不少小说,是她能看得上的两三个中国当代作家中的一个。七九年,八〇年,所谓"伤痕文学"盛行的时候,他发表在全国性杂志上的中、短篇小说曾有过不小影响。但不知为什么,他既没有得到全国优秀短篇小说奖,也没得到过全国优秀中篇小说奖,在研究所里和同事们聊起来,她还为此愤愤不平过。近一年多来,他没有发表什么作品,有人猜他在做新的探索,有人猜他在写大部头的长篇。在北京,一般读者只知道他是西北文坛"崛起的一颗新星",却不知他究竟在哪个省,想不到他在T市,想不到他在这里! 想不到能塑造出那样的动人的形象,构思出那样哀婉的故事的人并不凛然不可亲近,还开玩笑地管这个庸俗的姑娘叫"爱玛"——包法利夫人!

"爱玛"走后,她拾掇起散存在她脑子里的零零星星的印象。他常来,但总不声不响,尘土飞扬地翻找一阵,拿了书,登了记就走。他个子很高,略显佝偻,白皙的皮肤,松蓬的黑发;他年龄并不大,顶多不超过四十岁,动作从容,步态潇洒,衣着上没有不同于常人的地方。除此之外,她就再想不起什么来了。

原来他在这里! 她还记得三年以前,她在某一本著名的大型刊物上读他题名为《畸形人》的中篇小说时的情景。那一晚,她亢奋得没有睡觉,几万个铅字挨个儿敲击她的心,敲得她差点儿爬起来给他写信。那部中篇,远远比写"右派"的获奖小说写得深刻,她一边看一边淌眼泪。这还是她看中国当代小说时从来没有过的事情。

《畸形人》的故事是这样的:某大学的一个青年助教被错划成"右派",送进劳改队以后,一个早就倾慕他的女大学生经过多方打听,才得知他被分发到一个矿山上去挖煤,于是她也扔下书本,跑出校门,毅然地背起简单的行李,步行到那个不通火车,不通公共汽车的荒凉的矿山。那座矿山是不毛之地,怪石嶙峋,野兽出没,远处看,不像是个有人住的地方,原来劳改犯都住在地窝子里。她跑去找队长,要求把她也收下来当劳改犯。队长起先很为难,怎么能随便收下一个没有犯法的人呢? 但她坚决得很,再三哀求,最后只好说出她是为他而来,队长才同情了她,不把她当犯人看待,安排她到伙房去做饭。那个"右派"根本不知道有个姑娘这样爱他,连他曾有过这样一个女学生也忘怀了。她,仅仅满足于从打饭的窗口里每天早晚看他两眼。六四年某月某日,"右派"刑期满了,正在她写了一长篇情书,想设法传递给他的那天晚上,她遭到了伙房班长的奸污。"右派"第二天又被分到"矿工队"去了。在"矿工队","右派"因为没有摘帽子,属于"留场察看"之列,还是和劳改队差不多,所以多年来仍孑然一身。她呢,不久就发觉自己有了身孕。在那里,打胎是不可能的,只得像莫泊桑的一篇短篇小说中的女长工一样,束紧腰身,想把孩子勒死在肚子里。可是这孩子的生命力却特别顽强,九个月后竟然呱呱落地。一看,人人都大吃一惊,原来也和莫泊桑那篇小说里描写的相同,是个怪模怪样的怪胎! 这个非常健壮的怪胎,倒激起了她的母爱。她想到,和那个"右派"结合已经不可能了,另方面,带着这样的怪胎重新回到社会上去生活很困难,于是仍然留在矿山上做饭。一晃十几年,怪胎成了畸形人。畸形人胳膊腿都和棒棰一样,不能走路,也不会拿东西,但天资聪慧,在母亲的教育下读了不少书。七九年,开始落实政策,平反冤假错案。来矿山上给"右派"们改正的,恰恰是早已升成公安局副局长的那个劳改队老队长。大学助教得到改正,准备动身回到大学里去教书的前一天,老队长去食堂吃饭,偶然转到厨房,才发现这个女大学生还在这儿。她既得不到改正,也无反可平,哪一条哪一款都与她不沾边,这叫老队长跟第一次见到她时同样为难。第二天,老队长在送改正的"右派"们下山的汽车发动时赶到停车场,把那个大学助教叫下来,向他说了这个女学生的故事,问他怎么办。大学助教跑到她住的地窝子,一把把已经变成老太婆的她搂进怀里。她颤颤巍巍地拿出六四年那天晚上给他写的情书——这封情书可以编入《世界最佳情书选》,如果有这么一部书的话——问他,他还要她吗?要她,就得拖着这么一个畸形人的累赘,并且,她以后又不会生育了。

"你为什么问这种话?"大学助教深情地说,"我们当然带他走。他是畸形人,难道我们不是吗?畸形的历史造成了我们这些畸形的人。我们下山去吧!从此,我们会正常起来的!"

当然,最后少不了有条光明的尾巴。大学助教背着畸形人,老太婆——其实她还只有四十岁——拎着破包袱,一同向停车场走去。

"爸爸,山下是另一个世界吗?"畸形人在大学助教的背上问。

"是的。我们是走向一个新的世界!"

大学助教回答。

┉┉┉┉┉┉

至今,她回忆起这部作品还抑制不住地为之激动。小说文笔清丽,语言耐人寻味,风格怨而不怒,怒而不争。写姑娘在打饭的窗口等待、张望她的老师时的心理,简直是力透纸背,刻骨镂心,有几段她直到现在还大致都背得出来。整部小说洋溢着人性的美,描绘了人所具有的全部高贵品质,是一首对人、对爱情的颂歌。和那些浅劣的"伤痕文学"不同,全篇文字中没有一个坏人。那个伙房班长,还是一个卡西莫多式的人物。他也是"右派",只因案情的冤枉太明显,来矿山的第二年就在老队长的帮助下平了反,可是户口转不回城市,只能在矿山上给他调动个好工作——做饭。他默默地爱慕她、保护了她六年。那一晚,他实在忍不住了,喝醉酒做出了错事。事后,他发现了她给大学助教写的情书,后悔莫及,自谴自责,疯狂地在矿山上乱跑,当晚栽进万丈深沟。小说中唯一的共产党员——劳改队老队长,是个熔人性与党性于一炉的高大形象。尤其可爱的是那个不会走,不会动的畸形孩子,在和他母亲娓娓的谈话中,在他静静地看着母亲的眼神中,表现出来的那种纯真的童稚之心,会使铁石心肠的人都为之肠断。小说汲取了一点现代派的手法,写了那畸形孩子在地窝子里的破木板床上的梦幻,他怎样游历世界,怎样飞入天堂,他的欢乐却令人心碎。小说题名为《畸形人》,然而整部小说中没有一个畸形的心灵,反映出了作者对人的信任、挚爱和对生活的热烈追求。在她看来,这部中篇小说不但应该得全国奖,得诺贝尔文学奖也当之无愧。可后来,听说在报刊上还引起过争论,有人说他写了阴暗面……

她发现石一士在这里,蓦然预感到生活会有新的内容,新的憧憬,新的意义。资料室不是那么枯燥了,T市的天空也变得亮堂起来。这里有一片沙漠中的绿洲,这里有一座咸海中的小岛。孟伯伯说得不错! 地方上有人才。但他是怎样理解"人才"这两个字的呢? 活见鬼! 大概只有陈抱帖这样能当市委书记的人才是"人才"。这艺术的明珠,这具有天赋的特殊灵性和特殊气质的人,在他们这些领导干部眼里,不过是些不可理解的怪物! 想到这里,兴奋之余,又不禁像《畸形人》没有获奖时一样,为石一士愤愤不平起来。

她愣愣地坐在折叠椅上,望着摊在面前的陀思妥耶夫斯基的《白痴》发呆。半晌,她突然跳起来,拿起放在破茶几上的登记簿,捧到办公桌上逐页翻检。石一士——在登记簿上是李一士——借的书非常杂,音乐、美术、戏曲、电影、历史、社会科学,各类书籍都借过。这是个兴趣广泛,思想丰富的人。今天他借了三本:朱光潜的《美学拾穗集》,顿巴泽的《永恒的规律》,还有《日本的浮世绘》。循着一个人看的书,可以发现这个人心灵的轨迹。但她顺着登记簿翻下去,却无法看出石一士思想的弹道。他像是个多弹头导弹,叫人捉摸不定,又像是围着广场辐射开去的各条大街,令人眼花缭乱。

她又坐在折叠椅上,手托着腮,小指头尖顶着牙齿,默想着他的生活会是什么样的。他是"右派"吗?——现在驰骋在文坛上的尽是过去的"右派",这也是件活见鬼的事!——但看他的年龄不会是的。他有爱人吗?很可能没有!那个"爱玛"不是还想追求他吗?……想着想着,有一股撩人心乱的热力从她的丹田升上来,不由得使她莫名地脸红心跳了……他在 T 市,他在这里……

<h2 style="text-align:center">五</h2>

这几天,她像一个临战前的士兵,像一匹被牵到起跑线上的赛马,只要资料室的门一开,她就如同听到号令一样,神经质地震颤一下。

而世界上所有被人盼望的事情,总是在人料想不到,毫无准备的情况下来临的。一天下午,她午觉起来,还没有完全清醒——中午,她和陈抱帖都不回去,她睡在从总务那里借来的一张折叠床上——正懒懒地收拾着折叠床,有人敲敲门,便径自推门进来了。她懒怠回头去看。在文化局里,按时上班的不多,这时来的恐怕只有给她送开水的那个老头。她把床收拾好,歪着身子坐在办公桌前面揉眼睛,却没有看见进来的人,只听见书架后面窸窸窣窣地响。一会儿,那人出来了,走到登记簿前登记。从背影上看,却是他!她不觉脱口叫出:

"石一士!"

石一士回过头来,含有歉意地向她笑了笑:

"对不起,打扰你了。"

"哪里,哪里……"我这副样子好看吗? 头发乱不乱?"你,你不坐一会儿吗?"

石一士沉吟了一下,以无所谓的神态缓步走过来,像一只大鸟似的落在小沙发上。

"坐一会儿就坐一会儿。"他想着,一面哗哗地翻着手上的书。

她趁这当儿捋了捋头发:"想不到你在 T 市,在哪儿工作?"

石一士目光散漫地看着翻动的书页,像是自问自答:"在哪儿?在剧团。"

他整个儿给人一种轻松自如,毫无忌惮的印象。这会使他谈话的对方也被感染得不拘谨、不紧张而随便起来。他那副样子好像一泓清澈的泉水,不管是谁在里舀,不管流到哪儿去都可以似的。

"在剧团搞什么工作?"她肘子支在桌上,身体微向前倾,尽量想把他的眼睛吸引过来。

"什么都不搞!"石一士啪地合上书本,目光射向资料室的一角,带有那么一点牢骚似的回答。

他的眼睛非常美,睫毛很长,像一对女人的眼睛。

"嘻嘻!"她轻轻一笑,"我看了你的《畸形人》以后,还想给你写信哩。想不到你在这儿。"

和所有的作家一样,石一士也喜欢有人恭维他。他果然把散漫的目光收回来,对她感激地笑笑:

"那是两三年前的东西了……"

"优秀的作品是没有时间性的。"她热情地打断他的话,"我认为你那部小说可以流传到永远! 真的,是一部传世之作。"

她又发现石一士很美的眼睛里即使在笑的时候也含着一种深沉的郁悒,一种柔和的忧伤,像泉水底下色彩斑斓的石子,不会随着水波的荡漾流走的。这种眼神,对女人有特别的吸引力。

"哼!"石一士冷冷地哼了一下,"可是不懂得文学的官儿们却说它写了阴暗面,还嫌调子低沉。"

"什么调子低沉!"她又激动起来,"柴可夫斯基的《a 小调钢琴三重奏》调子也低沉,可它是优美的乐曲。那些当官的什么也不懂,光会按着调子来评作品。要那样的话,唢呐吹出的乱七八糟的东西,也是最好的了。因为唢呐的调子就低不了!"

石一士大概也从她的额头上认出了某种颜色的标记,觉得这是个可亲可近的人物。他在小沙发上扭动了一下,把两条腿伸得直直的,书放在小腹上,坐得更舒服一些,仿佛想要长谈的模样。

"可惜很多人并不那样看。他们不知道交响乐团是由各种乐器组合成的。他们只要法兰西小号。'左'的思想不是一下子能清除的。"

她不想谈什么"左"啊,"右"啊,这问题就像公婆吵嘴,夹缠不清。她问:"你在矿山上工作过吗? 我看你对矿山生活很熟悉。那一段对矿井下挖煤的描写……"她复述了一段《畸形人》中的文字,"我看起来就跟我自己下了矿一样,真精彩极了!"

有这样的知音,是极大的愉快。她不仅能给整部作品做出正确的评价,并且能指出哪一节哪一段闪光之处。石一士也来了兴致,坦率地说:

"不但在矿山工作过,还在井下挖了八年煤。因为我本人就是劳改犯。"

"哦?!"她深表同情,"看你年龄你不会是'右派',那么……为什么?"

"我不是'右派',这是我最大的不幸,我觉得我对不起历史。"石一士头靠在沙发上,仿佛要拂去什么似的挥挥手,"我是左派,倒霉倒在太天真上面。我在大学里学了一大堆正统的东西,走上工作岗位一看,完全和我想象的不一样,于是看这个不顺眼,看那个不顺眼,又爱指评时事。'文化大革命'里,我哪派也没参加,可最后还是犯了'恶攻罪',被判了十二年徒刑。按给我定的刑期,我今天还没有跟你这样说话的荣幸,现在正在矿井下挖煤,要到今年年底才能出来。"

"啊,你……一定吃了很多苦……"她呆呆地柔声细气地嘟哝。

"嗯?哦,下过农村,蹲过班房,坐过土飞机,进了劳改队,又下了矿井。"石一士若有所思地逐条列举,"也好,天上地下都游了个遍。"说完,他微微一笑。

她所接触的四十岁以内的人,基本上都一帆风顺。虽然当初也随大流插队落户,接受过贫下中农再教育,但不久就通过这样那样的关系上来了,至少混进公社一级的革委会。像石一士这样的经历,她是无法想象的。他在她眼里成了英雄,十二月党人,笼上了一层神秘动人的色彩。她给石一士沏了一杯茶,恭恭敬敬地递到他手里。

"《畸形人》的素材是真有其事吗?这里面有没有你自己的经历?"她坐下来,又问。她好像有个姑娘会跟他跑到矿山去。就和她原来对园园说的那样,这个姑娘也许还会是她自己。

"哪有其事!除了挖煤,没有一点我的经历。"石一士喝了口茶,把杯子随手放在旁边的书架上。

"不过有那么一点影子。你知道吗?最能折磨人和改变人的是什么?是时间!它是个不停地转动着的金刚砂轮,任何东西都会被它磨平打光。在矿山上,的确有那么一个姑娘,她不是大学生,是高中生;那个'右派'也不是大学助教,是高中教员。当年,她真的在一时冲动之下跟她老师跑到了矿山劳改队——这样的姑娘只有五十年代才有,像现在'爱玛'那类姑娘,连想象也不敢想象——可是不几天,她就被管教干部奸污了。从此,她也就沉沦下来,习惯了,嫁给一个劳改就业人员,繁衍了一大群。二十一年后,她的老师改正了,离开矿山,他去教他的书,她照常抚儿育女,洗衣烧饭,平平静静地跟那个就业工人过日子,两人以前那段感伤的罗曼史,连一点点影子都没有了……生活,嘿嘿! 这就是生活,生活的真实面貌。"

不知怎么,他这段简短的叙述,比那七八万字的中篇小说更令她痛心。他的语气是冷嘲的、淡薄的,透露出把一切都看透了的超然态度。她感到从骨髓里蹿出来一股凉气。

"这……太可怕了!"

"可怕吗? 是的。"但石一士的口气却没有表现出他有什么可怕的,"我并不愿意把生活中那些可怕的东西展示给读者。我知道那对我们民族没有好处。我知道自己的社会职责,应该唤起蕴藏在人们心中那些美好的东西,所以我尽量从美的角度来反映生活……可就这样,也为一些人所不容。"

她想起"爱玛"说的省报要批石一士的话。

"他们为什么要那样对待你呢? 这太不公正了!"

石一士从靠背上抬起头,看了她一眼,眼睛里露出一种警觉的神色。

"也许我今天的话说得太多了。你是市委书记的夫人吧? 我听说是的。我可不想跟一般人那样,跑到领导面前去诉苦。"他看了看表,收起长腿,准备站起来,"对不起,我还有点事。"

"不,不!"她不禁情急地跨到桌子前面,"这,这跟什么市委书记毫无关系。我只是想,我只是想,我们……"

石一士惊诧地看着她。毕竟额头上有那种共同的标记,他很快就理解了。

"我懂,我懂。"他还是站立起来,高大的身躯挺在她面前,带着一副大哥哥对小妹妹说话的神情,"我只告诉你,我谅解一切! 三中全会以后,每一个知识分子都有一种失落感,都想把失去的东西追回来。有人追回的东西多一些,有人追回的少一些,有人甚至什么也没追回。后一类人里,就有些人对前一类人产生不满和妒忌。

要么都上,要么都别上,这是我们中国人先天性的平均主义。小罗同志,我跟你说,知识分子整起知识分子来,也够人喝一壶的。好了,今天我们就说到这里。再见吧!"

她破天荒地一直把读者送到走廊上。

"你下次什么时候来呢?"

石一士停在楼梯口,发觉了她渴求的眼神,扬了扬手中的书:

"我把这两本书看完了就来。"

她跑回去翻登记簿。前几次借的书有几本还回来了,这次借的是荷兰邦达库的《东印度航海记》和 D.C. 奈特的《人体的防御》。

这两本是薄薄的小册子。没关系,他不久就会来的。

龙舌兰一生只开一次花,但有的植株开花开得很迟……

第十章 标准答案

一

　　陈抱帖用的大办公桌,在省委机关里也找不出来,木质极好,做工考究,带着一副公堂的威严气派。但现在已经像古庙里的祭桌一样残旧了。他第一天进市委书记办公室就仔细地看了看,发现它原来是国民党 T 市师管区那位师长的遗物。解放初期,本着节俭的精神留用了它,而以后的二十多年,从这张办公桌上,则可以看出各届市领导是如何将就凑合了。

　　大办公桌上,堆着一大摞没有封口的信封。这不是信,里面装的是干部甄别考试的答卷。他已经看了一部分。比较满意的,放在一边,不知所云的,放在另一边。看到现在,比较满意的只有几封,不知所云的却有一摞了。

　　确切地说,也不是不知所云,而是太熟悉了。真正不知所云的胡扯,也仅仅那么三两份。绝大部分答卷,一般可以分成两类。一类是看腻了的套话:从党的十一届三中全会以后,我国的形势如何如何,我省的形势如何如何,T 市也不例外,又如何如何,下面:然而 T 市还存在着问题,具体到"我们单位",如果是这个单位的领导,答卷则类似一份检讨,如果是一般干部,答案一律是"因为领导不力,软弱涣散"。那么,他自己拿出的办法呢,却又言之无物,仍然是一篇套话:加强领导,精简机构,调整干部,做好政治思想工作等等等等。究竟具体怎么做？没有几个人回答得明白。

另一类，则是空话，陈抱帖听说，自他星期日在体育场发表了那篇演说之后，在 T 市的党政干部和工厂企业干部中，立时掀起了一场大谈"如果我是局长（或主任、科长、厂长、经理等等），我就要怎么怎么办"的热潮。当然，这种话题，是不会在会上说的，而在工厂车间，大街小巷，餐厅、理发馆、办公室、家庭……到处纷纷扬扬，七嘴八舌，像一阵强风，鼓起了人们幻想的翅膀。这是好的。但一落实到笔下，写到纸上，则看出大多数人是脱离实际的空想。很多人都没有做接班人的准备，牢骚很多，办法极少，坐谈立议，魏晋遗风，在正式的会议上这样，在私下无拘束的谈话中也是如此。这种遗传，害死了中国人！

人人都在谈改革，而究竟应该怎样改，尤其联系到本单位，则在一次甄别考试中暴露出了许多干部是无知的。他眼睛看得酸胀了。推开原来伍锡贵坐的皮圈椅，站起来在办公室里踱圈子，思索着形成这种情况的原因。

市委书记办公室的书橱里，还陈放着伍锡贵留下的书籍。这些书都是公家的，有的盖着市委资料室的公章，有的是公家发给个人的，包括全套《马克思恩格斯全集》、《列宁选集》、《毛泽东选集》，以及很早以前指定阅读的那几部马列著作的单行本。他翻了翻，全部是崭新的，根本没被人看过。下面的架子上，放着什么"问答"、"解释"、"提要"、"十二讲"等等薄薄的小册子。这类第二手，甚至第三手的资料，某些答案上倒画着红杠杠。他由此发现，有些干部已经成了反刍动物的胃，只能消化用别人的牙齿和唾液咀嚼过几次的食物；思想上的营养不良，是空话连篇的最主要的原因。

他踱到窗子前面。外面刚下过蒙蒙小雨。银色的阳光，穿过铁灰色的云，映照在院墙边上一棵棵高大的白杨树的树梢。那种湿漉漉的娇嫩的绿色，使他想到原野，想到农村，想到他的故乡，想到他儿时牧马的草场。他推开纱窗，一股清凉的潮气，还带着水雾扑面而来。多么好！沁人肺腑。如果现在能到乡下，到旷野去，背着猎枪。下过雨，正是野兔出来觅食的时候，还有那披着满身水珠的芦苇，芦苇丛中，有成群的花翎野鸭……

但是，这里只有四堵墙，墙壁也没有按他的趣味布置，到处是伍锡贵留下的痕迹，枯燥而乏味。一幅世界大地图，一幅中国大地图；一面墙上，还挂着一块只有长颈鹿能照的镜子。

然而，就按照着自己的趣味来布置它又如何呢？挂着复制的吴昌硕、于非闇的花卉，张大千、刘海粟的山水，也是四堵冷冰冰的墙而已。他大部分时间必须在这四堵墙里谈话，谈话，谈话，看呀，看呀，看呀……这就是一个市委书记正常的工作方式！即使让一个高明的作家来写他，也只能写出一部没有情节的枯燥乏味的小说。如果他谈话、看文件，不是用自己的头脑，而是机械地复述，那么他就会变成这四堵墙、这办公室的附属品，就会被这四堵墙所禁锢。想到这里，他似乎对他的几届前任有点理解了。

罗海南曾叫他陪她出去玩玩，他借口说 T 市没有什么好玩的推掉了。罗海南说，罗斯福也有假日哩，他那个瘸子还去钓鱼哩！但是，她不知道，四十万人口的城市改革，其复杂恐怕不下于当时一亿四千万人口的国家的"新政"。资产阶级政治家下面有一大帮精明的、通晓各种事务的政客和专家可供他挑选，而一个新上任的市委书记，到一个人生地不熟的地方，要组织一个得心应手的工作班子，远不是那么容易。在地方上，我们十几、二十年来，似乎就是有意地要把精明的、通晓各种事务的人从干部队伍里剔除出去。别的国家筛选的是精华，而我们呢？

他捺了捺自己的性子，叹了口气，又坐回圈椅上。突然，有一个很薄的，大概只装着一张纸的信封引起了他的注意。这只信封在一大摞鼓鼓囊囊的信封中间，好像干瘪得可怜，却又显得极有信心。他抽了出来，果然只有一张纸，并且只有三行字。他眼睛倏地一亮：

> 我是统战部的一般干部。按道理说，我统战的对象越多我应该越高兴，现在，我却为了一些本来不应成为统战对象的统战对象越来越多而忧虑。但这个问题又是我所不能解决的。

好！内有深意，大有文章！他没有提出任何办法，却提出了一个问题。而提出问题本身就是解决问题的一半。

他是谁呢？他看了看信封，那上面写着职务姓名。是的，这就是那天第一个交卷的人。

<h1 style="text-align:center">二</h1>

那天，按照孙玉璋的意见，首批甄别考试的是落后而又关键的工交财贸各局的非技术干部和党委各部的干部。有几位，如王恩鸿局长，不等到甄别考试就递了离休报告，当然不用来了。有些对甄别考试不满的中层干部，看见吴长荣、蒋岐山也乖乖地来了，只得像学生一样也跟着来到"考场"。"考场"设在市府机关礼堂，有二百多名干部，每两个人用一张从附近学校借来的桌子。为了能借到桌子，这场甄别考试就放在星期日——他们去唐宗慈和黄国桢家以后的第三天。

规定开卷考试，所以每人都带了一摞书刊报纸。参加甄别考试的有二十多岁的年轻人，也有六十开外的老头子。凡是一件得到大多数人拥护的事情，不管这件事情对当事人如何难堪，也会产生一种令人兴奋的气氛。"考场"上一开始就笼罩着这种不安的兴奋。年轻人兴致勃勃，脸上都挂着期待和好奇的笑容。他们从来也没有机会跟他们的上司平起平坐，受到同一个考题的平等考试；不管考得怎么样，反正他们没有什么可失去的。年纪大一点的，从陈抱帖星期日的讲话中,知道这是他们最后一次决定去、留的关口,有把握能留用的人,比较沉着冷静;没有把握,而可能被下放的人,外表上就可以看出忧心忡忡的样子。

星期日在体育场的群众大会和这天的考试,显示了 T 市党和政府的权力。平时,这种权力泡在一片无济于事的空谈中,一团纷乱无绪的扯皮中,一摊疲塌胡涂的事务中,而被溶解了、被稀释了、被淡化了。如今,一下子被提炼了出来,升华成了一个耀眼的结晶。人们好像现在才发现有这样一个辉煌的权力凌驾于他们之上。这个权力是如此威严、如此强大;这个权力不仅仅表现在给他们发工资、给他们分房子、给他们规定作息时间、给他们按部就班地调级提薪等等方面;不仅仅决定他们什么兴衰荣辱,而且确定了他们整个的生活目标,确定他们的人生价值。所以,尽管不大的礼堂里坐了二百多人,却都鸦雀无声,静静地等待主考人出考题。

主考人陈抱帖和孙玉璋坐在前面的主席台上,身后立着一块黑板。陈抱帖今天特意穿上整齐的蓝制服,等杨开祥清点了人数,告诉他们凡应来参加甄别考试的干部,除十几名确实有病、出差的外,已全部到齐之后,陈抱帖站起来,清了清嗓子,严肃地说:

"同志们,这次甄别考试的特点,就是要求同志们在各自的岗位上,按照党的三中全会的精神独立思考。每份考卷,先提出你们单位目前存在的问题,然后拿出自己的见解和具体办法,去解决这些问题。这不是一次通常的时事测验,不是党校的政治常识考试。同志们不是学校的学生,而是党和政府的干部。党和政府就要从这个角度要求你们。同志们的答卷要言简意赅,时间不限,字数限定在一千字之内,发给同志们的四张二百五十字的稿纸,写完为止。如果几句话就能说明白,当然更好。思想的丰富应该表现在语言的简洁上,这也是一个考验。写完以后装在发给同志们的信封里,写上自己的单位、职务和姓名。我的话完了!"

他转过身,把自己的话扼要地写在黑板上。这时,下面响起一片窸窸窣窣翻动纸张的声音。有的干部很失望,带了这么一大摞书来没有用,乒乒乓乓地摔起书本来。待他写完,坐回桌前的椅子上时,从礼堂后面传来一张纸条。他打开一看,上面写着:

> 甄别考试干部是正确的,可是为什么孙玉璋不参加考试?

他踌躇了两三秒钟,扫视全场,没有一个人的眼睛盯着前面的主席台。他经历过这样的场面,决定还是开诚布公。把问题压下来是没有好处的。

"同志们,这里有一位同志递来的条子。"他念完条子,"凡是 T 市的党政干部,无一例外,都要经过一次甄别考试。但这位同志为什么不点我的名呢?也许是因为我一来 T 市就在体育场向全市的公民回答了这个问题。那么,我现在在这里宣布:我那天所做的答案,不是我一个人的意见,而是孙玉璋同志和我一起商定的。孙玉璋同志和我一样,已经比同志们更早地经过了一场甄别考试。"

"不!"坐在旁边的孙玉璋涨红了脸,突然厉声说道,"我自己来回答这个问题!"他站起来,干咳了两声,使自己平静下去,"大家都知道,我在 T 市待的时间最长,现在,承大家看得起我,选我当市长,党又任命我为 T 市副书记。从市长和市委副书记这个岗位上看,我认为,我们 T 市过去存在的问题是八个字:九龙治水,天下大旱!那么,我认为应该怎样解放呢?也是八个字:七嘴八舌,权力集中!完了!"

"好!精彩,精彩!"陈抱帖兴奋地拍案而起。

在陈抱帖念那张条子的时候,全场的干部都抬起头,用木然的神情看着主席台上的两个人,既不笑,也不皱眉头,屏声静息。谁也不愿——连写条子的人——被他们怀疑这张条子是自己写的,但许多人都欢迎有这么一个插曲来让台上的两人尴尬一下。而孙玉璋嗓大气粗地自己站起来解决了这个问题,大出人们的意料。

怎么？这个平时不吭不哈，很少表态，老是挂着一脸假笑的人也不同往常了！看来形势的确有变化，有一股新鲜的气息注入了这个城市，注入了这个害着佝偻症的软弱的肌体。顿时，全场都感到了主席台上有一股威慑力量。这种力量是铁的、是凝固的，是看得见摸得着的；过去，也曾对干部们举行过这样那样的测验，结果都是嘻嘻哈哈地不了了之，你好我好大家都好，牛头不对马嘴的答案不过供人一点笑料，测验完了，该干什么的还干什么。这一次，可不是闹着玩的！

"同志们，这就是标准答案，一个市长的标准答案！"陈抱帖眉飞色舞，"十六个字，解决问题！前面八个字，高度地概括了我们政治机构目前的弊病；后面八个字，精炼而又果断地提出了正确的解决办法！"

这不是巧合，他心里想，这是一个新时代的必然性的普遍表现。我到了这里，这里就有这样一个人好像是在等着跟我配合似的。他知道，甄别考试干部，答卷至多只能提供出一个人一方面的情况，另一方面，还得看这个干部平时的实际工作能力和态度。而孙玉璋的大脑，简直比一大铁柜档案还管用，还可靠！

"同志们，"他继续说，"'七嘴八舌'，是我们的民主，'权力集中'，是我们的专政。我们是人民民主专政的国家，我们是中国共产党，是中国共产党领导下的人民政府，不是联合国安全理事会！一个共产党员，一个国家工作人员，更不是联合国安全理事会常任理事国！那种谁都具有否决权，谁都可以在自己的岗位上顶着上面的政策不办、那种'九龙治水'的情况，决不允许再出现！如果在这次改革期间，出现消极怠工的现象，我们将毫不留情地依据党纪和干部纪律行事。同志们都知道，按照新宪法，工人罢工是非法的。那么，干部罢'干'，也应该受到纪律处分！好，现在请同志们做答案吧。"

他的话刚说完，有一个人就走上来把信封放在主席台下面的那张空桌上。

三

不错，那天第一个交卷的就是他。

陈抱帖在一瞬间打量了一下进来的人。个子不高，至多有四十岁，长得不算好看，短短的鼻子，崛起的下巴，但一对眼睛很机灵，很清澈，握手的时候感到他的手细长而柔软，仿佛和他的身材不太相称。

"你就是马成章同志？请坐。"陈抱帖回到桌旁，拿起那张纸。"这份答案是你的吗？"

马成章看了一眼："是的。"

"我不太明白你的意思。"陈抱帖向他笑笑。

马成章沉着地盯着他的眼睛，也向他笑笑："我相信陈书记是明白的，所以才那样写。"

不知怎么，两人都轻声笑出声来。

"好了，我们别兜圈子了。"陈抱帖收敛起笑容，沉思着说，"统一战线越来越扩大，这总比关门主义好得多。我只明白你不是个关门主义者，你有你另外的一层意思。我想听听你所说的忧虑。"

"我当然不是关门主义者，"马成章坐在办公桌对面的沙发上，安详地说，"事实上，各民主党派在恢复活动以后，也尽他们的能力做了很多工作。尽管因为原来的市委对他们的意见并不尊重，他们的作用有限得很。我的忧虑是什么呢？陈书记，不知道你知不知道，有好些很不错的知识分子，只是因为长期不能入党，才加入民主党派的，并不是他们对那个民主党派有什么特别的兴趣。"

"嗯？"陈抱帖眉毛一皱，"我还不知道这个情况。"

"那我可以向你汇报：近两年来，T市知识分子加入民主党派的人数比入党的人多，这可能是我市的特殊情况。可是，这里面，多数人很早就递了入党申请书;有人上午在支部讨论时没有被通过,下午就申请加入民主党派。"

陈抱帖站起来,走到桌子前面,凝视着他:"你继续说下去。"

"我并不是说民主党派不应该发展成员,既然要'长期共存,互相监督',他们就应该发展成员,何况,有些党外人士,譬如宗教界的、少数民族的知名人士和一些侨眷,我们那些不懂行的干部去'统',就好像鹞子'统'麻雀,越'统'越远。民主党派去做工作,常常找得到共同语言。"马成章的眼神表明他一面说一面在想恰当的词,"我说的不是这个方面,我忧虑的是我们对知识分子的关门主义。直到现在,我们对知识分子的入党好像仍然有另外的、不同于工农群众的入党标准。为什么那些能加入民主党派的知识分子就不能加入共产党?"

陈抱帖沉默地抱着两肘,靠在办公桌上审视着他。一个党的工作者,必须具有一种可以凭借经验培养出来的直感:看见人,听人的意见,即刻就能对这个人做出一定的估价。眼前这个人头脑清晰,眼光敏锐,对党忠诚,那么为什么到四十岁还是一个一般干部? 陈抱帖和孙玉璋在阅卷上分了工:副科级以上干部的答卷由孙玉璋看,因为孙玉璋熟悉这些人。堆在他桌上的全是机关小干部的答卷。

"你说这个问题你是解决不了的,那应该由谁来解决?"陈抱帖背转手,又拿起马成章的答卷。

"当然是组织部门。"

"你认为组织部门目前存在的问题就是这个吗?"陈抱帖紧跟着问。

马成章瞟了他一眼:"那当然不是。这个问题其实应该是整个党组织来关心的。组织部门目前存在的问题是管人的不管业务;我们的组织工作从来也没有用懂得那个单位业务的人,去管那个单位的人。这是我们的老问题了。"

"看来你对组织部门也很熟悉。"陈抱帖摸着下颏说。

"我原来就是组织部的干部。"

"那为什么把你调到统战部呢?"陈抱帖感兴趣地问。

马成章勉强地笑了笑,带点嘲弄的语气回答:"因为他们认为组织部是个要害部门,统战部无足轻重。"

陈抱帖转回办公桌后面,坐在圈椅上,倏忽的冷场,瞬息的沉默在他们两人之间一掠而过。

"那他们为什么要把你从要害部门调到所谓的无足轻重的部门呢?"

马成章踌躇了一会儿,终于说道:

"那说来话长,我今天还没有准备来谈这个问题。简而言之吧,就是我在'清查'中有事情,他们认为我是跟林彪、江青'造反'起家的,被挂了两年多。以后,又在机关打了一年多勤杂,只是最近统战工作忙了,才勉强叫我到统战部。因为我是个少数民族。"

"具体是什么问题? 你能谈谈吗?"陈抱帖用钢笔敲着桌子。

马成章把视线移向别处,停了停,试探地说:"要我谈,我就要坦率地谈出我的看法。我只希望如果我在这里说了错话,你不要记我这笔账……"

"至于这么严重吗?"陈抱帖不出声地笑了笑,"我这里又没有录音机,尽管我有安个录音机的想法。谁知道? 也许以后有人会算我的账的。"

马成章听了这意外的回答,愣了一下。接着,他掏出烟,摸摸口袋。陈抱帖把自己的火柴撂在办公桌上,但他没有点燃烟,径自说道:

"那我就从'文化大革命'初期开始谈。那年,我刚从中央民族学院调干学习回来,在组织部工作。地方上搞'文化大革命',和北京有点不同。在 T 市,是这样的:运动,是由市委派下去的工作组发动的。这些工作组在基层按着搞'四清'的做法,先画线定杠,摸底排队，斗争对象早就拟好了。后来，北京闹开了'红卫兵'，T市也由市委组织了'红卫兵'。批斗的是哪些人呢？就是所谓大大小小的'三家村'、'白专典型'、'黑线人物'、'修正主义苗子'，有海外关系和历史不清的'分子'当然更不在话下了。正在把这些人斗得七死八活的时候，从北京又传来了那时所说的中央精神，这样，这些人以及他们的同情者才串连组织成'造反派'的，来'造'斗他们的人的'反'。原来斗人的那部分人，也成立了'造反组织'——那阵子，没有一个组织称自己是'保守派'的，全是'造反派'，不同的是各有各的'造反'对象——在这些众多的'造反派'中，他们自己在分化、组合，又经过夺权、反夺权、游行武斗等等，这些'造反派'又有了很大的变化，一直到六八年成立革委会。只有极个别的进入了各级领导班子，而且是各派都有。于是，明里暗里的派性斗争始终没有平息。在'清查'运动开始的时候，由谁来'清查'呢？当然是由掌权的那部分人来'清查'。这样，掌权的人说谁应被'清查'，谁就成了被'清查'的人。陈书记，在我们T市，'清查'运动远不彻底，有些人是在接着搞派性斗争。"

"唔，"陈抱帖拿起桌上的火柴点燃烟，也替他把烟点上，"那么你在这里面扮演了什么角色呢？"

"我起初先是工作组，"马成章说，"换句话说，就是市委派到基层去发动运动的。后来，各单位普遍成立了'造反组织'，我也加入了'造反组织'，'三家村'、'黑线人物'、'白专典型'，'造'起'反'来，说我们这些人是'保守派'。我们是在这种情况下成立了'造反组织'的，自然也就成了原来造反派的对立面。可是，现在往往不做具体分析，一听说这个人过去'造'过'反'就不敢重用，这不符合历史的真实，而且对提拔中青年干部也不利。现在的中青年干部，在'文化大革命'中没参加过群众组织的不多。"

马成章似乎把话说完了，低下头有滋有味地吸着香烟，意味深长地沉默下来。这个人的坦率和对历史的实事求是触动了陈抱

帖,而坦率和实事求是的人必定干练。陈抱帖沉吟着,同时联想到自己的经历,但他还是用驳斥的语气反问道:

"照你这么说,真成了'造反有理'了啰?"

"我没有那个意思。"马成章抬起眼睛,"我只是说,对一个人怎么会'造反',要分析分析原因。"

"还有没有?譬如,关于你个人的问题。"

"没有。"马成章思忖着说,"我个人的问题,已经做了结论,事实没有出入。问题是怎么看这个曾经'造'过'反'的事实……"

马成章刚刚离开,他就兴奋地抓起电话,叫接孙玉璋的办公室,请副书记来一趟。

四

孙玉璋默默地、带着沉思的神情听完他的话,没有马上表示意见。最近以来,过去经常挂在那胖嘟嘟却并不松弛的脸上的虚伪的笑容,已不见踪影,看来,倒显得清瘦了一些。停了半晌,他说:

"我认识这个马成章,'文化大革命'以前我们就打过交道。当时他还是内定的组织部长哩,可他学习回来要闹离婚,就把任命搁下了,以后,又碰上了'文化大革命'……从那时到现在来看,我也认为他是个人才,当组织部部长满够格。但是,即使这项任命省上批准了,在 T 市,咱们的罪过可大了!因为我们正碰到这会儿很敏感的问题——'三种人'。在现在精简机构、调整干部的时候,让他当组织部长是不是合适?你考虑。"

"我考虑过了。"陈抱帖吸了一口烟,"不错,他'造'过'反',但并不属于中央指的'三种人'。我们不能胶柱鼓瑟。如果我们自己不超脱出以帮派画线的圈圈,我倒认为这次精简机构,调整干部的工作就不可能搞好。"

孙玉璋靠在沙发背上,他的肌肉并没有放松,相反,仿佛鼓起了全身的肌肉帮助他大脑思考一样,端端正正地僵坐在那里。陈抱帖听他半晌没有做声,把凝视着窗外的眼睛掉过来看了看他。孙玉璋的面容非常模糊,像浸在水里似的。陈抱帖才发现这时室内的光线已经相当暗淡了。他开开门,请坐在外面办公室的秘书刘佳俊到食堂把饭打来。

市委书记没有专职秘书,陈抱帖也不需要。刘佳俊是去年分到市委办公室的大学生,大概也有点后门吧。但她很忠于职守,陈抱帖不回家,她也不走,总是随叫随到。

"老陈,你坐下,"孙玉璋蹙着眉头指了指沙发。孙玉璋这种严肃的、紧张的、忧心忡忡的神态,陈抱帖还没有见过。"刚刚,我回想了一下,从'文化大革命'到现在地方上的情况。你要看一个人,不看过去不行。毛主席说:我们不但要看一个人的一时一事,还要看他的全部历史。这话现在很少人提了,我倒认为这话有道理。过去,我们看人的历史,光看人的出身成分,是错误的。现在看人的历史,光看这人过去是不是'造反派',认为凡是'造'过'反'的就不是好东西,同样也不正确。我认为对亿万群众一哄而起的事情总要问个为什么,我在 T 市工作了这么多年,我知道 T 市的情况,对'造反派'要做分析。在成立革委会'三结合'以后,特别是从'九大'以后,大部分人开始反对林彪、江青一伙了,有一部分人却爬了上去。爬上去的人第二天就把群众甩掉了,而且是死心塌地地跟林彪、江青一伙人跑,做了很多坏事。普通群众还继续受压。到'反击右倾翻案风'和'天安门事件'的时候,这些群众又起来了,起来干啥呢? 敲'怪话',散布所谓'政治谣言'。所以那时候查'怪话',查'谣言',总是查到这些一般干部和群众头上。打倒'四人帮',最高兴的还是这些人,聚在一块儿,喝得醉醺醺的。七七年搞'清查',因为在领导班子里并没有认真清查,自然又'清查'到这些人头上。可是我知道,这些人里面有不少人是反对林彪'四人帮'的,里面也有不少人才,爱用脑子,思想解放,还都是有点文化的。可惜,现在都是一般干部,压在下面起不来,光发牢骚,跟马成章一样。对全国的情况我不太了解,在我们 T 市,大致情形就是这样。老陈,你要是能在我们 T 市把这个案翻过来,那我们这个工作班子很快就能搭起来。"

这时,刘佳俊推开门,端来两碗盖着菜的大米饭,放在办公桌上,看了看他们俩,又悄悄地出去了。陈抱帖对孙玉璋越来越满怀钦佩、甚至感激之情。他觉得他思想的齿轮,注进了孙玉璋润滑的油剂,转动得更快、更灵活了。也就是说,有理论知识的人,和有实际经验的人,能从各自的角度想到一起来,走到一起来。而想到一起、走到一起的时候,双方都能得到丰富和提高。这一次,孙玉璋大大地启发了他。

"老孙,"陈抱帖激动地说,"这还需要翻案吗? 根本不需要翻什么案! 我们看人的历史,就要看他在各个时期的表现。说到'拉帮结派',老实说,'物以类聚,人以群分',有相同认识的人,总要互相接近的。'拉帮结派'指的是跟随林彪、江青,互相提携,排除异己,违背党的原则,组成了一股反三中全会路线的人。我们,我们这样搞吧,一面看干部在这次甄别考试里的意见,一面看他一贯的政治表现,生活上有点小毛病不怕,我们不要搞'好人政府'。十个谨小慎微的君子,不抵一个大刀阔斧的实干家,你说怎么样?"

"好是好,"孙玉璋并没有舒展开眉头,有点嘀咕地说,"可是咱们也别太冒险了,先让这样的人当副职,把正职空在那儿,这样咱们也顶得住告状。另外,孟书记那儿是不是能通得过?"

"这点,放心!"陈抱帖说,"临来时,我跟孟书记要求的就是'组阁'的权力。"

孙玉璋走了,但他那忧虑的表情留了下来。陈抱帖突然想到,既然看问题、看人都要和历史本身一样地灵活,记录历史恐怕还是必要的。他决定在他办公室里使用录音机。四个现代化必然要促使办公制度也现代化起来。这方面现代化,才便于民主监督。

第十一章　婚姻线与爱情线

一

海南现在一片心思在石一士身上。

可是,石一士自那天借了两本薄薄的小册子走了以后,一直不见踪影。她给他准备的巧克力自己差不多吃完了——她不吃糖果,吃糖一定吃纯巧克力——一包碧螺春放在抽屉的角落里还没有拆。巧克力和碧螺春都是心疼女婿的丈母娘从北京寄来的,可是她转移了丈母娘心疼的对象。

"爱玛"又来过一趟,疯疯癫癫地找她的《爱情歌曲一百首》。据"爱玛"说,石一士从北京一所艺术专科学校毕业后来到 T 市,劳改前在话剧团当导演。妻子在他被判劳改后跟他离了婚。平反回来,导演不当了——也无演可导——挂名当个编剧,可是三年多来一个剧也没编,光写小说。"这家伙,光捞稿费!""爱玛"又重复了一次。他住在一个破破烂烂的大杂院里,她只知道地方,不知道门牌号码。海南当然也不好叫"爱玛"领着她去。

这期间,党的十二次代表大会召开了,又胜利闭幕了。文化局天天念报纸,学文件。她坐在背静的旮旯里,一个字也没有听进去,陈抱帖去了省城,听孟德纯传达十二大精神。家里只有个安徽姑娘,连晚上的八小时也寂寞难忍。她想回北京转一转,散散心,又仿佛这儿有什么牵挂似的。真烦人！

一个灰蒙蒙的，令人不快的阴天，石一士突然来了。他穿着一件米色的风衣，更增添了几分男性的魅力。他把一挎包书掏出来，随便向她打了一个招呼，就钻到书架的后面去了。

她赶紧趁这当儿略略修整了一下自己。石一士从书架后面出来时，她已松弛下来，向他展开了粲然的笑容。

"你怎么好长时间没有来？"

"病了一个时期，以后又下工厂农村宣传十二大精神。"石一士边脱风衣边走过来，仿佛已经跟她熟悉了。又像鸟儿一样轻松地落在小沙发上。这时，她看出来石一士脸上确实有一种令人疼惜的憔悴。"咳！你的那位书记大人真有个猛劲，一下子把所有的文艺团体都赶到下面去宣传十二大文件，跟街头卖唱的一样。可是好些人连自己也没把文件吃透，只能照本宣科，形式主义！我想，你的书记大人知道了，也会大伤脑筋。哎！"他突然抬起头来，注视着海南说，"真的！我跟你商量一件事，你的那位书记大人是个很有意思的人，拿文学术语来说，是个典型。我倒想写写他，可是不熟悉他生活和性格的细节，不知道你能不能帮助我？"

她眼睛里的光彩顿时暗淡下来。谁都看他有意思，唯独她看他没意思！真见鬼！可是她又不愿放弃和石一士接近的机会。她沉吟了一会儿，绕了一个弯子，用玩笑的口气说：

"你看，上次你不正因为我是什么'书记夫人'才不愿跟我多谈的吗？这次又来要求我以'书记夫人'的资格给你提供素材了。我不干！"

说完，她抿着嘴嫣然一笑。

石一士把借的书放到桌上，也笑着对她说："那天我的确有事，另外，我也不愿接触那个敏感的问题。什么'批评'、'争论'，我不发牢骚，也不理会！还是但丁那句话，走自己的路，让人家去说吧。

现在,我不是要求你提供什么,我是想和你交个朋友,以朋友的关系聊聊天,决不是什么'采访'。我发现,你在 T 市也是一个不可多见的人物。这儿的女同志,多半是放大了的'爱玛'和缩小了的'爱玛',跟她们没有什么可谈的。"

这番话,恰到好处地投合了她的自命不凡,如同搔着了她胳肢窝的痒处,使她嘻嘻地笑了以后,浑身都感到满足,并且,是他自己先提出了要和她交个朋友,用朋友的关系聊聊的,这中她的下怀。这一片绿洲不是可望而不可及的海市蜃楼,这座小岛不是漂浮在咸海上的冰山;这是能解渴的,能登上去游玩嬉戏的。

"是吗?"她也表现出觉得百无聊赖的表情,向他吐露心迹,"我一天到晚也闷得很。这个文化局没有一点文化气息,不过是个衙门,或是个救济院似的机构……我坐在这里,常常想,我究竟是在干什么? 是打发日子呢? 还是日子在打发我?"

"哦!"石一士的目光成斜线地向她一扫,"这就是你和别人的不同之处了。人,常常和他外表表现的不一样。"

"那么,"她又像陡然打起精神,兴致勃勃地问,"我外表给你的是什么印象呢?"

石一士抹了抹蓬松的头发,好像要把对她的印象从头脑里抹出来似的。

"你吗?"他思忖着说,"你是个具有艺术气质的人,一个有浪漫色彩的人。可是呢,又耽于幻想,惯于安适。所以我以为你一天到晚待在这艺术的宝库里还觉得满有意思哩。有一阵子,我看你老不声不响地躲在角落里看书,还以为你正在搞什么研究或创作……"

石一士能这样快地抓住她的特点,更令她有一种知己感。她尽量克制住自己,不使自己表现得飘飘然。

"唉——"她平托着腮,把肺里的气全部叹出去,似乎到了奄奄一息的地步,"我是想搞些创作呀,可是,又没人教我。"她向他投去一股如饥似渴的眼光。

"啊,创作是不用教的。世界上没有教出来的作家。"说到本行,石一士兴奋起来,一根手指头傲然地在空中比画着,"文学艺术最需要的是什么?是灵性!我很同意袁宏道的'性灵说',就是将自己心中由情由景而发的一丝'灵感',用轻松、随和、朴实自然的方式表达出来。他说,'独抒性灵,不拘格套,非从自己胸臆流出,不肯下笔。有时情与境会,顷刻千言,如水东注,令人夺魂'。这才是创作的最高境界!试想,谁能帮助一个人达到这种境界?这非靠自己天赋的灵性不行!……"

石一士不容置疑、不容辩驳的语气发表了这番当今文学评论不敢说或不便说的"天才论",顿使尘封土积的资料室大放异彩。她自己觉得在他面前变得像一个不懂事的女孩子,傻乎乎地问道:

"那么,那么……你看我有这样的灵性吗?"

"当然有。"石一士不假思索地脱口而出。他激动了一阵,猛地咳了几声,仿佛觉得疲倦似的又郁郁不乐起来。半晌,瞥了她一眼后,他又像不太有把握似的加了一句:

"每个人都有某种灵性,问题在于自己发现自己有哪种灵性。"

"那么,"她想了一会儿,还是没有发现自己有哪种灵性,问道,"你看我有哪种灵性呢?"

"你?"石一士这次仔细地端详了她一番,回答,"我不说了吗,你是有艺术气质的。"

"可是,技巧总是重要的。我想,我想……"她嗫嚅地请求,"我想跟你学点技巧,行吗?"

"哦,"石一士思忖了一下,大概他也意识到,要从她那里套出关于"有意思的"市委书记生活上和性格上的某些细节,非要付出点代价不可,总算勉为其难地点点头。

"可以。"

于是,这天下午,就是海南来 T 市一百四十天中最高兴、最有趣的一个下午。她其实并不外行,提的问题都在点子上,石一士引经据典,从亚里士多德扯到当前的"伤痕文学"、"问题小说",又结合着自己的创作经验来分析什么"现代派"、"意识流",一些深而又深,玄而又玄的创作三昧,从他的口中滔滔地流出来,都极其自然。这是一个艺术家,说着说着,他整个身心都会完全跑到自己的思路上去的,会旁若无人的。他有时激动得站起来指手画脚,有时又陷在沙发里蹙首皱额。石一士在这枯寂的、怀有隐隐的妒意的城市里,也难得找到一个热情的听众,这天,他大大地吐了一次胸臆。而海南呢,简直不敢相信她有这样的幸运,有资格获得诺贝尔文学奖的人能跟她如此侃侃而谈,同时,更为石一士又随便、又潇洒的风度所倾倒。在石一士踱来踱去发挥自己的艺术见解时,为了加重语气,无意之间拍了拍她放在桌子上的手。这一下,就如同石一士敲了一根钉子一般,把她的手钉在那里。

这天下午,她觉得自己又回到了少女时代。

窗外灰蒙蒙的天,蓦然亮堂起来。厚厚的云层拉开,扯断,消散。这是多云天气到了黄昏时分的特有景象。不知不觉地到了下班时间。

石一士穿上了风衣。还有余兴未尽的样子。

"老石,"她已经称他为"老石"了,"明天是星期天,你有什么事吗?"

"我平常都没有什么事,"石一士一面系着风衣钮扣,一面疲倦地咕哝,"剧团正在坐等人来改革它……"

"我明天来找你好吗?"她好像一个小女孩似的扯扯他的衣袖,"听说有个河滨公园,我们去看看好吗?"

"啊,河滨公园,那是你书记大人的杰作。"石一士又提起什么"书记大人",真要命! 不过幸好他没有拒绝,用无所谓的口气说,"看看就看看去。可是上午不行。我起不来,那得下午。"

二

第二天是星期日,陈抱帖照例不在家。下午,她颇费心思地修饰了一番。因为 T 市不是北京,她现在已经不是姑娘,好歹总是个国家干部、市委书记的夫人,所以这番心思不下于丽泰·海华丝去见约旦国王侯赛因,最后,总算定下了这个原则:典雅而兼妩媚。

两点钟,她乘公共汽车进城。星期天,七路车更挤,车上都是进城去玩的工人、学生。乘客们不住地用眼睑巡她,仿佛想把她剥光一样,搞得她杌陧不安,深恨 T 市的狭隘和土气。幸好,不一会儿发现了一个不买票的小伙子,斜叼着烟卷,对售票员的百般讽刺挖苦置若罔闻,把大家的视线吸引了过去。到了站,她和那个白坐车的勇士一起下了车,手里捏着石一士写的地址,茫茫然找不到那条小巷。这时,那个勇士走过来搭讪:"我一看你就不是 T 市的'土鳖',"他瞥了一眼她手中的纸条,"来,我领你去。"这位勇士把她送到巷口。小伙子虽然不爱买车票,却有他的可爱之处。

石一士家的大门并不难找,可那里面的确复杂,如果不是一个把石一士称"石老师"的小女孩热情地领着她,她会在小厨房与小私房造成的迷宫里转悠半天。

"原来你住在这里!"小女孩推开石一士的门,她第一句就是表示惊愕的话。

"怎么?"石一士微微耸耸肩膀,"你以为我会住在象牙塔里吗?"

这是间不到十平方米的破旧土坯房,年龄不会小于一个世纪。古旧的密格窗棂外面被别人家的小厨房整个遮挡着,即使在大白天房里也阴森得可怕。等她眼睛习惯了昏暗之后,她才看清房屋寒酸的全貌。墙壁泥灰脱落,糊上报纸也无能为力;地下的方砖像病发的肿瘤,东一块西一块地突起。房里有一张单人床,一张写字桌,三把折叠椅,还有两个竹制的书架;床上的铺盖倒很讲究,床后,摞着一只棕箱和一只皮箱,写字桌上还有一个四喇叭的录音机。这些都是崭新的,看得出是他平反后置的家具物什。但这些陈设,越发显得房间里是那么不协调、不和谐,如同一个漂亮的洋娃娃躺在古墓中似的。

石一士请她坐在折叠椅上,表情一点不尴尬,泰然自若,仿佛一个市委书记的夫人、甚至省委书记的夫人都会天天来拜访他一样。他给她端来一杯茶和一碟水果糖。茶杯外面还有茶痕。同时,跟着她的眼光扫视了一下四壁。

"我有几张很不错的伦勃朗油画的复制品。"他说,"可是钉不到墙上。墙衰老得已经承受不住任何重量了。"

她不能想象《畸形人》、《天堂在地狱深处》、《煤是会自燃的》……这些脍炙人口的名篇是在这间墓穴中写出来的。

"你……应该换间房子才对。"

石一士冷冷地看了看她,撇撇嘴:

"说到这点,我们俩就没有共同语言了。"他在她对面坐下,"能搞到这间房子,不去住剧团那三四个人一间的单身宿舍,就是幸运的。"

"你……"她捏着精致的手提包,目光最后落在石一士的脸上,问,"为什么不成个家呢? 结了婚,他们总会考虑给你分房子的。"

石一士抬起头,目光炯炯地盯着她,一字一顿地反问她:

"你,感到你的婚姻是幸福的吗?"

她全身一震,把原来怜惜他,而陡然变成了怜惜自己的目光转移到别处。沉默得太久也不像话,她终于尴尬地笑了笑,不置可否。

"对呀!"石一士却好像得到了满意的回答。靠回折叠椅上,两手的拇指勾着腰带,摆出要大发宏论的架势。

"一般的人,他自己也没有从婚姻中得到幸福,却看着别人不结婚而怜悯别人。哼哼！廉价的怜悯！还有的人，他自己也想从家庭的樊笼里跳出来，而看见别人在家庭的樊笼外面自由自在，却又觉得别人可怜。这种反常的心理我们现在却认为是正常的。如果要反问他：我为什么要结婚，凭什么我非建立家庭不可？他只能吞吞吐吐地回答：人总是应该这样的吧！那么，为什么应该这样呢？回答是：历史上就是这样、习惯上就是这样，要不，就是为了传宗接代。岂有他哉！不错，我现在是没有家庭——说明白点，就是没有老婆——的不便，譬如分不到房子，但也没有有老婆的苦恼。两害相权取其轻。我宁愿没有老婆！"

"可是，"她期期艾艾地说，"有个情投意合的，不会给你带来苦恼的……老婆不好么？"

"对了！"石一士用一副居高临下的神态看着她，"可是，既然情投意合，又何必非要采用外在的法律占有形式？为什么非要结婚？我告诉你，人类最愚蠢、最自私的发明就是结婚！结婚意味着占有，强制的占有，用一种法律形式把两个人——这两个人也许原来是自觉自愿的，也许还不是自觉自愿的，或是其中一个不是自觉自愿的，也许那一时自觉自愿的发展到后来破裂了——就把这两个固定起来、箍起来。这实际上是私有制的产物！这种强制的占有，对一对诚挚的恋人是多余的，对一对勉强的怨夫怨妇是残酷的。并且，真挚的、情投意合的——如你所说的——爱情一旦用法律的占有形式把它固定，即刻就会变质！就像 H_2O 加了一个 O 而成了双氧水一样。双氧水，"他翘起一个指头，"可是潜在的爆炸因素！结婚，是破坏真挚爱情的最阴险的武器。如果你要破坏一对热恋中的情人，你就劝他们：结婚去吧！万无一失，百发百中！解放后，我们把一些带有旧的烙印的名称改正了，譬如，把'邮差'改作'邮递员'，把'茶房'改作'服务员'等等。这里面，最英明的莫过于把'丈夫'、'妻子'统统改成'爱人'。是的，没有爱，就不能称为'夫妻'，可是我们还不能根除结婚这种古老而愚蠢的占有形式！"

石一士滔滔不绝,她在他面前目瞪口呆。她这个"解放派"也头一次听见这样精辟的怪论——怪而成论,怪而精辟。她既像甄士隐听了跛足道人的《好了歌》似的大彻大悟,又像贾宝玉看了"金陵十二钗册"后似懂非懂,迷离恍惚。

"那么,那么……你就不相信有真正相爱的夫妻么?"

"嘻!"石一士把手一摆,仿佛嫌她冥顽不灵,"既然有真诚相爱的恋人,当然有真诚相爱的夫妻。这里有这样一个重叠,或者说是交叉,懂吗?"他拿出笔筒里的两支毛笔,"这一支,我们设定它是感情线。这一支,我们设定它是婚姻线。如果这两支毛笔完全重叠在一起,那么这一对夫妻就是终生幸福的。如果这两支毛笔错前错后,就像这样,那么,他们只有在这一段重叠中是幸福的。如果这两支毛笔是这样交叉,喏,就像这样,那么他们只有在这短暂的一点上感到过幸福。过了这一点,越往后距离越远……凡不在这重叠线以内的,全是痛苦!"他的胳膊在空中抡了三百六十度,好像他和她正被一个漫天的痛苦包围着,"那么,我问你,你也是见多识广的人物,你见过多少对夫妻,他们是像这样完全重叠在一起的呢?"

石一士把两支毛笔齐齐地捏在一起,伸到她面前,像个先知,又像个行催眠术的术士一样看着她。

她不敢看那两支重叠在一起的毛笔,更不敢看他,眼睛不安地瞅着一个黑魆魆的角落。那里有个什么可疑的东西在爬行,肯定是只老鼠。这种中世纪洞穴似的气氛,倒能帮助启发她的悟性。在他的直观教学下,她到底明白了一点。她急遽地翻了翻脑子里的库存,不得不承认,在她接触过的人中间,爱情和婚姻如石一士所说的完全重叠起来的不多,错前错后,或是仅仅在那一点上交叉着的却占多数。那么,她和陈抱帖,就是一副垂直的十字啰?想到这里,她不禁更加伤感,低着头,默不作声。

一会儿,她又发挥了女性的本能,转而关心起这位先知来。

"这……这是你自己的经验吗?"

石一士把他的直观教具插进笔筒,有点沮丧地摊在折叠椅上。凡是艺术家,都有点神经质,他冲动过后,发作过后,马上就会像害完热病一样疲乏,他剧烈地咳嗽了一阵。声音降低了八度。

"我有过一次。一次已经够了……一个人观察生活,总结经验,不一定完全从自己的经验出发,那样倒成了狭隘的经验主义者了。还需要自己的经验吗? 社会上,这样不重叠、或是呈交叉状的夫妻简直太多了,太多了!"

他突然以手掩面,不知是进入了自己痛心的回忆,还是不忍再看爱情线与婚姻线呈交叉状的夫妻。

她坐在他对面,看着他在昏暗中发亮的前额,看着他蓬松的黑发。不用他叙述,就能知道他曾有过不重叠或呈交叉状而越离越远的痛苦。这个先知一下子成了凡人,因而使她觉得这才是一个能真正理解她、从而能安慰她的男人。她想把她心中的积郁全吐出来,既取得了自我安慰,又安慰了他。她要告诉他,他不是一个孤独的不幸者,他们是痛苦的一对!

可是石一士没等她安慰,就放下手来问她:

"看你这样子,你也是处在不重叠或过了交叉期的啰? 这样,我就能知道,你的书记大人也是不幸的。夫妻双方只要有一方感觉不到幸福,另一方也就处在相应的状态。没错!"

"唉——"

她喟然长叹一声,身体微向前倾,手微微地哆嗦着,开始结结巴巴地诉说。语言的泉水,刚从嶙峋的山石间透出来的时候,是曲曲折折的,扭来扭去的,而一汇入溪流,立时就奔腾而下,一泻千里,还泛起晶莹的泡沫。她就像这样,越说越流畅,越说越激动,越说越进入角色,似乎她又重新经历着整个的过程。而再次返回已经过去的过程中时,痛苦仿佛更加深沉了,到最后,她的眼泪竟不由自主地倾泻了出来。

但是,她又感觉到了从未有过的轻松和快乐。

石一士一直凝神屏息地听她倾诉,并不时用铅笔在一个本子上记下点什么。甚至为了他能记笔记,还打开了桌上的台灯。有一刹那,她有过自己觉得自己很可笑的意识:我不像个来北京上访的老太婆么? 可是她已经顾不得这点了。她不是要找知情人,是要找知心人。

她有她的梦。龙舌兰快到开花的时辰。

第十二章 爆 炸

一

陈抱帖从省城回来,第二天就上了班。他已经不知道什么是休息,除了睡觉,吃完饭后抽一支烟,顺手操起一本什么文艺杂志来翻翻,他也不需要有什么别种形式的休息。如果现在叫他去休养,他一定会感到像关进了单人牢房一样难受。从事有兴趣的工作,本身就是最大的享受。

他对他的工作班子很满意。这不是一部自动化的机器,而是一个每个人都能发挥主动性的活的有机体。这个有机体是个绝妙的集体,其中每一个细胞都会自己去想,去做,去趋利避害。它既有内部的凝聚力,又有向外的扩散力。

看来,由主要领导人"组阁",是地方行政组织工作改革中的一次有成效的创新。

他向他的工作班子传达了十二大精神,并根据十二大精神对T市四个多月来的工作做了评估。工业产值急遽上升,这不是过去那种虚假的、只表现在库存中的上升;自从各工厂企业搞了承包以后,每个工厂企业都把加速资金周转放到了重要地位。以利改税,地方财政收入大大增加,不到五个月T市就扭转了向上伸手的局面。地方不向上伸手,他就获得了财政的自由,T市的市政建设迅猛地加快了步伐。

当然,他也有点飘飘然。在飘飘然的愉快的心情中,他就没有把孟德纯对他暗示性的警告,或警告性的暗示告诉孙玉璋。他认为在十二大号召开创社会主义新局面,大家都沉浸在兴奋的情绪中时,让这片阴影漫延到别人身上是有害的,也没有必要。他觉得他能够独自承当。

于是,他也没有发现海南别别扭扭的变化,管她去哩!女人总是这样,一会儿风,一会儿雨。首先,海南宣布,上班时她自己去,下班时也不用他的轿车在那一百米外的岔路口等她。果真,第二天一早就付诸实行。

"怎么? 你真的不上来吗?"他钻进车里,反手打开后车门,探出头来问她。

她傲然地扬起头,从车头直向七路公共汽车站走去。

"嗨!"他用嘲笑的语气在后面喊,"你就用这种方法来联系群众吗? 联系群众也不用你去呀!"

她仍然不理他,踏着急促的小碎步。

他砰地拉上车门:"咱们走吧。"

"你们两口子咋哪?"胖老高觉得有点反常。

"她一向都是这样的。"他一点也不觉得反常。

在机构改革后,T市最关键的行政机构其实不过是这样两个小组。一个是经济领导小组,一个是知识分子小组,或称为知识分子政策办公室。这两个小组都由他任组长,孙玉璋和另一位副书记郭兆霖任副组长。郭兆霖是T市人,原来是郊区一个公社书记,在七九年大家还对包干到户的生产责任制吃不准而不敢动的时候,他第一个搞了包干到户,第二年见了成效,生产翻了一番,成了省内的一个著名人物。孟德纯看上了他,从公社书记直接提拔到市上当副书记,但城市不是公社,他老虎吃刺猬,无处下嘴;在伍锡贵时代,唐宗慈一伙人又故意刁难他,反使他郁郁不得志。现在,他专管郊区农村,驾轻就熟,T市的农村也呈现着蒸蒸日上的局面。

农村实行了包干到户责任制,工厂企业实行了各种形式的经济责任制,领导的中介环节就有许多是不必要的。机构精简了,效率却大大提高。由于这两个小组的领导人都是一身而二任焉,慢慢地,两个小组的工作班子也逐渐混在一起了。事物发展的进程总会抹去事物之间的一些原有的界线。

他不休星期日的假,他的工作班子也只好跟着他。后来,工作人员分了工,两班倒,一个月能休息两天。星期日,是他接见群众的"接见日"。

接见日制度,在七九年底、八〇年初干部体制改革呼声很高的时候,伍锡贵和唐宗慈也跟着别的市县后面搞过一阵。但没有接见几次,就厌烦得坚持不下去,终而不声不响地取消了。在讨论恢复这个制度时,新的班子之间也有过不同意见,陈抱帖坚决要恢复,孙玉璋审慎地附和,大多数人却认为不必。因为根据以往的经验,本来下级机关可以处理的事情,人人还都非要来找市委领导人不可,有了市委书记和市长接见日,这事更像一件新衣裳似的,大家都想穿穿试试了。他要说的话在肚子里,没有什么秤能事先称出他问题的分量,怎么能决定接见他还是不接见他呢? 有的人来了,夹缠半天说不清,还是要让他回去写个报告呈来;有的人来了,听他说到最后只不过是几分钱的小事情,反而把重要的事务耽搁了。伍锡贵接见群众的时候,没等人说三句话,就答复说,"好,这件事你找王某某去","这件事你找李某某去",等于成了高级收发,事情还是得基层的王某某李某某处理。开始,王某某李某某还战战兢兢,很慎重地当回事办,次数一多,摸着了上面的习惯,仍是照旧拖延不理。有一次,一个看起来整整齐齐的中年妇女,找伍锡贵申诉冤案,说着说着神精病发作,竟扑过去抓起伍锡贵就打,把伍锡贵的脸都抓出了血。接见制度,就从此取消。

"接见制度是我们领导和群众联系的重要渠道。"在会上,陈抱帖力排众议,"不错,我们事先不知道他说些什么,可哪怕我们在一百件小事里发现一件大事,在一百个人里发现一个人才,也是值得的! 这个制度是社会主义民主的一个具体体现,非搞下去不可!"

商量来商量去,双方做了让步:一,恢复接见日制度;二,为了不耽误正常事务,陈抱帖和孙玉璋牺牲星期日休假。四个星期日轮番接见经济和知识分子两方面的人。来的人事先在秘书那里填表登记,由秘书掌握,只限于谈这两方面的事情。

四个多月中,陈抱帖和孙玉璋通过十几个接见日,和多数工厂企业有了直接的联系。有三十多个工厂企业,就是在接见日和敢于出来承包的技术或业务人员谈话后签订了承包合同的。接见日在 T 市经济发展和落实知识分子政策中起了重要作用。

二

这天,又是个星期日。九点半以前,他接见了三个来访者。一个教员和一个医生,是为了住房,这问题他暂时解决不了,至少得等到黄国桢把第一批居民楼盖起以后。只能安慰一番,劝他们再耐心等待三四个月。一个技术员叙说他在趁探亲假回南方期间,绕路到一家工厂去取得了制拉毛玻璃的先进工艺,回来用到自己的玻璃厂里已见了成效。他要求利润提成,可厂领导认为这不是他自己的创造发明,事前又没有签订合同,说他是无理要求。陈抱帖同意他的说法,取经也是一种创新,但也指出这毕竟要比自己创造发明花的劳动少得多。他俩心平气和地讨论了应该按什么比例来提成,最后订出来一个数字,技术员终于满意地走了。

这场讨论,使陈抱帖对从外地取回来的先进技术运用到本地本厂,应该给予什么样的报酬,心里有了底。他也很满意。

他趁空点燃一支烟,在办公室踱了几圈。然后灭掉香烟,做了几节体操,又坐下来,揿了两下电铃,让第四个进来——国民党师长的大办公桌有呼唤装置,三十多年来没有利用,陈抱帖把它修复了。

第四个,没敲门就进来了。这也没什么奇怪的,现在很多人都养成了排闼而入的习惯。可是进来的人给陈抱帖第一个直观印象就非常不好。这是个二十二三岁的年轻人,虽然穿得时髦:条绒猎装,裤线笔直,腿下是三接头的黄皮鞋,但垂着两肩,留着荻村警长式的头发,眼睑松弛,眼珠混浊,一副十足的性早熟的面容。他毫无忌惮地一摇一晃走到办公桌前面的椅子上坐下,没有开口说话,先掏出一根过滤嘴香烟。

陈抱帖沉着脸。这不是个像牛蒡草一样沾手扎人的人物,就是个耍光棍的货色。

年轻人点燃了烟,桀骜不驯地抬起头。

"陈书记,你给打个电话吧,让我们厂还叫我回去干活。"

"你是哪个厂的? 干什么的? 把你的登记表给我。"

"你甭看,"来人扬起脖子,喷了口烟,"那上面是假的。"他说了他真实的工作单位和电话号码。

"你为什么要这样做?"

"为啥这样做? 我问你要饭吃来了。"年轻人阴沉的眼睛并不避开他凌厉的目光,"我没饭吃了! 他们说他们搞了承包,把我们解雇了!"

"你干活干得怎么样?"

"不怎么样!"年轻人咂咂嘴,好像在说别人。

"不怎么样就应该解雇你!"陈抱帖捺着性子说,"你可以到待业青年职业训练班去。那里不收你任何费用,学了一门技术,三个月后就安排你就业。"

"我是国家职工,我为啥去那儿?"来访者歪歪着脑袋问他。

"国家职工干得不好也可以解雇,再不好甚至要受法律处分!"

"你甭吓唬我,我见过世面。"来访者冷冷地一笑。

陈抱帖不准备让他再纠缠下去,推开椅子站起来:"你走吧。我不会给你打那种电话,只能把你安排到职业训练班去。"

年轻人也站起来,挡住他。

"今天你不打也得打,打也得打。"他把猎装下摆撩起来,露出腰间缠的一圈布袋,布袋上插着导火索,导火索的一端别在猎装的衣领里,"瞧见了吧? 什么法律处分! '四人帮'时候我就蹲过两次号子了,还怕现在这个?! 打了,万事俱休,不打,"他扬扬手中的香烟,另一只手做了个开花的手势,"咱们俩一块儿……"

陈抱帖猝然一惊,咽了口口水。

"你要威胁我吗?"

"你说威胁就是威胁,说真的咱们就来真的。"年轻人有点口齿不清地说,"反正我要吃饭,你不让我吃饭你也别想活。"

"你考虑过你的后果吗?"陈抱帖一边问,自己一边考虑可能发生的后果。

"没考虑过我还不来哩。你顶多糊弄我,打个电话叫我回厂去,结果我不出这个大门就给抓起来。可我没犯死罪……以后,你走到哪儿我跟到哪儿。看谁的命值钱! 你要让我回工厂,啥事也没有。"

他公然的无耻和深谋远虑的结合,却引起了陈抱帖的兴趣。这种兴趣压倒了惊愕。陈抱帖从办公桌后面走出来。

"别动!"年轻人举起燃了一半的香烟,像举着一支手枪似的,"你别看你个子大。好汉子不敌赖汉子,赖汉子不敌膪汉子,膪汉子怕不要命的!"

他尽管强作镇静,但举着香烟的手和厚厚的嘴唇微微哆嗦,看着比他高半个头的陈抱帖,眼睛里现出惊惧的神色。陈抱帖脑子里闪出一个念头。

"你别怕。"陈抱帖说,"我在考虑怎样办。是把你送到职业训练班去呢？还是让你回工厂呢？还是叫你进公安局？哎，你说你在'四人帮'时候就进了号子，那时候你才多大？"

"多大？哼！我十岁就在外面飘。你们不说我们是毁了的一代吗？既然毁了我，就得养活我。"

"那你为什么不学好，自己养活自己？"

"我没那个心劲，也学不好了！"年轻人不耐烦地皱起眉头，装模作样地看了看还剩下一小截的香烟，"你快点考虑！限你一分钟……"

他拿香烟的手刚放下，陈抱帖就猛跨进一步，两手撕着他的猎装领口，往下一扒，扒到他的胳膊肘，顺手一把拽出导火索。整个过程不到两秒钟。

"哼哼！这个你也没学会吧？！"他任年轻人在条绒猎装的领子中挣扎，转身揿了揿电铃。即刻，两个穿便衣的警卫和刘佳俊推门进来。

"把他腰里的炸药包解下来！"

这时，陈抱帖才发觉自己也在微微地颤抖。年纪不饶人，政法学院的学生时代早已过去了。

"那是沙、沙……土……土！"猥琐的年轻人在警卫的胳膊里，望着放在办公桌上的布袋求救似的嚎叫。

陈抱帖撕开布袋，捏出一撮，果然是煤末和沙土，怪不得年轻人说他"没犯死罪"。他气愤地把布袋撂回桌上。

"你不觉得你愚蠢得可笑吗？"

"他们……不让我干活，"年轻人低着头嘟哝，"我没办法……想来想去……"

"真是开玩笑！你说，你是想干活，还是想进监狱？"

"想干活。"

"职业训练班去不去？"

年轻人想了想："去。"

"那你就去学一门手艺,以后好好干活。不过在那里你也是个特殊人物,公安局随时都可以找你!"

年轻人轻声应了一声:"嗯。"

"把他带去。"他对夹持着年轻人的警卫说,"你们去给他办手续。"

要求接见的人里混进了暴徒,抱着炸药包来炸市委书记,这事件惊动了当天在市委机关里值班的干部。值班人员穿过在走廊上等待接见的群众,挤在市委书记的办公室里。孙玉璋站在办公室当中,愤愤地惊叹:

"你看,出了这事情! 这真是……"

"老孙,你还是坐下来谈吧。"陈抱帖微微哆嗦的手擎着香烟,"这并不奇怪。这不是我们早就料到的吗? 不然,我们安排警卫干什么?"

"话虽这样说,要是真的来一下……"孙玉璋虽然当过公安局副局长,可是还没有碰见过一个明火执仗的暴徒。他站在房中间摇头,"要是真的来了一下,那就,那就……"

"真的来一下也没什么可怕的! 马克思早就说过,生产关系变革的时期,社会上必然会出现混乱。这事情今天有,明天说不定还会有。"陈抱帖深深地吸了口烟,在圈椅里揉着额头,"'四人帮'倒了,可他们遗留下的所有问题都需要我们替他们收拾。老孙,我告诉你,'四人帮'造成的祸害,据我看,有很多直到今天还没有彻底暴露出来。我不那么傻,相信这家伙以后真会好好干。可是我们现在能把他怎么办? 总不能关起来吧。他要不改,还会影响别人,一代一代地影响下去……"

"是呀,是呀,"孙玉璋说,"我看,阶级敌人什么时候都有!"

"什么'阶级敌人'!"陈抱帖不以为然地哼了一声,"这样的概念已经过时了。如果我能参加党的十三次代表大会,我一定要在会上提出来,我们现在既然说阶级斗争只在一定的范围内存在,我们已经把人民民主专政这个概念来规定我们国家的国体,那么,危害社会的犯罪分子,就不能说是哪一个阶级的敌人,而是全体人民的敌人! 是人民公敌!"他愤怒地把烟狠狠地撅在烟灰缸里。

孙玉璋和值班的干部都散去后,陈抱帖才发现刘佳俊站在门背后,低着头,拿着一块小手帕一抽一搭地抹眼泪。

"咦! 你怎么啦?"

"我……不该放他进来……我看他穿着好好的,像个人样,所以,才……"

"哦——"陈抱帖不禁笑出了声,拍拍她的肩膀,用轻松的口气说,"这又不怪你。不过你以后要记住,我们的知识分子和科技人员都穷酸得很,你没看《哥德巴赫猜想》? 就像那个陈景润的样子。好了,别哭了,还剩下一个小时,去走廊上看看还有什么人。"

三

下一个来访者迟迟没有进来,只听见外面办公室里有人和刘佳俊争吵。

"我登了记,为什么不让我进去?"

"就是不让你进去!"

"为什么? 我登记的时候你还说行。"

"现在就是不行! 下一个……"

"不行! 为什么叫下一个? 应该是我!"

"就是不让你进去!"刘佳俊一副女孩子腔调。

"为什么? 你说出个道理来!"

"'为什么?'你看你这样子……"

他不得不走出去。

"我这样子怎么啦？我这样子怎么啦？……"外面，一个年轻人大声质问刘佳俊。

"怎么一回事？"他问。

"陈书记，"刘佳俊回过头来，"这个人是个个体户……"

"不！我既是个个体户，又是知识分子。"年轻人谛视着陈抱帖，不无言夸地说，"经济和知识分子两方面我都沾边。我要求找你谈谈。"

他打量一下这个来访的群众，明白了刘佳俊为什么改变了主意，不放他进来，脸上不觉闪过一丝笑意。这个年轻人穿着式样新颖的蓝色风衣，敞开的衣襟里露出纯毛哔叽的浅色西服套装，除了没结领带，完全是一副港商打扮。

他拿起登记表看看。

姓名　王钟文　年龄　28　文化程度　高中毕业　职务　个体户(经营饮食业)　事由　谈个体户与国家联营问题

"来，"他向王钟文点点头。

王钟文跟在他后面，边走边脱风衣。

"我不会占用你多长时间。时间是最宝贵的。你忙，我也忙。"王钟文毫无拘束地把风衣搭在椅背上，坐下来，随手掏出一包过滤嘴的凤凰烟，抽出一支衔在嘴上，把烟盒往桌上一撂，"我们应该学学外国人的快节奏，喊哩喀喳，几下子就钉板！"

陈抱帖把两肘搁在办公桌上，做出准备凝神倾听的姿态。这个脸膛宽阔，眉毛很浓，鼻头大而扁，嘴唇厚实的年轻人，给他的印象很好。

"你说吧，我听着。"

"是这样的，"王钟文用西北口音的普通话说，"我父亲生了我们姐弟八个，前面四个是女的，下面我是老大——这样的大家庭今后不会有了——我父亲在旧社会在咱们这儿卖烧鸡卤肉，挺出名。解放后，在食品加工厂当技工，现在已经退休了。我高中毕业上不了大学,三个弟弟一个接着一个,都待业——咱们是没后门的人——七九年,我学了父亲的手艺,也卖开烧鸡卤肉,先是小本经营,后来越搞越大,我们兄弟四个在T市发展到四家。现在的钱好赚得很,价格跟国营食堂的一样,可我们比他们赚头大。不瞒你说,这几年来我们的资产已经达到这个数,"他伸出一个巴掌翻了一翻,"十万!再搞下去,我们完全可以成为资本家。我们兄弟合算了一下——我们都是高中毕业生——社会将来不会允许我们这样发展,我们自己也觉得没有意思……怎么办?我们想了这么一个计划:一,在自愿的基础上组织个体饮食业户联营,向美国'麦当劳'快餐店的方向发展,统一经营,统一制作,建立统一的经营作风和统一的管理制度。这样,熟食的制作和销售配了套,形成了一个流水线。二,改变市民的食物构成,引进西式快餐。今年我们小规模地搞了一下,很受欢迎,赚了不少——你知道,咱们有很多干部工人工作单位离家远,早上为了赶车,中午懒得回家,早、中饭总要在外面吃——可我们的面包炉太小,人手也不够,联营以后,我们就增添设备,还能吸收待业青年。陈书记,我可以保证,一年以后,我们就能在T市形成一个'麦当劳'式快餐店的销售网,垄断全市的快餐营业:快餐营业又会占全市饮食营业额的大部分。你信不信?"王钟文用咄咄逼人的眼睛盯着陈抱帖,似乎非要他相信不可。

"嚯!"陈抱帖颇感兴趣地笑着说,"你已经要大鱼吃小鱼,准备垄断市场了。"

"咳!有些也是吃不掉的,"王钟文脸上真的露出因为没有吃掉人家而遗憾的表情,"譬如地方小吃,总还有小额交易。其余的个体饮食业户,我告诉你,全没有一点经营魄力。那是一帮进城的农民和小市民,死抱着小买小卖,只求过个小康生活的思想。要吃掉他们容易得很!"

"为什么要吃掉人家呢?"陈抱帖好奇地问,"我们既不允许个体户发展成垄断资本家,也保障他们的个体经营。"

"哦,我说岔了,你没有听明白。"王钟文摆摆手,把没有吸几口的烟搣在烟灰缸里。拣起刚刚因为越说越激动而岔出去的话头,"我不说了吗,我们并不想成为资本家。我们这套计划,需要市上支持。怎么支持呢? 如果市上拿不出钱,就把几处办得不好的国营饭馆交给我们。由我们来经营管理,变成我们快餐店联营的分号。这算作市上的投资,和所有联营的个体户一样,按股分红。市上要提走红利也可以,如果不提,作为再投资、不断扩大国家的股份。这样,我们也替国家出了力,赚了钱。老实说,市上那些办得不好的饭馆,全是因为干部无能!"他轻蔑地撇了撇嘴,等着陈抱帖的回答。

资本家的目的是利润,这个年轻的个体户却不单纯追求这个目的。他好像自觉地摸着了由我们社会制度的制约性所规定的个体经营的发展方向。而这个方向既有利于他个人,更有利于国家。那么,将来的国家工作人员,又未尝不可以从这里产生?

"嗯,有意思,有意思!"陈抱帖的情绪明显高涨起来,他已经完全忘记了刚才的爆炸事件,"那么,现在你们有几家了呢?"

"有六家,加我们兄弟四个,有十家。"王钟文像孩子得到了大人的赞赏一样高兴,"可是只有四个门面,其余是摊子,所以我们需要门面,真正的食堂。我们要组织成生产销售流水线,实行质量管理,搞 TQC。陈书记,老实说,那些国营的饭馆就没办法实行质量管理,因为在 PDCA 的哪个环节上都卡着人情关系。你把市上那四家办得最糟的饭馆交给我们,我们按统一的方式经营。"

"嗯? 你连市上有哪几家办得不好的饭馆也调查了?"

"当然啰,"王钟文咧开大嘴,笑了笑,"而且跟那里的年轻职工都说好了,他们都赞成。可是那些干部说是乱弹琴,所以我才来找你。我不说了吗? 咱们喊哩喀喳,一锤定音。你同意的话,就指定个干部,我们来谈具体的事。"

"好的,"陈抱帖点点头,"让我跟孙玉璋同志商量一下,你把地址留下来,三天之内给你回音。"

果然"喊哩喀喳",从始到终只有半小时。这个个体户已经实现了生活的"快节奏"。

四

中午,接见告一段落,他一下子被疲劳攫住了。上午杂沓纷乱的印象,一个个不按顺序地一古脑儿涌来,一起在他面前旋转。他眼皮沉重地仰在圈椅上,像跑了一场马拉松下来。和那个腰缠炸药包的无赖——谁又能料到那是一包土!——搏斗以后,他已明显感觉到心脏承受意外负担的力量大大减弱,以致在和王钟文谈话时不能完全集中精力。如果不是王钟文引起他的兴趣,他恐怕也会产生厌烦情绪的。这时,他企图回忆一下王钟文的话和自己的回答,检视其中是不是有不妥当的地方,想想跟孙玉璋怎么商量,但做不到,脑子里已经是模糊的一片,抽不出一点头绪。

他当了五个月的市委书记,越来越深刻地认识到思想在工作中的重要性。一个主导思想,明确而坚定的主导思想,等于编入电子计算机的一套固定的程序。人有了这个主导思想,在处理纷呈杂沓的事务时,就像不论给电子计算机输入什么数字它都能迅速地显示出正确的数值一样,人才能当机立断,做出正确的反应。这种反应会成为一种直感、一种本能的反应。在很多时候,人都是靠这种本能来做工作的。如果在日理万机的情况下,遇着每一件事都要思考一番,研究一番,不能当机立断,那实际上是主导思想不清楚的表现,从而也说明这个人还没有具备一个领导者的品质。

但是,即使是电子计算机也需要充电,也需要修检……

"陈书记,吃饭了。"他耳边响起碗的磕碰声,同时听到刘佳俊叫他。

他从圈椅中坐起来,突然感到一阵反胃。

"又要吃饭了,"他咕哝着,"什么时候能把饭变成一粒药丸就好了。"

刘佳俊扑哧一笑。她的情绪已经好转了。

"可是在没有造出药丸以前,人还得吃饭。"

她把一盘粉条炒肉丝挪到他面前。炊事员放多了酱油,粉条像一堆暗红色的蚯蚓虬结成一团。他一点食欲也没有了,望着两个馒头发呆。

"我有炒榨菜,你吃吗?"刘佳俊看着他问。

"唔,拿来尝尝。"

刘佳俊从外面办公室拿来一个玻璃罐。"这是我自己炒的。"她说。

榨菜咸而带甜,有股淡淡的清香,渐渐刺激他的味觉。他慢吞吞地嚼着馒头,喝着刘佳俊替他泡的热茶。

"陈书记,你中午为什么不自己带点菜呢?"

"嗯? 自己带菜? ……对,这倒是个好主意。"可是,五个月来他都没有想到这点。

"早上随便带点自己爱吃的菜,哪怕炒个素菜也可以呀,"刘佳俊嚼着馒头说,"你爱人中午不是也不回去吃饭吗?"

"唔,她中午也不回去吃饭。"

刘佳俊的话,仿佛和那炸药包起了同样的效果,他陡然又气愤起来。他无味地嚼着干馒头,斜眼扫了她一下。刘佳俊面孔绯红地低下头去,一点一点地嚼着榨菜。这是一张胖胖的天真的脸庞,一副温驯的柔和的神情,似乎随时随地都想着关怀别人。他认为这样的女人才是女人;女人,尤其是做了妻子的女人,应该关心家庭,关心自己的丈夫,这是大自然确定予她的天职,可是海南偏偏不尽这份天职。她从不关心他,不过问饭菜饮食诸如此类生活上的事,好像他是个不食人间烟火的神仙。她不是个好妻子! 甚至不是个女人!

晚上,他带着这一腔怒气跑回家。

他开开房门,海南不像往常一样在客厅里看书,安徽姑娘已经在那里支着折叠床睡下了。他转进厨房,食品柜里没有什么可吃的熟食,他乒乒地把柜子门一摔,只好抱着一个饼干筒走进卧室。

"睡下了?"他沉着脸说,"这么早。"

"还早?"海南不满地反问,"你也不看看几点了。"

她裸着两臂躺在床上,一床薄被盖着她窈窕的身躯,白而薄的脚露在外面。被子旁边的空铺上,扑放着一本《唐璜》,像一只受伤的鸟儿似的多着翅膀。

他一屁股在床边坐下,有意很响地嚼着干巴巴的饼干。他想引起她的注意,丈夫办了一天公回来没有饭吃,是妻子的失职。但是罗海南一点也不掩饰她对他的漠不关心,用小拳头捂着嘴打了一个困倦的哈欠。

"睡吧,"她慢慢地朝被子里蜷缩进去,"我今天累了。"

她今天累了!今天是星期天,她并没有上班,还喊叫累了,他呼的一声把饼干筒放在床头柜上,他正想说,"海南,我要和你谈谈。"但一刹那之间,他突然意识到这句话好像是在哪本书里见过的,突然感到他憋了一下午的这句话,如果说出来是多么的无聊和乏味。夫妻两人的关系,弄到了需要谈判的程度,就已经很尴尬了;靠谈判,是不会造就一个好妻子的,海南决不会通过谈判而变得关心起他的生活来。这里面重要的是感情,有感情,一切都不需要谈,没有感情,怎么也谈不好!

终于,他一句话也没有说,愤然地跑到过道上去洗脸。

第十三章 他已经把巨人神仙
和公主忘记了

一

陈抱帖从过道回到卧室,脸拉得长长的,在她旁边躺下,随手拉灭了台灯。夫妻两人,即使感情很不融洽,也有一种生物电的感应,能获得对方情绪的信息,何况陈抱帖满脸不高兴的样子。海南知道他生了气,本想款款地俯就过去,但转念一想,你平时给我的气还少吗?你不是就一顿晚饭没有吃好吗?于是又来了小姐脾气,要和他僵持一番。她也一动不动,一声不吭地睡着,神经紧张地等待他说话或动作。他只要有一句话——哪怕是毫无意义的,一个动作——哪怕是粗暴的,这场"冷战"即可宣告结束,至少,"戴维营协定"是可以达成的。然而,这位庄户人家出身的市委书记,也许今天实在累了——不是海南口头上说的"累"——躺下还没有几分钟,就用深沉均匀的鼻息表示他无心周旋,已经进入了梦乡。

这一来,海南真生了气,故意在弹簧床上翻来覆去,把弹性很好的床垫颠得像惊涛骇浪中的一艘小船,一边颠,一边谛听陈抱帖的呼吸。可是,陈抱帖的魂魄,跟哈姆雷特父亲的幽灵一样,一出了窍,不到鸡叫的时候是不会回来的,不管她怎么使劲颠,他的躯壳还和死人似的无知无觉。

颠到后来,海南自己也累了,只好结束这套无谓的垫上运动,悻悻作罢。但经过了剧烈运动，她自己的神经却亢奋起来，没有把这个死人闹醒，倒闹得自己睡不着觉了。

床头柜上的小座钟用它细碎急促的步子踢踢踏踏地跑着，像后面有催命鬼撵它一样。一会儿，这踢踢踏踏声越来越大，竟宛如整幢楼房在吱吱嘎嘎地摇晃。海南烦躁不堪，周身的毛孔都沁出了细汗，黏黏地贴在身上，又热又凉，这滋味确实不好受。她愤然地一把掀开薄被，想爬起来。可是，从声音上判断，这被角捂到了陈抱帖脸上，她听了片刻，又有点害怕，赶忙悄悄地把被子从陈抱帖脸上拉开。随后下了床，把小座钟扔到客厅的沙发上，才返回来睡觉。

睡还是睡不着。她眼睛睁得大大的，仿佛极力想看清隐藏在黑暗的卧室中的什么东西。但什么新奇的东西也没有，有的只是她心头一种奇妙的感受。

她刚刚看的《唐璜》，那大部头的长诗里有这样三节，使她对自己这一个时期的复杂的感情更加理直气壮起来：原来女人都是如此，原来从古到今全是这样！那个十九世纪的英国诗人，死在希腊战场上的美男子，对女人简直是——用现在流行的话来说——"吃透了"。那三节诗是这样的：

> 女人在她初次的热情中爱她的情人，
> 　在一切其他热情中她爱的只是爱情，
> 爱情变成她不能克服的一种习惯，
> 　变得十分松懈——就像一双宽大的手套，
> 你要试试她时总会发现这般：
> 　起初只有一个男人能使她的心感动；
> 于是她要的就不止是一个男人，
> 不想到加上的人数会引起很多的纠纷。
>
> 我不知道错在男人还是她们；

但是有一点却没有什么疑问；

一个女人(除非立刻把一生埋在祈祷中)

　　　在安静了一个时期后定要人家奉承；

虽然毫无疑义她的第一次恋爱事件

　　　是她把她的整个心儿放进去的事情；

可是人家说也有些女人不曾有过恋爱

但是有过恋爱的女人不会以一而终。

这是可哀的,也是人类的脆弱,

　　　愚蠢,和罪恶的可怕的征象：

即"爱情"和"结婚"难能结合得天衣无缝,

　　　虽然这两种东西在同一个气候中诞生；

"时间"把从"爱情"中产生的"结婚",

好像

　　　用酒做成的醋——一种忧郁,酸味,

和清醒的饮料——一种天上的香醪

降为一种十分平凡的家庭味道。

　　黑黢黢的卧室里,闪着她亮晶晶的眼睛,就和猫儿在暗中蹲在洞口守候着老鼠时的眼睛一样,兴奋、激动、紧张、渴望,而又饥不择食。"女人在初次的热情中爱她的情人,在一切其他热情中爱的只是爱情"；"人家说也有些女人不曾有过恋爱,但是有过恋爱的女人不会以一而终"。这话真说绝了！她和陈抱帖结婚不久,就曾暗自感到,她被刺激起的欲望很难满足。其所以难以满足,因为这种欲望不是生理上的,而是心理上的。而从古到今一切罗曼蒂克的悲剧,全在于心理上失去平衡。她过去不曾恋爱过,和陈抱帖恋爱了,陈抱帖仿佛成了她碰倒的第一张多米诺骨牌,接下去将有连续反应,在她的热情下,非稀里哗啦地倒下去一片不可。因为恰如拜伦所写的,在她身上,支配着她的心理的,正是那种不可抑制的对爱情的热爱;别的方面陈抱帖都能使她满足,唯独在这方面他却不能奉陪,不但不能奉陪,陈抱帖还"把酒做成了醋",把"天上的香醪降为一种十分平凡的家庭味道"。她当然更感到乏味和厌烦了。

她觉得拜伦的这三节诗,比石一士的爱情线与婚姻线的双线论还深刻,因为那位瘸子诗人揭示了女人的必然性,没有石一士那么多"如果"、"如果"……

二

现在,海南和石一士经常在一起,反正她和他有的是时间,有时在中午,有时在下班以后。在上班时,石一士也常到资料室来,一坐就是一个多小时。

但是,石一士的神情态度总是若即若离,心不在焉。有一次,在海南的热情表现得过分了一点时,石一士轻轻地推开她说:

"你知道吗?友情会比爱情保持更长久,在爱情越不过去的地方,友情却能助人越过困难。爱情必须加友情,不然它只剩下赤裸裸的情欲,只是生理上的需要,就像撂在椅子上的一大堆衬衣衬裤一样肮脏。"他又说,"现在,报刊上宣传什么爱人必须要志同道合啰,兴趣相投啰,其实他们没有说准确。那些正是属于友情范围的东西。凡是爱情中没有友情的,全部不能持久,譬如你和你的书记……所以我更重视友情。"

这也不使她尴尬。石一士虽然看上去瘦骨嶙峋,却像一个孩子玩耍的皮球,你戳他一下他瘪了下去,可是他把你手指弹出来以后,仍然是圆滚滚的,和原先并没有不同,决不会长出刺来。

到后来,海南异想天开的罗曼蒂克就被凝结在一个点上;法国式的热情在冲击了几次没有什么新的突破以后,也只能保持在一个相对的稳定状态。

但海南还是愉快的。石一士聪慧隽永的语言,像一双奇妙的手,会把生活、把世界一层层地剥开给她看,一会儿使她恐怖得战栗,一会儿又令她如同到了太虚幻境那样的惊喜。一个经历坎坷,命途多舛的人,本身就是一片神秘的大海。并且,他有时还会觉得生活在他里面投下的欢愉和痛苦太多而感到沉重,非要趁涨潮的时候从海底推上来一些东西不可。海南就跟在他后面拾取这些美丽的或不美丽的贝壳。

总之,他们的关系到了某一点就此止步不前。在这一点上,既不嫌不足而令双方不愉快,又不嫌过分而使双方难堪。海南虽然没有实现《十日谈》里的奇想,但也能实现她"热爱的是爱情"这种独特的心理。T市还是有待头的。

石一士对陈抱帖,似乎比对她还感兴趣。他的笔记已经记了一厚本,海南到他那里去,有时也随便翻翻。她知道他从她这里得到了不少写小说的素材,但她还是乐于提供,因为从这里也发展了他们的友情。

"评论家如果知道了我这种深入生活的方式,一定会觉得非常可笑。"海南翻他的笔记本时,石一士笑着说,"可是,除此之外有什么办法?领导上不会让我挂名去当个书记,体验一下市委书记的生活。我要找你们书记大人,他一定只会正正经经地跟我摊出一大堆数字,把我当成一个新闻记者。"

"那倒不至于,"海南说,"他看了不少外国小说,文学艺术他并不生疏。他们那一代搞政治的跟孟德纯那一代可大不一样。可是……你最好别去找他。"

"为什么?"

"因为……"海南也说不出为什么,她只是有点不愿意他们两个见面,"据我所知,他现在只忙于搞经济,什么文学艺术,他还顾不上哩!"

"我也不一定非要去找他,"石一士拍拍记录本,仿佛这是他的一笔财富一样,"有你说的这些也差不多够了。你不是要学创作吗？我告诉你，在你无法去接近那个人的时候，你听别人的介绍，常常会比自己去接近那个人省事省时间，还能抓住那个人的特点，因为他已经经过了别人的创作。譬如，你跟我说的这些，就是你脑子里的陈抱帖，有些事情，我会从另一方面去看的。"

我脑子里的陈抱帖？为什么我跟他说的事情他还要从另一方面、甚至从反面去看？海南闹不明白。不知为什么，她一生中最接近的两个男人，陈抱帖和石一士，都把她当小孩子看。女人的心据说是变幻莫测，不可理解，这种古老的断语其实大谬不然，因为从来没有一个男人曾想去真正理解一个女人。他在她身上取得了他所需要的东西——不论是感情的或肉体的——就此满足了，就此以为已经了解她了。男人和女人相比，男人更冷静些，实际上，也就是更自私些。他们在理解女人上不愿多花脑子，还把这种懒惰掩盖在彬彬有礼的外表下面。这不过是蔑视女人的传统表现。时间一长，海南在石一士面前，也和在陈抱帖面前一样，有一种微微的屈辱感。

一次，石一士又到她资料室来还书借书。在他像鸟儿一样落到小沙发上时，海南忍不住问他：

"老石，你说我跟你说的陈抱帖是经过我创作的，有些事情你还要从另方面去看。那么，你看到了什么东西呢？你怎么看我和他这样别别扭扭的关系的呢？"

石一士没有当即回答。这个人就是这样，有时他会莫名其妙地对一点小事大发议论，滔滔不绝，有时又像老僧入定一样，枯坐在那里，半晌不说话。不过这次他没有沉默太久，抬起眼睛看了看她，喉咙不清地说：

"恕我直言。我发觉你们俩是天生的一对，地造的一双，配得再好也没有了！"

"胡说！"海南把两手夹在膝盖中间，摇晃了一下，"你这不是讽刺我吧？原来我给你谈了那么多，你却获得这种印象！真是白说了!"

"不错。听在下与你细说端详。你们两个都是不安于现状的人,都不是平庸的人。我说你们配得好,指的是这点。可是,一个要往未来跑,一个要朝过去跑,这就造成了你们目前的别别扭扭。你别误会,以为我说你朝过去跑是什么'反动',我一点那个意思都没有。往未来跑,在某种意义上也是往过去回复;朝过去跑,谁又能说没有一点进步的成分呢? 总之,你别往政治意义上去理解。统而言之吧,你们一个要往东,一个要朝西,你说你们怎么能合套? 如果老这样下去,翻车是预料的结局。"

海南听他说她不是个平庸的人,情绪回升了一点。她故作委屈地说:

"我并没有想跟他不合套呀。可是,你没看见他回到家里来那张脸子,比张飞还难看。他脑子里想什么,要干什么,从来不跟我说的。"

石一士叹息一声。

"这是这种人物固有的悲剧。"他说,"一个高速飞行的物体,它周围的空气必然稀薄。速度越快,空气越稀。一个伟大人物,或是想向这方面发展的人物,他周围应该说是跟他最亲近的人,往往却最不亲近,弄得不好,还众叛亲离。没办法,历史上都是这样,没法解脱的! 大人物的老婆常常是大人物的第一个背叛者,或说是最不理解他的人。你往上数数,有几个大人物不是孤独的? 我很理解为什么托尔斯泰伯爵晚年要跑到西伯利亚去,像个要饭的一样死在小火车站上。所以,我也不结婚,永不结婚!"

石一士宣了这个誓,又垮了下来,咳嗽几声,摊在小沙发上。他已经把自己列入伟大人物,或想向这方向发展的人物之中了。

海南听了不寒而栗。她已经对石一士佩服得五体投地。石一士总是从一些事实中提炼出抽象的东西,然后把事实撇开,根据他那个抽象的原则来推论现实,让海南听着既感到解决了问题,又觉得不着边际。然而,高深也就在这里。他的每一句话她都以为是真理;他是一个先知,一个撒母耳,一个以赛亚。

"那么,……"她结结巴巴地问,"这是一个不可避免的悲剧啰?"

"不可避免的。"石一士为了加重语气,举起了一只手,不过幸好他又加了一句,似乎尚有转圜的余地,"除非你平庸下来。一个不平凡的人物身旁需要的是一个平庸的女人。"

"那……"海南又鼓起勇气问,"罗斯福夫人与罗斯福不是也配合得很好吗?"

"对啦!"石一士决不会被人家驳倒他,"他们两个是往同一方向发展的人呀。你能趑回头来跟他一直往东吗?他跟着你朝西,是不可能的。我比你了解他。"

"怎么,怎么……"海南不由得好奇:他比她了解陈抱帖!

"是的。正因为我离他比较远。历史上常常有这样的事,敌对阵营中的两个英雄之间互相了解的程度,要比他们各自的部下了解他们深刻得多。何况我和他还不是敌对的。"

和石一士交往,是很费脑筋的。但他的神秘,他的玄妙,他的高深莫测,却给她带来乐趣,就好像哥德巴赫猜想对数学家那样有吸引力。海南跟他在一起,又仿佛在读一本推理小说,唯恐漏过一句话,一个细节。她不知道这种交往的最终结果如何——正如不知谁是凶手一样——总是被牵制在一连串的悬念之中。乐莫大于此!

而和陈抱帖在一起,却如同捧着一大厚本精装的马克思著作。家庭生活变成了学习会,是个硬任务,不得不应付,可是要真正去研读,却钻不进去。苦也莫大于此!

和石一士在一起,还能激起她女性天生的母爱。她最终发觉,石一士有时虽然像先知那样严肃,高不可攀,而骨子里却非常软弱,像一个需要时刻加以保护的大孩子。他是很不平衡的,很不正常的,和陈抱帖迥然不同。陈抱帖真像一块铁,任何关怀和照顾加在他身上都显得多余,显得不必要的。

河滨公园,如今是他们常去的地方。黄国桢匠心独运,利用河边的天然地势和情趣,略加修整点缀,即成了T市的一处名胜。流经T市这条著名的河,不过是主干上的一条支流,到了秋季,水落石出,两岸宽阔,岸边遍布鹅卵石,流水成了清澈的小溪。岸边,经历了百年的老榆树和老柳树,正纷纷抖落掉黄叶,而绿叶尚在枝头,会引起人一种青春将逝,严峻的生活即将来临的怅惘之中夹杂着兴奋的感慨。老榆树和老柳树下,是白色的卵石垒砌成的岩壁,仿佛是公园的一道高墙。沿着岩壁,又砌了一溜花坛。因为修成不久,现在只有一行矮小的槭树、侧柏,一丛丛金盏菊和野牛眼菊。花坛前面安放着绿色的靠背条木椅,一张张椅子之间,用小卵石围成一小块一小块花圃。可以想象,到了春天、夏天,这里将会繁花似锦,坐在条椅上,就和埋在花丛中一样。小径上,用杂色的卵石精心地拼起色彩斑斓的花纹图案。即使没有两岸的景色,在这上面散步就是一种美的享受。

海南现在充分地利用了陈抱帖给青年男女提供的谈情说爱的场所。有时,她晚饭也不回去吃,说是要看晚场电影,会玩到坐最后一班车才回市郊。陈抱帖也不过问,恐怕他还巴不得海南晚点回来。夫妻之间最害怕的是看对方的冷面孔,这样冷是瘆人骨髓的,还是少看为妙。

有一天晚上,海南和石一士在那条卵石的小径上散步。秋天的夜空分外清澈,在黄土高原上的城市,透过疏朗的星星,似乎能看见天的底蕴。不远处,公路桥上的路灯,放着珠母色的光,柔和、迷蒙蒙,而又齐整。桥下流水中的光也是这样,不过总摇曳不定,会诱人想去用手把它扶正。

他们和过去一样,谈话海阔天空地漫无边际。

海南问:"你为什么不问我怎么还不回去?"

石一士说:"我不用问。女人要撒谎,会编出一千零一条理由。《一千零一夜》是从一个女人嘴里说出的故事;《十日谈》也是女人谈的多,这不是没有道理的。她们还会两面撒谎,譬如——你!"

"不,"海南一点也不困窘,摇着他的胳膊。"我是喜欢跟你在一起。"

"你喜欢跟我在一起不喜欢跟他在一起又怎样? 你不喜欢跟我在一起喜欢跟他在一起又怎样? 你既喜欢跟我在一起又喜欢跟他在一起又怎样? 你既不喜欢跟我在一起又不喜欢跟他在一起又怎样?"石一士口齿流利地使用禅机的语言。"女人都是这样:喜欢了一个,然后不喜欢,然后又在第二个人身上缅怀以前喜欢的人。这就是爱情,或你说的喜欢。人一生的感情过程就像这条河。这条河在山涧里的时候清澈洁净,流到大海时却乌七八糟的,什么都有。尽管所有被扔在里面的东西都分解了,但你可以化验化验,那里面还有在上游带下的一堆粪便。咳! 什么事情都不要太认真。如果我是认真的人,我就不会和你晚上到这里来散步。你的那位奥赛罗要是生起气来,不但会把你,也会把我宰啰! 可是因为我也无事,我也不愿回到那洞穴一样的房间里去,跟你散步和跟别人散步都可以。况且是你,海南,你是一个绝妙的人!"

她经常会听到他说的这种模棱两可的、含糊的恭维话。绝妙的人! 怎么理解呢? 怎么理解都可以,他也真是个绝妙的人!

"不,"海南说,"他一点也不像奥赛罗。他好像有我没我都无所谓。我有时觉得他像巴尔扎克笔下的一个什么银行家。这个银行家为了摆脱他的妻子,竟花钱雇人来陪他妻子去看戏。"

"你看,你的绝妙就在这里。你能使最认真的人对你都无法认真。我刚刚跟你说的我,其实不那么准确。我也是个认真的人,可是对你,有什么办法? 只好也不认真起来。你像是一种腐蚀剂——请原谅,我绝没有一点贬意——你能把所有的东西都腐蚀掉。"

使最认真的人也无法认真；能腐蚀别人，也是女性的一种威力，海南感到踌躇满志。她拉他坐在长椅上。

没有月亮，满天星星又密又亮，天上的灯市和地上的市灯杂错在一起。公共汽车、大卡车、小轿车经过公路桥，好像是往天上开去。没有车经过的时候，公园深处有一只鸟儿在哀啼，在徒劳地呼唤它的同伴。河边上，偶尔有一对对青年情侣卿卿我我地蹓过来，蹓过去，像一对对飘忽的影子。河水奔流，拍击着卵石，奏出一连串袅娜轻盈的琶音，有如德彪西《贝加摩组曲》中的第三曲。

"啊，多美的夜晚！"海南不禁用诗的语言赞叹。

"什么美！"石一士嗤之以鼻。他把脖子缩在衣领里，像鸟儿把脖子缩在羽毛中一样，操着两臂，架着二郎腿。"巴托罗缪之夜，巴巴罗萨计划之夜，九一八柳条沟之夜，九一三林彪逃跑之夜，也是这样美，可是这个美的里面却隐藏着罪恶。不！"他陡然又激动起来，仿佛海南执意要把隐藏着罪恶的美丽之夜硬塞在他手上似的，他挥着两臂忿忿地说，"我不喜欢夜晚！我不喜欢夜晚！我看的黑暗太多了！在劳改队里，那就没有白天，老是黑暗、黑暗、黑暗！长得没有尽头。滚他妈的夜晚吧！……"

石一士经常这样发作一通，然后就像一个听话的孩子似的百依百顺，无力地垂着两肩；发作过以后，他还会很长时间地沉默不语，任海南说多少亲切的宽慰话都充耳不闻，海南在旁边，他也视而不见。那很美的、像女人一样柔和又像女人一样忧郁的大眼睛凝视在一个点上，完全沉浸在海南不可想象的回忆里。

海南觉得保护他是自己崇高的职责；她有义务做护卫这个天才的缪斯。

三

第二天，石一士没有来。第三天上午，石一士也没有来。下午，她惶惶然地跑到他的洞穴里去。

石一士躺在床上。洞穴里又冷又潮，还散发着一股难闻的霉味和老鼠洞的气味。石一士穿着开襟毛衣，下身盖着棉被。床头放着一个痰盂。脸面上看去突然衰老了十岁。

"该死！"他见海南推门进来，放下手中的书，勉强坐正一些，"这两天不太好。我怀疑我得了那种最要命的病。我原来是吸烟的，后来把烟戒掉了，还不行……"

"什么病？"海南急急地走到他床前，在床沿上坐下，摸摸他的额角，有点热度。"是我不好，那天晚上要拉你去公园，一定是着凉了。上医院去看看吧。起来，我陪你去。"

"我不愿去医院。"石一士无力地说，"医院，在某些时候跟法院一样，只会判决。什么'着凉'，不是的。我心里清楚，多半是矽肺，这是很难治的。"

"矽肺？！"

"是的。那是矿工的职业病。我不可能避免。为什么要存侥幸心呢？我不自欺欺人。"石一士用手帕捂着嘴咳嗽了一阵，把一口像粉末般的痰啐在痰盂里。"海南，谁不喜欢过一个比较痛快的、比较完美的生活？可是我不能。这种病是挨时间的……你问我为什么不结婚，我已经跟你说过了。那么，我还可以恋爱，有个恋人，但我不愿任何一个女人——哪怕像'爱玛'那样的女人——为我感到不幸……"

"哦，天……"海南的眼泪不由自主地夺眶而出。

"有什么可悲伤的，"石一士撇撇柔软的清秀的嘴唇，似乎代表微笑，"我们过去不是常念那么一句话么？'人总是要死的'，'人固有一死'诸如此类，可惜现在又不讲究开追悼会了……谢谢你的眼泪。你不是个好妻子，却是一个好朋友。真的，是一个很好的朋友。"

"我看……"海南擦去眼泪，"你应该换个环境才好，这间房子简直不是人待的,何况你的肺……"她的眼泪又溢出来,"你上北京去吧,住在我家里,休养一个时期,北京看病也比较好。我家里房子很多,你就住在我原来住的那个房间,方便得很……"

石一士咧开嘴笑了笑,抬了抬手。

"海南,我们老是缺乏共同的语言。你总是用十九世纪的法国眼光来看问题。这是你的可爱之处,也是你的可怜之处……不过,也难怪,这个社会对你来说是自由的,你可以像鸟儿一样四处飞,以为别人也应该有这种飞的权利。现实是怎么样的呢?我们单位——请注意,每一个人都属于一个单位,这点比你是中华人民共和国的公民还重要——你不干工作可以,什么都不干,躺在家里都行,但只要一离开T市,他们就要以缺勤论处。当然,我要耍死狗也可以,真的走了,他们也无可奈何我。可是我多多少少有点名气,人总是珍爱自己羽毛的——说来可笑,这种名气看穿了也一钱不值,而人们还是要珍惜它。怪事!——总之,我不愿人家在我背后指指点点,什么骄傲啰,翘尾巴啰,等等……哦,请你给我倒杯水,也请你给自己倒一杯。没关系。单纯的矽肺是不传染的。"

"你别说叫人难过的话吧,什么传染不传染的。"

海南的眼泪又流出来。她并不想喝水,可是端起杯子来咕嘟咕嘟地喝了半杯。

"海南,"石一士喝完了水,靠在枕头上说,"你这种女人现在的确不多了。作为一个朋友,你是个好人儿。你不单单给我提供了很多创作的素材,也解除了我不少孤寂。为了报答。我有一部中篇和一个短篇送给你,留作纪念。从七九年到现在,我投出去的稿子都百发百中,唯独这两篇落选,送给四家刊物都被退了回来:'非常抱歉','感谢支持'等等等等。但我却认为这两篇是我的代表作。你知道吗?现在我们尽管叫喊反映生活,艺术的生命在于真实……可你把真实的生活摊给人家看,就会发觉有不少叶公……他们不是看你怎样写,还是看你写什么。在政治上他们把'四人帮'和三中全会以后的党中央划得很清,可你一揭发'四人帮'他们又以为是揭露了社会主义的阴暗面。怪事!……喏,你自己拿一下,就在那抽屉里……那最下面的一个。好,你可以带回家去看。"

海南把稿子放进手提包。

"你无论如何要去医院,"她焦急地说,"我陪你去,挂号,拿药也方便些。"

"不用,真的不用。"石一士固执地连连摆手,"有时你对你的地位很敏感,有时又迟钝得可笑。这也是你的妙处之一。医院可不是河滨公园,你陪我到那样一个谁都去的公开场合——遗憾得很,唯独医院是谁都得光临的地方——第二天 T 市就会传遍。这等于害了我……"

"那么,谁来照顾你呢?"海南搓着他的被角。她现在恨不能是他的妻子。

"有个小姑娘。"石一士咳嗽几声,勉强地说,"她要考高中,让我给她补习语文。嘿嘿!现在,知识还可以换来一点劳务,这也可以算作社会的一个进步……你放心走吧,让我一个人静静地睡一会儿。"

"不,"海南看看表,"离下班还早,你让我待到下班……哎,你晚饭怎么吃呢?"

"晚饭?门口有个'麦当劳'式的快餐店。这也是你书记大人的政绩,对我们这样的单身汉是莫大的恩典。"

"你想吃点挂面吗?我会下挂面。"海南看见他房里有一个煤油炉子。

"你大概只会下挂面。"石一士笑笑。

"嗯……"海南第一次为她不能做一个好的家庭主妇而羞愧,"不过,还能做点别的,譬如……"她想了半天也没想出来还会做什么拿手的菜饭,除了下挂面、煎荷包蛋以外。

"嗯,"海南低声说,"陈抱帖也说过类似的话。"陈抱帖说,她非常生气,石一士说,她却真心地忏悔。

"我很同情他。"

"嗯?"海南抬起眼睛看看他。

"是的,"石一士又瞥了海南一眼,"我也同情你。"

"嗯?"海南希望他说下去。

停了片刻,他突兀地说:"我也同情我自己。"

是的,他倒是需要同情的。海南用怜爱的目光抚慰着他。他是一个躺在病床上的大孩子。

"海南,做个平庸的、普通的人多好! 像你、像他、像我,永远得不到普通人能享受的那种普遍的幸福。"

在这点上,海南有深切的感受,和他所见略同,她又听见他说:

"是不是我们自命不凡了呢? 是的。自命不凡本来是个优点,可是中国人先天的平均主义才给它赋予了贬意。自命不凡,会使自己变得崇高起来。人是应该有点自命不凡的。海南,你很自命不凡,和我一样。我希望你永远保持这个优点。世界上正是因为有了自命不凡的人才能生动起来,好起来,咳……我不是自命不凡,就不能在井底下熬过那八年苦难的岁月而不堕落下去。嘿嘿!"他怪模怪样地笑了笑,"'八年啦,别提啦!'这是什么样板戏里面的? 事实上还是唱了好长一段。咳……"

一阵一声紧接一声的剧烈咳嗽打断了他的话。他憋红了脸靠回枕头上。

"别说了,别说了。"海南替他掖好被子,"以后我们说话的时间有的是。"

海南在这洞穴似的土房里,在病倒的石一士面前,她的脸变得柔和、悲哀、慈爱,同时也年轻多了。

石一士在枕头上牵动了一下嘴角,极力表现出一个自嘲的笑容,说:

"有的是? 多乎哉? 不多也! 我现在尽量想多说话,就跟尽量多写出东西一样。要好好唱唱那八年……可惜，是不是天假我以暇年……"他又咳嗽起来。

"你别说了，别说了……"海南按住他，仿佛这样就能止住他的咳嗽，"我们听听音乐吧，或是我给你念念什么书。"

"好，"石一士翕动着嘴唇，虚弱地说，"你念吧。"

海南拿起他身边的《泰戈尔诗选》，擦去眼泪，在暗淡的光线中吃力地辨认着上面的字句：

> 你说爸爸写了许多书，但我却不懂得他写的东西。
>
> 他整个黄昏读书给你听，但是你真懂得他的意思吗？
>
> 妈妈，你给我们讲的故事，真是好听呀！我很奇怪，爸爸为什么不能写那样的书呢？
>
> 难道他从来没有从他自己的妈妈那里听见过巨人，神仙和公主的故事么？
>
> 还是已经完全忘记了？
>
> …………

第十四章 小说中的小说

一

记得鲁迅在哪篇文章里写过,北京没有春和秋,其实,何止于北京,西北黄土高原,春秋两季也非常短暂。当你在月份牌上发现"今日立春"时,窗外仍然寒风凛冽,还没有翻到"立冬",秋天忽地就过去了,凛冽的寒风已经在窗外逞威了。

现在,墙边挺立着的一株株白杨树在寒风中瑟缩着——脱去了黄叶,它们似乎矮了许多——片片黄叶,被西北风撕扯下来,有的飞到玻璃窗上,无力地敲打了一下窗子,就像扑进了火的飞蛾,死在窗台上,是从窗台上落下去,落到楼下的墙根,慢慢地腐烂,腐烂掉。

陈抱帖用手捂着杯子,站在窗前,看着一片片摊在窗台上的白杨树叶。

几片叶子,金灿灿的。有的,上面还带着碧绿斑点,显示它的青春还没有全然耗尽,它还能在枝头萧萧地扑打一阵,但也被无情的秋风扯了下来。

最后,这个有雄才伟略的市委书记,居然有许多感伤的情怀。他知道这是情绪不健康的表现——他惯于经常冷静地分析自己——但没有办法,一种烦躁不安的情绪总是不可抑制地油然而生。郁闷的、悒悒不乐的情绪泛衍出来,成了包围着他的以太,随时都在,随处都在。

这个最有办法的人,却无法"团结"一个最没办法的人——他的妻子!……

孙玉璋坐在沙发上,低着头翻动着一沓材料。他们刚才讨论了很多问题:T市的工厂企业,现在基本上已扭亏为盈,面临的工作是怎样把各承包的小厂组成类似托拉斯的企业,经济的发展已展现了这种前景;T市的交通运输,货运量增加,客运也新开辟了线路;T市的文教卫生,这方面不太理想,医院的肮脏虽然改观,但医务人员还是缺乏;T市的市政建设,这方面他们统统交给了黄国桢,这小老头子三把板斧已打开了局面……

是的,他们讨论了很多,但他却无法把他这个市委书记面临的最重大的问题,最能影响市委书记的精神情绪的问题摆出来和孙玉璋讨论。

他从窗前转过身,看看孙玉璋。现在这位市长心宽体胖,满面红光——这大概是家庭和睦的人的典型面孔。孙玉璋和罗海南,完全是不同气质、不同旨趣、不同生活条件,甚至是不同时代的人。他绝不能理解罗海南,因而也就不能理解为什么罗海南会和自己的丈夫别别扭扭。对这位市长来说,陈抱帖罗海南的家庭摩擦——其实没有摩擦,摩擦还能生热,摩擦常常是和好的前奏。处于不摩擦的隔离状态,就像两座冒火的烟囱一样,永远合不到一起来——是全然不可理解的。

说也没有用。

黄国桢老夫妇,倒可能理解,但他又不愿跟一个碎嘴老太婆一样,到处唠叨个人的愁闷。

算了吧!

他把杯子放下,活动活动手臂,坐在孙玉璋对面的沙发上。这时,孙玉璋已经把话题转到群众性的学习十二大文件上来。他说,有一个工厂,为了不耽误生产,又要全体人员都学习十二大文件,就发给每人一份有四十道题的提纲,让职工们自学。一个月后,按这四十道题考试,会写的用笔答,不会写的用口试,成绩优秀者,发给一个价值五块多钱的暖瓶。一个厂二百多职工,学习的成绩都不错。孙玉璋对这种实用主义的方法很赞赏。

提起学习十二大文件,他才打起精神。

"这个办法不错,可以推广。"他说,"群众学习十二大文件,都是从各自所需要的角度出发的,譬如,农民最关心的是包干到户的生产责任制是不是还搞下去,知识分子最关心的是有关知识分子政策的那部分……先让每个人有了普遍的了解,他们才好钻到各自所需的那部分里去。不过,这还需要补充手段……下午,让杨开祥来一趟。"

在他心里又产生一个新的念头时,他的面孔才开朗起来。

下午,杨开祥按他指定的时间来到他的办公室。

"请坐。"他指指沙发,从办公桌后面走出来,"是这么一回事……"他向杨开祥介绍了那个工厂组织群众学习十二大文件的方式。

杨开祥仍然是代理宣传部长,经过甄别考试,没有变动,因为既看不出他不称职,又看不出他十分称职。他执行任务准确无误,却没有创造性。用一个不恰当的比喻,他像是在一根鞭子的指挥下走在绳索上的猴子,对他从事的工作既无兴趣,又害怕,可是还不得不干。也难怪,他从事的就是一项十分敏感的工作,得到的赞扬少——在他的记忆里,三十年来甚至没有——而检查起错误,矛头首先就对着宣传工作。他没有组织部门的实权,没有工交财贸部门的广泛联系——这种联系就是各种各样物质来源的渠道——任何工作都要以宣传来开路,而不管哪项工作出了纰漏,又要他来替别人擦屁股。他心里早已十分腻味这项工作,他有他自己的业余爱好……可是眼见着自己步步高升,即使在过去那十分危险的年月里,也没有栽倒在绳索下面,又不禁暗自庆幸,再说,他这样一个人,作为干部,还能够再改行搞什么别的工作呢?他只能这样勉为其难地干着。

他听完市委书记的介绍,半晌没做声。他不是在考虑这个方法如何,而是在辨别市委书记对这个学习方法——这不是一般的学习,而是学习十二大文件!——持什么态度,是肯定呢?还是不赞成?因为陈抱帖向他介绍的时候,语气很冷静,很客观,并且最后问了他一个"你看如何?"

其实,他早就知道这种方法。这不是什么新创造。T市许多基层单位,历来都是采用这种方式来所谓的"组织干部职工学习"的——不论学习什么——采用这种方法,领导上最省事省心,也最能收到表面的效果。当然,过去,考试纯粹是形式,也可以说从来就没有正式考过。那时有个"二、五学习",每星期有两个半天海阔天空神聊的时间,学习会如同上茶馆,有许多人还专门积累了一些街谈巷议、异事怪闻拿到"二、五学习"上讲,好像准备发言稿似的,从毛孩怪胎说到"阿波罗"飞船,从"六必居"的来历扯到神农架上出现野人——人们对怪胎野人最感兴趣,仿佛有这种东西做对比,才能证明自己是正常的——哪个单位有几个会聊天的人,哪个单位的学习会必定热闹。发下提纲,喊叫喊叫"要考",给人们一点压力,能稍微引起人们对学习的重视。

现在,形势变了,机关里,机构精简、干部调整了,工厂企业,全部搞了承包,工作还忙不及,生产还赶不及,"二、五学习"等于无形取消。这样,这种考试制度看来更有必要了。可是,用"物质刺激"来鼓励人们学习的兴趣,在杨开祥心里,总觉得和习惯不太和谐。学习,应该是自觉自愿地,"全体同志一致热烈地"……即使搞点"物质刺激",领导上也应睁一只眼闭一只眼,以免将来上面追究起来:"你是用什么态度来对待学习中央什么什么文件的??"这是最要命的问题!工作干坏了,那是你没有吃透文件精神,尚有可原谅

——学是学了，没有学好——如果说你对学习中央文件所持的根本态度就不对头，那就一垮到底，无可救药了！

"嗯？你看如何？"陈抱帖见他不做声，又问他一句。

他白皙的面孔涨得通红。他一向很害羞，很谨慎，现在再加上害怕，更茫然不知所措了。他用一种非常不舒服的姿势坐在沙发上，眨巴着眼睛，像是还在对这种学习方法做慎重的考虑。

陈抱帖翻翻他大办公桌上的杂志书籍，没有找到，又走到书架上翻了翻，才拿出一本杂志。

"这篇文章是你写的吗？"

杨开祥回头瞥了一眼：是他写的！他不知道市委书记有什么意见，更加忐忑不安，在沙发上扭动了几下，把屁股挪到沙发边沿。

"是的，这是随便写写的……"

"随便写写就能写出这样的水平，你真不简单。"陈抱帖在他对面坐下，亲切地拍拍他的膝盖，"不是我上次去省城，我还不知道哩。作协的同志找到我，想借调你到省城去帮忙。怎么？是你自己的主意？还是他们的意见？"

这是省作家协会办的一份公开发行的文艺刊物。他经常给这份刊物写点文艺评论和杂谈之类的文章，笔名叫"三羊"。省作协曾寄来一张登记表叫他填，在"职务"这一栏下，他填的是"T市宣传部干部"，大约作协的同志还以为他是个一般干部——省作协的人都是一帮书呆子——所以有了借调他到省作协去帮忙的意思。省作协还来过一封盖着印章的公函，征求他的意见。但是，一个市委宣传部长，怎么能跑到省作协去替那些老书呆子跑腿呢？他没有答复。大概，那帮书呆子趁各市县的书记去省城听孟德纯传达十二大精神时，跑去找了陈抱帖。

"这不是我的主意。"他在陈抱帖脸上看出了笑容，轻松了一点，屁股往后挪到沙发的靠背下面。

"那就好。我已经替你婉言谢绝了。"陈抱帖扬扬手中的杂志，

"我奇怪的是,你能写出这样的文章——这篇文章还是有一定的独到见解的——为什么在工作中却看不出你的独创性?老实说,我对宣传工作是不怎么满意的,你们大大地落在工交财贸和组织部门的后面。这是为什么?按你的才能——坦率说,说你有才华也不过分——你满能够搞得更好。你想想,这究竟是什么原因?"

听到市委书记夸他有才能,甚至有才华,他不由得暗暗高兴。但他还是抑制着自己飘飘然的心理,蹙着眉头望着窗外,思忖着说:

"是这样的,我总觉得,宣传工作,是党的工作,那是要按上级的规定,上级的意图去办的。至于写作嘛……那是自己的事,文责自负嘛,怎么写都可以……"

"嘻!"陈抱帖听他慢慢腾腾的解释听得不耐烦,打断他的话,"你怎么能把党的工作和自己的写作分开呢?我想不通:党是党,你自己是你自己。宣传工作如果没有宣传工作者自己独特的创造性和个性,那就成了干巴巴的说教了。我看,你要把你写文章的这种风格运用到宣传工作上去,真是一个不可多得的宣传部长。可是,不,你偏偏不这样,偏偏要把自己的个性溶化在共性当中。结果,你本人和宣传工作都成了一盆无滋无味的温吞水……好了,我们不说了。谈谈当前学习十二大文件吧,你看那个学习方法怎么样?"

"我看……"他没有敢看陈抱帖的脸,光听到市委书记激愤的语气就惶惑了,可是又不得不表态,"我看,这样学习,考一考,过去也有过,可是发什么暖瓶,却没有。这样搞,人家会说咱们学习中央文件也搞'物质刺激',好像把学习庸俗化了。这个帽子可不小……要我看,发什么东西就算了吧,发什么书呀、文具倒可以。"

"唔,"陈抱帖又赞赏起他,"你还是有头脑的,把发生活用品改成精神食粮。可是,这样就完全妥当了吗?还有?……"

"还有"什么?他想了半天,没有想出来。

"还有，"陈抱帖等了他一会儿，又说，"宣传工作要有针对性，不能像下小雨一样，每人头上都洒那么几滴。我们把各基层单位的宣传干事集中起来，举办一个短期学习班，使这些人回去以后基本上能回答群众提出的现实问题。我们不能回避问题。过去我们的宣传工作总是按着提纲照本宣科，最后一总结，如何如何'深入人心'，完事大吉。这不行！我们要回答群众提出的问题，而且主要是回答问题！"

"哎呀！"杨开祥到市委书记办公室来，短短二十分钟，情绪几起几落，但最后还是得到市委书记的赞赏，思想总算稳定下来，他也敢提出不同意见了。"陈书记，要让群众自由地提出问题，叫那些宣传干事解答，那恐怕做不到。现在的群众会给我们提出好些刁钻古怪的问题……"

"那怕什么？"陈抱帖固执地说，"有什么刁钻古怪的？三中全会文件直到十二大文件，都是在科学的基础上制定的。我们只要抱着实事求是的态度，有什么不好解答的？"

有什么不好解答的？你自己去试试！杨开祥闷声不响。他就知道现在群众中有许多叫你无法正面回答的问题。

"你觉得有什么困难？"陈抱帖尽量使自己心平气和地问，"如果有困难，我来做个示范。最近，有什么全市性的大会？"

杨开祥思忖了一下，看了市委书记一眼。

"不久要开个电视大学第一批学员的毕业典礼大会。"

"好！到那前一天，你通知我一声。光这些学员还不够，把全市待业青年职业训练班的学员都召集在一起。你估计有多少人？"

"哎呀！"杨开祥又惊呼一声，他最头疼待业青年，"一千人都不止。"

"好，人越多越好！"

二

胖老高开车把他送到楼下。他噔噔噔地跑上四楼。至此,他的心情还是愉快的。杨开祥终于被他说通了,准备拿出勇气,发挥自己的才能来面对现实。进了家,更令他感到愉快。海南没有回来,没有人在他面前摆冷面孔——至少是暂时的——他脱掉风衣,搓搓手,问安徽姑娘:

"晚饭吃什么?"

"没啥吃的。这地方,到这时候光是山芋、大白菜,"安徽姑娘端来两个碟子放在桌上。果然,一碟肉丝炒大白菜,一碟炒土豆丝。

他皱了皱眉头。市委书记都要吃一冬天的土豆大白菜,一般群众更不用说了。

"应该把暖房搞起来。"他说。

"啥?"安徽姑娘诧异地问。

"哦,没什么。盛饭,我们吃饭吧。"

"不等罗大姐了么?"

"那还用问? 每天不都是这样的?"

石一士要收集关于市委书记生活方面的素材,还应该来访问访问这个安徽姑娘。她比市长孙玉璋还透悉市委书记的家庭情况。陈抱帖和罗海南别别扭扭的关系,安徽姑娘早就看在眼里。农村姑娘一天到晚待在家里无所用心,就把心思集中在主人家生活的内幕上。按农村姑娘的思维方式,她已经得出了罗大姐"在外面有一个"的结论。不然何至于此? 她经常回来得很晚,一回到家,还像是进了冷库,脸上都刮得下二两霜来。两口子结婚不到一年,在一起的时候却没有什么话说……在农村,碰上这样的老婆,男人的大耳刮子早上去了! 安徽姑娘的同情,还是在陈抱帖这方面的。她也奇怪,这个比生产队长、大队书记高多少倍的市委书记,这个对着大喇叭筒讲话,几十万人都要仰起头来听的人,怎么还不如她?还不知道自己的老婆有个野汉子?真是"高贵者最愚蠢,卑贱者最聪明"!

她不知道,虽然市委书记一天到晚能听到许许多多汇报,却绝不会有人跑到他面前来汇报他夫人如何如何,即使市公安局长也不会这样自讨无趣。

"陈书记,我家里来信,让我元旦回去看看哩。"安徽姑娘坐在陈抱帖对面,边吃边说,"过完春节,我再来。"

"好嘛。元旦回去,那还有一个多月哩。"

"我回去了,谁给你做饭呢?"安徽姑娘挺忠于职守,她的意思是找个替工。

"饿不死,你放心。"

陈抱帖的话已经带有怨气了,安徽姑娘很敏感,看了他一眼,低下头吃饭,不吭声了。

海南不在家,他反倒觉得自在。客厅可以坐坐,卧室可以躺躺。小书房先不必去,等海南回来再钻进去也不晚。三间大房子,两个人生活在一起却觉得很挤。两人身上都和豪猪一样长着刺,虽然这种刺是无形的,却似乎更多更长,不论在哪儿都是你碰我,我碰你的。今晚只剩下他一个人,身上的刺全部蜕光,变成了一条光溜溜的鱼,在三间房子里游来游去。吃完饭,他点燃一支烟,先在客厅里坐了一会儿,再踱到卧室里去。

在海南的布置下,卧室很精致。海南也有海南的长处,虽然不会做饭,还有一定的审美情趣。他打开床头罩着粉红灯罩的台灯,面朝天地倒在床上。随后,从床头柜上拿起仿水晶雕花的烟灰缸,放在身边。抽了几口烟,又想看看杂志,随手抽下一摞床头柜上的书,都是《译林》、《世界文学》之类,捧在手里沉重得很。他拉开床头柜抽屉,却看到一沓手稿。

手稿用圆头钉钉着,分成两份。不是海南的笔迹。也没有封面,不知道是什么标题,作者是谁。他分开看看,这不是一部,而是两篇小说。手稿用三百字的稿纸誊写的,一份有一百多页,是部小中篇,一份只有三十多页,是个短篇。他先翻开小中篇。

到了这里,你才能真正理解莫奈、梵高、高更和后期的毕加索。崇山峻岭一下子堆在你的面前,是那样地急遽,那样地突兀,那样前拥后挤,那样势不可挡……它立体的各个侧面争先恐后地、急不可耐地要展示自己;它不是肖然不动的,它不是道貌岸然的,它是旋转着的、扭摆着的、飞舞着的。于是,你不会认为这是真实的山、现实中的山,而以为它是梦中的山,抽象的山,山的印象主义……然而,它,只有它才是真正的山!

你想知道什么是山的本质吗?你想看到赤裸裸的山吗?你到这里来吧!

由于它热情过度,由于它被痛苦熬煎了万年,或许也由于它的衰老,它上面没有一根草木。石头全是粗糙的,丑陋的,袒露在光天化日之下,就像一个一丝不挂的老妇人。一阵稍微强劲的风,都会将它的皮一层层地剥去。它毫无怨尤,毫不抵挡,慷慨得近于麻木,就这样把自己交给天,交给风,交给雨,交给阳光和阴云,交给过往的鸟儿——没有一只鸟儿愿意在这里长住——交给那些衣衫褴褛,整张脸盘上只能看见一副白牙的矿工——他们被命定了要住在这里,就像被钉在悬崖上的普罗米修斯……

嗯,有意思!这样的开头,颇有梅里美的风格,并且拿在手里也不重。他往上蹭了蹭,头枕在枕头上,穿着皮鞋的脚搁在床档上,一页一页地翻下去。

下面,在这样的氛围下展开了故事。

· 232 ·

在"四人帮"肆虐的时期,矿山工人家属的户口不好解决,姑娘妇女也不愿嫁给下井的矿工,井下工人的工资虽然高,却很难成家,一幢幢单身宿舍大楼里,住着许许多多这样的旷夫。而与此同时,在农村,一年三百六十五天拼死拼活的劳动,年终分配还要倒贴钱。不贴钱,便分不到口粮。于是,矿山附近的贫苦农村,应运而生地出现了一种新兴的副业。

在这光秃秃的山峦上,在山的瘦伶伶的肋骨与肋骨之间,经常可以看到穿得花花绿绿而又破破烂烂的少女和妇人,沿着那雨水的自然径流形成的崎岖小道,和朝山的香客一样,一步步地向坐落在山腰的矿区攀援而上。

她们有的三五成群,有的两人结伙,绝没有一个人形单影只地爬了来的。她们从事的是一项不花本钱,却很冒险的行业。

是什么行业,已经不言而喻了……然后她们爬了上来,然后她们偷偷地溜进矿工的单身宿舍大楼,然后她们强打起笑脸,挨门搜寻倒班在宿舍休息的矿工,就和卖海洛因的私贩一样,把自己卖出去一次。不错。她们本身就是麻醉品,可以让枯寂的旷夫在"爱情"中暂时麻醉。

在这些妇女中,出现了一对姑嫂。

少女顶多只有十七八岁。在这样的年龄,即使每天喝白开水也光艳照人。她有一头光滑的、如地底深处的煤那样乌黑的头发,松松蓬蓬地编成两条大辫子;眼珠也是乌黑的,嵌在毫无瑕疵的蛋青色的眼白里,顾盼之间宛若深夜的流星。她的腰肢比较粗,一看就知道是每天都要去田间劳动的农家姑娘,但是,粗布的破衣烂衫也遮掩不住它的柔软和弹性。她跟在她嫂嫂后面,心情既沮丧又兴奋,就像这里的天空一样,一会儿晴，一会儿阴。她不知道她会碰到什么样的男人，只知道肯定是个男人。想到前者，使她恐惧，想到后者，令她如醉如痴。这是她十七八年来第一次……

是的，她还是个处女。她最神圣最宝贵的东西，那姑娘的圣殿，将会在一霎之间化为乌有，就像一团坠入深渊的烈火，从此在这世界上消失，即使普罗米修斯盗来的神火也无法把它点燃。那不可用价值来估量的，那本应该呈献给她最钟情的人的少女的象征，将会被随便哪一个冷漠的人来享用，仅仅用一张几平方公分的纸来交换。

看到这里，陈抱帖感到了压抑。吃完饭，抽完烟，处在愉快的心情之中，真不应该看这种东西！但它又有股力量吸引他看下去。他又点燃一支烟。

下面，姑嫂两个总算顺利，做了三天买卖，嫂嫂赚了六十块钱，而姑娘只赚了三十块钱。嫂嫂叫小姑子赶快回家，因为矿上保卫科对这种交易不是不管的。他们抓到这种巫山神女，首先把身上的钱全部没收，然后关将起来，发通知叫公社保卫干事来领人。公社对这事早已司空见惯，置若罔闻，哪有那么多闲人来领你，对不起，你就在那儿待着吧！被抓住的姑娘媳妇，常常一关就是十天半月。可是，姑娘看嫂嫂比自己赚得多，还不想回。这一年她家要倒贴生产队一百五十块钱，这一趟，她至少要赚到一百块钱才能支上一部分口粮。她让嫂嫂先回去，自己还留在矿区做生意。嫂嫂临走时告诉她，干这买卖跟赶集卖鸡一样，也有诀窍，就把诀窍教给了她——怕什么，反正她已经不是姑娘了——当天下午，她在矿区的百货商店门口遇见一个小伙子。

这是一个虎头虎脑的小伙子，憨厚的嘴唇紧闭着，好像从来没有笑过。炯炯的大眼睛里深藏着郁闷，还不时闪现出一种不安的颤动。他像是从另外一个世界来的——是的，他正是从地底深处爬上来的——在一大群上夜班的矿工中间,惊奇地瞧着眼前阳光璀璨的世界,享受着即将西沉的太阳的照射。他对一切都感到新鲜,对狗、对猫,对在街那边食堂前的泥潭里打滚的猪,对商店门口进进出出的人……矿工们靠在街边的铁栏杆上,围成一堆一堆地嗑着葵花子,抽着香烟、聊着闲天。他是孤独的,没有人跟他说话,他也不跟别人说话。蹲在一层葵花子皮上,抱着两肘,眼睛在一双浓眉下四处睃巡。从他的衣裳上来看,他肯定是个单身汉。脱落的扣子用白线钉在蓝色的工作服上,口袋扯下一边,耷拉成一个三角形的布条,脚上还穿着下井的胶皮靴。他的身份,他的历史,仿佛全部写在他这副衣着神态上了。不知怎么,他特别引起她的同情和怜悯。

啊,女人,同情和怜悯别人是你的天性,你的本能! 尽管你是那么需要别人的同情和怜悯。

于是,她从街那边踱了过去,慢慢地靠近他,悄悄地立在他的旁边。

"你要么?"她轻轻地问。她想:这次没有赚上钱也值得,她要把自己给他一次。

小伙子惊愕地抬起头来,不知她问这话是什么意思。他要么? 他需要的东西太多了,但世界不是属于他的。

"你要么?"她又问了一句。同时极其自然地绽出天真的微笑,就好像一对顽皮的孩子背着大人调皮似的。她不羞怯,不畏葸,她认为她就是属于他的——至少是现在,至少是暂时。

小伙子看看她。她手上并没有拎什么东西;她没有什么可卖给别人的。小伙子还是不明白,蹲在地上,仰着脸,用愕然的眼睛询问她。

"这样,这样……"她把从嫂嫂那里领教来的诀窍用上,做了一个手势。小伙子的脸一刹那之间涨得通红,垂下脑袋,鼻子顶着手背,嘴里呜呜地不知嘟哝着什么。

她好像是个大姐姐,正在教小弟弟怎样玩耍一个新的游戏。她也蹲下来,用热烈而急切的眼睛盯着他羞赧的面孔。"你要么?"她热辣辣地问。

小伙子把脸全部埋在胳膊里,只露出一只积存着一层煤末的耳朵。他的稚气,他的原始的粗朴,蓦地使她也变得稚气和纯洁起来。她又恢复到三天前的状态,却又比三天前奔放和大胆。她用胳膊肘抗了抗小伙子的胳膊,终于使小伙子不得不把半边脸露出来。小伙子用一只眼睛偷觑看她,慢慢地转动着脑袋,最后,露出了整个面孔,用一对明亮的、惊奇的、充满着友情的眼睛看着她。于是,两人同时笑了起来,好像两个孩子同时发现了一个大人还不知道的有趣的秘密。

还笑?! 陈抱帖却想大吼一声。他啪地把稿子扣在床上,突地从弹簧床上一个鱼跃挺起来,在地上背着手踱了一圈,然后把烟头使劲地撅在烟灰缸里,又坐在床上,倚着床头的软簧靠背看下去。

下面,小伙子领着姑娘,离开街市,来到宿舍大楼,他俩像跟人玩捉迷藏一样,偷偷溜进小伙子的房间。事后,小伙子从一个破木箱里掏出一张十块钱的钞票给她,姑娘却不收他的钱。小伙子执意要塞给她。她就说,她还需要赚六十块钱,现在,连他的十块,加上已经赚的三十块,一起存在小伙子这里。这样,她再出去赚钱的时候就不怕保卫科的人了。小伙子答应替她保管。但是,姑娘刚离开小伙子的房间,还没有走到楼梯口,就被矿上的纠察抓住了。押到保卫科,一搜,身上一分钱也没有,只好把她关起来,打电话叫公社来领人。公社一个星期也没来人,姑娘倒安安然然地待在保卫科白吃了七天饭。最后,保卫科也没办法,一脚把她踢了出去……

三

响起了开门声,海南回来了。海南和安徽姑娘在过道里说了几句话,就进了卧室。

他怎么配?!他怎么配?!他怎么配?!他怎么配看他的作品?!

海南看见陈抱帖悠然自得地倚在床上,手里捧着石一士送给她的手稿,又气又惊。陈抱帖从来不翻她的东西;这间卧室,他除了在睡觉时间几乎不来,今天是什么鬼使神差,他竟然不在睡觉的时候闯进来!而且,恰恰在今天早上,她把小说手稿从一个隐秘的地方拿出来,撕去扉页——那上面有编辑部的收发章——想另换一张考究的纸,要石一士亲笔签上标题,还写上"赠给海南同志"几个字,再买一条红缎带,精心地装钉起来。临走,她疏忽大意了——事情偏偏出在这上面——匆匆地把撕去扉页的稿子放进床头柜的抽屉。此刻,石一士写的封面和买来的缎带正在她的小手提包里,而稿子却跑到陈抱帖的手上!

她一会儿出,一会儿进,像热锅上的蚂蚁——这个比喻虽然很俗,却非常贴切——她忘了洗脸,也忘了脱大衣,不知道干什么好。她不是卡门式的吉卜赛女郎,会扑过去一把抢下手稿,又不是纽沁根子爵夫人那种情场上的老手,会掩饰住情书被丈夫发现时的惊慌。幸好,陈抱帖看得正起劲,一点也没发现她的神情有什么可疑之处。

……姑娘被放了出来。第一件事,当然是找那小伙子要钱。可是,矿区的大楼好像一个模子脱出的砖坯,几十幢灰色楼房一个式样,姑娘第一次来矿区,又不知道小伙子的名字,转了半天,也找不到小伙子住的那座楼房,更不见小伙子的影子。矿上的小伙子成千上万,哪里有那一对深藏着郁闷,还颤动着机阢不安的目光?哪里去找那一对惊奇的、多情的眼睛?她只得自认倒霉,当作是保卫科把钱没收了,垂着头怏怏地往家走——"还好,白吃了七天饭哩!"想到这点便宜她又高兴起来。

她转过山坳,走到通向山下的路口。远远地,她看见一个小伙子坐在路边的石头上,低着头,玩着手中的石子,好像是在等什么人。会不会是他呢?她的心剧烈地跳动起来,急急忙忙向他走去。他仍然没有抬头,还是玩着他手中的石子,看上去他已经在这里坐了很久了。随即,那颗钉着白线的钮扣,那个呈三角形的破口袋扑进她的眼帘。她跑去,捂着胸口,站在他面前。

小伙子看见了她的脚,那双虽然破旧,却补缀得很精致的条绒单鞋,才抬起头来。

"你……咋现在才来?"小伙子的口气有点埋怨。他撂下手中色彩斑斓的石子,站起来,从屁股后面的口袋里掏出四张十块钱的票子:"我一直在打听啥时候放你。听说今天早上放你,我就在这儿等着……矿上的人太多,还怕有保卫科的干部跟着……喏,拿去吧。你点一点。"

小伙子把钱塞在她手上,拍拍裤子上的土,走下坡来,顺手折了一根紫荆槐,沿着这条回矿区的路,一面走,一面百无聊赖地抽打。

她望着小伙子的背影,望着他宽宽的肩膀,望着他油腻腻的领子,望着他两根鞋带不一样的翻毛皮鞋……这双翻毛皮鞋离她越来越远。她擦去脸上的眼泪,追上去两步。

"大哥,"她叫道,"你等一等。"

小伙子掉过头来,那对惊奇而又郁闷的大眼睛看着她。

"大哥,"她走到他身边,柔情地凝视着他的眼睛,低声问,"大哥,你要我么?我这是头一回来。真的!不信你问我嫂子。我会跟你过日子,我可会过日子啦!啥样日子我都会过。

你要是要我，我还能跟你生娃娃……我啥都能！你要我么？啊，你说你要我么？"

　　一只灰色的山鹰在山顶盘旋，它的影子一会儿掠过来，一会儿掠过去。山口有风，那种带着煤炭味的风，从山坳那边刮来，于是，细沙微尘从山坡上窸窸窣窣地往下溜，溜到他们的脚边。路上空荡荡的，只有他们两个人，面对面地站在那里。这会儿没有过往的汽车，世界一下子变得十分沉寂，还仿佛有某种莫名的不安。

　　半晌，小伙子抬起眼睛，嗫嚅地说："我咋敢要你？我是个狗崽子，爸爸妈妈都给斗死了，我刚从学习班里放出来……我每天都得下井，谁知哪一天……大妹子，你找个好一点的人家去吧。本来，我还想给你添三十块钱，可……正当月底我手上没钱……你要是还差的话，月头上再来找我。"

　　"不，"姑娘拽着他的衣襟，"我跟定你了！你是这样的身份，我倒放心了。咱们都是受苦的。啥'哪一天'、'哪一天'的，我活是你的人，死是你的鬼。再说，菩萨也会可怜咱们的。你下井，我给你做饭洗衣服——你看你这衣服脏的……咱们就在那山腰上挖个洞……你没看人家也是这么过的么？"

　　…………

　　海南终于在客厅里坐下，但神经极其紧张，甚至陈抱帖在卧室里翻纸的声音她都听得见。渐渐地，由于紧张过度，反倒感到疲倦了。从疲倦转到平静，从平静进入麻木，而最后，却从麻木又上升到无所畏惧。

　　本来嘛，这有什么可怕的？！真是神经过敏！她嗖地站起来，脱掉法兰绒大衣，夹着大衣昂首挺胸地闯进卧室。

　　如果陈抱帖把小说批得体无完肤，她要跟他舌战一场！

　　陈抱帖刚好看完这部小中篇，把稿子合在床上，揉了揉眼睛，用手掌捂着额头，好像在测试自己的体温似的。海南撅着嘴，打开衣柜,挂好大衣,手往脑后一抹,把发卡去掉,一头秀发披散下来,如同一个亚马孙族的女战士,处在临战状态。

"好!有才气!很——有才气!"

陈抱帖突然拍了一下床,又一个鱼跃从床上挺起来,自言自语地像念京剧道白似的喊了一句。

海南诧异地掉转头看看他。他脸色平和,在床前解着上衣钮扣,看不出他对小说有什么反感。可是海南并不就此罢休。

"哼!"她掀着薄薄的嘴唇,"你说的才气,大概指的是列宁说《插在革命背上的十二把刀子》的那种才气吧?"

"胡说八道……"

陈抱帖毫无愠色地嘟哝了一句。他想跟她说,插在"四人帮"背上的刀子跟插在革命背上的刀子完全是两码事,可是他懒怠去说。作为一个妻子,她应该理解丈夫的思想情趣、艺术口味、审美能力,如果她这样水平的妻子不理解,那就是她不愿花脑筋去理解,说也没用!

"你才胡说八道哩!"海南实在没有把握住他的想法,耍小孩子脾气地顶了他一句。

而陈抱帖把揉皱了的呢上衣挂起来,好似挂起了免战牌,一声不吭,向门口走去。

"哎!"在门口,陈抱帖又忽然回过头,好奇地问,"这小说是哪儿来的? 作者是谁?"

海南本来可以不理他,但她不甘示弱。

"哪来的? 是个……手抄本,谁知道作者是谁!"

但陈抱帖却不是《十日谈》里所说的"自作聪明"的丈夫,还真正有点聪明。他绽出大人听见孩子撒了可笑的谎话时的那种微笑:

"你别蒙我了! 手抄本有这样清秀潇洒的字? 那都是中学生的杰作,跟狗爬的一样。这明明是作者的手稿。是不是你们文化局里谁写的?"

海南还没有学会撒谎。她把睡衣往床上一摔,自己气自己不会撒谎:

"是的! 怎么样?"

"那么是谁?"陈抱帖往回走了两步,认真地问。

"我不告诉你!"

"嘿嘿!"陈抱帖又像逗孩子一样逗她,"你别忘了我是市委书记,我能调动公安局。"

海南果然吃了一惊。如果他真的叫公安人员去查可就坏了!其实没有什么了不得的事,一扯进公安人员,石一士的名声就会受到玷污。外地作者就有过这样的经验,事后虽然公安局向作者道了歉,但造出去的影响再也收不回来了。

"是谁?"她没好气地回答,"是石一士!"

"啊?!"

陈抱帖听海南说石一士还在 T 市,和当初海南听"爱玛"说石一士在这里同样惊奇。

"他不是调回北京去了吗?"陈抱帖又在自问自答,"哦,对了,后来他没有走成。"

"你们这些地方官不都是这样?!"海南忿忿然地说,"用嘛不用人家,放又不放人家走!"

"胡说八道……"

事实上,八○年省报一些人想批石一士的时候,还是陈抱帖向孟德纯进了一言,陈抱帖说,省里的文艺创作三十年来一直落在兄弟省区的后面,现在,出了这么一个石一士,在北京、上海的大刊物上发表了一些作品,有了全国性的影响,北京、上海很重视,自己省倒先批起来,这是说不过去的;况且,对石一士的作品究竟如何评价,应该由文艺批评家来研究,一时不可能做出定论,一个省的党报分出很多版面来批石一士,从政策和策略上来看都不明智,将来不是不了了之，便是骑虎难下。"唔，唔，"孟德纯听他的话有道理，随手给宣传部打了一个电话，省报才偃旗息鼓，只发了两封"读者来信"，把下面几篇大块文章都压下了。

但是，他也懒怠把这个内幕告诉海南。告诉她干什么？炫示自己的明智？去她的吧！他咕哝了一句"胡说八道"，又钻进自己的小书房去了。

没有吵起来，海南更生气。抄起床上的烟灰缸，咣当一声摞在床头柜上，顺势把自己往弹簧床垫上一摔，可是立刻发觉压住了手稿，又像触了电似的跳起来，把手稿收拾好，放到那个稳妥的地方——其实现在完全不必要了。

第十五章　那是多么美好
的岁月

一

蒋岐山——他失去了轻工局局长这个头衔,只能光秃秃地称他为蒋岐山——晚上十点多钟,快快不乐地从朋友家回来。

他住在一条僻静的巷子里。原来巷子里没有路灯,现在在一溜电线杆上安了四盏,把整条巷子照得通明。巷子里挖了沟,据说是要赶在上冻前整修下水道,巷子从头到尾成了战壕。黑腻腻的湿土翻了上来,紧靠着各家门口,只剩下一溜羊肠小道。

他喝了点酒,现在酒劲儿正往上冲。他下了自行车,推着车小心翼翼地沿着羊肠小道走进巷子。一股潮湿的恶臭迎面扑来,令他作呕。

“呸!”他狠狠地啐了一口。他妈的! 现在全城都搞得乱七八糟的,连住家的地方也不得安宁。弄了一帮小青年,今天这儿掘掘,明天那儿挖挖,什么市政建设,尽搞些表面文章! 前天就有一个三岁小孩掉进一人多深的沟里,摔断了骨头,这笔账要给陈抱帖孙玉璋记上!

他所记得的美丽而古朴的 T 市一下子消失了。他从小背着书包在这巷子里进进出出,后来拎着公文包在这巷子里来来回回。那时候人跟人的关系哪像现在这样紧张,从巷子里进进出出,来来回回,人们见着他总是和和气气地、恭恭敬敬地,打老远就看见人家的笑脸:"回来啦,蒋科长,"或是,"上班呀,蒋局长。"每逢节假日,客人不断,走了一拨又来一拨。谁图那些东西?那是人心!人心换人心,那是自己的心换来的。T市谁不知道他蒋岐山是够朋友、肯帮忙的人?"文化大革命"里面,他蒋岐山知恩图报,登高一呼,就有一帮人跟他去市委抢档案的抄件。事情虽然没办成,他总算为唐宗慈尽了心。现在,居然说他也搞了打砸抢,那早就成了定论的案件,这陈抱帖也要翻一翻,学习不让学习,下厂不让下厂,把他"挂"了起来。

怎么会"挂"起来的?还不是那个吴长荣!他丢了商业局长的乌纱帽,害怕下厂下店,悄悄地出卖了朋友,捞上了个去"学习"的机会。还有那个王恩鸿,靠着老资格离休在家,立刻像看破红尘的老和尚,牢骚也没有了,但咬起人来还入骨三分!

他一辈子没尝过"挂"的滋味,只"挂"过别人。

现在他体会到了,所谓的"挂",就是让你上不着天,下不着地,四面八方没有依托,空荡荡地悬在那儿;搞得你六神无主,恍恍惚惚,谁碰你一下都会晃悠半天,谁捅你一手指头都会摆几摆。这手段的确厉害!

自行车轱辘粘满了烂泥,越推越重,再加上喝了点酒,这时全身都冒出热汗。他家在巷子尽头,还有一大截路哩。把车扛起来走,脚下不稳,继续推,眼看着前面有一摊明晃晃的泥水。倒了邪霉!黄国桢这老家伙尽不干好事!记得前天在这条巷子见了他,他连个招呼也不打。墙倒众人推,破鼓乱人捶!那年去南方,这老家伙跟条狗似的颠儿颠地随在后面,大气也不敢出一声。现在可好!戴了顶像烙饼似的圆帽子,还拿着根拐棍——过去他为啥不拿?!——站在烂泥堆上指东点西,跟旧社会的资本家有啥两样?!

他又想到那个马成章。这回他也够损的!当了组织部副部长——没有正部长,他不是大拿?——换人换马,事先连个招呼也不打，等什么局长、副局长、科长、副科长照往常一样上班的时候，进办公室一看，办公桌早就被人家占了！换上去的人啥话不说，光给来人一张条子，通知他到组织部报到，另行分配工作，连交接手续都免了。到了组织部："谁谁谁，你到哪个工厂去！""谁谁谁，你到哪个商店去！""谁谁谁，你到哪儿学习去！"……你不去上班？好，你的工资关系已经转到那儿去了，从此与你所属的部局无关。在那儿，出一天勤给一天工资，跟当临时工一样！想照过去那样，换人换马，调动工作，长的可以趁此休息半年，短的也能泡两三个月蘑菇，但没有工资，你不是自己跟自己过不去?!

想起他失势的那天，真比人家打他一顿还难受。那天，他照常去上班，比往常还提前了几分钟——甄别考试以后，有好些科、局长都提心吊胆，工作比过去积极得多。可这样人家也不饶你，你不是来得早吗？莫道君行早，更有早行人，接他班的人早就坐在办公室里等他。见他来了，装出一副笑脸，交给他一张通知。还用看？不看也明白了。这个人是皮革厂厂长，技术人员出身，过去一直跟他顶着干的。他几次想拿掉这个人，可皮革厂是全市盈利最多的企业，在省里算个先进，他始终找不到理由。陈抱帖一来，仅仅跟陈抱帖在星期天谈了一次话，马上连升两级，身兼三职——经济领导小组成员、轻工局局长，还把着皮革厂不放！

能跟皮革厂厂长吵么？能耍死狗赖着不走么？这时，他才真正认识到"任命"两个字的含意。"任命"，那就是别人"命"该当局长，你只能"任"凭"命"运的摆布，叫你干啥就干啥；一个人的价值，全在名字前面的头衔上。没有前面的头衔，就像○前面的实数被取消，啥价值也没有了。发脾气，发牢骚，又有谁来听你的？

后来听说，嘴头硬的人还一面收拾自己的东西——保温杯、茶叶筒、折扇、书籍笔记之类———一面还嘟哝着要找组织部、找陈抱帖说理去。他不是那号不明白的人，见了通知，即刻干净利索地收拾起自己的东西。他心里想，你迟早要找我来，我把没办的事情一撮,看你咋拢这个摊子！你以为局长是那么好当的？全市大大小小的工厂,归轻工局管的有一半,千头万绪,乱如绞丝。到你找我的时候,对不起,也请你找组织部吧！我不当其位,不谋其政了。可是,一晃四五个月,皮革厂厂长的鬼影子也没见,人家压根儿不需要他！

原来,新提拔上来的人对局里、科里的事心里早就有数了。最后,算来算去,只有自己的私事和别人托付的事没有办,遗留下来的公家的事,人家一上台就解决了。

二

泥水上,不知是谁做了好事,垫上了几块水泥板,他扛起自行车过了泥潭。走几步,就到家门口了。

到了家门口,他也做出了总结:还是老百姓说得对！"五十年代人亲人,六十年代人揍人,七十年代人整人,八十年代人挤人。"现在正是"人挤人"的年代。十亿都过了,能不挤么！你想当局长,他想当局长,位置只有那么一个,就看谁有本事了。什么不称职？什么帮派思想严重？什么打砸抢？都是幌子！他不过是让人家——陈抱帖、孙玉璋,还有皮革厂那家伙——挤兑下来罢咧！

他掏出钥匙开开院门,把自行车推进院里,习惯地掸了掸身上的土。这所院落是他家的祖业。早年间,他爷爷辛苦了一辈子,才跟另两家合盖了这些土坯房。三家当中只有他们家风水好,出了他这样一个露头角的人。如同旋转时的陀螺有一股离心力一样,自这院里以他为中心旋转以来,那两家都被甩了出去。不过,现在虽然是独门独院,却已经相当破旧了。轻工局给他花了不少钱修缮,也不能根本改造。他正盘算着公家要用他家这块地基造大楼时,他能得到多少便宜。

北屋里没有开灯,电视机的荧光屏上闪着时明时暗的蓝光。

他老伴在看电视连续剧《武松》。他现在多么需要人安慰，多么需要人鼓励，但他知道老伴在看《武松》的时候不会分出一点精神给他——那是他老伴雷打不动的节目。他在院子里孤零零地站了一会儿，然后趄过身，漫无目的地走向西屋。

西屋是他没有书的所谓"书房"。那里摆着篷布厂请他试用的大小沙发，木器家具厂让他鉴定的书桌茶几……反正他有的是空房子，凡属轻工系统送来让他试用、试看、试听、试洗、试……的东西，他一概来者不拒，家里变成了一个 T 市轻工系统的展览会。

他推门进去。见了什么鬼！长沙发上明明躺着一个人，一眨眼分出来一半，成了两个人！房子里虽然黑魆魆的，可他并没有喝醉，看得真真切切。他正想伸手去开灯，突然听见他女儿轻轻地惊叫了一声。

他这才恍然大悟。

这也是个不敢得罪的人。世界上有两种人，你别去惹他，一种是最有权有势的，像陈抱帖——第一把手，后台又硬——一种是最无权无势的，像刚刚跟他女儿搂在一起的叫"黑三"的小青年——他一无所有，惹恼了他会跟你动刀子——可女儿香香偏偏爱和这个黑三搅在一起。原先，巷子里没有路灯，两个人就在黑漆麻乌的巷子里鬼混。现在巷子通明，两人转移了阵地，竟大明大白地跑到他家来了。黑三的家里挤，听香香说五口人只住十来平方米。但这不是理由，最根本的原因还是看他失了势，谁都敢骑在他脖子上拉屎了。呸！啥玩意儿……

他不敢发作，跟跟跄跄地走进他的卧室。屁股一歪，成对角线地往床上一躺。这时，他头晕脑涨，满眼金花乱舞，好像当头挨了一棒，陷入了一种混混沌沌的、半迷半醒的状态当中。

他算尝尽了失势的悲哀，如果他还是轻工局局长，他会碰到里里外外这一连串奇耻大辱吗？他不由得回忆起过去那美好的年月。

是的,过去,那是多么美好的年月!只要你表现积极,热情大胆,根本不用考虑什么后果,你干就是了。干,就是一切!批判错了,事后可以给人平反,但批判人的人总是不会错的,入了党的不会叫你退出去,提了级的不会叫你再下来,中央敢于为响应自己号召的勇士负责。只要按上面的指示办,即使图表上的生产指标下降到零,官照样能够往上升,领导上从来不跟你计较什么经济账。既然任命你当科长、局长,那就说明你完全胜任,还用考吗?领导的眼睛就是秤。那时候,国家培养领导干部多么有耐心,多么舍得花本钱,据说培养一个飞行员,国家要花跟飞行员一般高的金子,培养一个局长更不容易,几十万、几百万地让你去买经验。哪像现在,动不动就就地免职,如今,T市就地免职的厂长书记已经能成群地赶了。这还叫什么"培养"?哪有人天生下来就会当干部的?哪有好好地当着当着局长就被拨拉下来的?……

正在他满腔悲愤的时刻,卧室的门开了,他老伴和女儿一前一后走进来。老伴胖乎乎的,厚厚的下嘴唇耷拉着,面皮如同被水浸泡过的一样,此时,这张黄脸异常阴沉,预示着有一场暴风雨。他女儿香香低着头,却像已经被暴风雨打蔫了似的,躲在她妈宽阔的屏障后面。母女俩的神色,才使他想起刚才看见的一幕。是的,女儿应当好好管教管教。可是这最好由她妈去说,当爸爸的怎么说得出口?

"你看,谁都欺负到咱们头上来了!"他老伴拍手顿足,"香香让何云翱那小子给辞啦!"

他张着嘴,愣了一下,没有搞清究竟是什么意思。老伴说的好像不是那回事,而是另一回事。

"啥?啥……"

"何云翱——你忘啦?就是香香厂里的技工,这会儿当上了他妈的厂长,说香香是合同工,把香香给撸了下来啦!"

"哦——"

他这才明白。香香去年高中毕业,没有考上大学,恰恰又碰上中央三令五申严禁干部利用职权在招工中走后门的风头上,他不便把香香塞到自己轻工局系统去,变了个戏法,和吴长荣交换了一下,把吴长荣的侄女儿招到纸厂,送香香到商业系统的食品加工厂。那时,两个厂都赔钱,没有招工指标,只能把两位千金按合同工对待,等候时机到来再转正。然而……

这又是一个打击!

"香香,到底怎么回事?"

"就妈说的那回事呗!"

香香一屁股坐在沙发上,架起二郎腿,嘴唇一抿一抿地,用手捻弄着扶手上的线头,香香长得楚楚动人,和她妈完全不同,却有几分像他:大眼睛飞光流彩,皮肤白嫩,栗黑色头发烫成时髦的大花,嘴角还有颗迷人的黑痣。她是爸爸的掌上明珠。她不好好上学,爸爸并不说她;她没有考上大学,爸爸给她安排工作;她交男朋友,爸爸睁一只眼闭一只眼;现在她失业了,好像也与她无关,她一点也没有搁在心里。十分钟前,她妈看完了《武松》,要拉她来找爸爸,把黑三赶跑了,她憋了一肚子气。一进门,猛然想起来爸爸发现了她和黑三在西屋的一幕,可能要叨唠她几句,才有点害怕——不是怕羞,而是怕絮聒——现在,看到她爸爸妈妈注意的不是黑三,而是她的职业问题,松下一口气,然而也就此以攻为守,装出一副懊丧的表情。

"他妈的!"她爸爸骂道——不是骂她,而是骂市领导,"说的好听,一年里头解决 T 市所有待业青年的职业,现在,老的没解决,新的倒越来越多了! 没关系! 咱们家养得起香香,有那养活不起的哩! 那些人不找他算账才怪! 前些日子,就有个小青年抱了炸药包去炸他……"

"哎哟! 炸着了没?"他老伴好奇地张大了嘴。她对市井新闻最感兴趣,这种兴趣暂时压倒了对女儿职业问题的关心。

"废话!"他瞪了老伴一眼,"炸着了不就万事大吉了?! 还有这么多事儿?"

"咳! 咳!"他老伴拍着巴掌,既懊丧,又恼火,"该! 该,咋没炸着这狗日的! ……"

她的表情,连女儿看了也觉得滑稽,禁不住吃吃笑出声来。

"还笑! 还笑!"他老伴做了个奇异的动作,连头带身子猛地扭过去斥责她女儿,"老大不小的,还有脸……"

香香一转眼就摆出十分规矩,十分委屈的样子,好像刚才压根儿没笑过。

"算啦!"他制止住老伴,怕说穿了香香下不了台,"你不叫她笑,她哭去? 哭管啥用,咱们身子掉到井里了,靠只耳朵能在井台上挂住? 不让干,不让干就在家老实待着,复习复习,明年还考大学。"

"老实待着? 她是老实待着的人吗? 当年都考不上大学,还明年哩!"知女莫若母,他老伴非常怀疑女儿的智力,"街道上通知她明天去啥待业青年职业训练班,我看还是让她去好。"

"哼哼,"他冷笑道,"啥'待业青年职业训练班'! 那比一个大学的学生差多了。这陈抱帖尽是鬼点子,空喊一声:'解决待业青年职业问题',唬弄得老百姓一愣一愣的。结果,给安排个跑堂的也算就业,安排去送牛奶也算就业,拿着大锹东掏西掏的也算就业……还说得好听:'凡是有工作、有收入的都算就业,不能说吃上大锅饭才算就业'。你们听,多轻巧,一句话,就把个老大难的社会问题解决了! 要是这么着,我也会! 香香别去,就在家待着。咱们迟早会熬过他。上次潘广英回来说,省委齐书记正收集他的材料哩!"

潘广英回来过两趟。唐宗慈正在省城"住院"。他蒋岐山现在也成了最无权无势的人,唐宗慈对他,就和他对那个黑三一样不敢惹,他虽然不会动刀子,可是有比刀子更厉害的玩意儿。所以潘广英特地安慰他,要他相信省上"执行正确路线的领导"。这是"文化大革命"里的套话,现在听起来和喝白开水一样没有味道。倒是潘广英透露出老唐和省上"执行正确路线的领导"一起在替撤下去的干部想办法,还给他眼前展开一丝希望。不然,活着真不如死去!……

香香不高兴地朝她爸爸翻了一个白眼。她想去职业训练班,因为黑三也去。在她看来,在食品加工厂打点心,跟在饭馆跑堂差不了多少。她只认得钱。正如古罗马人说的,钱是没有气味的。全民所有制企业发的工资和其他什么单位发的工资没有不同,都是人民币。她还年轻,还没有她爸爸那样充分地认识到铁饭碗的重要性。

"我不考大学。"她撅着嘴嘟哝,西屋那块阴云已被职业问题的风吹走了,她此时无所畏惧,"要是明年再考不上,更让人笑话。我还是去训练班!"

"行啦,让她去学习班!"她妈妈狠狠地说,"她早就跟黑三说好啦!"

蒋岐山皱起眉头。这时他更深刻地体会到,一个局长下了台,即刻就降到普通老百姓的水平。过去,家里从来没出现过这类搔头的事。愁的只是孩子不长,忧的只是孩子有病;只怕天灾,根本就没有人祸,生活上更没有操过心。尽管社会上运动来运动去,那只是他运动别人,很少有运动到他头上的。这会儿,柴米油盐酱醋茶,吃喝穿戴,孩子就业,女儿对象……生活问题一起压了上来,他从不食烟火的神仙一下子坠落成凡人。他长叹一声,依然呈对角线地躺倒在床上,没头没脑地说了一句:

"唉——还是过去好哇!"

房间里出现了冷场。三个人都像《钦差大臣》的最后一幕一样,僵在那儿不动。但香香毕竟年轻,她耐不住这样难堪的沉默;她受妈妈的侮辱已经受够了!她妈妈又提起黑三,其实那是个很

好的小伙子……她想着想着,不觉脱口而出:

"黑三,黑三怎么啦?"

"你还犟? 你还犟?"她妈妈像被惊动的母鸡,突然扇动起翅膀拍打着大腿,"那尕子不是在咱们巷子里长大的? 从小就看他少调没教的。那年,他不是说了句'除了马克思主义,啥主义我都信',让街道上斗得七死八活? 你就爱跟这样的人在一起,还有啥出息?"

"我没出息? 我就是没出息! ……"香香被爸爸娇纵得不像样子,一点也不怕她妈。

"好了! 好了!"蒋岐山喝止住娘儿俩,坐起来,"去,那就去! 香香,你要知道,你上不了大学,现在又找不到工作,是咋闹的? 就是现在这帮乱七八糟的人闹腾的! 要照过去,你还不是推荐上了? 吴长荣那大小子,屁字也不识几个,还上了名牌大学哩! 不想上学,工作问题还发愁么? 要去哪个单位还不由你挑、由你拣……这帮人里头,头一个发坏的是陈抱帖。这小子,过几天还要给全市待业青年宣传十二大,又出新花样,叫自由提问。你就给他写张条子,说'我们还是觉得毛主席那时候比现在好,我们怀念毛主席'。看他咋说? 也让他知道,我们老百姓是咋想的……"

这问题的确刁钻,正确的东西和不正确的东西搅在一起,这锅浆子够陈抱帖喝的。

第十六章 "甜蜜的女人"

一

石一士早晨醒来,感到精神好些了。胸部不再那么憋闷,呼吸也觉得轻松些。他从床头柜里拿出根温度计含在嘴里,呆呆地在床上坐了一会儿,抽出来看看,三十六度八,体温已经正常了。于是他决定起床。

这种病,既像是肺病,又像是心脏病,但他知道这既不是肺病,又不是心脏病。这种病,几乎和癌症一样顽固,不同的是它不是由癌细胞引起的,而是肺部广泛的纤维性变。"纤维性变"!想到自己的胸腔里挂着的不是会自行一张一弛的肉质体,而是一串和烂棉花絮一样的东西,就让人不寒而栗了。

他年轻时生活很懒散,除了偶尔做做广播体操,从不参加体育活动,抽烟又抽得很凶。七〇年,仅仅因为几句话,晕头转向地被判了十二年徒刑,即刻押解到矿山上叫他下井。那里,劳动条件是极为原始的,不久,他就感到肺部不舒适。在号子里,他向老犯人借来什么《工人医生手册》之类的书,在"尘肺的治疗"这一节里,只写着"必须突出无产阶级政治与治疗相结合……必须以毛泽东思想挂帅,用战无不胜的毛泽东思想武装病员,树立信心,战胜疾病,不能单靠药物治疗"等等大而无当的政治术语。这种话其实暗示了:此病是无药可治的!药物,至多只能控制它的渐进性,把它抑制在一定的范围之内，何况当时当地还没有药物。

他本性还是个乐观的人，"毛泽东思想"中的这一句话他还是恪守不渝的，即：既来之，则安之，自己从来不着急。这是种既听天由命而又人定胜天的态度，妙不可言地把客观与主观熔炼于一炉，得出的最凝炼的人生哲学。不过，话说回来，在那种条件下，不"安"又怎么办？"急"又有什么用？

他穿好衣裳，洗完脸，把房子略加收拾，用昨天打来的温开水冲了杯麦乳精，怔头怔脑地坐下来，一时，还没想好今天要干些什么。

现在，目前，当今，是他多年来所盼望的，是他多年来在那黑咕隆咚的矿穴里所向往的，而所盼望的、所向往的成了现实，却又和他原先所盼望的、所向往的不尽相同。有些似乎更好一点——譬如补发工资之类——有些似乎不那么好——譬如在人与人的关系上和仍然被排挤、得不到支持等等——最令他沮丧的，是他过去没有料到，八年的劳改生活，不仅摧残了他的肉体，并且在精神上也留下了不可消除的阴影。癌，还可以割掉，三度烧伤也可以植皮，在高明的医生手中，什么烙印都能搞得天衣无缝，但心理上的伤害，个性上的扭曲，是很难矫形的。这几年，他不是没有高兴的时候，譬如，他的作品接二连三地发表了，看见自己一笔一划写出的字变成了铅印的东西，真兴味无穷！譬如，接到一封封读者热情洋溢的信，得到了外地报刊的赞扬与肯定，也感到慰藉，即使本省一些文人的妒嫉，也表现了他的存在价值——人不会妒嫉没有价值的人。

但是，所有的欢乐，全被裹在一团迷蒙的湿雾当中。古典美学中有句话，叫"雾中看花"，指的是一种朦胧的美的境界，而这话在他理解，却有另一番含意：绚丽的鲜花在他眼前，都罩着一层忧郁的色彩。他由此认为：从坟墓里爬出来的人，总带点阴飕飕的鬼气，至少，神经不会像一般人那样正常。

最近这一年,他写的东西很少,倒不是因为"伤痕文学"不时兴了。"伤痕"大有可写,问题是怎样写深。而是他自己觉得,老把还没有痊愈的伤疤揭出来给人看,也跟一个街头碎嘴子老太婆差不了多少。有财富的人炫耀财富,有权势的人炫耀权势,有痛苦的人没有别的可炫耀,似乎和旧社会告地状的乞丐一样,也可以把痛苦拿出来炫耀一番。和有财富有权势的人炫耀自己的所有物时,会沉浸在自己所炫耀的东西里,从而激发起更大的野心去追求财富与权势一样,炫耀自己痛苦的人,也会沉浸在自己的痛苦里,会以为痛苦也可算作一种骄傲的本钱,从而不断地像开矿似的去挖掘痛苦,追求痛苦的真髓。陀思妥耶夫斯基大概可作为这样的一个例子。这对他健康是极其有害的。

他不愿做碎嘴老婆子,更不愿自己摧残自己。他想重建生活。

然而,重建生活却不那么容易。人的生活,除去精神部分不谈,最根本的不过是两样东西:时间与空间。时间,他现在倒有。物质由不动到动的一刹那间,分子会处在一种混乱状态。他所属的 T 市话剧团,在改革之前,分子正四处盲目地活动着,乱糟糟的,远不如一箱子蜜蜂有秩序。别人一乱,他却能趁乱求静,有充裕的时间来写东西。

但是,写什么呢?

他逐渐发觉,除了过去那段黑暗的生活,他可说是一无所知。最近这三年多来,他在这洞穴里埋头写作,实际上也是在往回爬行,而且和他爬过来同样艰难。写作,那是每时每刻都要动脑子的事情,因而他四周仿佛一天到晚仍然是那些幢幢的鬼影,现实的生活——好的和不好的——似乎都与他无关,他的思绪与感情,或是和但丁一样,被维吉尔又引到地狱,或是和浮士德一样,被靡非斯特拉着乱跑。再加上,文学创作本身,也和入地狱同样,那大门上写着:"走进这门的人必须抛去一切愿望,"所以,今天的生活,又与他有什么相干呢?

最近这一年,他想挣出地狱的阴影,在艺术上和题材上做新的追求。当然,最轻巧的,莫过于写点爱情故事,如"爱玛"说的他在"啥啥文学"上发表的那一类小说。尽管这一类小说也能谈出一些人生的哲理,表现人的情操和人格力量,但如同叫使惯了大刀的人换成匕首一样,他总觉得玩得没有味道。他想写比较重大的题材。

T市的变化,不管他多么心不在焉,多么闭门自锁,总还是或多或少地传到他的耳朵,有些,还是亲眼所见的。这个陈抱帖,引起了他的兴趣。他感觉到,这就是一个现在大力提倡作家去写的所谓"社会主义新人"。于是他和海南频繁地接触了。这是一个最权威的资料来源。可是,经过接触,原先功利主义的想法却渐渐隐没了,他得到了他一生中从未得到过的珍贵的友谊。他特别为海南的眼泪所感动。他前面的妻子在他被判刑时都没流泪,而是果断地跟他离了婚。海南的直率——或者说是任性——海南的罗曼蒂克——或者说是热情——海南的教养——或者说是想像力——给他揭开了一个和他已经惯于待的黑暗的矿井迥然不同的世界。是的,海南和他是属于不同世界的人。她把那个稳定的、明朗的、从而也显得未脱天真的世界带来给他,多少温暖了他在矿穴里凉透了的心。这样,无形之中倒把创作放到一边去了。

于是,写什么? 还是一个问题。

另一个,是空间。这个空间简直恶心透了,是不适于生存的空间,更不用说创造精神产品了。人的存在决定人的意识,在这个存在空间里就不可能写出色彩鲜艳的作品来。它的潮湿,它的霉臭,它狰狞可怖的裂缝,它的老鼠和蟑螂的肆虐,还有那没有顶棚的椽子上沙沙地往下掉土,会把一切诗意都化为乌有。怪不得中世纪的诗人要徜徉在翠绿森森的竹林里,怪不得只有英格兰北部的湖区才能出华兹华斯和柯勒律治,怪不得"歌德派"怀疑作家们是坐在铺着红地毯的起居室里写作的。前两年,他刚搬进来,因为有矿井的巷道和这土坯房对比,还觉得过得去,甚至认为这是天堂。近年来,这间房子在他眼里变得越来越使他不能忍受了——人啦,你是多么不容易满足!——坐在写字桌前,心情不由自主地会感到压抑。

写什么?怎么写?他面临着一切作家面临着的问题。两者都是那样抽象,两者都是那样具体。尤其是后者。

二

阳光开始从他对面房子的墙壁上折射过来,他的洞穴里稍微亮堂了一点。他不喜欢白天开灯,因为这会使他联想到矿坑。在那里面,白天黑夜靠的是头顶上那点惨白的光线。现在,房子里至少能看得清字了,他把麦乳精喝完,吃了昨天从所谓的"麦当劳"式的快餐店买来的一小块面包,拿起昨晚上没有看完的一本《苏联文艺》。

那本杂志上登了一部很有趣的小说——《甜蜜的女人》。

《甜蜜的女人》!由此他又想到海南。今天星期天,她说定不来了。在某种意义上,她也是一个"甜蜜的女人"。每当海南来到这间又黑又湿,霉味扑鼻的土坯房里,仿佛空气中都洋溢着一种蜜糖的芳香。虽然他们的交往仅仅限在精神上,但海南那种幽雅的哀愁,总带着特殊的女性成分,对于情感极其丰富而细腻的他,常胜过肉体的抚慰。并且,各种女性成分还和磷一样,会自行发光的,从而,小屋也能变得亮堂起来。

他看了一会儿书。门外,传来人问话和回答的语声,随即,有人敲敲门,一个胖胖的中年人推开门探头探脑地问:

"石一士同志住在这儿吗?"

"是……"他放下书,诧异地站起来。T市一般人都叫他真实姓名李一士,知道他笔名的并不多。

中年人回过头向外招呼一声。接着,一个身材高大的人略低着头跨进门来。

"你这个地方好难找,要不是老高是 T 市人,还找不到哩!"来人好像和他很熟,笑着向他伸出手,"我叫陈抱帖。你没来找过我,我就登门拜访来了。"

"哦——"他一时不知所措,但转瞬间便镇定下来。这是次姿态性的访问,"请坐,请坐。"

陈抱帖眯着眼,大概还没有完全看清他,但他在洗杯子、沏茶之间已把陈抱帖看清楚了。他的外貌,和海南向他介绍的一样。这也说明海南对他还是有感情的,没有恶意歪曲他的形象。今天,陈抱帖穿着灰呢大衣,天还不太冷,却已戴着一副讲究的羊皮手套。出身于农村的知识分子,有的会比一般人更快地"洋化",从一个极端跑到另一个极端,这和有的知识分子经过所谓的"劳动改造"之后,会比老乡打扮得更"土"一样。不过,引人注目的是,陈抱帖的气质也随着起了变化,并且,他的手小而柔软,也与宽阔的庄稼汉的身躯很不相称。

"怎么样? 有什么要求和意见? 为什么你不找我呢? 我以为你已经调回北京去了。"陈抱帖脱下大衣,坐在折叠椅上,点燃一支烟,一口气问了一连串问题。他的热情,很快使这间破旧的小屋子变得生动起来。

"我知道你很忙……对不起,这水一时泡不开茶叶。"石一士把茶杯放在写字桌上,"再说,我也没有什么要求和意见。"

"怎么会没有呢? 住在这种鬼房子里会没有意见? 这房子已经列入拆迁规划了。"陈抱帖在昏暗中环顾了四周,"天知道你是怎么写东西的! 我不能让我们的作家像曹雪芹一样……你们那个团长……他叫什么名字? 来过没有?"

"没有,"石一士摇摇头。不过,尽管他有一肚子牢骚,也不愿在领导面前说人的坏话,"这也有可原谅。他现在一天到晚在文艺团体的体制改革里忙得一塌胡涂。"

"嚯嚯!"陈抱帖笑起来。石一士注意到他的笑声与众不同,正如海南所介绍的,带着一种居高临下的嘲讽意味。"忙得'一塌胡涂',说得很好! 既忙,又一塌胡涂。有些干部就是这样:忙不忙? 忙! 忙的结果如何? 一塌胡涂!"陈抱帖连笑带摇头。

"可是,"石一士在陈抱帖的对面坐下,"这也不能怪他。搞文艺的人,你要叫他搞改革,他一时怎么能找到正确的方法? 他自己都不理解……"

"怎么不理解?"陈抱帖愤然地扬起眉毛,"难道国家真要靠这几个文艺团体来赚钱吗? 问题是,现在文艺团体里白吃饭的人太多了,内部分配太不合理了! 大冬天穿纱裙跳芭蕾舞的人,和在后台闲嗑牙的人都拿三毛五的夜餐费,这怎么行?! 我们就是要用经济的杠杆来推动他们,不能让他们像这样——"陈抱帖端起茶杯,"冷水泡茶慢慢酽。要断然地把文艺团体改革成真正的文艺团体,而不是把文艺团体变成企业。这点他还不理解? 好了,好了。我们不说他了,谈谈你吧,你究竟怎么样? 现在。"

石一士看着他,不禁哑然失笑。是的,的确如海南说的,和陈抱帖谈话,总要顺着他的既定方向进行,他说到哪儿是哪儿。怪不得海南和他别别扭扭的,因为海南在一定程度上也是这么一种人。海南是这种脾气,从她的出身教养上说,并不奇怪;陈抱帖是一个当秘书的出身,如果不是他早就在内心里准备好了当接班人,他就不可能如此雄豪。同时,石一士也注意到,这个人内在的力量,要比他表现出来的大得多。海南和他别别扭扭的关系,不会是永久的。这样的男人,最后总会获得女人的爱情。

"我,怎么说呢?"石一士思忖着说,"政策,已经落实了……房子嘛,T市的情况你比我清楚,我也不能提出分外的要求……"

"我不完全问的是这种问题,"陈抱帖又打断他的话,"当然,房子也是重要的。我问的是你最近为什么没有发表作品了。"

"发,还是发了几篇的……"石一士拢拢头发,在市委书记的询问下,有点尴尬,"可是没有什么影响。虽然现在口头上不提倡'题材决定论',可是事实上仍然是题材决定对作品的评价。写重大题材的作品总容易讨好……"

"咦!"陈抱帖像是有点不解地说,"那么你为什么不写重大题材的作品呢?写出的作品没有影响,还不如不写。现在可写的重大题材很多呀,譬如,当前的经济改革……"

和所有的领导干部一样,陈抱帖也是急不可待地要求作家来反映此时此刻的生活,把文学创作当成通讯报道。石一士虽然为陈抱帖的突然来访而受宠若惊,但谈不到他的本行,他还是要维护自己的艺术追求,坚持自己的主张的。他垂下眼睛,微微一笑,有点反感地说:

"写经济改革?现在写改革的作品都是这样:一个厂长,或者一个书记,到了一个新的单位,大刀阔斧地推行改革,于是,就招来对立面的反对,或是告状,或是造谣。这中间再加一点爱情的作料,要么是个独身的女工程师,要么是个寡妇。最后,总是以这个厂长或书记的胜利告终。这样的东西已经形成了一个套子。我觉得再写也没意思。"

"哈哈!"陈抱帖爽朗地笑起来,"有意思,有意思!我还不知道这已经形成了一个套子。"他呷了一口温吞吞的茶,从嘴唇上拈掉一片茶叶,神情一转,沉思地说,"关于文艺,我不太懂行。可是我认为,文艺总是要反映生活中的矛盾和斗争的。老实说,你所说的改革——反对——胜利这样一个套子,我倒觉得它正是我们当前生活的本质,是一个规律性的东西。哦,你知道吗?生活的自然流程,反映到人们脑子里,就会形成一个抽象的规律。作家们,就会自觉不自觉地照着这个规律去写;理念,势必要在艺术的典型化过程中起作用,所以,从古到今的小说都逃不出某种套子。上乘的作家,自觉地把握了这个规律,也就是你所说的套子,在这个规律或者套子里写出生活的丰富性和复杂性来;中流的作家是想跳出种种套子,自己创出个新套子来。可是最终他会发现,他那个新套子恐怕在希腊神话中早就有了。而下乘的作家呢,却没有自觉地把握这个规律,只是照着别人搞的套子去依样画葫芦。你说,是不是这样?"

陈抱帖在不那么居高临下,纵横捭阖,而是用商榷的口气和人讨论问题的时候,还是和蔼可亲的。一个市委书记,星期天不休息,屈驾来到这破破烂烂的小土房里,看望他这样一个不为领导重视的作家,毕竟使他感动,况且,又加上海南这一层关系,他更觉得亲切。他脸上不觉地展开欣然的笑容,把两肘放在桌上,向陈抱帖倾过身去。

"陈书记,你知道吗?我很想写写你哩。"

"写我?哈哈……"陈抱帖又笑了,这次的笑带着孩子般的好奇与顽皮,"要写我,你就非落到你说的那个套子里去不可!改革——反对——胜利……再加点爱情的作料。不过,这个作料在我身上可没有。"

说到最后一句话,石一士分明看到陈抱帖的眼睛里倏忽即逝地掠过一丝暗影。他明白那暗影是什么投下的。但他想此时此地还是不提海南为好。

"你怎么就肯定我非落进这个套子不可呢?"他不服地问。

"那还不明白?"陈抱帖摊开一只红润的手掌,像是要把问题托到石一士面前,"你要改革,就会招来反对。你知道吗?你所总结的告状和造谣,正是中国目前政治斗争上反对派的两大武器。你能写出反对者雇个枪手来暗杀我么?如果可能,那还有点惊险小说的味道,可惜我们这儿不是意大利,没有黑手党;你能写出他们鼓动起一次罢工来么?他们又没有那样的群众基础。群众是在我们这边的。除了这些,你还能写出什么?不仍然是告状和造谣?哦,我问你,你对市委的那座老大门是怎么看的?"

"市委的那座老大门?"石一士迷惑地反问。他不明白陈抱帖为什么突然把话题引到这儿。

"是呀,那座大门是同治年间的东西,古物不是古物,实用价值也没有,毫不能引起人的美感,倒显得市委是个封建衙门。在我眼里,它是个怪物! 黄国桢把它拆掉了,要在市委门前修一处街心花园。我看这规划好得很! 可就这么一件小事情,也有人一直告到国务院文物局,告到《人民日报》,说我破坏了文物,是民族的罪人。我只随手给你举这么一件,重大的控告还多得很哩!"

"哦? 那也许这个套子的结果会变得不同一些。"陈抱帖这个人物比海南介绍的有趣得多,石一士笑着问,"你又怎么能有把握说你最后必然胜利呢?"

"当然!"陈抱帖把摊着的那只手一翻,呼地拍在桌上,"一个共产党人,如果他没有把握他所从事的事业必然胜利,那还干个什么劲儿!"

"唔,你真是个个性鲜明的人物!"石一士很赞赏,"用作家的眼睛看,你是个再好也没有的模特儿。"

"好了,好了,"陈抱帖笑着摆摆手,"每个人都有每个人的个性。今天我是来看你的,不是来给你当模特儿的。还是谈谈你的情况吧,也就是说,你把你的个性也表现得鲜明一点。"

"我么……"谈到自己,石一士收回放在桌上的两肘,靠回折叠椅上,无趣地皱起眉头,"有什么好谈的呢? 就是这样,嗯……"沉吟片刻,他又被一种什么力量推动起来,使他想在这个市委书记面前推心置腹,"陈书记,我觉得,对我们这样的人来说,落实政策,补发工资,还不是全部解决问题。我们还需要什么? 需要一个新的生活,需要工作条件,可是,生活和工作条件并不是由我们自己来安排的……"

于是,他谈了他的生活,谈了他在团里的处境:无聊地打发日子可以,而去深入生活却不批准,不给经费,外地刊物曾来信邀请他去旅游,去写稿,却被团里用财政上的借口卡住了。他觉得他剩下来的生命就像一滴蓝墨水滴到一杯静水中,慢慢地"耗散"掉了。而能量耗散过程总是单向的、不可逆的。墨水分子不可能从溶液中自发地聚集起来,再凝成一滴浓墨水。他时常痛心疾首;他认为他还能写出激动人心的作品来,但必须有先使他激动的生活才行。而在这样一杯静水中,他怎么能感应到海洋浪涛的起伏?

"在这个地方,在这个剧团,在这间房里,"他皱起眉头看了看四周,"精神上总感到压抑。有时候,我感到和我待过的矿井也差不多。我知道外面有新的生活,譬如农村的生产责任制,工矿企业的经济改革……但是对我来说,那都是报上的东西。文学创作又不是凭报纸来启发灵感的。所以我只好写写小市民,写写周围的人。当然,写这些也可以,但是没有一个广阔的背景,写小人物也写不深。这一年多来,我的作品为什么没有影响? 这是个很重要的原因……"

陈抱帖吸着香烟,看着他那随着思绪而相应变换表情的聪敏的面孔,好像自言自语地说:"是呀,是呀……我们要金丝鸟唱歌,也得给个好笼子呀。"

但是,这种总在领导的高度抱着实用主义的态度来对待文艺工作者的口吻,兀地又令敏感的石一士感到不舒服。他没有把要说的话全部说完,陡然停下来,不做声了。

"唔,"陈抱帖以为他的话已经说完了,用拇指摸着刮得光光的下巴,思忖了一会儿,说,"这,我们又要说到文艺工作的改革上来了。国家对文艺是花得起钱的。封建帝王都有那样的气魄,养着一批御用文人,北门学士;资产阶级国家高雅的文艺团体也是受国家和基金会补助的,何况我们是社会主义国家,我们应该舍得花一笔钱……"

"我不愿当什么御用文人,北门学士。"石一士不高兴地嘟哝。

"为什么不当呢?"陈抱帖有点愕然。他过去很少和文艺工作者接触,还摸不着这种人复杂多变的情绪,"当然,我的说法不确切。我是说人民当了皇帝,人民是养得起你们的。可是我们不能像撒胡椒面一样地撒钱,每个人头上都匀一点。对你,石一士同志——我是看过你作品的——应该多撒一点。现在,恕我直说,"他谨慎地把目光避开石一士,"还不是上乘作家,但有做上乘作家的才气。你刚刚说过了,你有深入生活的要求。这很好。人民可以满足你这个要求。我今天来,就是想听听你的要求的。"

石一士的情绪又回升起来,从折椅上直起腰,对陈抱帖抱愧地笑笑。陈抱帖继续说:

"我看这样,房子呢,我目前还不能替你解决。我手头一间房子也没有,还要等三个月。我们是不是把两个问题合在一起解决?你想到哪里去深入生活,你就去。三四个月以后,这里房子有了,你创作的素材也积累了,然后再回来写。你认为怎么样?"

"那当然好。"石一士很满意,他没有料到问题能这样快的得到解决,"那么,剧团方面……"

"哦,"陈抱帖摆摆手,"我给你们那个'忙得一塌胡涂'的团长打招呼,经费什么的,按编剧深入生活对待;时间,给你算创作假。你看你这鬼房子,寒流马上就要来了,在这儿不冻得索索抖才怪!那么,你想到哪里去呢?还需要市委和政府提供别的帮助么?"

"我还是想回矿上去。"石一士早就有这样的想法,"我熟悉矿工生活,也想回去看看有什么变化。同时,只有重温过去,才能比较深刻地认识现实和今天的自己。"

"那好!"陈抱帖很高兴,"正好矿上有我的熟人,接待和安排都比较方便。你准备什么时候动身?市里可以派车来送你。"

"啊,那可不敢当!"石一士连连摇手,"这已经足够了。一派车,我的日子更不好过了……"

"有什么不好过的?"陈抱帖诧异地问。他的神情不知怎么使石一士又想起海南,在他们那种地位上的人,对下面一般老百姓敏感的事情,总迟钝得要命。可是陈抱帖毕竟比海南高明,他有他的道理。

"现在,对经济上的'左',人们认识得比较清楚了,可是对知识分子,一些人还'左'得厉害。"陈抱帖断然地说,"我今天就要做给那些人看看,有贡献的知识分子和能够做出贡献的知识分子,就应该受到高一级的礼遇!你决定时间吧,我派老高送你去!"

三

海南星期天没上班,在家帮安徽姑娘洗了洗沙发套子。这是她难得做的事,做起来倒也有趣。中饭以后,给爸爸妈妈、吴老教授和园园写了信。吃晚饭的时候,陈抱帖回来了,情绪看起来很好,似乎想和她搭讪。而她呢,吃完饭,撂下筷子,抱着一本《傲慢与偏见》,目不斜视地径自走进卧室,有意把陈抱帖晾在那儿。她不能原谅他没和她吵架,她的气必须大吵一场才能消得了。她现在想和他吵架比想和他和好的愿望还迫切。

《傲慢与偏见》是她早已看过的小说。她一会儿看看后面,伊莉莎白和舅父母出游,来到达西的庄园的那一章,一会儿又翻到前面,彬格莱听了达西的唆使,不辞而别的那一节。看着看着,她的想像力又驰骋起来,陈抱帖很像那位高贵而又傲慢无礼的达西,而她自己又自以为是怀有偏见的伊莉莎白。

可是她的这位达西先生一点也没有悔改的表示,来向她款语温存,却又钻到小书房里去把自己藏了起来。

从而伊莉莎白小姐也执意要保持她的偏见。

那么那位石一士像谁呢?活脱是一个性格软弱而又可爱的彬格莱!

第二天,星期一,天气很好,阳光在所有的玻璃上闪光。她一早来到文化局。文化局的人说,这个地方在寒流来之前天气都这么好,又问她听了广播没有,今年第一次寒流明后天就要从西伯利亚过来了。她想的倒不是陈抱帖需要加衣服,而是惦记着那位软弱的彬格莱在四处透风的房子里怎么过。房里没有暖气——那根本谈不到,但她的思想方式首先想到的却是暖气——又不能生炉子。那间潮湿的小土房里生了煤炉,肯定会煤气中毒。也不知道石一士往年怎么过来的。也许他过艰苦的日子过惯了。

但是,今年,他有了她这样一个朋友,她就不能让他冻着。她决定中午去看看他。

中午,她来到那破烂的大杂院。石一士的门锁着。她又不好意思问邻居。不知怎么,她和石一士来往,总怀着一种神秘的暧昧的心情,也许这是她还没有摆脱旧礼教束缚的表现?她只好第二天再来,也说不定石一士下午会到她资料室来哩。

下午,石一士没有来。这个人怎么啦?她怏怏不乐地回到市郊。

星期二,天气仍然很好,大约寒流在哪儿滞留住了。上午,文化局开了一上午学习会——现在只有这种清闲的机关还保持着"二、五学习",不然,叫干部们干什么去?——几个人呜里呜噜地换着念报,好像听的人都是文盲,只差雷达表的广告没有念,整张报纸念完还不到十一点。随后,又循着惯例聊开了天。但话题比过去毕竟正经多了,集中到当前的改革上来。有人说文化系统多余的干部最好去摆书摊,有根有据地举出某某某留职停薪以后,在大街上摆书摊一月赚了一百多块;有人提议文工团乐队开设文化茶座,边听音乐边喝茶,保证顾客盈门赚大钱;有人猜测市委马上就要把改革的重点转到文教系统上来了,因为 T 市的经济已经上去,不搞文教还搞什么? 于是,一连串猜测也跟着来了,谁来当这个? 谁来当那个? ……猜的时候,免不了眼睛都瞟她一下,似乎她肚子里有一份任免名单。殊不知她如坐针毡一样,正巴不得这个会早散。

倒霉的会总算散了！她在"麦当劳"式的快餐店里匆匆吃了两片面包、一杯牛奶，就往大杂院跑。幸亏 T 市不大，市内不用坐公共汽车，一会儿就到了。她气喘吁吁地经过曲里拐弯的迷宫跑到石一士门口，一看，门还是锁着！

　　"阿姨，"那个拜石一士为师的小姑娘出来倒脏水，看见了她。"石老师走啦。"

　　"走哪儿去啦？"

　　"走矿上去啦。"

　　"怎么？走矿上去了？"她困惑不解。她从来没听石一士有过这个打算。

　　"是呀，"小姑娘满脸笑容，"前天来了辆卧卧车，停在咱们院门口，说是市委书记来看他啦。院门口围了好些人。今天早上，那辆卧卧车又来了，还有人帮他搬铺盖哩。我去上学那会儿，他亲口跟我说的，走矿上去啦。"

　　"咦！他……留下什么话了吗？"

　　"他……"小姑娘凝神回忆了一下，"没有。我问他啥时候回来，他说再不回来啦。这房子也快拆了。"

　　她一阵晕眩，差点跌倒。这不是陈抱帖搞的鬼是谁搞的鬼？！上个星期发现了石一士在 T 市，而且跟她有来往，这个星期就把石一士打发走了。什么地方不好打发？非要把他又发配到矿山！"四人帮"没有把他整死，这个陈抱帖却要置他于死地而后快！如果石一士此去有个三长两短，她的灵魂一辈子都不得安宁。这个天才是由于她而被扼杀的！

　　她像逃一样跑出这个大杂院，这里暗藏着一个阴谋，一个极大的、极卑鄙的阴谋！说不定此刻这里还有陈抱帖布置下的暗探！陈抱帖……还不配像卡列宁！他地地道道是《巴黎圣母院》里的富洛娄！

下午她没有去上班。现在还有心思去上班,见鬼去吧!她直接坐上七路公共汽车回到家。在家里,她在三间房里乱转,又想起来去翻陈抱帖的东西。陈抱帖书桌的抽屉全锁着!可见这个人多么阴险,多么会搞鬼,连家里的人他都不放心。她越想越气,一定要和他大吵一场,一定要揭露他伪善的面目!

而这个富洛娄不知道她在家等着他来吵架,还是照常回来得很晚。十一月初,七点多钟天已经黑了,整片楼区的窗口几乎都燃亮了灯光。她听见楼下响起了小轿车的喇叭,接着是关门、掉车的声响。这时,她紧张得像害热病一样地发抖,愤怒地站在卧室门口严阵以待。

安徽姑娘最善于察言观色。她把饭做好,一个人躲在小厨房里不出来。

陈抱帖用随身带的钥匙开开门,若无其事地走进房间。

"你把石一士搞到哪里去了!!!"

她向他劈头盖脑地喊叫一声。声音尖利,差点音带都被撕裂了。

"我——把石一士搞到哪里去了?"陈抱帖眯着眼,摆出他惯有的那副嘲讽的表情,诧异地用低沉的胸音反问。

"你最会装!你最会装!你最会装!你说,你为什么要把石一士搞到矿山上去?"

她一点也不放松,跟在陈抱帖后面跑进客厅。

"我把石一士搞到矿山上去?"陈抱帖把重音放在"我"和"搞"字上咂摸,好像才意识到问题的症结,放下正解着上衣的钮扣的手,转过身来,"我送石一士到矿山上去关你什么事?"

是呀,关你什么事?

但她娇纵的个性决不会撞着墙就返回来,她要像崂山道士一样穿墙而过,她要把事情捅得明明白白。

"关我事!关我事!就关我事!你知道我喜欢跟石一士接近,

所以你就把他弄跑了！"她执拗地喊着。同时不可抑制地流出了眼泪，而女人一流开眼泪马上就丧失理智，"我告诉你，我就喜欢他！我就喜欢他！你就是因为这个才把他弄走的！……"

陈抱帖胸脯明显地开始剧烈起伏。即使是一个市委书记，一个明智的政治家，听见自己老婆公然宣称她喜欢另一个男人，也不会大公无私，心平气和的。可是陈抱帖还是尽量地把"喜欢"这个词局限在另一个比较狭小的范围，他极力克制住自己，慢吞吞地说：

"你喜欢就喜欢呗。喜欢他作品的人多哩。"

陈抱帖的冷静，在她看来阴森得可怕。这个人简直是条毒蛇！是条黑蒙巴蛇！它和嘶嘶叫的眼镜王蛇、响尾蛇还不一样，咬人的时候不声不响，速度快得让人难以相信是被它咬的！她更加战颤得厉害。她怎么能再跟这条毒蛇生活下去？！她往前跨进两步：

"我告诉你，我就喜欢他，不喜欢你！我就喜欢他，不喜欢你！你知道他有矽肺，所以你非得把他弄死！"

"我怎么知道他有矽肺？！你胡说八道些什么呀！"

陈抱帖回避开她的锋芒，皱着眉又转过身去。这时，"喜欢"这个词已经明显地具有确定的含义了，已经不容置疑了。她为什么对他的事业不感兴趣？她为什么不愿花脑筋理解他？她为什么在生活上不关心他，却去关心别人的什么矽肺？她为什么不能像刘佳俊那样对他设想周到？其实生活上的事并不需要她亲自动手，她只要吩咐安徽姑娘一声就行了……不！她是压根儿就没操过这份心。因为这里有个最根本的问题：她不喜欢他！也就是说，她不爱他！他也愤懑了。他两手紧紧抓着椅背，脑子一片混乱，鲜血在里面回旋迸溅。

"你就是那样一种人！"海南还不饶他，继续厉声地连哭带数落，"你就是那样一种人！那是你惯用的手法！把你的反对派，把你的敌人，用甜言蜜语支得远远的。原来这里的副书记，那个唐什么，还不是你用这种手法打发走的?! 不然你怎么会改革得这么顺利? 不然 T 市的干部怎么没人起来反对你? 你就是惯用这种手法……"

"谁说的?!"陈抱帖猛地旋过身，两眼冒火地吼道。

可是，火车的紧急制动阀已经失效，只能眼睁睁着它往地震的断裂带栽下去。

"是的! 文化局里就有人这么说! 你就惯于把反对你的、碍你事的人打发走，还让人说不出名堂。哼哼! 你当我不知道?!"

海南的脸因为流泪，因为愤怒，因为失去理智，因为种种其他莫名其妙的原因而变得极其难看，极其可怕。她平时冷漠而不失雅静的风度，尖利而不失文采的语言全然消失，一下子变成了一个疯婆子! 尤其，她把唐宗慈的"考察"也扯了进来，还为这个人抱不平，其实这个人正在省城四处活动，大放厥词，于是在陈抱帖眼里，海南活脱是漫画上的江青第二!

"当我不知道?! 最知道你的是我!"海南还不住嘴，"是的! 最知道你的是我! 你不是一个马克思主义者! 你纯粹是马基雅威利主义……"

"啪!"

海南猝然感到脸上火辣辣地挨了一下……

第十七章　市委书记圆舞曲

一

　　……四周都是云，一团一团的、一缕一缕的、一片一片的、一层一层的……徜徉着，翻卷着，漂浮着，飘飞着……上面，是白色的云，下面，是白色的云，他在云中飞翔，云从他身边擦肩而过。他一直这样飘着、飞着、飞着、飘着……

　　他不明白他是往前去，还是在往后去；是往上去，还是往下去……飞了一阵，云似乎淡薄了一点儿，白得耀眼的云逐渐变为稀释的牛乳色，再过一会儿，牛乳色中间又突然出现了亮点，出现了一角蓝天。蓝得纯净，蓝得透明……于是他知道了那是天，是上面。他翻转过来——他在空中翻飞自如——想看看下面。可是下面也是蓝色的，乱云飞渡，雾气弥漫……他猛然想起来，这是海！

　　是的，这是海。上面是天……

　　……然而，云却隔在窗外了，他不是像鸟儿似的在空中飞了。他现在明明是坐在飞机舱里，第一排座位面前，驾驶舱的隔板上，"在起飞与降落时请勿吸烟"的告示牌已经灭了红灯，说明飞机正在高空飞行……机舱里不只他一个人，随着他视线的转移，人一个一个在他眼前出现，就像战士一个一个跑来列队一样。全是男人，穿着各种颜色的漂亮的西服……

　　他们到哪儿去？……

突然,他觉得——是一种很模糊的感觉——旁边坐的是一位六十岁上下的、颇有学者风度的人。

不知为什么,他觉得应该跟这个学者式的人物攀谈几句。

这个学者式的人物侧过身来笑着说了些什么,他听不清楚,他也听不懂……

哦,他想起来了——不是一点一点想起来的,而是一下子全部明白的——这是个台湾人,是祖国统一以后的台湾代表。他们是去参加一次国际会议,是亚太经济联合会的第一次会议!"亚太联",和西欧的经济"共同体"、东欧的"经互会"鼎足而立,构成世界三大经济合作体系。中华人民共和国,在成为经济大国之后,是这个"亚太联"的主要发起国。台湾是中华人民共和国的特别行政区,中华人民共和国的代表团里当然应该有台湾代表。

这样,眼前的一切都得到了合理的解释。他,是中华人民共和国代表团的成员之一……一切都好,很好……飞吧,飞吧……飞向马尼拉,飞向墨尔本……

突然,眼前又出现了"空中小姐"。穿着天蓝色的裙式制服,笑容可掬地给旅客们送来咖啡和桔子汁。这时,他开始莫名地不安起来,甚至有种恐惧感……心在颤战……

蓦地,海南站在他面前,她也穿着天蓝色裙式制服。海南认出了他。她蹙起眉头,嘴一张一合地向他激愤地喊叫着,仿佛还在喊:

"你不是个马克思主义者,你是个马基雅威利主义……"

他觉得——是的,还是种感觉——海南非常可怕、可憎、可恨……周围的人都向他们俩惊异地瞪着眼睛,有许许多多眼睛,许许多多眼睛,而这些眼睛却会说话,似乎在说:

"哈哈,这是你爱人的话,我们相信!我们相信!……"

他觉得——是的,还是种感觉——非常委屈,非常冤枉,非常不平……他刚要站起来劝阻海南,刚要向那许许多多眼睛大喊:

"不！我是个马克思主义者！我是个马克思主义者！"

陡然，他觉得——是真正地觉得——很冷、很冷！海南把一杯冰凉的桔子汁泼在他的头上！

二

他突然惊醒过来，觉得身上很冷。

他揉揉眼睛。窗外隐约有点黎明的亮光。他在沙发上坐起来。昨夜，他就在这小书房的沙发上睡的——折叠床让安徽姑娘在客厅里睡着——当然没有睡好，这时睡意惺忪，头脑发涨。

他再一次看看自己的右手，翻过来，掉过去，好像在看一件稀奇古怪的东西。昨晚上，他从客厅跑到小书房，坐在这张沙发上，就这样翻来覆去地看了半天，一面看，一面想。

但是，对她的怜悯、抱愧、内疚和自谴自责，总被平时一点一滴她对他的冷漠所冲淡。在昨夜之前，他没有多少时间，也没有多少精力，没有那份心思来回顾和检查他与她之间的种种不愉快。这时，在回顾和检查了平时一点一滴的生活细节之后，一种非常非常委屈的情绪完全压倒了他的懊悔和歉疚。他和她一样，是很难忍受委屈的——在一个五十年代的大学生来说，他的经历是一帆风顺的——而海南恰恰在这上面大大地伤害了他。

是的，世界上最痛心的莫过于被最亲近的人误解。

是的，世界上最痛心的莫过于应该最关心他的人却对他最冷淡。

这会使人特别感到孤独。这种孤独感最能摧毁人斗争的意志。

试想，跟你最亲近的人都误解你，跟你最亲近的人都冷淡你，你怎么能相信你所从事的事业是正确的？是必胜的？

他最后得出了结论：她是有害于他的事业的！

所以他没有回卧室里去道歉。他也有牛脾气！

窗外更明亮了一些。也许是没有拉窗帘的缘故，他醒来时好像比往常起床要晚得多。他赶紧像猫儿洗脸一样用手掌使劲地抹挲了几下脸。手掌上的宿烟味直冲鼻腔。吵也吵了，打也打了；是他的错误也好，是她应得的惩罚也罢，上班还是得去上班的。

他站起来，活动活动腿和胳膊发僵的关节，走到窗前看了看。窗玻璃的下半部，结了一层霜花。昨夜寒流来了！"郭兆霖把郊区的防寒工作布置好了没有？"他决定上办公室去。

他先在门边听了听，外边静悄悄的，海南还没有起床。这正好，他怕在过道里再碰见她。他偷偷地开开门，溜到过道上去洗脸。

正在他小心翼翼地怕碰出一点声响时，安徽姑娘砰的一声推门进来了。她头上围着紫围巾，脸蛋冻得通红。

"陈书记，罗大姐走了！"安徽姑娘一面解头巾，一面向他诡谲地一笑，也不知她是幸灾乐祸，还是觉得好玩，"她要我把她送到车站。我刚从车站回来。"

"送到车站？"他举着毛巾问，"送到哪个车站？"

"火车站！她回北京去啦！"安徽姑娘带着一副揭示谜语的表情回答他，"你还不快去追！七点四十分的火车。"

"真糟糕！"

出他意料的变化，顿时搞得他六神无主。他看看表，已经七点二十分了。老高的车要在七点四十五分才来接他。他慌慌张张地穿上大衣，三步并两步地跑到楼下。

外面果然冷！飕飕的寒风刮着，落叶纸屑都抖抖索索地聚在树根墙旁，仿佛挤在一块儿取暖似的。大路上光洁异常，和水洗过的一般。建筑工地的水池上，结了一层塑料纸似的薄冰，发出呆滞的光。远远望去，公共汽车站上没有一个人，一定是刚刚开过去了一辆。他又看了看表,再等下趟车来不及了。这时,一辆面包车在他身后驰来,他倏地跨到马路中间,举起一只手。

面包车嘎的一声停下来。在司机还没来得及开口骂他时,他就拉开车门,一步跨了进去,坐在司机旁边。

"我是市委工作人员。"他扬扬手中的蓝皮工作证,"快！开火车站！"

"市委工作人员"算老几?!司机咧着嘴,用眼睛掂量他的分量。而这是 T 市防疫站的车,坐在后面的干部中有人认出了他。一个干部急忙捅了捅司机的腰眼,努努嘴,意思是叫照着他的吩咐做。

一路上,后面的干部从反望镜中看到他阴沉的脸色,不知道他此去省城或是北京有多么重大的任务,也不敢跟他搭腔。面包车风掣电闪地把他送到火车站广场,他跳下车,头也不回地说声:"谢谢！"就朝火车站跑。

入口处已经开始检票了。他一眼就看见了海南。

海南还穿着薄薄的法兰绒大衣,拎着一只手提箱,在突然来到的寒流中冻得佝偻着脊背,好像比平时矮了许多。她排在一个背着木匠家具的手艺人后面。手艺人枝枝叉叉的锯子刨子挡着她,她脸上露出一种软弱的、孤苦无告的表情。

然而,当他看到了海南,海南又以一个实体站在他前面,他就被一种类似夙怨的情绪攫住了。他没有跑上前去,一屁股坐在离入口处二十米的水泥花坛上。

"这是干什么？我是跑来拉她回去,还是来给她送行呢?"他想,"海南是拉不回去的,正像她要和我来西北也没谁能拦住她一样。她就是这么一种人,一种性格。你跑去婆婆妈妈地拉她,她反而会强硬起来,当众和你大吵一场。让她回去也好,双方都冷静一下……"

花坛里的花谢了,枯枝在寒风中抖索着。手艺人进了入口,海南也跟着进去了。围墙里,响着一片慌慌张张、急急忙忙的脚步声。

这时,他既有一种轻松感,又像是多了一层心理的负担,说不明白是什么感受。一个女人离开了他,这个女人本来应该是他最亲密的伙伴,而现在却一分为二,也许还会回来,也许从今以后陌如路人,各不相干。是离开她好,还是不好,这一时真难理得清楚。

他悒郁地坐在冰凉的水泥花坛上,回忆起在北京的那天晚上,在看了意大利影片《最后的音乐会》后,他住在海南家里的那天晚上,那天晚上,海南对他的海誓山盟……想着想着,他突发异想,觉得爱情在某一点上,和共产主义运动倒有些相仿,全部的幸福就在于为之斗争的运动当中,而不在于想象那美丽的未来;停止了为之斗争的运动——也就是说结束了爱情的过程——那构想的未来即使再美丽,也是空幻的。家庭、孩子、白首偕老……种种美好的向往,不如一霎间两人在灵魂和肉体上全然无间的拥抱,正如制订了一整套共产主义的乌托邦计划,不如在目前迈出一小步一样。

"一切中介都消失在结果之中,"这是马克思分析货币形成过程的一句话。是的,在一切事物上,一切中介都会消失在结果里面。短暂的罗曼史被悲剧性的结果抹杀得无影无踪!爱情一结束,什么都不存在了;形式上的夫妻关系,不会比两个单身汉合住一套单元更温暖。而爱情,又是非得两个人配合着玩的跷跷板,一个人跨下跷跷板要跑,另一个人想玩也玩不下去。即使把她拉回来,勉强跷几下,她不跟你好好配合,只会把你的屁股蹾得生疼。

围墙里,火车"呜——"地叫起来,一瞬间,令人惊心动魄,随后,又传来吭哧吭哧启动的声音。他看看表,七点四十,火车正点运行。一缕很浓很浓的白烟,从月台上面横扫过来,扫过车站,扫过马路,扫过广场,在凛洌的空气中久久不散。他蓦地想起七个多月以前,他也是这样送走自己儿子的。儿子走了,很少来信,妻子走了,大概还不会有信来。走了,亲近的人都走了,但他还必须战斗。

他站起来,抖抖裤子上的尘土。怎么走?应该坐哪路公共汽车才能到市委?市委书记不如个小市民熟悉 T 市的交通,他茫茫然地愣了一会儿,才想起来今天上午他不是去办公室,而是要到"人民剧场"参加电大第一批学员的毕业仪式,同时解答电大全体学员和全市待业青年提出的有关学习十二大文件的问题。海南把他扰得昏头涨脑,而他还要去应付很困难的事情。"真是个祸害!"他气愤地想,"走了好!"

他向站岗的警察打听了一下,原来去"人民剧场"要换两次车。他匆忙地向公共汽车站跑去。

三

八点过十分,他终于气咻咻地赶到"人民剧场"。杨开祥从剧场门口跑过来迎接他。

"哎呀!陈书记,我还当你有事不来了哩。老高没接着你,听你家那姑娘说你上火车站去了……"

"事是有事,来还是要来的。"他大步地走着,"人到齐了吗?"

"到齐了,到齐了。听说是自由提问,今天人特别多。"杨开祥又小声说,"恐怕会提出些怪问题。"

"越怪越好!能公开提出来就是对我们的信任。"

他们从侧幕走上主席台,在铺着白台布的桌子前坐下。"人民剧场"是 T 市最大的影剧院,有一千张座椅,今天,连过道和两侧都挤满了人,黑鸦鸦的一片。因为全是年轻人,会场的气氛很活跃,衣着也绚丽多彩,尤其是女青年,在气候骤冷时,个个都炫耀地围上各种花色的围巾,穿着黑色、黄色、红色的仿皮夹克、蓝色和咖啡色的海绵大衣。剧场没有开窗。场内和演剧时一样亮着灯,一排顶灯把强烈的光束射向主席台,他更觉得头晕目眩。他趁杨开祥讲话时闭了闭眼睛。

典礼由杨开祥主持。杨开祥知道今天他不过是配角,重台戏在后面,他光念了第一批电大学员的毕业名单。随后,坐在第一排座位的毕业生依次上台领取毕业证书。典礼结束,下面就由陈抱帖唱了。

"同志们,年轻的朋友们,"陈抱帖抑制住空腹和睡眠不足造成的恶心和昏沉,站起来,略弯着腰,对着话筒向下面微笑着说,"首先,我要向来参加会的同志们和朋友们道歉,我今天迟到了,为什么会迟到呢?因为我和大家一样。也是个普普通通的人。普普通通的人经常会碰上许多普普通通的事。其中有令人愉快的,也有不那么令人愉快的。我刚刚就碰上了一件不那么令人愉快的事。可是,现在,我又碰见了令人愉快的事。这就是刚刚举行的毕业典礼和我们之间即将开始的谈心,前面,同志们都看到了,许多青年人拿到了电大的毕业证书。这说明了他们已经具备了一定的学识和本领;他们的羽毛开始丰满了,要飞翔了。我祝贺他们!并希望他们珍惜自己的羽毛。海阔凭鱼跃,天高任鸟飞。但天空中也会有乌云闪电,也会有气压急骤地变化,我希望毕业的同志们善自珍重,不要迷失方向,要认识到,只有依靠党的领导,依靠马克思主义,依靠群众,才能使自己飞得更远、更高!

"我说了,我也是个普普通通的人。下面,我要以普通人的身份和同志们、朋友们促膝谈心。谈心,也是件愉快的事,尽管在这个会场里,这么多人不能让我们'促膝',但敞开心胸交换看法还是可以的。现在,同志们可以把自己在学习十二大文件中,在开创社会主义的新局面中碰到的、想到的、而自己又得不到解答的问题提出来,我们互相交换看法。提问题可以采取书面形式,也可以面对面提。好,让我们开始吧。"

他坐下来,看看表。海南已经过了大石桥站了。再看看下面,他这番别开生面的开场白,引起了人们很大的兴趣。下面交头接耳的声音汇集拢来，嗡嗡地在剧场大厅里回荡。有人拿出纸笔，低下头写着，也有人早已写好了，一张张白条子从后排一一地往前传来。目前，人们还不习惯像新闻记者一样当面提问。

杨开祥站在台前接条子，开始，他还一张张看看，一会儿，条子越来越快，越来越多，他应接不暇，只好摞在一起给陈抱帖送来。

条子的字迹有的很清秀，有的很工整，有的曲里拐弯像英文的花体字，有的像他说的那样"像狗爬的"。问的问题很广泛，像"翻两番有什么保证？""T市在开创新局面上有什么措施？""精神文明有没有阶级性？""资产阶级没有了，为什么还存在工人阶级？""取消干部的终身制是否光指到老退休？除就地免职外，群众有没有权随时罢免？"有的提出了具体建议，譬如发展T市传统的密集性劳动的手工业——编织地毯，解决待业青年问题等等，表现了这些人认真地思考过。有的问题很天真，譬如："为什么不多放外国电影？""社会主义允不允许发财？"等等。还有人写了许多个人问题要求市委书记解决，不外是住房、待遇、要求顶替、要求去外地学习，或是受了领导的气要市委书记伸张正义。条子下面，都写有提问人的名字，大概这是年轻人多次被考试而形成的习惯。

他一边看，一边清理归类，把准备今天答复的问题放在一起。突然，有两张使他感兴趣的条子跳入他的眼帘。这两张条子是折在一起的，但笔迹不同，而且下面没有名字。

每一个问题都有它的代表性，即使是"社会主义允不允许发财"之类，也不会是一个绝无仅有的人的绝无仅有的异想天开。每一个问题，都是一条缝隙，从这条缝隙可以张望到一个世界。这两个问题是杨开祥所说的"怪问题"，是比较特殊的问题，从中窥望到的是一个特殊的心理世界，一个冰冷的世界，从而也是不能回避的，必须正视的问题。

他把这两张条子放在上面。他认为一开始就回答这样的问题有助于创造民主的气氛。

越是难题,对高明的数学家越具有吸引力。他精神完全振作起来了。

"同志们,朋友们,"他扬了扬手中的纸条,下面的嗡嗡声渐渐低沉,最后归于肃静,青年们聚精会神地要听听市委书记是怎样不照着秘书写的讲稿宣传十二大文件的。"我首先谈谈这位朋友的要求。这位朋友要求什么呢?他说:'陈书记,你不要跟我讲马克思主义,现在除了马克思主义,什么主义我都相信。'"

他沉默了一会儿。台下,立时议论纷纷,有一股不安的风从前面刮到后面,刮到全场。

"同志们,请你们不要打听。"他继续说,"这张条子上没有写名字。为什么他不像别人那样写上名字呢?大概怕我追究他,批判他,或是给他什么处分吧。这种顾虑是多余的。我一开始就说了,我是来跟大家谈心的。我欢迎这位朋友坦率的态度。为了使这位朋友解除顾虑,"他从放在桌上的烟盒里抽出一支烟衔在嘴上,在点烟的同时,把这一张不相信马克思主义的纸条也点燃,"大家看,我把它烧了,连笔迹也不留下。"

顿时,台下又恢复了活跃,响起了轻松的笑声,还有人很审慎地鼓了几下手掌。

"不过,不让我讲马克思主义,我却不能奉命。我们并不不切实际地要求中华人民共和国全体公民都是马克思主义者,但我们绝对地要求每一个共产党员一定是信仰马克思主义的人。作为中国共产党的一个市委书记,我不讲我信仰的马克思主义,讲什么呢?

"可是,我谅解这位青年朋友对马克思主义的无知,或说是厌烦。我们中国共产党,在过去很长一段时间里犯了错误。这种令人痛心的错误给马克思主义的声誉造成了极为不好的影响。从三中全会直到今天我们学习的十二大文件,我们党一直在做自我批评,一直在努力改正错误,挽救和弥补以前的错误所造成的损失。

同志们,朋友们,一个政党对自己的错误所抱的态度,是衡量这个党是否郑重,是否真正履行它对人民群众所承担的职责的一个最重要、最可靠的尺度。从三中全会到十二大,事实证明了我们党是郑重的、是对人民负责的;我们党敢于揭露自己过去的错误,敢于面对我们现在还存在的缺点,是我们党成熟了的标志,是有勇气的标志。

"一个这样大的执政党敢于这样做,那么,我想问问这位青年朋友,你想不想成熟起来呢?你有没有勇气也反省一下呢?譬如,我想问问,你说你不相信马克思主义,那么你是否认认真真地看过一本马克思或恩格斯写的书呢?你说除了马克思主义,别的主义你都相信,你是否对那别的什么主义做过一番认认真真的研究呢?

"当然,这位青年朋友不会当场回答我,可是我敢肯定,他并没有认真地读过一本马克思主义的书,也敢肯定他并没有对他所信仰的别的什么主义做过认真的研究。因为,如果这位青年朋友认真地读了马克思主义的书,他就会发现,我们党过去的错误,与马克思主义无关,恰恰是从左的方面背离了马克思主义的结果。如果这位青年朋友对别的什么主义认真地研究过,那么,他就会发现,没有什么别的主义适合于我们中国。马克思主义经历了一百多年的历史,在世界的影响越来越大,越来越生气勃勃,这不是没有道理的,不是你不承认,不信仰就能否定的。"

他喝了一口杨开祥给他倒的热茶,暂时填了填空空的肚子。扫视了一下全场,青年们已经被他坦率的谈话抓住了。

"好,我们再返回来说。我们中国共产党,从三中全会直到前不久召开的十二大,总结了历史的教训,已经走到了一条正确的道路上来了。短短的六年多,我们取得了有目共睹的成绩。不信?你们可以看看这个会场,至少你们的衣着比过去丰富多彩了。不信?你们可以回家去问问你们的长辈,如果这位青年朋友在六年以前,在这样的大会上递来这么一张纸条,会遇到什么样的命运?

那么长辈就会告诉你,至少是先追查,后批斗！这些说明了什么呢？说明了我们在物质上和民主生活上比过去有了长足的进步。但是,六年时间毕竟是历史上短短的一瞬,而且这中间我们还花了很多精力来医治'四人帮'给我们造成的创伤,所以我们有许多工作还来不及做,还没有做好,包括在座的青年朋友的职业问题。

"但是,我们是有信心的。十二大号召开创社会主义新局面,这个新局面我们必须能开创得出来！一个勇于自我批评,一个对人民负责的政党,完全有能力在本世纪末实现我们制订的宏伟目标；我们一定能恢复马克思主义,社会主义的伟大声誉！

"这位年轻朋友现在还不相信马克思主义,我们并不强迫他现在相信。我只要求这位年轻朋友,即使你暂时不是个马克思主义者,也要做个遵守纪律、遵守法律的公民。这个要求总不过分吧。同志们、朋友们,我们依靠自己的努力,依靠时间,依靠我们为之奋斗的事业的吸引力和感召力。我们相信,在这种吸引力和感召力逐渐增强的情况下,这位年轻朋友将来很可能成为一名共产党员,甚至是一名优秀的共产党员！历史的迷雾必将廓清,而从迷雾里走过来的人最清醒！"

没有什么人带头,台下四处同时响起了热烈的掌声。一霎间,掌声响成一片,响彻全场。他从上面望下去,只看见一张张年轻人兴奋的面孔。在这些年轻人中间,他自己也觉得年轻了许多。这里燃着一团火,他个人的烦恼和孤独感就像火前的蜡烛一样溶化了。这时他已经完全忘记了在火车上颠簸的海南。

尽管他肚子里咣当咣当地和摇动一个水瓶似的作响,他还是喝了几大口热茶。接着,他拿起第二张纸条。

"好,同志们,朋友们:我们再来看另一位朋友的问题。这位朋友提的不是问题,而是他的感觉。这也好。谈心,就包括了互相交换感受、想法、认识等等。这位朋友说什么呢？他说:陈书记,我'党'得还是毛主席的时候好,我们怀念毛主席。"

他照例停了停。台下哗然，同时响起哧哧的哂笑声，有人喊道："'党得'是啥意思？""会写字不会？""这个人叫啥？站起来咱们看看！"……

陈抱帖也笑了。他把手中的条子翻过来，向下面展示了一下。

"是的。这位年轻朋友写的就是'党'得。当然，我们明白他的意思是'觉'得，而不是'党'得。现在，我们姑且不去管他技术性的错误。我只向他指出来，在怀念毛主席这点上，我和他有共同的思想感情。是的，毛泽东同志是中国共产党的创始人之一，他在缔造中国共产党、缔造中华人民共和国，在民主革命和社会主义革命、社会主义建设上的丰功伟绩，是永远不会被抹杀的。我们现在怀念毛泽东同志，今后，我们仍然要怀念他。

"可是，这位年轻朋友说'毛主席的时候好'究竟是什么时候？却要分清楚。毛泽东同志的晚年是犯了错误的，从三中全会直到十二大，我们党一直做着痛心的、深刻的自我批评，这些自我批评一方面是纠正毛泽东同志的错误，另一方面，也正是完整、准确地体现了毛泽东思想。毛泽东同志的错误，影响是很大的，包括这位年轻的朋友把'觉得'写成'党得'，间接地来说，也和毛泽东同志晚年的错误有关。同志们不要笑，事实的确如此。

"今天，在座的都是青年人，所以我敢肯定写这纸条的朋友也是青年。那么，我们就要问啰，这位年轻朋友究竟在他说的'毛主席的时候'生活了多长时间呢？当然不长，还恰恰是毛泽东同志的晚年。并且，他这种想法，我还敢肯定不是他本人的想法。为什么呢？从毛泽东同志逝世到现在已经六年多了，六年多以前，他还是个很幼稚的孩子，对那时不可能有什么深刻的印象。所以，我奉劝这位年轻的朋友，你不要上当啰！

"现在，社会上就有这样一种人，他对三中全会不满，对三中全会以来的大好形势看不顺眼，对十二大提出的开创社会主义新局面有反感，有抵触，于是就产生了一种把现在和毛主席在世的时候完全对立起来的说法,产生了一种怀旧情绪。他们的怀旧和我们的怀旧不同。我们怀旧,怀念的是毛泽东同志的正确领导,怀念的是我们党的革命传统;他们怀旧、怀念的却是毛泽东同志晚年犯错误的时候。毛泽东同志晚年的错误,造成了党内和社会上不正常的风气。这些人正是在这种不正常的党风和社会风气中得到利益的。在社会主义建设的新时期中,他们不能再那样轻而易举地得到了,甚至得到的利益也要丧失了。这样,同志们看,他们究竟怀念的是什么?是真正怀念毛主席?还是怀念自己失去的地位和利益?

"同志们,朋友们:我告诉你们,我们干部队伍中就有这样一些人,哪怕我们的国民经济全面崩溃,我们的民族濒于灭亡都不要紧,只要他个人利益有保障他就喊万岁!

"我这样说,不知对不对这位青年朋友的胃口。请这位朋友冷静地回忆一下,考虑一下,从大多数人民群众的立场上来看,究竟是毛泽东同志的晚年那段时期好,还是现在好?你写的这张条子,究竟是你自己真正的感受,还是从别人那里听来的?我还要奉劝这位年轻的朋友,你不要染上那种世纪末的怀旧情绪,现在是你们的,未来更是你们的!社会主义新局面,一个更为灿烂辉煌的新时代,全靠你们来创造!"

一个好的政治家,必须同时是个好的鼓动家。这位饿着肚子的鼓动家在台上口若悬河,谈笑风生,两颊被热情烧灼得通红。全场青年听众像一个庞大的乐队,思想情绪、面部表情随着他语言的指挥棒起伏变化。最后融成了一体,真正变成了促膝谈心。到了十二点,台上台下的人都没有想结束的表示,杨开祥早已放下心来。他搞了二十多年宣传工作,还是第一次看到把中央文件用这种生动活泼的方式给群众解释的。他既觉得惭愧,又感到兴奋。

但是,天下没有不散的会。他坐在陈抱帖旁边,看到这位市委书记的脸色由棕红变为苍白,由苍白又转为青灰,似乎一上午就憔悴了许多,不由得担心起来。陈抱帖说今天早晨遇到的"不愉快的事",杨开祥已经风闻。胖老高是从饶舌的安徽姑娘那儿听来的。于是,他趁陈抱帖答复完一个问题,赶忙把话筒挪过来。

"同志们,陈书记已经给我们解答了十四个问题。这些问题,基本上概括了同志们所提出的问题了。现在已经十二点了。"杨开祥向台下亮了亮手表,好像台下的人能看见他表上的指针似的,"同志们要吃饭,陈书记要休息。我看,咱们今天就到此为止好不好?"

但是,台下的年轻人并不知道市委书记的老婆跑了,不知道市委书记早上没有吃饭,更不知道市委书记昨晚上是在沙发上蜷着的,四处发出抗议的喊声,还有人像嘘不受欢迎的演员一样,打起口哨来嘘杨开祥。

"好,好。这样好不好?"杨开祥急忙用商量的口气说,"问题就解答到这里……你们大家看,这实在太多,百十张条子……下面,让陈书记给咱们讲几句勉励的话,咱们就散会。好不好?"

"行,行……"

"好,这样也好……"

…………

陈抱帖在滔滔不绝地讲话时,由于兴奋和激动,并不感到疲乏,杨开祥一打岔,他的体力在两分钟的松弛中竟然垮了下来。这时,对着又挪过来的话筒,他无力地笑了笑。

"杨开祥同志要我对大家说些勉励的话,其实,我也是需要别人勉励的。"

这句软弱的话脱口而出,自己的话传到自己的耳朵里,他才顿时清醒过来,警觉起来。他强打起精神,坐端正了点,清了清嗓子,继续说:

"我能说什么呢?我要说的是,我们为之奋斗的共产主义社会,是一种什么社会呢?按马克思的说法是那样一种联合体,在那里,每个人的自由发展是一切人的自由发展的条件。这也就是说,共产主义是尊重个人,尊重个人的自由发展的,只要个人的自由发展不损害其他人的自由发展,并有利于其他人的自由发展。

"但是,我们现在还不是共产主义社会,还不能给一切人提供自由发展的条件。社会主义社会,只能有选择地给一部分人提供这种条件。这就要求同志们、朋友们在各自现有的条件下先谋取个人发展,然后由社会选择,由社会再给予更充分的发展条件。

"这个话,听起来好像很冷峻,然而却是实事求是的。我们说我们过去犯过错误,这个错误也包括我们在宣传社会主义社会上有过头的地方。过去我们的宣传,给了人民群众这样一个印象,似乎在社会主义社会里,每个人的生、老、病、死,全部生活都由国家包了下来,青年人升学、工作都不用发愁,小学升中学,中学升大学,大学毕业就工作,人生的道路是笔直的;这里有玫瑰花,就在这里跳舞吧,这里有铁饭碗,就在这里抱着吃吧。从而养成了许多人的依赖心理,削弱了青年人创造生活的主动性。到后来,这种宣传没有完全兑现,使很多人失望了,影响了我们党的威信。其所以没有兑现,并不完全是由于'四人帮'的破坏,根本原因还是生产力的限制。愿望尽管美好,现实却不允许我们做到。

"那么,实际情况是怎样的呢? 大家知道,'物竞天择,适者生存'是自然界的规律;'自由竞争,弱肉强食'是资本主义社会的规律。我们社会主义社会,有没有一个个体与个体之间,个体与社会之间的关系的规律呢? 我看是有的。我认为,这个规律就是'个人发展,社会选择'。过去,在极左路线盛行的时期,'社会选择'是极不公允的。除了出身、成分的限制,还有种种不正之风。三中全会以后,我们首先破除了出身、成分的限制,十二大以后,我们更将肃清种种不正之风。只要同志们、朋友们在各自现有的条件下努力发展自己,显示出自己的才能,社会必定会把你们选拔出来,给予你们更进一步的发展条件。社会主义比资本主义优越的地方,就在于弱者不会被人吃掉,并且,每个人的发展,不必要以牺牲别人为条件,相反,每一个人的发展,都有利于全民的发展。但是,在要求个人先发展自己的才能上,在有强弱高低优劣之分上,却与资本主义社会相同。

"今天到会的一千多年轻朋友中,肯定会出现优秀的人才,卓越的专家,甚至会出现历史上的巨人,但是,也会有平平庸庸的、只能靠社会主义优越性过活的弱者。谁是人才、专家、巨人,谁是平平庸庸的人和弱者,则完全取决他个人。

"我不用美丽的梦想来勉励你们,也不给予你们空洞的许诺,我希望朋友们脚踏实地,发展个人的才能,争取社会把你们选拔出来,赋予你们更重大的任务。我的话完了!"

散会了。他用两手支着桌子站起来,耳朵里嗡嗡地响着,也不知是鼓膜里面血液的流荡,还是鼓膜外面热烈的掌声,总之像雷鸣一样。文化馆长,T市的中年音乐家,风度翩翩而又兴冲冲地向他走来。

"太好了!陈书记,太好了!这对青年人教育启发很大……呃……陈书记,年轻人有个要求,咱们文化馆是不是可以举办一次舞会,庆祝一下?"

"庆祝什么?"

"呃……庆祝电大毕业呀。"

"可以。"

四

中午,陈抱帖回到市委办公楼。干部们都下班了,刘佳俊还在办公室里。她用一种很奇怪的,似乎是怜悯的目光看着他,默默地给他端来热好的饭菜和一碗热腾腾的鸡蛋汤。他没有力气再说话,也没有心思去分析刘佳俊那令人费解的眼神,低着头扒完饭,横下身躺倒在长沙发上。

一下午,没有人找他,也没有电话——刘佳俊一律挡驾——他睡醒来,摸到身上盖着一件公家的蓝布大衣。办公室里很暗,刘佳俊把窗帘拉上了。他掀开大衣,走到窗前揭起帘子,窗外也和室内差不多,全部脱落了黄叶的白杨树在迷蒙的暮色中瑟缩着。他看看表,已经六点了。

刘佳俊听见他的响动,从门外探进头来。

"醒啦?陈书记。"她的笑容在昏暗中粲然发光。

"该死!……"他嘟哝说,"我这一觉睡了四个多钟头。"

"我知道你累了,所以没叫醒你。"刘佳俊说,"要擦把脸吗?我去给你打盆水来。"

"不用了。也该回去了。"他想看看她是不是知道了什么。但她天真柔驯的脸还和往常一样。他摆摆手,"去叫老高吧。"

老高把他送回市郊。一路上,老高也是出奇地沉默。这也好,他不需要别人向他表示什么同情和安慰。有些遭遇看来似乎是不幸,却说不定是好事,世界上的事情一时怎能看得清呢!

安徽姑娘正蜷在沙发上像猫儿似的睡觉,一清早,她也被海南折腾了一阵。她听见陈抱帖关门的响声,倏地跳起来,张着大嘴,两条胳膊向天举着,懒懒地问:"追回来了吗?"

"吃饭吧,"他阴沉着脸说。

下午的觉睡足了,晚上却来了精神。他从客厅转到小书房,又从小书房转到卧室。这时他才发觉,海南在与不在大不一样。虽然海南老摆冷面孔,可这副冷面孔却似乎成了他生活中不可缺少的一部分。突然看不到这副冷面孔,反而感到更冷;原来两只长着刺的豪猪挤在一起觉得厌烦,但磕磕绊绊仿佛也是调剂生活的一种方式。现在房子里空荡荡的,寂静得瘆人。他看看海南常坐在那里看书的小沙发,看看海南睡觉的半边床铺,一种人去楼空的怅惘油然而生。以前,海南竖起她无形的刺进行"冷战"的时候,他也曾想过这个"战争贩子"走了就好了。现在这个"战争贩子"真走了,他的心却更不宁静。

床头的小座钟指到了十点,海南现在已在火车上走了一半的路程。听说现在的卧铺票很难买,还需要有点后门,不知她上车能不能补上一张。如果没有卧铺,在这天寒地冻的气候里坐在硬座车上真够受罪的。这时,他心里才有一种对她的怜爱之情。他在海南用的小书桌前坐下,拉开抽屉,拿出海南常用的信封和信纸。

可是,他拔开笔帽,在洁白的信纸上悬空地划了几圈,终于又放下笔来。

写什么好呢? 向她道歉么? 他的自尊心又有点通不过去。维护丈夫的自尊心固然很可笑,可是,打了人家,然后不分青红皂白地涎着脸去道歉更可笑。是谁先伤害了谁? 这点首先得搞清楚。但要搞清楚这个问题,就需要不下于超级大国的裁军谈判那样一个反复磋商的过程。国际间的谁是谁非,联合国裁决不了,还有世界人民的舆论来判定;夫妻间的谁是谁非,真如一句老话,"公说公有理,婆说婆有理"。阎罗玉帝都搞不清楚的。夫妻之间的关系,决不是能通过"谈判"来搞好的。这里需要的是温存、是激情,是非理性的亲和的愿望。他是学政法的,又看了不少小说,他知道,什么"调解",什么"商谈",至多只能维持夫妻间的表面的稳定。没有温存、没有激情、没有非理性的亲和的愿望,写了几百万字的道歉声明也没有用。

他并不认为她和石一士之间有什么暧昧,他又自信自己并没有什么不可爱的地方——他自己认为——他想来想去,觉得海南没有跟他感情疏远的理由。于是最后得出了这样的结论:她就是这么一个怪人!

"随她去! 她在北京待腻了就会回来的。"

他无聊地枯坐了一会儿，才想起来趁这空闲工夫可以给儿子写封信。听说儿子在矿上已经被选为工会副主席了。

五

……这时，文化馆的舞会正达到狂热的高潮，要这样跳下去会跳到天明。风度翩翩的文化馆长看看表，走到台上，朝在舞池里玩得非常高兴的青年人拍上几下巴掌：

"同志们，同志们：这是最后一支舞，最后一支舞！"他竖起食指，像小泽征尔似的挥舞着手势，"这绝对是最后一支舞！……不然，我明天可就要挨批评了。这支舞，咱们跳'市——委——书——记——圆——舞——曲！'"

文工团乐队的小伙子们哗笑着拿起乐器，会意地吹奏起来。大厅里立即荡漾起斯特劳斯的《蓝色多瑙河》。圆号在小提琴碎弓的衬托下吹出 1 3 5|5－－|犹如黎明时的曙光拨开了河面上的薄雾。一对对衣着绚丽的年轻人像水上的精灵，随着乐曲在朦胧的灯光中旋转起来。

从此，T市文化馆的舞会从地下活动变为合法的公开活动。每星期六晚上举办一次。最后，总是由文化馆长命名的这支"市委书记圆舞曲"宣告结束。

第十八章　伏尔龚斯卡雅
公爵夫人

一

过了元旦,海南回北京就有两个月了。

正如石一士说的,海南像鸟儿一样的自由;石一士还曾对她说,每一个人都属于一个单位,但这句话却不适用于她——她哪个单位也不属于,她只属于她自己。

但是,正因为她太自由了,所以就陷入了不好解脱的困窘之中。如果T市文化局发来公函命令她赶快回去上班,不上班就要停职,就要开除,那她也好找着理由,装作是被迫低头的;如果在北京是三代同堂,五六口人挤在一间十来平方米的小平房里,早上买一个薄脆,中午凑合二两面条,平时还要看哥哥嫂嫂的脸色,也许陈抱帖还能动恻隐之心,或是写信,或是让到北京出差的"西北土干部"来顺便请她凤还巢。然而,T市文化局那位像老会计一样的局长哪敢触犯她? 她走了就走了,她不请假,局里也不过问,回来后的第二个月头上,竟连两个月的工资也一起寄了来——这个兆头很不好,陈抱帖在经济上都和她"划清了界线";在北京呢,一个院子的七间大房子住着她家三口人带一个保姆,生活比在T市舒服得多,谁都不会看她可怜,别说捆了她一个耳光的陈抱帖了。

于是她只能顾影自怜,自己可怜自己。

实际上,她的确是够可怜的——她自己认为——她挨了陈抱帖一个不轻不重的耳光,一方面,倒在猝然一击之下从疯狂的激动中清醒了过来,省悟到陈抱帖把石一士送到矿山决不会是嫉妒或坑害,与外间传言的打发走那个姓唐的手段完全不同——陈抱帖是个什么样的人,她心里的确是清楚的——可是,另一方面,这记耳光又打出了新的怨恨。这一巴掌,是旧的误会的终结,可又是新的矛盾的起点。事情就这么复杂。如果不打这一巴掌,误会就能解除,从此倒可烟消云散,天下太平,然而,不打这一巴掌,误会却又解除不了;如果打了这一巴掌,既解除了误会,又不会产生新的矛盾岂不更好? 可是这一巴掌谁受得了?! 她从小到大,连爸爸妈妈都没动过她一手指头⋯⋯

海南的出走,和十九世纪娜拉的弃家出走不同:她开始是半心半意,中途是弄假成真,现在则搞得骑虎难下,进退两难。

那天晚上,陈抱帖睡在书房的小沙发上,不知道睡得怎么样,她在卧室的弹簧床上却是一夜没有合眼。她心里想,即使是她错怪了他,但他要比她大十几岁,又是个有修养的市委书记,况且还给她施加了体罚,理应由他先来赔礼道歉才是。她可以始作不理状,然后慢慢就范,缩进他怀里哭一鼻子也就算完了。然而,这位陈抱帖同志却以中华人民共和国代表团成员的身份,坐上飞机,不知是到马尼拉还是到墨尔本去参加什么"亚太联"的签字仪式去了,把她一个人干干地晾在床上翻来覆去。到清晨五点多钟,她才下定了出走的主意。在这个虚晃一枪的撤退中,她还埋伏下了一支奇兵。她把安徽姑娘叫起来,帮她收拾好东西,拉着安徽姑娘陪她提前赶到车站,又提前打发安徽姑娘回去。虽然她没有跟安徽姑娘串通好,这个小丫头回到家还会不说吗?

她估计陈抱帖在七点二十分至七点三十分之间会赶到车站。那么,还有十分钟供她磨磨蹭蹭忸怩作态。这点时间,也足够她回心转意的了。她知道在这个时候陈抱帖不会坐老高的小轿车来,所以她两眼一直偷觑着汽车站。可是,直到检票员打开入口招呼旅客进站,还不见这位市委书记的影子。她只得身不由己地随着前面的木匠走上月台,又身不由己地上了火车,更身不由己地到了北京。

到了北京,她爸爸妈妈喜出望外。她爸爸在十二大以后,已经退居到顾问委员会,部长也卸职了,当然希望女儿回来小住,家里添点热闹。幸亏她爸爸妈妈都不是一般小市民,不去注意这样的小节:为什么来得这样匆忙?为什么连一封女婿问好的信都没带来?为什么女儿没带点西北的土特产?光提着一口皮箱,跟逃地震的一个样……女儿回来就好,女婿嘛,因为忙,何必写信呢?

吃饭的时候,她爸爸在饭桌上经常问她:"陈抱帖怎么样?你孟伯伯来开十二大,到家里来过,听他说他干得很好嘛!"

她爸爸还老问她,T市的利改税试验得如何?知识分子政策落实得怎么样?是不是要撤消地区,把周围的县划归T市领导?T市领导班子团结不团结?……

"听说,陈抱帖起用了一个过去错划过'右派'的老知识分子当副市长,这很有魄力嘛!"她爸爸说,"这个人你见过吗?经常来往吗?"

可是,除了回答陈抱帖身体还可以,一天早出晚归,事情很忙外,她什么都不知道。这时,她才发觉自己是多么不了解自己的丈夫,不了解丈夫干了些什么。她暗自内疚,可是外表又不好显露出来。

后来,她爸爸也和文化局那帮干部一样对她非常失望。

"唉,你呀!头脑里一点政治都没有!作为一个领导干部的爱人,这样子怎么能行呢?"她爸爸也替陈抱帖叫屈。

"那怎么不行?你的事情也不是妈妈都知道的!"她把她爸爸顶得没有话说。

妈妈毕竟细心，一个星期左右就看出了女儿神色不对头：总是郁郁不乐，也不出门，也不和过去的朋友来往，一天到晚在家里盼邮递员。这事情有些蹊跷。一次，趁她爸爸出去散步，不由得关心地问：

　　"你和陈抱帖怎么样？感情还好吧？"

　　"还好！"

　　她一拧身跑了出去，口气分明是"不好"。

　　那怎么"不好"呢？是陈抱帖不满意她女儿——她知道她女儿不能令人完全满意——还是陈抱帖当了市委书记后有了外遇？抑或是她疯疯癫癫的女儿有过失？

　　她妈妈揪起心来，但又不好直接询问早已不是小孩子的女儿，怕惹她不高兴，于是便经常旁敲侧击。

　　妈妈反正不上班，老在她耳边絮聒，更增添了她的烦恼，最后，她干脆跟她妈妈说：

　　"妈！你别老烦人了！也不是他不好，也不是我不好。我什么都不为，就是想气气他！"

　　这种混乱的逻辑中有极其精深的道理，其微妙只有女人聪敏的头脑才能理解。是的，一对恋人之间有时什么都不为，光为了要"气气"对方而玩出许多花样，是屡见不鲜的。从贾宝玉林黛玉直演到她妈妈和她爸爸谈恋爱的时候，现在又延续到她和陈抱帖身上。爱情这种两人玩的跷跷板游戏，如果老是一上一下有什么味道，不久就会兴味索然的，总要像朝鲜族人耍出很多花样才能引人入胜。她的这个最不成其为理由的理由，不但使她妈妈完全放下心来，并且把她妈妈的老天真劲儿也调动了起来，有滋有味地协助她待在北京"气气他"，一点不想着催她回去。

　　玉兰树早已凋零了。她爸爸退居第二线以后，来来往往的客人也少了。电话更是形同虚设，像个摆设一样成天蹲在茶几上闷声不响。她爸爸早晨打太极拳,平时还练开了气功,经常和坐禅的和尚似的。妈妈仍和过去一样闲散,但跟妈妈把该说的话都说了,母女两人坐在一起也是相对无言。街上更没有什么地方可去,冬天的北京并不比冬天的 T 市美丽多少。她在 T 市待了半年多,回到北京,方才发觉她和西北的那个重镇还有感情,至少,那个城市是和她丈夫的名字连在一起的。有一天,她翻开《人民日报》,竟发现了 T 市工业产品的大广告,一架家用石油液化气灶赫然在目。T 市的老百姓还没有用上石油液化气,可见 T 市的工业已经向全国市场开步走了。

这样,她怎好意思去见她过去的朋友呢?如果人家问起她,T市那么好,有那么大的发展,你怎么回来啦?那不是一句"气气他"能答复的,要叫她说她是被一个耳光打回来的,这个话她一辈子也说不出口。

于是,她越来越懊悔跑了回来,越来越焦灼地盼望 T 市的来信。

首先,她当然盼的是陈抱帖的信。可是她知道这个死鬼的脾气,知道这个死鬼的农民意识。陈抱帖没有跑到车站去拉她,这里面有两个可能,一个是安徽姑娘没有领会她的意图,趁此机会一早上不知跑到哪儿去逛了。一个就是陈抱帖的大男子主义和硬汉子脾气,思想上的东西和个性上的东西搅在一起,形成了他很难突破的双重困难。她意识到,他先给她来信的希望很渺茫。

其次,她当然盼的是石一士的信。她虽然不知道他在矿上的地址,但他是知道她在北京的地址的,在她要他来北京休养那天就留给他了。然而石一士一直没有信来。她想写信问"爱玛",可她的孤傲得到了报应,她只知道"爱玛"姓方,叫什么名字始终记不住,总不能在信封上写"T市文化局爱玛同志收"吧。

回到北京,在床上辗转反侧的时候,她才真正懂得了石一士对她说的话:友情会比爱情保持得更长久;在爱情越不过去的地方,友情会帮助人渡过困难。她非常庆幸自己在迷惘的时候遇着的是这样一位聪明豁达，洞悉人生的艺术家，不然，后果真是不堪设想。家庭关系和个人的情绪，都会在某一个时刻出现危机。这个时刻是最脆弱的时刻，以后的命运朝哪个方向发展，很大程度上要看在这脆弱的时刻所遇到的外在影响力。在她心理上出现危机的时候，在她情绪上杌陧不安的时候，石一士并没有和她一样丧失理智。在这点上，虽然她想起来会脸红，却也暗自感激石一士。她现在总算分清楚了，什么是爱情，什么是友情。

离开了陈抱帖，她方才恍悟到她对这个死鬼还是一往情深的。在 T 市，也不知怎么把他一件还没洗的黄衬衫在匆忙中塞进箱子，带到了北京。现在，她经常抖开这件黄衬衫，看一看，闻一闻。他身上那股特殊的强烈的男子汉气味，以及一股辛辣的烟草味，总使她内心深处激动不已。由此，她认为在他俩的关系上，她没有错，错全在于陈抱帖不爱她。

而回忆起和石一士的交往，她更体会到友情的可贵。这不在于石一士给了她什么，而在于她从她给石一士的安慰和帮助中，她自己认识到了自己的价值，她感觉到了她自己变得崇高起来，即使这次突然出走，好像也表现了一种牺牲精神，有一种高水平的旨趣。是的，她不是个好妻子，却是个好朋友。

那么，在这困境中，她只有等待石一士的友情来帮助她渡过难关了。

二

等待终于有了结果。在她回到北京的整五十天时，邮递员给她送来一封发自矿山的来信。

这封信，不是她自己从信箱里拿到的，是保姆从市场买菜回来交给她的。她坐在爸爸的书房里看书，一听见保姆叫她，"南南，有你的信",她的心仿佛猝然停止了跳动,而两腿却像十九世纪末电影中的人物一样奔跑起来。她的手颤抖得不停,信纸如同枝头迎着秋风的黄叶。信当然是石一士寄来的。她匆匆翻了翻,马上跑到卧室里把自己关好,做了一个从飞机上往下缓张跳伞的动作,悬空地扑到床上,拉来一个枕头垫在颌下,细细地品味开这封信。

海南:

从这件事情上,我发现我们都是俗人。我自己总想提高自己的水平,但不知怎么,在处理现实的种种关系上,我完全不会做得比一般人高明。现在,人格的两重性恐怕也是一个通病。

好,我先从我怎么知道你在北京的说起。要对你说的事很多,但总要先谈我怎么会给你写这封信的。

前天我回 T 市买书——不是给自己买。我现在已成了矿工工会的义务宣传干事了——当然准备去看你。我带着原来借资料室的书和几片非常美妙的树叶化石到文化局,以为马上就能有见着你的愉快,但一推门,却看见"爱玛"百无聊赖地坐在你原来坐的位置上打哈欠。那个舒适的沙发又恢复了"爱玛"式的凌乱,你喜欢的情调和味道已被珍珠霜和高级香水所代替。我见了她莫名其妙,她见了我惊喜交集。没有等我询问,她就非常"热情主动"地——这很符合"五讲四美"的要求——把你的情况告诉了我。不过,她的话总需要核实。我现在复述一遍,你看她的话对不对。

她说,你去北京并不是什么"出差",尽管文化局长一再替你掩饰,说你是去北京搜集资料去的,并又把她调回来接替你——对这点她特别不满意——而你这位 T 市的第一夫人的出走,现在已经成了 T 市的头号新闻,公开的秘密。据熟悉内情的权威人士透露,你在十一月×日的晚上和市委书记大吵了一场。吵的原因是你想给"谁"安排一个好工作,而陈抱帖没有答应,于是你骂了陈抱帖"不是马克思"。他呢,"狠狠地"甩了你一个耳光。这点,"爱玛"说得活灵活现,还当场做了个"狠狠地"动作,据她说是有人"亲耳听见的"(那"啪"的声音)。第二天凌晨,你就搭上火车去了北京,陈抱帖亲自跑到火车站也没有把你拉回来。她言之凿凿,因为有人考证在那天 T 市青年学习"十二大"文件的大会上,市委书记竟然迟到了,并且在会上公开承认他早晨遇见了"不愉快"的事云云。

老实说,除了"一个耳光"之外,我比较倾向于相信她的话。是谣传也好,是新闻也罢,整个过程的确是符合你性格发展的逻辑的。而我也很敏感,当时我就脸红了。我能完全肯定她说的"谁",不幸就是我——当然她没有发现,她是个坦率得可爱而又可怕的人,不会知道了装不知道的。

由此,我就感到我罪孽深重了。不要以为好人的悲剧总是由坏人造成的,好人同样会给好人带来不幸——请原谅我用"好"、"坏"这样简单的概念——而后面那种情况,具有更深沉的悲剧性。

我罪孽深重,就在于我开头说的那句话,在于我的"俗"。我们看起来阳春白雪,但归根结底不能超脱外界对我们的影响。我认为,如果我临去矿山时能和你再谈一次,也许不会出现这样使你与他都难堪的局面。我也不会在这出悲剧中扮演令人不快的、需要你在丈夫面前为我说项的柯洛克司式的角色——到矿山,是我自己选择的,而且你的陈抱帖给了我种种方便和照顾。这些以后再谈。

我想,他突然光临寒舍——"寒舍"这个词用得非常贴切——你大概已经知道了。他还给了我很高的礼遇,要派专车送我去矿山。使我受宠若惊之余,却又为你和他担起心来。我知道他这是一种高明的政治家风度——不论是不是如你所说的"马克思主义的",但也是非常难能可贵的——与你我之间的友谊无关。可是，一般人不会这样看。在目前，一个人，尤其是一个"官"，表现得太好反倒令人怀疑；一般群众还没有具备理解一个高尚的人的水平——这正是需要我们文学艺术的地方——他对我的"高姿态"，是要以"官方"的立场造成一种社会影响，造成一种尊重知识分子的"声势"。但是，如果他在我身上搞的这次"千金买马骨"，在别人看来却是由于我和市委书记的夫人有交情，是一次"后门"，那岂不冤哉?! 于是，我就畏首畏尾起来，庸俗得可笑，深怕在这时候被人发觉你我之间有私人友谊。为了协助这位政治家塑造他的形象，我竟没有再去找你，向你告别。而你呢，却又要去向他为我谋取一个好的职务。你我，都使我想起了我老家的一句土话，叫"郭呆子帮忙，越帮越忙"。我想给他帮忙，你想给我帮忙，对他对我都"越帮越忙"。你说，我们俩不都俗气得可笑吗？

我不知道你与他现在处在什么状态，是继续对峙？还是有"热线"往来？我猜测，大约还在赌气，不然你不会不回 T 市的。如果是这样的话，我就更为不安了。看到好人因为误会而陷入苦恼，是令人心痛的。对他，一则我与他关系不深，仅谈过一席话；二则，我一眼就看出他是个非常有主见的人；和所有的政治家一样，他总是力图说服别人，很难被别人说服。"刚愎自用"，对一般人说是贬义，但对一个政治家来说，没有点刚愎自用便不能成为一个好的政治家。

总之，有个非常恰当而好笑的比喻，我与他，正如文艺与政治的关系，我是无法影响他的。

对你，我倒可无话不谈。我想说什么呢？我想劝你适可而止，见风转篷；如果你失去他，将是你最大的不幸。

我不是吓唬你，这个危险不是不存在的。我早就说过，你是个好朋友，却不是个好妻子；而我见了陈抱帖，我更坚信我原来对你、对他的判断是正确的。他不会来向你委曲求全，不,他不是那种人。当然,你也不是那种人。这样,双方对峙下去,最后只有决裂,而我已经说过了,决裂不是他的不幸,却是你的不幸。

我是个"独身主义者",但看见结了婚的人又返回原始状态,也不会多么高兴的,尤其是你与他两个人。

你与他是同样的人,本来可以像我对你表演过的那样,两条线——感情线与婚姻线——重叠在一起,现在却弄得如此之僵。毛病在哪里呢?我认为,是你对他缺乏理解和同情,只有——恕我直说——一种纯女性的情欲。

你看到这里,也许会反对我:"你为什么不说他对我缺乏理解和同情呢?"诚然,他也不是无可责备的。从你给我的介绍中,从他给我的印象中,你们俩是处于一种不平等的状态。可是,在你身上,我没有发现你有争取和他平等的意愿。争取和他平等,决不能采用吵吵闹闹,赌气冷战的手段。这种手段反而降低了自己,使差距越来越大。而是要你和他在思想感情和对事物的理解与处理方式方面,站在同一个水平线上来。

如果你要反问我,"你为什么不要求他和我站在同一个水平线上呢?"这我只能回答,要那样做,他只能放弃他半生所做的准备,放弃他现在正为之斗争的事业。我要公平地说一句,他过去一直在为他目前的事业做着准备,而你过去从来没有准备现在做什么。

最后,我希望你能站到他那样的高度与他平等,而不希望他迁就到你的水平线上来。近几年来,我越来越痛切地感到中国需要他这样的人。

顺便说一句,我来矿山的前一天,遵照他告诉我的,到市委去拿介绍信。在办公室里,一位年轻的姑娘接见我。她大概是你的陈抱帖的秘书。这个天真和蔼的女孩子,和我很热情地说了半个小时。我发现她非常理解你的陈抱帖的意图,再三为市委书记今天不能给我送行表示歉意,把"给人看"的工作做得很到家。我敏感得要命的神经马上意识到,她和他要配在一起倒是绝妙的一对!所以,我劝你赶快回来。对你潜在的威胁还不只是抽象的。

　　暂写到这里。接信后速回信,好让我知道你的行踪。

祝　　　　好!

一士
一九八二年十二月×日

　　又及:我是个"独身主义者",却不希望你独身。可见一个人要贯彻自己的主义是多么困难!

　　头一遍,她没有读懂。心跳得要命。读到第三遍,她读懂了,也比较冷静下来。和一般人看信一样,总是先从信的最后部分考虑起。首先,她排除了石一士说的这个潜在的具体的威胁,她知道陈抱帖对女人并不感到多大兴趣,不然他不会鳏居那么多年;她也明白,这是石一士给她耍的花枪,目的无非是叫她赶快回T市。

　　其次,她特别对陈抱帖到车站去拉她这一段感兴趣,给了她一种虚荣心的满足和报复心理的胜利。他总算到车站来了!大概他到的时候火车刚刚开走。好!让他望烟兴叹,尝一尝惆怅悔恨的滋味。她能想象到,陈抱帖那壁厢急煎煎地下了公共汽车,这壁厢火车悠悠然地刚开走,在逐渐消散的青烟中,他是怎样一副失望的神色。这种镜头,在好莱坞的电影中有的是。

　　最后,她对石一士不相信陈抱帖扇了她一个耳光这点感到委屈,十分的委屈,他都不相信,还有谁能相信?!

　　人就是这样的奇怪,没接到石一士来信的时候,她软弱得意志几乎崩溃,只要有人从T市捎来一句话,一张条子,就能把她召回T市。现在,接到了信,并且是如此充满友情的信,她却陡然变得强硬起来。回T市放到其次,是非还得先弄清楚。挨了一巴掌跑了出来,又不声不响地回去,真像北京人说的:"太掉价了!"

· 301 ·

石一士在劳改队和煤炭打了八年交道,大大地限制了他对女性的了解。如果他只给海南写一句电报式的语言:"你必须于某月某日赶回 T 市",或者干脆不写信,倒能把海南调动回来。他写的这封有理有情的信,殊不知起了相反的作用,像氧气瓶一样,却增强了海南的活力。爱情是出游戏,赌气也是一出游戏,不同的是前者并不需要观众,两个人就能玩得很好,后者却非得有观众不行,观众越关心,当事人玩得越起劲。

总之,石一士的信,大长了海南的志气。

她当然要立即回信。她铺开信纸,不假思索地写着:

一士:

接到你的信。这是我回北京最高兴的一件事。

首先,我要问你,你的病怎么样了? 肺部还感到不舒服吗?

这一句是神来之笔,属于诗人所说的"烟士披里纯"之类。其实她回北京一直心绪繁乱地陷在自己的苦恼里,对石一士的矽肺并没有一丝一毫的挂念,但提起笔来,却自然而然地冒出这句话。

许多新闻并不是新华社发布的,小道消息有它一定的可靠性。"爱玛"说的话,用目前惯用的语言来说,"情况基本属实。"现在,我最气的就是他的的确确动了手,而更可气的是连你也不相信,你说,我还能向谁说呢?

写到这里,眼泪不由自主地涌上眼眶,眼前的字也模糊了。她拭去眼泪,停了停,继续写:

你说的道理我都明白,并且也很同意。可是,在他没有给我赔礼道歉,毫无表示的情况下,我不清不楚地回到他身边,以后再怎么能如你所说的"在思想感情和对事物的理解与处理方式方面"和他平等?

回来后,我才感到我还是爱他的,不管这种爱是你说的"女性的情欲",或是别的什么也罢,总之我还是爱他的。可是,他这个人太不可爱了!

她就是这样写的。这是典型的罗海南式的语言风格,是超出逻辑学之外的。

你总不能苛求我,在挨了他如此粗暴的对待后,竟像一个乡下妇人一样忍气吞声吧。我丝毫也没有和他决裂的意思。我一定听你的话:"适可而止,见风转篷"。但这股"风"还没有点影子,你叫我怎么能回 T 市?

我知道你对他没有影响力。这个人,除了中央,没有任何人能影响他,这点我太清楚了。所以你大可不必不安,在这出闹剧中,你没有任何责任,我与他的矛盾,由来已久,又不是因你而起的。同时,你在促使我与他言归于好上也无能为力。你的比喻很确切,你对他,就如文艺与政治的关系;你去劝他,也如文艺干涉政治,起不到什么作用。我只希望你好好养病,无事时经常给我写信。现在,除了你,再没有别人给我来信了。

我同意你所说的,我们都是俗人。我也想把自己提到一个比较高的水平上。过去,看到别的女同志受了丈夫的气往娘家跑,我还暗地里哂笑,想不到,我自己也成了这样的俗物。说实话,那天我并没有真心想走,如果他去车站见到我,有一点"自我检讨",我还是会跟他回家的。谁知,他到车站时,车已经开了。从这点看,你俗,我俗,他也俗。

是的,他也是个俗人。我知道他也在赌气。那天晚上我是失去了自制力,骂了他一些刺伤他的话。对他那样认真的人,你说他不是马克思主义者,就如同掘了他的祖坟。于是,他迟迟不来向我道歉,我倒真有点认为他不是个马克思主义者,而是个俗物了。

　　不过,我对我与他关系的前景还是乐观的。他不会像你担心的那样和他的女秘书如何如何,但他是个很固执的人。他的转变,需要一个过程,而且需要一个契机。我现在就在等待这个契机。总之,我想你能理解,也能谅解,他还没有一点表示我就回到他身边,对我与他今后的关系更为不利。一士,我们都是俗人,而要"俗"就要"俗"到底。结果"俗"的中途一下子超凡脱俗,表现出高姿态,反而叫他莫名其妙,把我当作一个软弱可欺的人。我早已说过,他还未摆脱农民意识,特别在家庭观念上。所以我决计要等他来向我"检讨",哪怕只一句话也行。你说呢?

　　急着发信,暂写到这里。你快来信!　　　　祝
健康!

　　　　　　　　　　　　　　　　　　　海南

　　她看看石一士信封上的邮戳,信从矿山到北京走了五天,也就是说,她至少还得等十天才能接到第二封信。不过,有这第一封信她的心已安下大半。至少,在一吐胸臆之后,在把她最委屈的那件事告诉了人之后,胸中的块垒已消去很多。她匆匆地看了一遍信,封上口,骑着车子直奔六部口的邮电局——那里发信比较快些。

　　这几天,她情绪有所好转,妈妈也看出来了。

　　"南南,怎么? 有信来吗?"

　　"嗯。"她故作神秘地一笑。

　　"是抱帖的吗?"妈妈高兴得眼睛都发出光彩。

　　"不是,是他一个朋友的。"她说,"可是看来陈抱帖坐不住了。"

　　"唔,唔。这事情就需要朋友。你别急,在家里等着,非叫他登门道歉不行!"

三

以后,她有心思逛逛街了,也想跟朋友们聊聊,于是打个电话给园园家,让园园的妈妈告诉园园说她回来了,叫园园晚上来吃饭。

"哎呀!你这个死鬼,什么时候回来的?"园园一进门就拉着她喊。园园一点也没变,好像永远不会长大似的。

"前天呀,前天刚回来。"她却觉得自己老了许多。

"你可憔悴多了!西北的气候对皮肤最有害了!"园园只注意她的皮肤,却没看到她眼睛中黯然的神色,"北京现在也不行,污染得厉害!"为了皮肤,园园仿佛不知道跑到哪儿去好。

吃完饭,她俩就躲进她的卧室。

据园园说,王彦林这小子"最不够意思",海南跟陈抱帖结婚以后,他装出一副失恋的模样,到处唉声叹气,说女人还是爱当官的,可是暗地里却非常高兴,不久就被派到美国去了。吴老教授却说海南有眼力。告别那天,吴老教授见过陈抱帖,和他畅谈了一次。吴老教授说他是中国新一代的政治家。园园还说,她现在和郭扬的关系很紧张,想当初,还不如不结婚的好。

"哎!你和一个市委书记怎么过的?我真想象不出。我能给我爸爸这样的部长当女儿,可不知道怎么给一个市委书记当夫人。那副作古正经的样子,一天到晚是什么共产主义建设,真叫人烦死了!"

"那有什么不好当的?市委书记也是人,而且是男人……"她装作很老练地笑笑,"我和他在一起就挺高兴。"

听见吴老教授夸陈抱帖,她不禁乐滋滋的。但想到她竟挨了这位"新一代的政治家"的耳光,肚子里却又窜出一股子怨气,不知是喜好,还是怒好。她不想谈这些。

"说起你和郭扬,我给你讲个道理吧,"她从书桌上拿两支彩色铅笔,把石一士的爱情与婚姻的双直线理论传授给园园。

"嗯,这很有意思!"园园听了哈哈大笑,"你到西北真长了学问了! ……哎! 我给你看看手纹吧。我刚学会的,不是什么日本的伪科学,是吉卜赛式的,专看人的爱情……"

晚上送走园园,她在大街上蹓了一会儿。民族宫前灯火通明。民族饭店斜对面,有一条较宽的人行道,隐没在街灯乳白色的光线背后,沉寂而凄清。那是今年春天,他们看完《最后的音乐会》回来,她挽着陈抱帖散步的地方。那时是多么明朗,而这时却晦涩得如同李商隐的一首抒情诗,不能给她以半点慰藉。她踏着他们原先走过的脚迹又走了一遍,脚步声孤独得使她直想流泪。

一阵寒风刮来,大街上空啪啪作响。原来街上又横挂起了一面面彩旗,红的、绿的、黄的……不知哪个国家的元首要来了。在同一个世界上,别人在进行繁忙的政务活动,她却怀着深深的哀愁在街头踯躅。她感到了自己的无味,园园的无味,闲散的无味……她离那紧迫繁忙的政务活动本来是那么近,而现在却又比月球还远,自己孤零零地待在一个超出逻辑和现实范围的星球上。她开始想,既然石一士,既然吴老教授,既然爸爸这些正经人都对陈抱帖感到兴趣,那么他从事的事业肯定是有趣的……

她等待着那个使她下台阶的契机。

四

而那个契机的苗头不几天竟然出现了。

那天,她爸爸从外面回来,郑重其事地把她叫进书房。

"南南,你知道陈抱帖手底下用的是些什么人不?"

"什么人?"她奇怪,这个问题爸爸已经问过她了。"那……你知道的,有个错划过'右派'的什么建筑师……"

"嘻！我问的不是这个。"爸爸皱起眉头，"譬如说，他用了什么和'四人帮'有牵连的人没有？"

"和'四人帮'有牵连？……还有一个是像乡巴佬一样的市长，兼着市委副书记的……"

"算了，算了！"爸爸把手一抬，哭笑不得。"那是经由中央批的，不算是他用的，我指的是他手底下……"

"他手底下……"她想了半天没想出来陈抱帖手底下还有什么人。别说谁和"四人帮"有牵连了，连 T 市工作班子里有几个主要角色她都不知道。

"好了！你呀……"她爸爸对她无可奈何，"我只跟你说，最近你少出门，暂时也不要回去，免得有人说你在 T 市和北京之间跑来跑去。你们省有的领导同志到中央告了陈抱帖，据说问题不少。中央派的调查组已经到你们省了……你知道这个情况就是了……"

有人告了陈抱帖！而且出自 K 省的领导。她虽然不懂政治，但看爸爸的脸色，问题一定很严重。

"死鬼！我早知道在中国搞什么改革准没好下场！……"

她嘴上虽然为陈抱帖抱屈，可心里却有种隐隐约约的幸灾乐祸的快感。这就是她盼望的契机！中央一旦宣布陈抱帖犯了错误，撤职下放，她就马上回到他的身边。正如涅克拉索夫所写的：她要向全家人表示，她要去找孤苦无依的丈夫，把最好的爱情在荒僻的农村献给他！她要像伏尔龚斯卡雅公爵夫人一样，在她丈夫面前跪下，吻一下他的镣铐，然后和丈夫紧紧地拥抱，从今以后做他的好妻子！

她没有等石一士回信，当晚就匆匆地写了一封信，向他告诉她的想法。

第十九章　香香要跳迪斯科

一

　　T 市招待所的特级套间里暖气烧得很热。中央调查组的四个人只穿着毛衣，年纪最大的那位领导同志还趿着皮拖鞋，和在他北京的家里一样。陈抱帖一向讲究仪表，这时更不好意思在中央来的人面前敞衣露怀，他只解开了毛呢制服领子上的风纪扣。

　　房间里有一张长沙发，两张小沙发，罩着紫色的沙发套。窗外是阴霾的天。昏暗的光线给写字桌的大玻璃板镀上一层呆滞的青灰色。房里的气氛严肃得使他感到压抑。中央调查组到省城，到 T 市，已经全面调查过了，今天找他谈，大概是最后一项工作日程。

　　尽管他一直很冷静地等着这一天，而这一天真来到的时候并不是多么令人愉快的。

　　孟德纯早就跟他打过招呼，有那么几个人，包括省委另一位负责人，对他在 T 市的做法，甚至对他的任命都有不同看法。这事情开始在十二大以前，十二大以后，孟德纯仍然连任中央委员，因为不服气而产生的不满，使矛盾更加尖锐了。

　　"这很明白，"孟德纯告诉他，"这不是对着你来的，而是对着我来的。西北人有句土话：'借棍子打狼'。有人是借你这根棍子打我这只老狼。你懂吗？……懂了就好。所以你的工作要格外小心。"

但是他却没有"格外小心"，要"格外小心"便无法工作。政治，总是处在一圈套一圈的矛盾当中，躲避是躲避不了的……

　　他们已经谈了三个多小时。对 T 市八个月来改革的全面总结，本来是应该在某种正式大会上怀着不无自豪的心情报告的，今天，却在这种多少有点令人难堪的气氛中，仿佛成了被审讯者的供词。有一阵子，他感到这一切似乎很荒唐：他和中央是一致的，和这四个人是一致的，但现在的形式却把他们划成对立的双方——调查者与被调查者——而那些挑起这次调查的人，和中央不一致的人却躲在一旁观望。

　　调查组的人都很干练，他们之间有时互相会意地看看，对他谈的情况和意见既不表示满意，也不表示不满。他们这种冷峻的态度是对的，他知道如果他是调查组的成员也会这样做。

　　现在谈话已进入了尾声。他陷在弹簧很软的沙发里，感到周身燠热，再加上内心的反感——从调查的范围看来，他受到了全面控告——他已经不由得有些焦躁起来。

　　"我认为，"他说，"中央指的'角刺人物'，用哲学的术语来说，是有特定的规定性的。它不单只指的是在一定的历史范围，并且必须和一定的政治倾向联系起来。如果说 T 市新提拔的干部里有很多'角刺人物'，包括我自己也是'角刺人物'，我不能同意这种看法。敢于闯新路，勇于提出不同意见的人和'角刺人物'只有一步之差。而这一步不但有巨大的历史差别，还有一个根本的政治倾向。我觉得，靠四平八稳，慢慢腾腾，照章办事，总是看上面眼色行事的人，是开创不出社会主义新局面的！"

　　说到最后几句，他的语气显然有点激愤了。他面临的困难是，他要从调查组跟他的谈话中，去摸索那些控告的内容，然后和那些看不见的对手辩论。他的对立面不是调查组：他们演的是《三岔口》。

　　他停了一会儿，呷了一口茶，使自己稍微冷静一点，继续说：

"同志们刚刚还问到，T市的生产是不是违反了上面的经济计划。指令性的计划我们仍然是完成的，但非指令性的计划却有很大改变。在企业有了自主权以后，在他们根据原料、能源、技术力量、市场需求而调整的时候，总的经济计划不调整怎么能行？从这里我倒想到，今后我们制定经济计划，除属指令性的产品，要么这个计划应自下而上地定，要么给地方上留出很大的余地。"

　　调查组一直保持沉默，对他激愤的语气也不表示态度。但他相信他的话都由那位年轻的成员记录了下来，也许连同他的语气也保持不变。

　　房间里出现了暂时的冷场，是谈话将完时那种常见的冷场。一会儿，那位年纪较大的领导同志又以老年人惯有的沉稳，一边慢慢地把烟灰弹进烟灰缸里，一边用舒缓的口气问：

　　"那么，T市的文明礼貌月活动开展得怎么样？市委和市政府的干部在这方面起了什么作用？"

　　他马上意识到：这也是控告中的一条！

　　"在这方面，我们基本上是按照去年五月中央发的通知精神做的。"他尽量不表示情绪地用平稳的语气回答，"不过，这方面……T市，可以说有些不同。在治理'脏、乱、差'上，我们建立了一支很强的市政建设队伍，T市各个角落的卫生、绿化都由他们包了下来。所以，我们经过精简后的市委和市政府的机关干部，没有像别的城市的干部一样去扫大街。每个人都有每个人一天的工作。另外，我们本身的医务人员都不够，都难以应付日常的门诊，所以我们也没有像别的城市一样叫医务人员上街义务诊疗……在商业文明上，我们主要依靠商业道德，而商业道德要依靠经济杠杆的作用。T市在商店实行承包以后，在商业道德上已经有了改进，这是群众一致公认的。最后，我认为，文明礼貌月最根本的事情还是社会主义精神文明的建设，也就是共产主义道德教育。在这方面，我们举办了很多活动，我个人在各种不同形式的会上都讲过话。这些材料,送来的录音磁带上都有。"

做记录的年轻人抬起头,瞥了放在墙边的纸箱一眼:"这么说,这些录音带不但有你在办公室的谈话,也有在各种会议上的谈话?"

"是的。"他说,"因为,如果不是重要会议,我发言的时候一般没有稿子。我比较喜欢活泼一点的座谈形式。"

"这里有脱落十五分钟的情况吗?"年轻人的眼睛里突然跳出来一星调皮的火花。

他也微微一笑:"这很可能。T市不是华盛顿。"

五个人都无声地笑了,房里的气氛顿时轻松下来。

年纪较大的领导同志按灭烟头,说:"当然,我们也不是在调查'水门事件'……好吧,我们今天就谈到这里。我看,我们应该知道的基本上也都知道了。陈抱帖同志,你还有什么意见?"

"没有了。"

他和陈抱帖一起走到门口。

"要相信中央!"他紧紧地握了握陈抱帖的手。

"在这方面,难道还对我有所怀疑吗?"

两个人又笑了。陈抱帖很喜欢这位看上去很严肃的老年人的微笑,那里面有一种睿智的会意,表现出完成了一件很困难的任务以后的轻快感。他拍拍陈抱帖的肩膀,仿佛很多话都能通过这个动作来传递似的,把陈抱帖送走了。

长廊的尽头,是两扇厚实的玻璃门。陈抱帖走到那里,突然听见背后有人叫他的小名:

"铁柱!铁柱!……"

他惊奇地转回身去。

"铁柱,不认识我啦?"调查组里的一个戴眼镜的成员追上他,拉着他的手,眼睛在镜片后面闪着愉快的光,"哎呀,你真是'贵人多忘事'，好好想想……"

这是个中年人，个子比他矮半个头，看起来比他苍老，两鬓已经出现了白发；鼻子很短，有了皱纹的嘴却挺大，表情显得滑稽而善良。在调查的过程中，他一直没有提问。

"你恐怕想不起我啦，"这个人有点沮丧，"我变得多啦。你还没有怎么变……你好好想想，在北京，政法学院……"

"你是，你是……"刚才在房间里，他虽然觉得这个人很面熟，也无心在记忆里去搜寻究竟在哪里见过。这时，他猛地想起来了："你是许树民，'眼镜'！"

"不错，不错！"两人的手重又热烈地摇动起来，"还算好，你还能想起来。在学校里，我是最一般的学生，现在好些老同学都把我忘光啦。你呢，是我们年级的体育干事，给我的印象很深，打篮球啦，田径啦，拳击啦……你现在身体还满棒！还经常运动吗？"

"运动？篮球是早不打了，"他低了低头，又抬起来，感慨地说，"拳击嘛，好像一直就没有停过。"

许树民拍拍他结实的脊背："有点怨气呀，老兄，这不好。在你说话的过程当中我一直注意你。"他挽起陈抱帖的胳膊，推开玻璃门，边走边说，"不过，我参加了几次调查组，有问题的人都表现得很恭顺，没问题的人好像都有点怨气。是呀，听见人家告你一些莫须有的问题是不好过。并且，想干事的人老受干扰，不干事的人却没有干扰——也可以说干扰别人就是他们的事——想干事，又有干扰，心里总不痛快，是不是？"

"是有些不痛快，"他坦率地回答。

"别那样，"许树民低着头，用中指顶着眼镜走下楼梯，"现在，中央来调查，不一定是坏事啰，往往倒是好事的先兆。"

"我不是指对个人的好坏。我个人的好坏无所谓。我不痛快的是现在那些人还起作用。"

从前厅的大玻璃门望出去，天上开始飘落下片片雪花。他俩在前厅选了个背静地方,靠着一盆常绿的棕竹站下。玫瑰色的水磨石地板刚刚擦洗过,散发出一股暖烘烘的汽油味。

"这你就有点傻气啰,"许树民说,"这种味还能传宗接代的。我看,到共产主义社会,也会有干事的人被习惯、被惰性所击败的情形……哎,我们不谈这些。我问你,你怎么把老婆也打跑了?"

"你怎么知道的?"他不由得愕然地耸起眉梢。

"嘿嘿!"许树民朝他神秘地摇晃着一根手指头,"我是干什么的? 那些人说你是把老婆打发到北京在高干层中间活动去的。嘿嘿……结果你不是把她打发去的,是把她打去的。怎么? 政法学院的高材生,市委书记,打老婆,你真干得出来!"

"有的老婆是该打!"他气的是"那些人",口气却似乎怪罪自己的老婆。

"是呀,是呀……"而许树民仿佛也有同感。"像我那一个吧,'文革'期间,我这个小秘书也莫名其妙地卷到一个大案子里,坐了五年牢,坐的还是全国有名的监狱——秦城,她就跟我离了婚。后来平反了,她又要跟我复婚。有什么办法? 看在女儿的分上,只得跟她复婚了。可是有时候想起来,心里不舒服,真有打她一顿的念头。"

看到这个善良的、戴着深度近视眼镜的白面书生也要向他学习,陈抱帖不禁笑出声来。

许树民自己也笑了。

"那不过说说罢了。我不像你这个'铁柱',恐怕还打不过她……好了,在这么一种情况下我们也不好多谈,什么时候到北京去,一定到我家来。"他掏出一个记事簿,写下地址和电话号码,扯下交给陈抱帖,"喏,这个地方很好找,你一定来。现在,老同学们都不知到哪儿去了……你一定要来。"

"你说你还想打老婆,我敢来? 别一进门就碰上全武行。"陈抱帖看着地址,打趣他。

许树民笑道："来看看我女儿吧……我记得你好像有个儿子，已经很大了吧？"

"很大啦，"陈抱帖叹了口气，"比我们那时候还大啦。"

"人的一生真太快了！"许树民送他到玻璃门前，"不过，历史总算把我们这一代推到前台来了……别担心，这没什么。"许树民指的是调查这件事。

"我毫不担心。"

"当然，不痛快是有一点的。"许树民同情地说，"换了我，也会不痛快的……"

二

外面，除水泥车道是湿漉漉的黑色外，屋顶和花圃已成了一片银白。新鲜而洁净的雪，在流动的寒气中轻盈地飘落下来。有一片沾在他的眼睫毛上，立时使他感到一种明彻的平静。空气凛冽而清新。他深深地呼吸了一大口，把风纪扣扣上，走下台阶。

老高无声地把车开到他身边。

"你回去吧，我走一走。"他在车窗外打着手势。

老高迟疑地看了看他，把车开走了。车轮在水泥路上滚出一条水印的人字花纹。

大街上，载重汽车和公共汽车冒着淡淡的青烟从他身边驶过。雪花落到地上，顷刻之间就融化了，在车轮下哑哑作响。人行道旁的小树包上了稻草，看着它们，似乎自己身上也感到舒服。路边，涂着红白漆的铁栏杆、绿色的垃圾筒和白色的痰盂罐，被雪水洗得异常光洁。还不到下班的时候，只有寥寥几个行人在微雪中急匆匆地行走。警察在岗亭上无聊地张望着下面的街道。街道两边的店铺，橱窗上都蒙着一层模糊的水气，使人能想象得出那里面是一个暖和的世界。

这一切,在他心中引起了一种奇妙的亲切的感情和不可抑制的兴奋,扫去了在招待所里听到"那些人"去这去那的不快。他穿过市中心,漫无目的地走过两个汽车站。

　　在下一个汽车站,远远地看去,他发现一个妇女非常像海南。仿豹皮大衣裹着她颀长苗条的身子,长发披肩,在绿色的塑料棚下还撑着一把漂亮的雨伞,显然是有意增添她的风姿。他下意识地向她走去,站在塑料棚下等她转过身来。他明明知道不是,却一定想看个明白。

　　一会儿,这妇女掉过头来瞥了他一下。紧接着,又注意地看了一眼。不是,这不是海南。她的脸要比海南柔和得多,嘴唇也比海南丰满,脸上带着陌生的好奇的表情。他悄悄地转身走出塑料棚,又置身在飘飘的雪花之中。

　　这个插曲,破坏了他刚从招待所里出来时产生的愉快情绪,一种黯然的怅惘又偷偷地侵击着他。在招待所里整个谈话的内容,给他印象最深的好像只剩下最后许树民跟他说的话。自己的不愉快、不幸,也成了"那些人"告状的内容,而她还在北京,家庭问题仍然悬而未决。

　　这两个多月,他一个人生活也习惯了,或者说,他又恢复了过去的习惯,并不因海南不在身边而感到孤独和寂寞,反而更为自由自在,所以也不急于结束这种僵持状态。他现在的心理负担是出于一种责任感。这种责任感有时比爱情要沉重得多,不知道它什么时候就会钻出来,蹲在心中的一个角落里,静悄悄地嘀嘀咕咕,不由得人不烦恼。

　　他又信步往前走了一段。在一个路口,一块很大的广告牌吸引住他。"青春快餐联营复兴路分店,西式快餐、冷饮热饮、熟食拼盘、各种名酒……"文字旁边,站着一个很像电影演员张瑜的姑娘,系着花边围裙,一手端着盘子,一手向路北边笑嘻嘻地做着请进的手势。

他想起来,这就是那个姓王的小伙子经营的。他顺着广告上姑娘的指点往前走去。

这是一间六十多平方米的厅堂,摆着十来张折叠桌,打扫得很干净,最触目的是一排玻璃柜台,里面陈列的菜肴都很新鲜。四周墙边有几架土暖气,但这时厅堂里空无一人,并不暖和。

"在哪儿开票?"他问一个系着花边围裙的姑娘。店里有三个姑娘,都系着广告牌上那种围裙。"这大概就是他'麦当劳'式的制服吧,"他想。

"您是要快餐,还是要喝酒?"坐在柜台后面的姑娘问。

他想了想:"喝酒吧。"

"那请您坐下。"姑娘不无自豪地说,"我们这儿先吃喝,后算账。"

他找了个暖气片旁边的座位,要了一盘沙拉,一大杯中国红葡萄酒。

"你们这儿生意不好吧?"他看着空落的厅堂,问端盘子来的姑娘。

"不,这会儿刚清闲,一会儿下班人就多了。"姑娘向他笑了笑。

厅堂里光线很暗,大概因为只有他一个顾客,姑娘没有开灯。他孤零零地喝了半杯血红色的葡萄酒,一股暖流渐渐渗进他的血管。他突然觉得自己很可笑,想起海南,为了目前这悬而未决的家庭问题,有时竟会神魂不安,做出和他理智完全不同的事来。

三个姑娘在柜台后面望着他窃窃私语,甚至笑出了声。他很怕这时被人发现他的身份,抬眼偷偷地看看她们,却正好碰着她们三人的视线。

"咱们看您很面熟。"三个姑娘当中最漂亮的一个探出上身,大胆地问他,"您准演过电影,要么是电视……"

这些傻丫头们,把凡是看来很面熟而一时认不准在哪儿见过的人,都当成电影或电视演员!这样也好。

"嗯,嗯……"他含糊地回答。

三个姑娘一下子来了兴趣,嘻嘻哈哈地从柜台后面跑出来,用手撑着他的桌面,欣赏起这位演员。

"你们的收入怎么样? 每月能拿多少工资?"他先发制人地问。

姑娘们你看看我,我看看你,莫名其妙地吃吃笑着。看她们这副洋洋自得的模样,收入不会很低。

"你演过什么电影?"还是那最漂亮的姑娘问。他才看清这姑娘的嘴角有颗黑痣。

"我吗?"这真是越来越荒唐,他想。"我演过《城市之光》。"

三个姑娘听了一愣,旋即嘻嘻地笑了起来。

"你别逗了!《城市之光》是卓别林演的,不是咱们中国片!"

"也没准!"另一个姑娘为他辩护,"外国有个《望乡》,咱们就有个《乡情》,外国有个《生死恋》,咱们就有个《庐山恋》……你咋知道咱们没个《城市之光》呢?"

"你是哪个厂的?"还是那个漂亮的姑娘提的问题保持着连续性。

"我吗?"他思忖了一下,广州比较远,"是珠影的。"

"你是来挑演员的吗?"漂亮的姑娘又问。

"要挑演员的话就挑她好了!"另一个姑娘拍拍漂亮的姑娘。"她叫蒋香香,今年十九岁……"

"别拿我开心!"蒋香香笑着擂了那个姑娘一拳,"挑你还差不多!"

于是,三个姑娘为了挑谁去当演员合适互相谦虚地打闹了一番。

"我不是来挑演员的。"他呷了一口酒说,"我是来体验生活的。"

三个姑娘不闹了,但并不减少她们的好奇心。

"广州的餐馆准许跳舞了吧?"蒋香香问,"要是准许跳舞,咱们要多赚一倍的钱！"

"没有吧……我搞不太清楚,恐怕没有。"他觉得这个爽直的姑娘并不讨厌,"大概只有给外国人开的地方有跳舞的。"

"哎,你说,为什么许外国人去跳,不许咱们中国人去跳?"蒋香香跟谁都是一见面就熟,"我要给咱们陈书记提个意见,准许咱们T市的餐馆里晚上跳舞,至少过春节的时候许在餐馆里办舞会。什么计划生育啦,晚婚啦……都拿到舞会上来宣传,那才有效哩!什么婚姻介绍所也甭开了……"

"去去去!"两个姑娘笑着打断她的话,"人家陈书记听你这个舞迷的意见哩!"

"咋不听?"蒋香香手按着台面,两肩一耸一耸地,洋洋得意地说,"上次我给他提了个不好回答的问题他还答复了哩!哎,你会跳迪斯科吗? 广州人都会跳。"她又掉过头来问这个电影演员。

"不会。"陈抱帖笑着摇摇头。

"不会你也见过,你是大地方来的。"蒋香香离开桌子,做好准备,"你看看我跳得对不对? 我刚学的。"

接着,蒋香香先平伸出两臂,左右开弓打响两个榧子,随即把胳膊弯曲到腰间,全身柔软地扭摆起来,同时哼着迪斯科的节拍。

"咋样?"扭了几下,她面孔红扑扑地问陈抱帖,"像不像那么一回事?"

"唔……"陈抱帖笑笑,"迪斯科好像没有什么标准,怎么跳都行。"

"对啦,对啦!"蒋香香胜利地翕动着火焰色的嘴唇,向两个姑娘喊道,"你们听听,人家才是内行。'怎么跳都行',你们非要跟我争,真是'土老帽'……"

三

回到市郊的家,天已经完全黑了。安徽姑娘还是像猫一样地蜷在沙发上,听见他进来,还是像猫一样地跳起来,还是大张开嘴,两手朝天地举着打哈欠。她过这种单调的日子也过腻了。

吃完晚饭,安徽姑娘说:"陈书记,春节快来了,我要回去哩。"

"回去吧,也应该回去了。"

安徽姑娘早讲定回老家过元旦的,但海南跑回北京后,她自愿留了下来。最近她父亲来信,无论如何要她回去过春节。

"我回老家,要在北京转车哩。"安徽姑娘试探地说。

"唔,当然要在北京转车。"他拿着报纸,漫不经心地说。

"要我到罗大姐家去吗?"停了一会儿,她直截了当地问。

"你去有什么用?"他撂下报纸,头也不回地进了书房。

一提起海南,总要把那叫做责任感的鬼东西唤出来,嘀嘀咕咕地在他心头絮聒不休。实际上,是自己和自己辩论,辩论的主题仍然是不是要求她原谅。一对夫妻,搞得非要对方先表示屈服,一方才允以和好,已经没有什么味道了。他心里早已得出结论,他们之间的爱情非常淡薄,也许根本就没有什么爱情。两个人在一起生活,常常会合成一种假象,不但能迷惑别人,也会令当事人迷惑,仿佛他们真有感情似的。而真正的感情,却表现在分离之后,既然在分离之后并不感到痛苦,那就很难说明他们之间存在爱情。

已经如此,又何必虚伪地去要求原谅呢?

现在存在的,不过是一种责任感,是责任感和无爱情的矛盾。而没有爱情的责任感,比任何东西都要沉重——它是冰冷的、干巴巴的、铁的!

他久久地伫立在窗前,咬着下唇,灼灼的目光在四楼上把整个城市横扫了一遍。这当儿,正是万家灯火的时刻。他记得他刚来

T市的时候,也在窗前这样眺望过。而现在 T 市已大大改观了。在市郊,在夜里,从那高悬在工地上的灯光,也可看出新建筑的规模;这里那里,闪耀着焊弧蓝色的光芒⋯⋯

要过春节了。安徽姑娘也要千里迢迢地赶回去与家人团聚了。昨天,T市经济领导小组的主要议题就是怎样保证供应,增加商品的花色品种,让 T 市人民过好一九八三年的春节。今年将是一个富裕的春节,一个轻松愉快的春节,连餐馆的小姑娘也想热热闹闹地办舞会⋯⋯

而自己呢?

可能是独自一人!

他不会到孙玉璋家去,不会到黄国桢家去,不会到任何同志家去过节,尽管他们肯定会亲热地邀请他去。那心中空去的一角,只有那种温存,那种柔情,那种灼热而颤抖得像一只不安的手似的抚慰能充实,同志间的至深情谊是不能填补的。

窗外,住户的灯光一盏一盏地熄灭了,暗夜如同蓝色的大海。安在塔吊上给工地照明的强光灯,像一艘一艘巨轮上的桅灯,在蓝色的海面上无声地滑行。他突然想起在哪本书上看过的一个故事:一个古意大利的造船工匠,他造了一辈子船,却从来没有坐过自己造的船。他最愉快的享受,就是在自己造的船从港口出发航向大海去时,自己伏在码头的栏杆上观看。

是的,应该做那样一种工匠。

他发觉自己的眼睛潮湿了。他发觉自己从来没有这样软弱、也从来没有这样坚定⋯⋯

第二十章 风

一

海南自己设想出来的陈抱帖那种凄惨的下场,那个毫不着边际的想象,不仅安慰了她精神上的痛苦,并且激起了她对生活的从未有过的热情。

现在,她的心情整天处在一种莫名其妙的兴奋之中,忙乱地为到那个比 T 市更可怕、更偏远的穷乡僻壤做准备,买了许多完全不必要的东西。幸亏北京市场上煤油灯已经绝迹,不然,她会连玻璃灯罩和灯芯都买回来。

当然,她毕竟是生活在二十世纪的中国人,是生活在和七十年代迥然不同的八十年代的人,而不是十九世纪初的俄罗斯贵妇,理智告诉她,她的陈抱帖未必会遇到什么不幸,但她仍然乐此不疲。从这个幻境中,她内心能体验到一种自豪感,一种崇高的牺牲精神,并且,由此也逐渐沟通了她对陈抱帖所从事的事业的了解和同情。

这是一条奇怪的渠道,一条曲曲弯弯的渠道,但是,她这样的女人,也只有经由这条渠道才能和她的丈夫接近。现实的一切,必须经由她所接受的文化折射出来,她才认为是现实的。

有一天,她在家无聊,打开录音机,随便放上了一盘李斯特的磁带。《匈牙利狂想曲》先速度缓慢地从扬声器中汩汩流出;它沉着有力而带有宣叙调性,带倚音的音调充满内在的激情。接着,悲愁的旋律反反复复。变化之后,才出现了舞曲风格的段落,高音区不断重复同音反复,犹如钟声敲鸣不停。用变奏展开后,音乐急转直下,再现前面的主题。随即速度加快,响起丰富多彩的乐声,如同民间节日欢欣鼓舞的场面。在高潮之后,音乐一度静止下来,然后重整旗鼓,一泻千里,在振奋人心的沸腾气氛中终曲。

她听着听着,蓦然联想到陈抱帖。她的陈抱帖不但和《安娜·卡列尼娜》、《傲慢与偏见》等等中的主人翁有某种只可意会的相似之处,并且和《匈牙利狂想曲》有不可言传的联系。她极力在脑海中像接通海底电缆一般地联结这种神似,兀地想起来,正是陈抱帖到 T 市发表"施政演说"的那一天,那一刻,她曾厌烦大喇叭里播出的他那滔滔不绝的讲话,放过这支《匈牙利狂想曲》。

她急忙把磁带倒回去,又重放了一遍。倒回的磁带正在"弗里斯"部分。这部分的要素在"拉苏"段落的中段已出现过,在

$$\overline{7\cdot3\ 7\cdot\dot1}\ |\ \overline{7\cdot2}\ \overline{\dot1\cdot7}\ |\ \overline{6\cdot3}\ \overline{6\cdot7}\ |\ \overline{\dot1\cdot3}\ \overline{\dot2\cdot\dot1}\ |$$ 热烈而雄健的

旋律中,像歌词一样响起陈抱帖向拥挤在广场上的群众讲演的片断:

"二〇〇〇年的奋斗目标,必须分在年、月、日里面!……"

"从现在开始算起,从今天开始算起,一年之内……"

"现在,我宣布……"

"现在,我宣布……"

她能想象出她的陈抱帖那高大的身躯站在讲台上,怀着必胜的信念,挥舞着优美生动的手势,发出这样响亮的话语时的模样。他这时才开始对她有吸引力,尽管这种吸引力来得太晚,尽管这是通过一条令人难以置信的渠道……

她又委屈地流下眼泪,因为她想着要回去,内心里有了一种投入丈夫的怀抱的冲动。

可是,她爸爸妈妈却希望她过了春节再走,她爸爸更故作神秘地说:

"南南,现在调查组刚回来,你就匆匆忙忙地回去也不太好。在没得出结论之前,你最好不要在北京和 T 市之间来回乱串……"

"他的结论关我什么事? 我来回乱串什么啦?!"她气呼呼地顶她爸爸,好像是她爸爸叫她回来的。

她爸爸也说不出所以然,总之想让她陪着过春节,吞吞吐吐地说:"反正你等等再走好……因为告他的人是你们省的……据说,你来北京,他们也知道……"

看着爸爸欲言又止,仿佛揣着一个很大的秘密的表情,她又误会了陈抱帖遭到不幸的概率可能会大一些。那个虚幻的念头竟像实实在在的钉子一样钻在她脑子里,使她发痴。于是,她一屁股坐在一地的报纸和绳子中间,坐在两口装着杂七杂八的、可以应付任何艰难条件的器物的箱子中间,又想象起她如何在那阴湿窑洞里,在她的陈抱帖最困难,最苦恼的时候出现在他面前……

二

春节过了。

今年的春节,可说是海南一生中最无味、最苦闷的一个春节。去年的春节,她是和陈抱帖一起过的,新婚燕尔,还保留着前一段短暂的罗曼史的余热,高兴自不必说了,前年的春节,她还不认识什么陈抱帖,是和园园、郭扬、王彦林这些人一起过的,既带着青春末期的成熟,也还不失年轻人无忧无虑的兴致和情趣。今年,她陪着爸爸、妈妈两个老人——二嫂要在娘家过,一直到初三才回来照了一面——仿佛自己也老了许多。在电视机前面,看着刘晓庆和三个什么男人——她对中国演员没有对外国演员熟悉——在台上跑来跑去串节目，看得她直心烦。什么"猜谜"，她觉得浅薄透顶！后来发现有人给中央电视台打电话点节目，送给某地的某个亲人朋友，她突然来了精神，跑到爸爸的书房里打电话。但是中央电视台公布的四个电话号码全占线。她一会儿跑回客厅，一会儿跑到书房，跑出跑进，比串节目的刘晓庆还忙，爸爸妈妈也不敢劝阻她。最后，把两间房子的热气全放光，电话还是没有打通。可是，电视里刘晓庆居然还广播说，北京有一个谁谁谁点李谷一的歌送给在兰州的什么亲人。真见鬼！他怎么配?！他怎么配?！他怎么配李谷一唱歌给他听?！难道我不比这个谁谁谁更有资格点节目给我的当市委书记的丈夫听?！她气得撂下电话，电视也不看，回房睡觉去了。

石一士的回信过了正月十五才来，慢得出奇，以致沉浸在自己幻想中的她几乎把石一士忘掉了。这封信不厚，但她从信箱里拿出来的时候，却好像有很大分量，一瞬间，心中有一阵不祥的预感，像天空中的流星般一掠而过。她用颤栗的手指翻过来掉过去看了看信封。邮戳是最近的，说明信在途中并没有耽误。只是地址换了，好像是一个什么疗养院。她怀着忐忑不宁的心跑进卧室，仍像上次那样扑在床上，急忙撕开信封，把信纸的边都撕破了一截。

她先找她最关心的、最急切要知道的语句。她用光的速度扫描了一遍，即刻看到了："你的陈抱帖昨天离开 T 市。"触目惊心！下面却是关于石一士自己的话。石一士写小说也是这种风格，情节进展缓慢。真要命！她跳了过去，往下看，又看到了："据说他已被中央批准进入我们省的领导班子，而且是主持常务的书记。"她一时没有理解这句话的意义，也不能相信，这和她想象的差得太远。于是她从头看起：

海南：

　　请原谅我现在才给你回信，但这不是我的错。

　　我给你发了上封信以后不几天，就到了这所专为矿工开设的疗养院。每到冬天,我的肺就要捣一次蛋。这所疗养院对我是有好处的。可是,我原来住的招待所的那位女服务员,简直和"爱玛"没有什么两样——我发觉现在的姑娘仿佛全是一个模子脱出来的,都同样不负责任和没有头脑——临走时,我再三叮嘱她务必把给我的信转到我现在的地址。她笑眯眯地答应得挺爽快。"没错!你放心好了。"为了酬答她举手之劳,我还特地送了她一瓶"美加净"洗发香波。可是,大概她把香波用完了才想起来我的要求。所以,这样长的时间里我就不知道你是否还在北京和你的打算,怎么能给你写信呢?

我所以能到这个条件很好的疗养院来疗养,还是你的陈抱帖的力量——先告诉你,你的陈抱帖昨天已离开 T 市,到省城去了。

在我上次从 T 市回矿山后的第二天,我正累倒在床上,一个年轻人推开我的房门,伸出手和我握了握,说:"我叫陈佐良,是这个矿山工会的副主席。请原谅,我刚从山西学习回来,所以今天才来看你。听说你的肺不太好,是吗?"他的语气神态,我觉得很面熟,后来聊起来,果不其然他是陈抱帖的儿子——也是你的儿子!

他告诉我,他父亲给他来过信,说我的肺有问题,叫他照顾我。

我没有想到你们有这样伟岸的一个儿子。我问:"你们父子经常通信吗?"

"不。"他淡淡地一笑,"我们都在忙自己的工作。"

谈起他的父亲,他的语气是冷淡的、不带有任何感情色彩。而谈起他目前从事的工作——矿工的福利,矿工的文化生活,矿工的职业教育——却很兴奋,很有激情。他也看过我的小说。他说,《畸形人》这样的事,在现实生活中是没有的,至少他没有看到过;矿工们也不会承认实有其事。但是,他很喜欢这部小说,矿工们也会喜欢这部小说。他说,艺术里面应该有理想主义的色彩;矿工们成天在地底下、在那样艰苦的条件下工作,文学艺术应该给他们一种使他们精神上充实起来的力量,使他们感到世界是美好的、从而也使自己更为善良。

这位年轻的工会主席——据服务员说他还是矿山党委的成员——已经惯于站在领导者的高度,抱着实用主义的态度对文学艺术要求教诲作用了。然而,他的话又很朴素地阐明了我们常说的生活的真实与艺术的真实的关系。这里倒有个值得研究的现象:当某种人代表时代的要求的时候,他们的话好像总是对的。

我发现,他虽然和他父亲不常通信,却很像他父亲:对事业都同样热情,对工作都同样冷静,而对情感却极为淡漠;在他们身上,似乎没有儿女情长的一面,对人的关怀也仿佛是达到一定政治目的的手段。在一定时候,他们会是很冷酷的。

由此,我忽然想到,我们作家写人物,写创业者,写"社会主义新人"——我们塑造这样的人物,和领导干部选拔接班人有某种相似——总是着眼于这种人的思想、品德、才能方面,往往忽略这种创业者、开创新局面的人物必需具备的某种气质。陈抱帖父子,我感到就具有这种气质。

扯得太远了,还是围绕着主题来展开情节吧。

接到招待所转来你的信,恰巧同时从陈佐良那里听到陈抱帖调离T市。据说他已被中央批准进入我们省的领导班子,而且是主持常务的书记。我问陈佐良去不去T市送他父亲。他说,送他父亲的人一定很多,不必他去凑热闹。但是,为了你,我却回了T市。我想看看你究竟回来了没有。

昨天,山上下着小雪。路面上结了一层薄冰。汽车司机胆战心惊地沿着弯弯曲曲的山路,把车开到T市的时候,班车已晚点了三个小时。等我赶到火车站,去省城的火车已经开了。我只看到一辆辆小轿车从火车站广场开出来,正如陈佐良说的,送他父亲的人很多,当然,都是 T 市党委和政府的头头。

不过,我还是找到了一个在雨雪霏霏中踽踽独行的人。

这个人就是他的秘书,我临去矿山那天和她谈过半个小时。

我接过她的雨伞,替她遮挡住风雪。她穿的并不薄,却如同一只可怜的小猫般地瑟缩着;所有的惜别之情,都摆在她的脸上了。她眼皮红红的,告诉我,你还没有回来,也看不出有什么转机。陈抱帖特地叮嘱她,如果你回来了,她就帮助你收拾东西,把家迁到省城去;你来的信,也由她转。但她又说,她认为你不会主动回来,也不会主动来信的。"本来嘛,在自己丈夫面前替别人'开后门',就是她的不对!"在她看来,似乎是你应该先向陈抱帖道歉。

我很失望,原来你还在北京!

文艺尽管干预不了政治,我还是试图干预一次。给你写了这封信后,我回去准备准备,上一趟省城。我要把你的信给他看。你的信,还是洋溢着对他的感情的,虽然这里所说的"洋溢",不是一泓明澈的池水,而是一汪混浊的、连你自己也不知深浅的湖塘。

首先,你那个可笑的设想就十足地表现了你不知深浅。你以为他会被撤职丢官,以为前十年中常见的劫数会在他个人身上重演;你在等着他"犯错误"。然后才以福星的姿态,带着绚丽的光彩降临到他身边。海南,你这种想法,如果不是本世纪初的,至少也是二十世纪六十年代的。

他会不会犯错误?他肯定会犯错误!具有他那种气质的人,如果在思想行为上顺应了时代潮流,符合了时代的要求,他就是个创业者,一个开创新局面的人。反之,则不但会犯错误,还会闯大祸的。你没有看到历史上有这样的事吗？创业者和闯大祸的竟是同一个人！

但是,陈抱帖这种人现在正符合了时代的要求。他们至少能领二十年的风骚。难道你要等二十年才和他团聚吗？并且,待他们的历史使命完成以后,他们开始犯错误时,他们的下场,顶大不过是被罢免、不当选而已。到那时,什么流放,打到农村劳改,已经成了历史的概念了。

海南,我不愿再说些别的什么话让你痛苦。我知道你现在正痛苦着。我也承认你上封信中的有些话还是有道理的。在他没有一点感情的表示时,你就回到他身边,的确对你们今后的夫妻关系不太好。所以我决定去省城一次。

海南,你可暂时不回来,等他的信好了。祝好！

一士

三

像有一阵风,把她手中的信纸吹落到地上。一张张信纸接触到地面上时,还稍稍地滑动了一下。她的头搁在床沿上,用手垫着下额,眼泪就滴到手背上……

然后,她急遽地爬起来,冲出卧室,收拾起自己的东西。为什么要等石一士去"干预"他,上次,就是听了爸爸的话……

也许将来会变得不同些;也许,过去的一切还会重演一遍……

[附记]:在写本书的过程中,深入生活时,得到宁夏冶正纲、张万宝、陈葆泉、孙洪书、高嵩、谢荣等同志的协助,特此志谢！

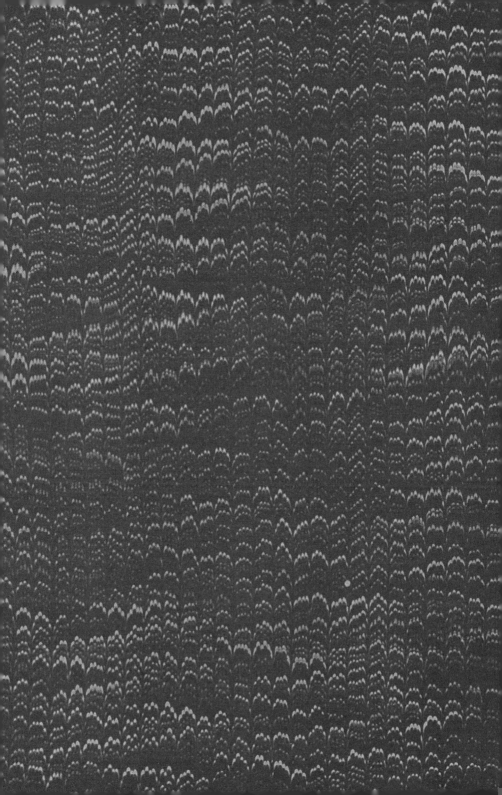

NANREN

DE

FENGGE